Albtraum

K. J. Weiss

Albtraum

Tod eines Kindes

Bibliografische Information der Deutschen Nationalbibliothek:
Die Deutsche Nationalbibliothek verzeichnet diese Publikation in der Deutschen Nationalbibliografie; detaillierte bibliografische Daten sind im Internet über http://dnb.dnb.de abrufbar.

Coverdesign: Ralf B. Franke

Herstellung und Verlag: BoD – Books on Demand, Norderstedt
ISBN 978-3-7386-3866-0

1

Schon als sie die Tür aufschloss und bemerkte, dass der Riegel vorlag, hatte sie ein ungutes Gefühl. Wieso war Felix nicht zuhause? Er hatte seit halb zwei Schulschluss und wartete stets schon auf sie, wenn sie um drei von der Arbeit kam.

Daniela warf die Tasche in die Ecke, hängte die Jacke an die verwaiste Garderobe - seine Jacke und auch sein Tornister fehlten - und lief in jedes Zimmer. Vielleicht war er ja doch hier gewesen und nur noch einmal kurz weggegangen.

Aber die Wohnung befand sich in genau dem Zustand, in dem sie sie verlassen hatte. In seinem Zimmer standen die Legosteine so wie heute Morgen, als er sich wieder erst im letzten Moment erhoben hatte und den ganzen Schulweg rennend zurücklegen musste, um nicht zu spät zu kommen. Im Wohnzimmer lag das Referat, das er gestern Abend begonnen hatte, unberührt auf dem Tisch und in der Küche stapelte sich das Geschirr in der Spüle. Seit zwei Jahren war Felix für den Abwasch verantwortlich und erfüllte diese Pflicht gewissenhaft, kaum dass er von der Schule zurück war.

Unschlüssig blieb Daniela in der Tür stehen. Und jetzt? Ihre Unruhe verstärkte sich. Das war nicht normal, das hatte Felix bisher nie getan. Stets war er von der Schule direkt nach Hause gegangen, sie konnte sich hundertprozentig auf ihn verlassen. Oh Gott, irgendetwas war passiert! Bestimmt! Es konnte nicht anders sein.

Sie lief zurück in die Diele und kontrollierte das Telefon, dann ihr Handy. Nein, es waren keine Anrufe eingegangen. Mach dich nicht verrückt, redete sie sich selbst gut zu. Meine Güte, er hatte sich zum ersten Mal nicht an die vereinbarte Abmachung gehalten, was war schon dabei? Bestimmt gab es eine einfache Erklärung für sein Zuspätkommen.

Daniela ging hinüber in die Küche und begann, das Mittagessen vorzubereiten. Mechanisch zerkleinerte sie Zwiebeln und schnitt Tomaten, während ihr Verstand trotz ihrer eigenen Ermahnung an einer Erklärung arbeitete.

Ihre Unruhe wuchs, sie horchte auf jedes Geräusch, sah alle Augenblicke auf die Uhr. Die Zeiger schienen sich im Zeitlupentempo zu bewegen, die Minuten zogen sich endlos hin.

Schließlich hielt sie es nicht mehr aus und lief unruhig hin und her, zum Fenster und zurück zur Tür, horchend und hoffend, dass sich sein Schlüssel endlich im Schloss drehen würde.

Mittlerweile hatte es begonnen zu regnen, ein gleichmäßiger, feiner Regen, der die Straßen und Hausdächer mit einem dünnen Film überzog. Die vereinzelten Fußgänger, die sie erblickte, eilten mit eingezogenen Köpfen dahin, bestrebt, ihren Bestimmungsort zu erreichen, um dem bald folgenden, sich durch tiefhängende Wolken ankündigenden Unwetter zu entgehen. Felix musste doch ebenfalls sehen, was sich da zusammenbraute!

Wieder sah sie auf die Uhr. Viertel vor vier. Wo blieb er bloß?

Ach, egal. Sie würde ihn jetzt doch anrufen. Immerhin war er es, der die Regel nicht eingehalten hatte, es war ihr gutes Recht, nachzufragen, was er gerade trieb.

Der Teilnehmer sei zurzeit nicht erreichbar, teilte ihr eine monotone Stimme mit. Das hieß, sein Handy war ausgeschaltet. Sie konnte nicht verhindern, dass die Panik sie nun regelrecht überflutete. Das sah ihm so gar nicht ähnlich. Weder, dass er sich nicht abmeldete, noch dass er sein Handy ausschaltete. Es musste doch etwas Schlimmes passiert sein!

Daniela griff nach dem Telefon und wählte die Nummer seines besten Freundes. Ihr Herz hämmerte, ihr war schwindelig, sie bekam kaum Luft. Als sich am anderen Ende der Leitung Michaels Mutter meldete, wäre sie beinahe in Tränen ausgebrochen. „Ziegler, hallo Frau Mülpert, ist der Felix bei Ihnen?"

Die kurze Pause, bevor die Mutter seines besten Freundes antwortete, sagte ihr genug. Ungeduldig lauschte sie deren Erklärung, dass ihr Sohn heute gar nicht in der Schule gewesen sei, da er seit gestern Abend hohes Fieber hätte, mit ihren Gedanken bereits beim nächsten Anruf. Ohne weitere Erklärungen beendete sie das Gespräch und wählte die nächste Nummer, die ihres Nachbarn unter ihr. Nach dem vierten Läuten sprang der Anrufbeantworter an, Christian war nicht zu Hause.

Sie hielt den Hörer noch in der Hand, als ihre Beine plötzlich nachgaben und sie auf den Boden rutschte. Unvermittelt brach sie in Tränen aus, wischte diese jedoch mit bebenden Händen weg. Jetzt war nicht der Zeitpunkt für Schwäche. Sie musste ihn suchen: den Schulweg abgehen und den Spielplatz in der Nähe der Gesamtschule kontrollieren. Energisch stand sie auf und griff nach ihrer Jacke.

Kurz bevor sie die Tür hinter sich ins Schloss zog, fiel ihr der Geruch auf. Sie eilte zurück in die Küche und zog die Töpfe vom Herd. Die

Soße war zu einem festen Brei eingedickt, das Nudelwasser vollständig verkocht, die Spaghetti am Boden festgebacken. „Dreh nicht gleich durch", tadelte sie sich selbst, schaltete die Platten aus und zwang sich zur Ruhe. Bestimmt narrte sie nur wieder ihre überschäumende Phantasie, die sie immer gleich das Schlimmste annehmen ließ.

Sie wandte sich zum Gehen, dabei tat sie unwillkürlich einen Blick durch das Fenster nach draußen. Der Regen hatte zugenommen, kräftige Windböen ließen dicke Tropfen gegen die Scheibe prasseln. Sie schauderte unwillkürlich. Felix hatte lediglich die blaue Windjacke ohne Kapuze an, er würde durch und durch nass werden.

Auf den letzten Stufen sah sie schon durch die Milchglasscheibe der Haustür den Schatten, der sich schutzsuchend dagegen lehnte. Mit glücklichem Lächeln riss sie die Tür auf. „Felix, endlich …"

Ein fremdes Gesicht starrte ihr entgegen. Der Junge war viel älter und auch ein Stückchen größer als Felix. Verlegen lächelnd schob sie sich an ihm vorbei und verfiel in einen schnellen Schritt. Die Gewissheit, dass irgendetwas Schlimmes passiert sein musste, war nicht mehr zu verdrängen.

2

Sie war völlig durchnässt, als sie zum Abschluss ihrer erfolglosen Suche die Gesamtschule ansteuerte. Diese lag zwar nicht auf seinem Heimweg, allerdings hatte er sich oft nachmittags auf dem dahinterliegenden Spielplatz mit seinem Freund Michael getroffen. Sie glaubte selbst nicht daran, ihn dort zu finden, wollte nur jede noch so kleine Möglichkeit ausschöpfen.

Wie befürchtet lag der Spielplatz völlig verlassen da. Auf dem Rasen hatten sich große Wasserpfützen gebildet und die Sandburgen waren zu einer formlosen Masse verschmolzen. Trotzdem sah sie zusätzlich auf dem durch hohe Büsche abgetrennten Fußballfeld nach. Auch hier fanden sich keine Spuren von Felix.

Ihre Panik hatte sich von Minute zu Minute gesteigert und ließ sie nun am Ende ihrer Suche keinen klaren Gedanken mehr fassen. Was sollte sie bloß tun?

Ich laufe zurück nach Hause, beschloss sie. Vielleicht war er ja längst dort und wartete auf sie und nur sein schlechtes Gewissen hielt ihn davon ab, sie anzurufen oder ihre Anrufe anzunehmen. Aber sie glaubte selbst nicht daran.

Obwohl sie es Felix streng verboten hatte und es in seinem Beisein ebenfalls unterließ, nahm sie die Abkürzung über den Schulhof der Gesamtschule. Die Gebäude waren derart verwinkelt angelegt, dass es allerlei nicht einsehbare Ecken gab, wo sich die Halbwüchsigen trafen, um zu rauchen und zu trinken. Oft kam es zu Schlägereien unter den Jugendlichen und sie hatte nicht gewollt, dass er durch Zufall darin verwickelt wurde. Aber vielleicht hatte er sich, wie Kinder nun einmal sind, nicht daran gehalten, redete sie sich ein. Und jetzt hatte er sich untergestellt und wartete darauf, dass das Unwetter nachließ.

Als sie um das ihr nächstgelegene Gebäude trat, entdeckte sie hinten bei den Turnhallen einen wahren Menschenauflauf. Das Schlimmste aber war der Krankenwagen, der mit zuckendem Blaulicht direkt davor stand. Überwältigt von einer schrecklichen Ahnung rannte sie darauf zu und bemerkte zunächst die Polizisten nicht, die dabei waren, das Gelände abzusperren. Erst nachdem einer der Männer sie ansprach und am Weitergehen hinderte, erkannte sie, dass es sich nicht um einen einfachen Unfall handeln konnte.

Vor Schreck versagte ihre Stimme, sie wehrte sich nur stumm gegen die Hände, die sie zurückdrängen wollten. Endlich gelang es ihr zu stammeln: „Es … es ist ein Junge, in … in einer blauen Windjacke, richtig? Mit blonden Haaren und blauen Augen, ja?"

Bereits durch sein Zögern wusste sie die Wahrheit. Noch bevor er sich umdrehte, um seine Kollegin zu rufen, brach sie in Tränen aus.

Die Polizistin ließ sich Felix' Kleidung und Aussehen auf das Genaueste beschreiben. Daniela starrte ununterbrochen auf den Krankenwagen, der nach wie vor dort stand. „Warum fahren sie nicht los?", unterbrach sie die Frau, die immer weitere Einzelheiten wissen wollte.

„Er wird momentan vom Notarzt behandelt", sagte diese beruhigend.

„Darf ich zu ihm? Wenn es wirklich Felix ist …", Daniela konnte nicht weitersprechen, ihr Hals war wie zugeschnürt. Nichtsdestotrotz: Egal, was ihm passiert war, zumindest lebte er.

Die Polizistin zögerte. „Wir wissen nicht sicher, ob es sich um Ihren Sohn handelt. Warten Sie hier, ich werde es überprüfen."

„Sein Tornister", fiel es Daniela ein. „Den müsste er bei sich gehabt haben. Innen stehen sein Name und seine Adresse. Felix Ziegler."

„Warten Sie hier", wiederholte die Frau.

Es konnte nicht länger als fünf Minuten gedauert haben, bis sie zurück war, gleichwohl waren es für Daniela, die sich im strömenden Regen nicht von der Stelle gerührt hatte, die längsten Minuten ihres bisherigen Lebens. Zwischen Angst und Hoffnung hin- und hergerissen, wusste sie nicht, ob sie aufatmen oder verzweifeln sollte. War er es wirklich? Wenn ja, was war ihm zugestoßen? Wie schwer war er verletzt?

Bevor sie eine Frage stellen konnte, spürte sie, wie jemand ihren Arm berührte. „Kommen Sie!" Ohne dass sie es bemerkt hatte, war ein Zivilbeamter von hinten an sie herangetreten. „Sie können einen Blick auf ihn werfen."

Die beiden nahmen sie in die Mitte. Schweigend legten sie den Weg zu dem Krankenwagen zurück. Der Mann, der sich bisher nicht vorgestellt hatte, klopfte an die geschlossene Tür. „Wir haben vermutlich die Mutter gefunden", sagte er zu dem öffnenden Sanitäter.

Dieser trat zur Seite und nickte ihnen auffordernd zu. Mit klopfendem Herzen stieg Daniela in den Wagen. Zwei weitere Männer standen mit dem Rücken zu ihr und versperrten ihr die Sicht. Bevor sie etwas sagen konnte, drehte einer von beiden sich zu ihr herum.

„Kemper", sagte er. „Ich bin der Notarzt."

Sie zuckte zusammen, als sie das viele Blut auf seinem Kittel bemerkte.

9

„Er hat eine Kopfwunde, die bluten sehr stark", beruhigte er sie. „Bitte den Jungen nur anschauen, wir haben ihn gerade für den Transport stabilisiert."

Sie hatte seine Worte kaum gehört, ihr einziges Trachten war darauf gerichtet, zu erkennen, wer dort auf der Trage lag. Kaum hatte er den Weg freigemacht, trat sie näher heran.

Er hatte einen riesigen Verband um den Kopf und eine Atemmaske stülpte sich über Mund und Nase, Wangen und Kinn waren voller Abschürfungen, die schon begonnen hatten anzuschwellen. Sein Körper war bis zum Hals zugedeckt, eine Hand lugte darunter hervor, in deren Rücken eine Infusionsnadel steckte.

„Felix!"

Seine geschlossenen Lider schienen leicht zu zittern, aufgeregt beugte sie sich tiefer über ihn. „Felix, ich bin hier. Es wird alles gut."

Das Flattern wiederholte sich. Sie beugte sich noch tiefer, doch der Arzt zog sie sanft zurück. „Er kann Sie nicht hören, Frau Ziegler. Wir haben ihm ein Mittel gegeben, das ihn für die nächsten Stunden ruhigstellt. Wir müssen ihn jetzt in die Klinik bringen, um ihn eingehend zu untersuchen."

„Ist ...", sie musste sich räuspern, bevor sie weitersprechen konnte. „Ist er schwer verletzt?"

„Das kann ich noch nicht mit Sicherheit sagen. Er ist bisher nicht aus seiner Bewusstlosigkeit erwacht und zudem ziemlich unterkühlt. Er muss längere Zeit im Regen gelegen haben." Der Arzt nahm ihren Arm und dirigierte sie zum Ausstieg.

„Nein, ich möchte mitfahren!" Abwehrend entzog sie sich ihm und blieb stehen.

„Frau Ziegler", die Stimme hinter ihr klang bestimmt. „Ich bringe Sie ins Krankenhaus."

Eigensinnig schüttelte sie den Kopf. „Ich will bei ihm bleiben!"

„Das geht leider nicht", übernahm Doktor Kemper. „Ich muss ihn während der Fahrt weiterversorgen. Es reicht, wenn Sie später nachkommen."

„Ich werde Sie fahren", wiederholte der Zivilbeamte. „Kommen Sie, Sie vergeuden nur wertvolle Zeit."

Energisch bugsierte er sie aus dem Krankenwagen. Ohne ihren Arm loszulassen, steuerte er zu einem großen, grauen Fahrzeug und öffnete die Beifahrertür. Wie betäubt ließ Daniela sich hineinfallen. Während der Mann den Motor startete, wurde sie sich ihres eigenen Zustandes bewusst, die Nässe war durch die Jacke in ihren Pullover gezogen, die feuchte Hose klebte unangenehm an ihren Beinen, die Wildlederschuhe hatten sich mit Wasser vollgesogen. Ein plötzliches Frösteln überkam sie, das sich in Schauern über ihren ganzen Körper ausbreitete. Ihre Zähne klapperten, ohne dass sie in der Lage war, diese Reaktion zu unterdrücken. Der schlimmste aller Albträume war für sie wahrgeworden.

3

Müde schloss Matthias Ziegler die Wohnungstür auf. Langsam wurde er wohl etwas zu alt für diese Strapazen. Die ständigen Flüge, die Zeitverschiebungen, die Hitze, irgendwie setzte ihm das alles von Jahr zu Jahr mehr zu. Aber - er grinste selbstzufrieden - dafür war der Artikel wieder erstklassig geworden, das machte ihm so schnell keiner nach. Und jetzt lagen vier Wochen Urlaub vor ihm, genug Zeit, um richtig abzuschalten und zu entspannen.

Er drückte die Tür ins Schloss und knipste das Licht an. Seufzend betrachtete er den großen Stapel Post auf dem Dielenschränkchen, steuerte dann jedoch mit einem Achselzucken daran vorbei auf das Wohnzimmer zu und legte den Koffer auf die Couch.

Ah, Uschi hatte nicht nur gelüftet, sondern anschließend auch das Thermostat der Heizung hochgedreht, sodass die Raumtemperatur angenehme zwanzig Grad betrug. Das Arrangement mit seiner Nachbarin war schon eine gute Sache, vor allem bei der draußen herrschenden Kühle, die er nach der Hitze der letzten Wochen als besonders unangenehm empfand.

Er entledigte sich seiner Jacke, warf sie schwungvoll auf den Koffer und stapfte hinüber in die Küche um einen hoffnungsvollen Blick in den Kühlschrank zu werfen. Wie erwartet hatte Uschi Brot, Käse und Aufschnitt besorgt - und im unteren Fach lag bestimmt ein halber Kasten Bier, mehr als genug, seinen Durst zu löschen. Er würde sich beim nächsten Mal mit einer Flasche ihres Lieblingsweines revanchieren.

Dankbar griff er nach dem eiskalten Getränk und schloss, das leichte Hungergefühl ignorierend, die Tür. Zuerst musste er ein wenig entspannen. Er ließ sich in den Sessel im Wohnzimmer fallen und streckte die Beine weit von sich. Dieser verdammte Jetlag. Er war todmüde, dabei war es gerade einmal acht Uhr.

Durstig trank er die Bierflasche in einem Zug halbleer und lehnte sich mit geschlossenen Augen zurück. Während er mit sich kämpfte, ob er den Fernseher einschalten oder lieber gleich ins Bett gehen sollte, begann das Telefon zu schrillen. Seufzend erhob er sich halb, ließ sich dann aber wieder zurücksinken. Morgen, heute war er nicht mehr zu sprechen, so wichtig konnte es gar nicht sein.

Um allen Eventualitäten vorzubeugen, schaltete er das Handy aus. Es gab nichts, das nicht bis morgen warten konnte.

Das Telefon hörte auf zu klingeln. Genüsslich trank er einen weiteren Schluck Bier. Der Gedanke an den Käse im Kühlschrank ließ ihm das Wasser im Mund zusammenlaufen. Uschi hatte Brie gekauft, den aß er besonders gern. Eigentlich konnte er sich zur nächsten Flasche ein oder zwei Brote machen.

Das Summen der Schelle weckte ihn aus tiefem Schlaf. Benommen fuhr er hoch. Das Klingeln riss nicht ab, stattdessen gesellte sich ein forderndes Klopfen dazu. Er blinzelte zu seinem Wecker hinüber. Sieben Uhr! Nein, nicht mit ihm. Entschlossen ließ er sich wieder zurückfallen, worauf sich prompt pochende Kopfschmerzen einstellten. Hätte er bloß nicht doch noch den Fernseher eingeschaltet! Und vier Flaschen Bier waren es bestimmt auch geworden!

Er hörte, wie sich ein Schlüssel im Schloss der Wohnungstür drehte und seine Nachbarin eintrat. „Matthias?"

„Ja, ja, ich komme!", rief er unwirsch, schwang die Beine aus dem Bett und angelte nach seiner Jeans. Meine Güte, der Urlaub fing ja gut an.

Barfuß, mit verstrubbeltem Haar und rotgeränderten Augen kam er auf sie zu, die abwartend in der Diele stehengeblieben war. „Muss das denn unbedingt so früh am Morgen sein? Ich hoffe, du hast eine gute Entschuldigung für diese zeitige Störung."

Kommentarlos drängte sie sich an ihm vorbei und verschwand im Wohnzimmer. Anscheinend war sie gerade erst aufgestanden, ihre wirre Haarflut breitete sich über einem weißen Bademantel aus, ihr Gesicht war ungeschminkt, eine absolute Seltenheit.

Stirnrunzelnd folgte Matthias ihr. Es musste etwas Gravierendes passiert sein, dass Uschi sich in diesem Zustand vor die Tür traute. Zwar wohnte sie direkt neben ihm, trotzdem achtete sie normalerweise darauf, nur perfekt gestylt die Wohnung zu verlassen.

Fünf Jahre kannte er sie nun und ihr Verhältnis hatte sich in dieser Zeit von einem nachbarschaftlichen zu einem freundschaftlichen gewandelt. Uschi war Stewardess und genau wie er oft unterwegs, da war es schön, dass sie sich aufeinander verlassen konnten.

Seine Nachbarin hatte nur ein großes Problem: Immer wieder fiel sie auf den gleichen Typus herein, den Macho, der es mit der Treue nicht so genau nahm. Dabei verzehrte sie sich geradezu inbrünstig nach einer eigenen Familie. Doch solange sie bei ihrer Partnerwahl ständig danebengriff, würde sich ihr Traum wohl nicht erfüllen und ihm bliebe weiterhin die Rolle des Trösters. Dieses Mal schien es besonders schlimm zu sein, selbst in ihren schwärzesten Stunden hatte sie nicht derart daneben gewirkt.

Statt der erwarteten Tränenflut überraschte sie ihn mit einem mitleidigen Blick. „Setz dich!“, forderte sie ihn auf, während sie sich in den Sessel ihm gegenüber fallen ließ.

Zögernd gehorchte er und sah sie erwartungsvoll an. Außer in Bezug auf ihr Liebesleben neigte Uschi nicht zu dramatischen Ausbrüchen. Ihr Verhalten verwirrte ihn, ein ungutes Gefühl schlich sich in sein noch immer vernebeltes Gehirn.

„Lies das!“ Sie hielt ihm die mitgebrachte Zeitung unter die Nase. Ihre Stimme klang, als wolle sie im nächsten Augenblick in Tränen ausbrechen.

Durch ihren Tonfall vorgewarnt, griff er nach dem Titelblatt. Was konnte sie dermaßen erschreckt haben, dass sie völlig aufgelöst bei ihm Rat suchte? Dann aber war er dennoch nicht auf das gefasst, was ihm da in großer, reißerischer Aufmachung entgegensprang. Mit einem Stöhnen sackte er in sich zusammen, die Seite entglitt seinen plötzlich kraftlos gewordenen Fingern, die seit dem abrupten Aufstehen im Hintergrund lauernde Übelkeit wurde übermächtig.

Uschi, die ihn nicht aus den Augen gelassen hatte, sprang auf, rannte ins Badezimmer und schob ihm hastig einen Eimer vor die Füße.

Er beugte sich darüber, holte tief Luft und kämpfte um seine Beherrschung. Nein, das kann nicht sein, hämmerte es wieder und wieder in seinem Kopf.

Der Schwindel ließ nach, die Übelkeit blieb. Als er ein zweites Mal nach der Zeitung griff, merkte er, dass er nassgeschwitzt war. Er betrachtete das Bild, las den gesamten Artikel, trotzdem weigerte sich sein Verstand beharrlich, die Fakten anzuerkennen. Das konnte einfach nicht stimmen! Uschi hatte ihn besorgt beobachtet. „Er ist es, nicht wahr?“ Sie drehte nervös an einer ihrer langen, schwarzen Haarsträhnen. „Ich habe es mir gleich gedacht, das Bild ist ihm zu ähnlich. Ich ... ich wusste nicht, wie ich es dir anders beibringen sollte.“

„Daniela, ich muss sie anrufen. Ich kann nicht glauben, dass ...“ Er versuchte, sich von der Couch zu stemmen, doch seine Beine versagten ihren Dienst.

Seine Nachbarin sprang auf. „Lass, ich gehe schon.“

Bevor sie es erreicht hatte, durchbrach das schrille Läuten des Telefons die Stille. Matthias winkte ab. „Ich bin für niemanden zu sprechen.“

Uschi nickte. „Ja, hier bei Ziegler", meldete sie sich. „Oh Daniela, entschuldigen Sie … ja, ja, natürlich."

Matthias riss ihr fast den Hörer aus der Hand, als sie ihn ihm hinhielt, deutete dann aber mit einer entschuldigenden Geste auf den Sessel. Sie nickte und setzte sich ihm gegenüber.

„Ja, sicher, ich komme", sagte er gerade. „Ich bin so schnell wie möglich bei dir."

4

Aufatmend schloss Andrea Wiegand die Küchentür hinter sich und langte nach der Zigarettenpackung. Endlich Ruhe! Bernd war zurück in die Praxis gefahren, Henning sah sich eine DVD an und bis Rabea aus der Schule kam, würde es noch eine Weile dauern. Genussvoll sog sie den Rauch ein. Dass Bernd immer so ein Theater machen musste! Dabei wusste er, wie empfindlich Henning war. Und schließlich hatte er darauf bestanden, die Lokalnachrichten zu schauen, während ihr Sohn sich im selben Zimmer aufhielt.

„Du verwöhnst ihn viel zu sehr", sagte er jedes Mal, wenn sie ihm Vorhaltungen machte, dass die schrecklichen Vorfälle in der ganzen Welt nicht das richtige Abendprogramm für einen Elfjährigen waren. „Er muss sich frühzeitig daran gewöhnen, dass die Welt kein Paradies ist, du tust ihm keinen Gefallen, wenn du ihn abschottest."

Jetzt sah er ja, was er davon hatte. Gut, sie war ebenfalls zu geschockt gewesen, um die Verbindung schnell genug zu ziehen. Erst als Henning zu weinen angefangen hatte, war ihr die schreckliche Erkenntnis gekommen, dass er dieses Kind kannte. Sie war aufgesprungen und hatte ihn aus dem Zimmer gezogen - da war es natürlich viel zu spät gewesen. Die ganze Nacht hatte Henning von Alpträumen geplagt geschrien, heute Morgen war er nicht zu bewegen gewesen, aufzustehen und zu frühstücken, wie hätte sie ihn da in die Schule schicken sollen?

Und Bernd musste doch verstehen, dass sie ihn nicht alleine lassen konnte. Frau Hartwich hatte viel zu viel mit dem Haushalt zu tun, außerdem war sie nicht feinfühlig genug, mit einem derart sensiblen Kind umzugehen.

„Lassen Sie ihn mal in Ruhe", hatte sie gebrummt, nachdem Andrea zum vierten Mal in einer Stunde versuchte, Henning zu bewegen, etwas zu essen. „Wenn er hungrig ist, wird er schon aufstehen."

Dabei hatte sie ihr erklärt, dass der Junge einen schweren Schock erlitten hatte!

Gedankenversunken zündete sie sich eine neue Zigarette an. Dazu kam, dass er sich ausgerechnet gestern mit seinem besten und einzigen - aber diese unerfreuliche Tatsache schob sie gleich zurück in die hinterste Ecke ihres Gehirns - Freund gestritten hatte. Statt mit zu Philipp zu gehen, wie mittwochs üblich, war er von der Schule nach Hause gekommen. Ganz blass im Gesicht hatte er erklärt, sich nie wieder mit diesem treffen zu wollen. Bis jetzt war es ihr nicht gelungen herauszufinden, warum die beiden sich dermaßen zerstritten hatten. Dass er danach noch empfindsamer auf die Nachricht reagierte, dass einer seiner früheren Kindergartenfreunde einem Verbrechen zum Opfer gefallen war, war wohl verständlich. Warum konnte Bernd das nicht sehen?

Beim Mittagessen hatte er ihr kaum zugehört, als sie von Hennings Verfassung gesprochen hatte. Statt sich ebenfalls Sorgen um seinen Sohn zu machen, hatte er kurz angebunden wissen wollen, ob sie gedenke, morgen früh wieder mit in die Praxis zu kommen.

Woher sollte sie das jetzt schon wissen? Manchmal war Bernd wirklich furchtbar unsensibel. Sie konnte schließlich nichts dafür, dass Katja krank geworden und die neue Auszubildende noch nicht in der Lage war, die Anmeldung alleine zu regeln. Dann musste Melanie eben zwischendurch nach dem Rechten sehen.

Stirnrunzelnd drückte sie die Zigarette im Aschenbecher aus. Heute Morgen war die schreckliche Nachricht im Radio gekommen: Der Junge war noch in derselben Nacht seinen schweren Verletzungen erlegen. Zum Glück hatte sich Henning geweigert, zum Frühstück aufzustehen, daher wusste er noch nichts von dem Tod seines ehemaligen Kindergartenfreundes. In seinem Zustand war es wirklich besser, wenn er nicht sofort davon erfuhr. Sie musste unbedingt Rabea abfangen und sie dementsprechend instruieren, das Kind war oft viel zu spontan.

Ach, ja, Rabea, sie würde über die vollgequalmte Küche angeekelt die Nase rümpfen und sich danach lang und breit über die Nikotinsucht ihrer Mutter auslassen. Andrea erhob sich, öffnete den Flügel des Küchenfensters und ging hinüber ins Wohnzimmer, um die Terrassentür einen Spaltbreit aufzuschieben, damit der Rauch schneller abziehen konnte.

„Mama!"

Sie hastete zurück in die Diele und lief zu Hennings Zimmer. „Ja, mein Schatz?"

„Ich glaube, ich möchte jetzt etwas essen."

„Frau Hartwich hat dein Lieblingsessen gekocht." Die alte Ziege hatte vielleicht einen Aufstand gemacht, weil sie dadurch gezwungen gewesen war, noch einmal einkaufen zu gehen. Aber das verschwieg sie Henning natürlich. „Möchtest du in die Küche kommen oder soll ich dir deinen Teller bringen?"

„Ich will lieber hier essen."

Er war nicht nur unnatürlich blass, auch seine Stimme klang matt und teilnahmslos. Nicht einmal die Nachricht, dass die Haushälterin Pizza gemacht hatte, die es lediglich in dem seltenen Fall gab, wenn Bernd Reste vom Vortag zu essen bekam, hob seine Stimmung.

Sie tat eine großzügige Portion von dem Blech im Ofen auf seinen Teller und goss ihm ein Glas Cola ein, obwohl sie sich sonst immer bemühte, ihm das das stille Wasser, das Bernd bevorzugte, aufzudrängen.

„Hier Schätzchen, lass es nicht kalt werden!"

Henning hatte sich im Bett aufgerichtet und die Decke fest um sich gezogen. Als der Geruch des Essens das Zimmer erfüllte, verzog er das Gesicht. „Ich will lieber doch nichts."

Besorgt stellte Andrea Teller und Glas auf seinen Schreibtisch und setzte sich neben ihn. „Was ist denn los mit dir?"

Prüfend legte sie die Hand auf seine Stirn. Er ließ sich zurück auf das Kopfkissen fallen und drehte das Gesicht zur Wand. „Mir ist schlecht", erklärte er so leise, dass sie ihn kaum verstehen konnte.

„Schatz, du hast seit gestern Abend nichts mehr gegessen", protestierte sie.

Er reagierte nicht, deshalb beugte sie sich tiefer, um ihn anzusehen. Entsetzt stellte sie fest, dass er weinte. Er hatte die zu Fäusten geballten Hände fest auf die Augen gepresst, seine Schultern zuckten krampfhaft, Tränen und Rotz vermischten sich zu nassen, langen Spuren auf seinen Wangen. Ihr Herz zog sich zusammen bei seinem Leid, sie legte die Arme um ihn und drückte ihn an sich. „Henning, Schätzchen!"

„Mama!" Er weinte noch heftiger.

„Was ist denn los?", fragte sie mit sanfter Stimme, während ihr Herz heftig klopfte. Seine Reaktion war viel zu extrem, selbst für diese schlimme Nachricht, die er hatte mit anhören müssen. Immerhin hatte er seit Langem keinen Kontakt mehr zu diesem Kind. Hing sein derzeitiger Zustand möglicherweise eher mit dem gestrigen Streit zwischen ihm und Philipp zusammen? Oder hatten die beiden Jungen vielleicht etwas Schlimmes angestellt? „Was ist gestern passiert?", hakte sie nach.

„Ich …, ich." Er riss sich ruckartig los und krabbelte aus dem Bett, verhedderte sich in der Decke und fiel zurück auf die Matratze. Bevor sie reagieren konnte, wurde er von einem Brechreiz geschüttelt. Obwohl sein Magen leer war und nur ein wenig bräunliche Säure auf das Laken tropfte, konnte er nicht aufhören zu würgen. Andrea hielt seinen Kopf, bis es endlich vorbei war. Hennings Gesicht war mit kaltem Schweiß bedeckt, die Anstrengung hatte eine fleckige Röte auf seinem Gesicht hinterlassen. Wieder füllten sich seine Augen mit Tränen. „Bring die Pizza raus", ächzte er. „Ich kann diesen Geruch nicht ertragen!"

„Nein, Henning, du musst mir sagen, was los ist." Mühsam zwang sich Andrea zur Ruhe. „Ich gehe nicht eher, bis du mir gesagt hast, was gestern passiert ist."

Er würgte erneut. „Gut", sie erhob sich schnell und griff nach dem Teller, „Aber anschließend erzählst du mir alles."

„Bin wieder da!" Die helle Stimme ihrer Tochter erklang von der Haustür.

Andrea biss sich auf die Lippe, um einen bösen Kommentar zu unterdrücken. Ein wirklich ausgezeichnetes Timing! Hätte Rabea nicht zehn Minuten später kommen können? Jetzt würde sie nicht ein Wort aus Henning herausbekommen.

5

Das Taxi hielt vor dem Haus und Matthias sprang eilig aus dem Fond. Dankend winkte er dem Fahrer ab und hievte sein Gepäck selbst aus dem Kofferraum. Die frische, regennasse Luft war eine Wohltat nach dem rauchgeschwängerten Inneren des Autos. Sein Chauffeur hatte sich zwar vom Bahnhof bis hier her keine Zigarette angezündet, doch wegen des geradezu kübelartigen Regens die Fenster bloß einen Spaltbreit geöffnet. So hatten die dicken Schwaden nur schwer entweichen können. Obwohl selbst Raucher war ihm regelrecht übel geworden.

Trotzdem gab er ein großzügiges Trinkgeld, immerhin war der Fahrer auf direktem Weg zur angegebenen Adresse gefahren und hatte ihn überdies, nachdem er gemerkt hatte, dass sein Passagier nicht zu einem Gespräch aufgelegt war, völlig in Ruhe gelassen.

Einen Moment blieb er stehen und sah dem davonfahrenden Wagen nach. Es graute ihm vor dem Wiedersehen mit seiner Schwester. Er war einfach nicht der Typ, andere in ihrem Leid vernünftig trösten zu können. Und in diesem Fall war es noch schwieriger, da er selbst sehr an dem kleinen Kerl gehangen hatte.

Felix' Gesicht, wie er ihn zuletzt gesehen hatte, tauchte vor seinem inneren Auge auf, mit blitzenden Augen, Nase und Wangen rot von der Kälte, fröhlich winkend den Rodelhügel zum bestimmt hundertsten Mal hinunterfahrend. In den Weihnachtsferien war das gewesen. Matthias hatte ihn direkt nach Neujahr für ein paar Tage zu sich geholt. Seit sein Neffe in einem Alter war, in dem er etwas mit ihm anfangen konnte, hatte er ihn regelmäßig drei-, viermal im Jahr für längere Zeit gesehen. Entweder war er mit Daniela und dem Jungen verreist oder hatte hier bei ihnen gewohnt und Tagesausflüge mit beiden oder auch allein mit Felix gemacht. Mittlerweile kannte er sämtliche kinderfreundlichen Ausflugsziele der Region in- und auswendig. Deshalb und weil der Kleine furchtbar gern einmal fliegen wollte, hatte er ihn in den letzten Ferien zu sich eingeladen - ohne seine Mutter. Und es hatte super geklappt. Nachdem Felix wieder abgeflogen war, hatte er fast so etwas wie Bedauern verspürt, dass er selbst sich bisher gegen eine feste Beziehung und gegen eigene Kinder entschieden hatte.

In seine Erinnerungen versunken war ihm nicht aufgefallen, dass es wieder begonnen hatte zu regnen. Als das Wasser ihm von den Haaren in

die Augen tropfte, kam er zu sich. Bis er die paar Meter zum Hauseingang zurückgelegt hatte, war er völlig durchnässt.

Der Öffner summte, bevor er klingeln konnte. Mit der Schulter drückte
er die Tür auf und stapfte die Treppen empor. Daniela stand ganz hinten
am Ende der Diele und sah ihm stumm entgegen. Wortlos stellte er den
Koffer und die Reisetasche neben die Garderobe und schloss die Wohnungstür. Mit hängenden Armen, völlig unbeweglich sah sie zu, wie er
seine Jacke aufhängte und mit dem Innenfutter sein Gesicht und seine
Haare abrubbelte.

Dann trat er auf sie zu, doch sie wich kopfschüttelnd zurück in die Küche. „Fass mich nicht an! Ich kann das nicht!"

Das dämmerige Licht in der Diele hatte Schatten über ihr Gesicht gelegt,
sodass er es kaum erkennen konnte. Jetzt im Licht der Neonröhre sah er
die dickgeschwollenen, verweinten Augen, die schwarzen Ringe darunter,
ihre unnatürliche Blässe. Sie schluckte hörbar, als müsse sie einen dicken
Kloß hinunterwürgen, bevor sie weitersprechen konnte. „Sei mir nicht
böse, aber ich will nicht in den Arm genommen werden. Ich kann einfach keine Nähe ertragen."

„Ich weiß, dass ich dich nicht trösten kann, ich …", hilflos brach er ab.
Was sollte er ihr sagen? Dass er mit ihr trauerte? Dass es ihn ebenso
fertigmachte, wie sie? Dass er jeden Moment erwartete, Felix hereinplat-
zen zu sehen, sich mit leuchtenden Augen und einem freudigen Aufschrei auf ihn stürzend und ihn fast umwerfend mit seiner stürmischen
Umarmung?

Sie litt viel mehr, als er es je ermessen konnte. Fast zwölf Jahre lang war
der Junge der Mittelpunkt ihres Lebens gewesen. Völlig auf sich gestellt
hatte sie ihn großgezogen. Wie konnte er sich anmaßen, seine Trauer mit
der ihren zu vergleichen?

„Während du da unten standst, hast du da an ihn gedacht?", fragte sie
leise.

Matthias nickte. „Ich … ach, Danni, ich weiß gar nicht, wie ich mit dir
umgehen soll. Ich will dich trösten, aber mir fehlen die Worte. Ich weiß,
nichts, was ich sagen könnte, würde dir helfen."

„Es reicht, dass du da bist." Erst in diesem Moment schien ihr aufzufal-
len, dass sie immer noch bewegungslos in der Küche standen. „Setz dich,
ich mache uns einen heißen Tee."

Lange fand er in dieser Nacht keine Ruhe. Daniela hatte er um acht Uhr
überreden können, eine der ihr vom Krankenhaus mitgegebenen

Schlaftabletten zu nehmen, nachdem sie kaum mehr fähig gewesen war, zusammenhängende Sätze hintereinander zu bringen. Den ganzen Nachmittag über hatte sie sich sichtbar zusammengerissen, irgendwann war sie sogar in der Lage gewesen, ihm alles zu erzählen: wie sie in strömendem Regen den Schulweg abgelaufen war, den Spielplatz überprüft hatte und auf dem Rückweg nach Hause, den Krankenwagen entdeckte.

„Die haben mich nicht mitfahren lassen", hatte sie mit anklagender Stimme gesagt. „Er ist gestorben und ich war nicht bei ihm!" Ein erneuter Weinkrampf hatte ein weiteres Gespräch unmöglich gemacht. Wieder wollte sie sich nicht trösten lassen, sondern war aus dem Zimmer gerannt und hatte sich im Schlafzimmer eingeschlossen.

Erst eineinhalb Stunden später hatte er sich getraut, an ihre Tür zu klopfen, um ihr ein Glas Wasser und die vom Krankenhaus mitgegebenen Schlaftabletten zu bringen.

„Bleib." Sie war zurück ins Bett gekrochen, das noch die Spuren ihres verzweifelten hin und her Wälzens trug. „Ich will dir endlich die ganze Geschichte erzählen."

Der Kommissar hatte sie zum Krankenhaus gefahren und ihr dabei das wenige, das sie mittlerweile wussten, erzählt. Der Hausmeister der Gesamtschule wollte wegen einer Störung der Anlage in den Heizungskeller und fand Felix am Ende des Treppenabgangs. Er rief sofort den Notarzt und übernahm die Erstversorgung des ohnmächtigen Kindes, bis er von den Sanitätern abgelöst wurde. Im Hochgehen entdecke er dann etwas, das ihn veranlasste, die Polizei zu rufen. Die Stufen waren normalerweise durch ein Absperrseil gesichert. Eine der Halteösen war gerissen, was eigentlich nur durch große Gewalteinwirkung geschehen sein konnte.

Die Beamten bestätigten sein Urteil, zudem war ihnen aufgefallen, dass der Schulrucksack des Jungen direkt unter ihm gelegen hatte, als hätte ein gezielter Wurf oder Tritt ihn vor ihm die Stufen hinabbefördert. Daraufhin hatten sie die Kriminalpolizei eingeschaltet.

Im Krankenhaus angekommen wurden sie gebeten, im Wartezimmer Platz zu nehmen. Die Ärzte bereiteten Felix gerade auf die notwendige Operation vor. Der zuständige Kommissar war noch dabei, sie nach den Vorkommnissen des Tages zu befragen, als ein Arzt durch die Tür der Notaufnahme trat und auf sie zusteuerte. Schon bevor er sie erreichte, begann er, mit ernster Miene den Kopf zu schütteln.

Sie hatte darauf bestanden, ihn ein letztes Mal zu sehen, von ihm Abschied zu nehmen. Anschließend war sie zusammengebrochen. Der Kommissar hatte sich bemüht, ihn zu erreichen, nach dem zweiten vergeblichen Versuch brachte er sie nach Hause und holte einen Nachbarn, der sich um sie kümmern wollte. Dieser verabreichte ihr sofort eine der Schlaftabletten, die man ihr mitgegeben hatte. Danach sei sie fast sofort eingeschlafen.

Sie hatte ihn die ganze Zeit während dieses Berichts nicht angesehen, sondern hielt ihren Blick starr zur Decke gerichtet und erzählte mit leiser, monotoner Stimme. „Lass mich bitte wieder allein", sagte sie, nachdem sie zum Ende gekommen war, und drehte sich ostentativ noch weiter von ihm weg. „Ich nehme die Tablette, wir sehen uns morgen."

Er hatte ihrem Wunsch entsprochen und war leise hinausgegangen. Ihr Zustand machte ihm Angst. Sie, die stets die Starke gewesen war, die nichts hatte umwerfen können, balancierte im Moment nahe am Abgrund. Er wusste nicht, ob sie diesen Schicksalsschlag würde verkraften, ob sie sich jemals davon würde erholen können.

Der Schlaf wollte nicht kommen. Mit weitgeöffneten Augen folgte Matthias den huschenden hellen Streifen an der Decke, die die Scheinwerfer der vorbeifahrenden Autos hinterließen. Statt müde wurde er immer wacher. Er fühlte sich so verdammt hilflos angesichts ihres Elends. Seine Gegenwart schien ihr eher lästig zu sein, er fand keinen Kontakt zu ihr, seine tröstend gemeinten Worte, jeden Versuch der körperlichen Annäherung blockte sie ab. Sie litt und war nicht bereit, ihn an ihrem Leid teilhaben zu lassen.

6

Wie zu erwarten hatte Andrea Wiegand nichts mehr aus Henning herausbekommen. Selbst nachdem sich abends Bernd nach langer, ermüdender Diskussion bemüht hatte, mit ihm zu sprechen, waren sie nicht weitergekommen. Doch hatte ihr Mann endlich eingesehen, dass mit dem Kind irgendetwas nicht stimmte. So war es an diesem Morgen zu keinem Widerspruch seinerseits gekommen, nachdem sie verkündet hatte, heute ebenfalls zu Hause bleiben zu wollen.

Kaum war Rabea aus der Tür, lief sie in Hennings Zimmer. Sie hatte ihn bereits vor einer Stunde geweckt, um sicher zu sein, dass er vollständig wach wäre, wenn sie ihn aufsuchte. Er lag nach wie vor im Bett, auf dem Rücken, die Hände hinter dem Kopf verschränkt und starrte zur Decke hinauf. Bei ihrem Eintreten regte er sich nicht, auch nicht, als sie sich auf die Bettkante setzte.

„Schatz, du musst mir erzählen, was passiert ist", begann Andrea mit sanfter Stimme.

Stumm schüttelte Henning den Kopf. „Ich fühle mich nicht gut, das ist alles."

Immer noch hatte er sie nicht angesehen. Andrea fühlte, wie Ärger in ihr aufstieg. Wie sollte sie ihm helfen, wenn er sie nicht an seinem Kummer teilhaben ließ? Das war völlig ungewöhnlich für ihn, bisher war er mit allen kleineren und größeren Sorgen zu ihr gekommen, in der absoluten Gewissheit, dass sie die Dinge für ihn richten würde. Und sie hatte ihn nie enttäuscht, obwohl es deswegen sogar mehrmals zum Streit mit Bernd gekommen war. Der wollte und konnte einfach nicht verstehen, dass ihr gemeinsamer Sohn viel zu sanft und schwach für diese Welt war, dass sie ihn beschützen und ihm zur Seite stehen musste, um ihm die Möglichkeit zu geben, sich vernünftig zu entwickeln. Das hatte mit Verzärteln, wie Bernd es nannte, nichts zu tun. Henning hatte zu wenig Selbstbewusstsein und war nicht in der Lage, sich durchzuboxen. Deshalb hatte sie die Freundschaft mit dem robusten Philipp von Anfang an gefördert. Zwar hatte dieser eindeutig die Anführerrolle inne und manchmal wurde es ihr bei seinen wilden Spielen angst und bange, andererseits war Henning durch ihn wesentlich selbstständiger geworden. Zudem kam der Junge aus einem adäquaten Elternhaus, das war in der heutigen Zeit sehr wichtig.

Hennings leises Weinen riss sie aus ihren Gedanken. Er hatte sich zusammengerollt, sodass sie nur seinen gekrümmten Rücken sehen konnte. „Schätzchen, was ist mit dir?" Obwohl er schwachen Widerstand leistete, gelang es ihr, ihn auf ihren Schoß zu ziehen.

„Felix ist tot", sein Schluchzen war in ein hysterisches Wimmern umgeschlagen. „Ich habe es gestern Abend im Radio gehört."

Automatisch begann sie ihn zu wiegen, während sie fieberhaft überlegte, wie sie es anstellen sollte, mehr über sein Problem herauszufinden. Philipp hatte gestern dreimal angerufen, aber Henning weigerte sich, mit ihm zu sprechen, hatte zuletzt sogar sie angeschrien, als sie ihm das Telefon in sein Zimmer brachte.

„Erzähle mir erst einmal, warum du derart unglücklich bist", sagte sie schließlich mit sanfter Stimme. „Du musst dich nicht mit diesem schrecklichen Ereignis belasten, dein Zustand ist dafür zu schlecht."

„Philipp wollte unbedingt mit ihm sprechen", flüsterte Henning, den Kopf an ihre Brust gepresst. „Er hat einfach nicht auf mich gehört."

Ein eisiger Schreck durchzuckte sie, dass sie kaum in der Lage war zu atmen. Dann schüttelte sie die Panik ab. Das Ganze musste ein schreckliches Missverständnis sein.

„Das heißt, ihr beide habt den Jungen am Mittwoch gesehen?", fragte sie behutsam weiter.

Statt einer Antwort begann er, wieder zu weinen und presste sich noch fester an sie. Ungeduldig schob sie ihn von sich weg, damit sie sein Gesicht sehen konnte. Er hatte die Augen fest zusammengekniffen und drückte jetzt zusätzlich beide Fäuste darauf. Gleichzeitig wurde sein Geheul so schrill, dass sie hätte schreien müssen, um sich verständlich zu machen.

Ihre Besorgnis verwandelte sich in Wut. Am liebsten hätte sie ihn geschüttelt, damit er endlich Ruhe gab. Sie wollte ihm doch nur helfen!

„Habt ihr euch mit Felix getroffen?!", brüllte sie schließlich entnervt, weil er sich gar nicht beruhigen ließ, sondern sich stattdessen in eine regelrechte Hysterie hineinsteigerte.

Die Schärfe in ihrer Stimme ließ ihn zusammenzucken. Diesen Tonfall kannte Henning nicht, zumindest nicht ihm gegenüber. „Ich … ich … habe Philipp gesagt, er soll … nicht hingehen", brachte er schluchzend hervor. „A… aber … er… w… wollte nicht auf m… mich h… hören."

Erleichterung durchzuckte sie. Was auch immer geschehen sein mochte, ihr Sohn hatte nichts damit zu tun. „Und deshalb habt ihr euch gestritten." Es war eine Feststellung, keine Frage gewesen. Für sie war die

Sachlage klar. Anscheinend hatte diese heftige Auseinandersetzung Hennings Trauma ausgelöst.

Umso erstaunter war sie, dass er sofort wieder hysterisch zu schreien begann.

„Frau Wiegand, soll ich Ihnen helfen?" Plötzlich stand Frau Hartwich neben ihr, noch in Hut und Mantel, die Augen vor Sensationsgier weit aufgerissen.

„Nein, danke. Ich komme zurecht", sagte Andrea mit harter, abweisender Stimme. Und als diese trotzdem neben ihr stehenblieb: „Bitte kochen Sie eine heiße Milch mit Honig, ich denke, das wird ihm jetzt guttun."

Mit beleidigter Miene drehte sich die Haushälterin herum und verließ das Zimmer, allerdings ohne die Tür hinter sich zu schließen. Schließlich wusste sie genauso gut wie alle in diesem Haushalt, dass Henning Milch nicht ausstehen konnte. Leider war ihr in der Eile, diese neugierige Frau zu vertreiben, nichts Besseres eingefallen. Frau Hartwich nahm sich seit einiger Zeit schon viel zu viel heraus. Bloß weil sie schon lange bei ihnen angestellt war, hieß das nicht, dass sie zur Familie gehörte, auch wenn sie sich immer öfter dementsprechend benahm. Obwohl es ihr leidtat, eine so gute Kraft zu verlieren, sie würde nicht umhinkommen, sie demnächst zu kündigen.

Hennings Weinen war mittlerweile verstummt. Mit einiger Überredungskunst gelang es ihr, ihn wieder auf sein Bett zu bugsieren. Andrea verließ das Zimmer und lief zur Küche, wo tatsächlich ein Topf mit Milch auf dem Ofen stand. Ohne zu zögern, goss sie die heiße Flüssigkeit in die bereitstehende Tasse, tat einen Löffel Honig hinein und nippte selbst an dem Getränk. „Das beruhigt die Nerven", erklärte sie, bevor Frau Hartwich dazu kam, etwas zu sagen. „Ich werde mir die Milch mit ihm teilen, dann wird er sie bestimmt trinken."

Sie sah sehr wohl, dass die Haushälterin ungläubig das Gesicht verzog, beachtete sie aber nicht weiter und verließ mit der Tasse in der Hand die Küche, die Gier nach einer Beruhigungszigarette unterdrückend. Sie wollte Henning nicht zu lange allein lassen, sonst hatte er sich wieder in sein Schneckenhaus zurückgezogen und würde durch nichts mehr zu bewegen sein, ihr alles zu erzählen.

Mit einem nachdrücklichen Knall schloss sie die Tür und hoffte, dass Frau Hartwich diesen Wink mit dem Zaunpfahl verstand und sie, egal was für Geräusche aus dem Zimmer drangen, in Ruhe ließ.

Bernd sah erstaunt auf, als seine Frau kurz vor dem Ende der Sprechstunde in sein privates Zimmer trat, in dem er sich zwischen den Behandlungen entspannte. An ihrem Blick erkannte er, dass etwas Ernstes vorgefallen sein musste, aber sie wich zunächst einer Erklärung aus.

„Wie viele Patienten hast du noch?" Sie hatte sich nicht gesetzt, stand mit dem Rücken zu ihm am einzigen Fenster des Raumes, ihre Finger spielten nervös mit der Gardine.

„Zwei, nur ist bei Herrn Müller ein längerer Eingriff geplant. Eine Stunde wird es mindestens dauern."

„Ich werde warten." Ruckartig wandte sich Andrea ab und ließ sich in den kleinen Sessel neben dem Schreibtisch fallen.

„Ist was mit Henning?"

„Das erkläre ich dir alles später. Bitte, sieh zu, dass du schnell fertig wirst."

„Kannst du mir nicht zumindest einen Hinweis geben, was für eine Überraschung mich erwartet?" Der kleine Scherz blieb ihm fast im Halse stecken. Es musste schon sehr schlimm sein, wenn seine Frau sich derart benahm. Mit einem unguten Gefühl erhob er sich aus seinem Drehstuhl und verließ das Zimmer.

Zum Glück war Herr Müller ebenfalls willens, die Angelegenheit zügig hinter sich zu bringen. Obwohl er bestimmt noch Schmerzen hatte, erhob er keine Einwände, als Bernd fast direkt nach der Injektion mit dem Abschleifen der Zähne begann. Während die Helferin die Abdrücke abnahm, versorgte er nebenan den zweiten Patienten. Trotzdem dauerte es fast eine Stunde, bis er Herrn Müller mit einem neuen Termin versehen entlassen konnte.

Andrea hatte in der Zwischenzeit bereits damit begonnen, die Anmeldung aufzuräumen. Kaum sah sie ihn kommen, nickte sie den beiden Helferinnen zu. „Ihr könnt jetzt Feierabend machen. Ich kümmere mich um den Rest allein."

Erstaunt blickten die beiden auf ihre Chefin, enthielten sich aber jeglichen Kommentars. Vielmehr zogen sie eilig ihre Jacken an und verließen mit einem gemurmelten „schönes Wochenende" die Praxis.

Beim Geräusch der ins Schloss fallenden Tür sackte Andrea in sich zusammen. „Henning - ich glaube sein Streit mit Philipp hat in irgendeiner Form mit diesem Felix zu tun", brach es aus ihr heraus.

Stirnrunzelnd sah Bernd sie an. „Wie kommst du denn …"

„Ich weiß nichts Genaues. Er weicht meinen Fragen aus, wiederholt nur immer wieder, dass er sich wegen des Jungen ganz schrecklich mit Phi-

27

lipp gestritten hätte. Sobald ich versuche, Einzelheiten zu erfahren, wird er vollkommen hysterisch."

Während er nach außen hin völlig unbeeindruckt seinen schmerzenden Nacken massierte, fühlte er, wie eine eiskalte Klammer sein Herz umschloss. „Er hat also Felix am Mittwoch gesehen, richtig?" Selbst seine Stimme klang klar und präzise. Er durfte die Angst, die ihn ergriffen hatte, nicht zulassen, musste einen kühlen Kopf behalten, musste überlegen, wie sie weiter vorgehen sollten. „War das auf dem Schulhof der Gesamtschule?"

„Ja, genau." Voller Hoffnung blickte Andrea ihn an. „Du glaubst doch auch nicht, dass er etwas damit zu tun haben könnte, nicht wahr? Es muss eine vernünftige Erklärung für sein Verhalten geben."

Und warum sagt er sie uns dann nicht, wollte Bernd erwidern, unterließ es aber tunlichst, um seine Frau nicht noch mehr aufzuregen. „Ich werde Herrn Krossmann anrufen", erwiderte er stattdessen. „Mal sehen, was Philipp zu Hause erzählt hat."

7

Am Morgen wurde Matthias von hektischem Geklapper in der Küche geweckt. Blinzelnd sah er auf seine Armbanduhr, halb sieben. Müde ließ er sich wieder zurücksinken und schloss erneut die Augen. Daniela erwartete bestimmt nicht von ihm, dass er ebenfalls dermaßen früh aufstand.

Doch natürlich gelang es ihm nicht mehr, einzuschlafen. Als die Uhr im Wohnzimmer die volle Stunde schlug, gab er sich geschlagen, zog sich an und schlurfte in die Küche. Es graute ihm davor, seiner Schwester zu begegnen. Ihr Leid zu sehen und ihr nicht helfen zu können, war weit schlimmer, als er gedacht hatte. Trotzdem musste er ihr, so gut es in seinen Möglichkeiten stand, helfen, sie hatte ja jetzt niemanden mehr außer ihn.

„Oh, habe ich dich geweckt?" Danielas Kopf ruckte herum. Sie stand inmitten eines Chaos aus Tellern, Tassen und Schüsseln auf einer Leiter und schien damit beschäftigt gewesen zu sein, die Küchenschränke auszuräumen und zu putzen. Langsam stieg sie von der Leiter herunter. „Entschuldige, ich musste mich irgendwie beschäftigen. Wenn ich zur Ruhe komme, bin ich nur am Heulen, ich kann keinen klaren Gedanken mehr fassen."

„Und bei dieser Arbeit denkst du nach?", fragte er ungläubig.

„Nein!" Mit einer heftigen Bewegung warf sie den Schwamm in den Putzeimer. „Ich will nicht denken, verstehst du? Nicht darüber nachdenken, wie es weitergeht, wie ich ohne ihn leben soll. Wenigstens bis zu seiner Beerdigung muss ich durchhalten."

„Und danach?", fragte Matthias behutsam. Daniela machte ihm Angst, sie wirkte verzweifelt und entschlossen zugleich. Interpretierte er ihre Worte richtig oder war es lediglich die Trauer, die aus ihr sprach?

Sie mied seinen Blick, während sie geschäftig die Kaffeemaschine befüllte und Brotscheiben in den Toaster schob. Er dachte schon, sie würde nicht antworten, denn das ganze Frühstück über blieb sie still. Geduldig wartete er, bis sie sich wieder erhob, um die Frage erneut zu stellen. Doch sie kam ihm zuvor. „Ich weiß es nicht", gestand sie, als hätte es die lange Pause nicht gegeben. „Felix war mein Lebensinhalt, fast mein gesamtes Denken und Fühlen hat sich um ihn gedreht." Sie hob die Hand, um seinen Widerspruch zu ersticken. „Ich weiß, was du sagen willst. Ich habe meine Arbeit, meine Freunde. Aber das reicht nicht. Ich will Felix zurück!"

Die letzten Worte hatte sie so laut geschrien, dass Matthias zusammenzuckte und aufsprang. Er kam gerade rechtzeitig, um sie aufzufangen, als sie vom Stuhl glitt und in heftiges Weinen ausbrach. Hilflos drückte er sie an sich, murmelte irgendwelche tröstenden Worte und strich ihr beruhigend über den Rücken. Daniela klammerte sich an ihn, ihr ganzer Körper bebte und zuckte, es gelang ihr nicht, die Kontrolle wiederzuerlangen.

Die Türklingel schrillte und Mathias machte sich sanft los. Fast war er froh über diesen unverhofften Besuch. Es fiel ihm unglaublich schwer, mit ihr und ihrer Trauer umzugehen.

Der Mann, der vor ihm stand, füllte fast den gesamten Rahmen aus. Unwillkürlich trat Matthias einen Schritt zurück. Der Fremde grinste, wurde jedoch sofort wieder ernst: „Christian Manz, ich bin ein Nachbar von Daniela und wollte nach ihr sehen."

„Tja, ich weiß nicht", unschlüssig blickte Matthias zurück in die Diele. „Es geht ihr gerade nicht besonders gut. Vielleicht wäre es besser, wenn Sie später wiederkommen könnten."

„Ach was." Der Mann machte Anstalten, sich an ihm vorbei zu drängen. „Ich war gestern, bis Sie gekommen sind, hier. Noch schlechter kann es heute kaum sein."

Wortlos gab Matthias den Durchgang frei. Er hatte ja selbst Gewissensbisse, dass er nicht vor dem frühen Nachmittag bei ihr gewesen war. Nach Danielas Anruf hatte er unverzüglich am Flughafen angerufen, aber die Frühmaschine war komplett ausgebucht. Da die nächste Maschine erst abends startete, hatte er den Zug genommen, weil er sich nach diesem Schock außerstande gesehen hatte, mit dem Auto zu fahren. Trotzdem musste er das nicht gleich diesem seltsamen Kerl auf die Nase binden. Wer war das überhaupt? Bisher hatte Daniela ihn mit keinem Wort erwähnt.

Er lauschte Richtung Küche. Danielas Weinen hatte aufgehört, leises Gemurmel war nun zu hören. Anscheinend hatte der Nachbar die Rolle des Trösters übernommen. Unschlüssig blieb Matthias in der Diele stehen, sollte er sich zu den beiden gesellen?

Stattdessen ging er ins Wohnzimmer, öffnete die Balkontür und verfrachtete Decke und Kopfkissen zurück in den Bettkasten der Couch. Anschließend räumte er die herumliegenden Zeitungen, die er gestern

Abend gelesen hatte, zusammen und stapelte sie auf dem kleinen Beistelltisch. Mehr gab es nicht zu tun.

Aus der Küche drang weiterhin leises Gemurmel, deshalb trat er auf den Balkon und zog seine Zigarettenpackung aus der Tasche. Tief einatmend inhalierte er den Rauch, die leichten Schuldgefühle, dass er nicht mehr für seine Schwester hatte tun können, wurden von einem wesentlich stärkeren Gefühl der Erleichterung überdeckt.

Er war nun mal nicht gut im Trösten, er wusste nicht, was er ihr sonst hätte sagen können, dafür fühlte er viel zu sehr mit ihr. Er hatte selbst Felix' Tod bisher nicht verkraftet, wie musste es ihr da erst gehen?

Es begann schon wieder zu regnen, ein leises beständiges Nieseln, das einen glänzenden Film auf der Brüstung hinterließ. Während er die Zigarettenkippe im Aschenbecher ausdrückte, fiel sein Blick auf das Außenthermometer. Vierzehn Grad! Und das im Mai! So viel zur globalen Erwärmung.

Das Telefon klingelte und er eilte in die Diele. Gestern Abend hatte er den Anrufbeantworter eingeschaltet und vergessen, ihn heute Morgen wieder abzuschalten. Das war bestimmt Uschi. Er hatte versprochen, sie anzurufen, es jedoch vergessen.

Stattdessen war es ein Kommissar Bremer, der seinen Besuch ankündigen wollte.

„Habe Sie etwas Neues herausgefunden?", fragte Matthias, nachdem er sich als Danielas Bruder zu erkennen gegeben hatte.

Der Polizist vertröstete ihn auf später, wenn seine Schwester es erlaube, könne er ja bei dem Gespräch dabei sein.

Nun blieb ihm wohl nichts anderes übrig, er musste sich in der Küche blicken lassen. Mit einem mulmigen Gefühl näherte sich Matthias der geschlossenen Tür. Geschlossen? Stirnrunzelnd drückte er die Klinke nieder. Blaugrauer Dunst schlug ihm entgegen. Er war so verdutzt, dass er im Türrahmen stehen blieb. Christian Manz saß seiner Schwester am Tisch gegenüber und zog genussvoll an einer Zigarette, der vierten bereits, wie er mit einem Blick in den Aschenbecher feststellen konnte.

„Tür zu!" Des Nachbars forscher Ton und der tadelnde Ausdruck in den Augen seiner Schwester gaben ihm den Rest. Daniela hatte sich stets verbeten, dass in ihrer Wohnung geraucht wurde. „Wenn du jemanden umbringen willst, dann dich selbst und nicht uns auch noch." Erbarmungslos hatte sie ihn bei jedem Wetter auf den Balkon hinausgejagt. Und jetzt das!

31

„Kommissar Bremer will gleich vorbeikommen", erklärte er kurz, schon auf dem Rückzug.

„Setz dich bitte zu uns!" Die Stimme seiner Schwester klang erstaunlich fest. Sie wartete, bis er sich auf dem Stuhl neben ihr niedergelassen hatte. „Christian hat mir gerade berichtet, dass Felix mit einigen Kindern aus der Gesamtschule Probleme hatte, meinst du, ich soll der Polizei davon erzählen?"

„Na ja, eigentlich war der Stress schon länger vorbei", wiegelte sein Gegenüber ab. „Nachdem ich einige Male mit Ronni dort aufgetaucht bin, haben sie ihn in Ruhe gelassen."

„Ronni?" Verständnislos blickte Matthias von einem zum anderen. „Und was für Probleme?"

„Da waren ein paar ältere Jungs, Halbstarke halt, die lungerten in der großen Mittagspause da rum und haben versucht, bei Felix Geld zu kassieren. Nachdem sie ihn das erste Mal verprügelt hatten, wollte ich sie mir vornehmen", Christian grinste kläglich. „Aber der Junge war der Meinung, er müsse das allein schaffen. Zum Glück bin ich, nachdem wir das geklärt hatten, auf die Idee gekommen, Ronni einzusetzen. So hat Felix nicht sein Gesicht verloren, verstehste?"

Nein, Matthias verstand immer weniger. Bloß, dass der Mann vor ihm anscheinend jemand war, der nicht lange diskutierte, wenn er sich angegriffen fühlte, sondern eher sofort zur Tat schritt. Nichtsdestotrotz war der Kerl wohl aufrichtig um Felix bemüht gewesen und auch Daniela schien ihm zu vertrauen.

„Christian wohnt unter mir", erklärte sie jetzt. „Er hat eine Hündin namens Ronja. Felix liebte sie heiß und innig. Du weißt ja, dass er selbst gern einen Hund gehabt hätte."

Langsam dämmerte es Matthias. Natürlich hatte sein Neffe in letzter Zeit viel von seinen Unternehmungen mit dem Besagten erzählt. Allerdings hatte er gedacht, es handele sich bei diesem Freund um einen Jungen seines Alters und nicht um einen fast Vierzigjährigen. Und von dem Hund hatte er überhaupt nichts gewusst.

„Dass er Probleme mit einigen Jugendlichen gehabt hat, ist mir neu", fuhr Daniela übergangslos fort. „Weder Felix noch Christian haben mir davon erzählt."

Der riesige Mann duckte sich unter ihrem vorwurfsvollen Blick. „Er wollte nicht, dass ich es dir erzähle", gestand er zerknirscht. „Du hättest dich nur unnütz aufgeregt, meinte er. Und wir haben es ja auch in den

Griff bekommen. In den letzten zwei Monaten ist nichts mehr vorgefallen."

„Trotzdem hättest du es mir sagen müssen", beharrte Daniela.

„Du …"

„Bevor ihr euch weiterstreitet, könntet ihr mir vielleicht mal erzählen, was da eigentlich los war?", unterbrach Matthias sie.

„Ja, also …", sie warf Christian einen Hilfe suchenden Blick zu. „Erzähl du!"

Der Mann hatte eine furchtbar umständliche Art zu erzählen, aber nach und nach kristallisierte sich, unterstützt durch zahlreiche Einwürfe Danielas, das tatsächliche Geschehen heraus. Vor etwa einem halben Jahr hatte eine Gruppe von fünf Jugendlichen damit begonnen, Felix auf dem Nachhauseweg aufzulauern. Zuerst hatten sie sich damit begnügt, ihm den Durchgang zu versperren, sodass er einen Umweg laufen musste. Dann, eines Tages, hatten sie ihn festgehalten und ihm Prügel angedroht, wenn er sich nicht regelmäßig mit zwei Euro freikaufen würde.

Felix war ihnen entkommen, indem er auf andere Straßen auswich. Schon nach einer Woche hatten sie seinen Trick durchschaut und ihn erneut gestellt. Zur Warnung hatten sie ihm ein blaues Auge verpasst und ihm gleichzeitig gedroht, bloß nicht seine Eltern einzuschalten. Sie würden Mittel und Wege kennen, ihn erneut zu finden. Vor der Haustür war er Christian, der gerade von einem Arztbesuch kam, in die Arme gelaufen. Dieser hatte ihn mit in seine Wohnung genommen, die Verletzung mit einem Eisbeutel gekühlt und ihn beharrlich ausgefragt, bis Felix mit der Wahrheit herausgeplatzt war.

Wütend hatte Christian damit gedroht, sich die Täter am nächsten Tag vorzunehmen, doch davon hatte Felix nichts wissen wollen. „Hinterher lassen sie das irgendwann wieder an mir aus", hatte er gemeint. Dem konnte Christian nach kurzem Überlegen nur beipflichten. Also waren sie auf die Idee mit dem Hund gekommen. Ronja war von Respekt einflößender Größe und sie liebte Felix geradezu abgöttisch.

Am nächsten Tag hatte Christian an der verabredeten Stelle gewartet. In dem Moment, als die Jugendlichen auf Felix zugetreten waren und dessen Pfiff ertönte, hatte er Ronja freigelassen. Die Jungen, die ihn in seinem Versteck nicht sehen konnten, hatten tatsächlich geglaubt, Felix habe den Hund herbeigerufen.

„Ronni hat sich zähnefletschend vor Felix gestellt", berichtete Christian stolz. „Du hättest mal sehen sollen, wie die Hackengas gegeben haben."

Ohne dass Daniela etwas von der ganzen Geschichte erfuhr, war der Nachbar zwei Wochen lang jeden Tag nach Schulschluss in einigem Abstand hinter dem Jungen nach Hause gegangen. Ein einziges Mal hatten die Rowdys noch versucht, an Felix heranzukommen. Wieder war Ronja knurrend dazwischengegangen. Anschließend hatten sie ihn in Ruhe gelassen.

„Ihr hättet sie anzeigen sollen", kommentierte Matthias fassungslos.

„Genau das hätte ich getan, wenn ich informiert gewesen wäre", erwiderte Daniela.

„Wir haben es genau richtig gemacht", verteidigte sich Christian. „Du kannst mir glauben, ich weiß, was auf der Straße los ist. Hätten wir die Polizei eingeschaltet, wäre denen nicht viel passiert, allenfalls ein paar Sozialstunden hätten die aufgebrummt gekriegt. Irgendwann hätten die ihn sich dann richtig vorgenommen, und zwar so, dass garantiert keiner was mitkriegte."

„Hm, glaubst du denn, dass diese Jugendlichen etwas mit Felix' Tod zu tun haben?", fragte Matthias den Nachbarn, ebenfalls ins Du wechselnd.

Bevor dieser antworten konnte, ertönte die Schelle. Das musste Kommissar Bremer sein. Er erhob sich, um ihn einzulassen.

34

8

Philipp hatte zu Hause gar nichts gesagt, nur dass er sich mit Henning gestritten hatte, war Herrn Krossmann von der Haushälterin der Familie berichtet worden. Er selbst hatte bisher nicht mit seinem Sohn darüber gesprochen, seine Frau, soweit er wusste, ebenfalls nicht. Deshalb drückte sich Bernd am Telefon sehr vorsichtig aus.

Dass sein Sohn wahrscheinlich der Letzte gewesen sei, der Felix lebend gesehen hatte, wies Herr Krossmann kategorisch von sich. Das hätte dieser zu Hause erzählt. Schließlich wusste er aus den Erzählungen seiner Eltern, wie wichtig Zeugenaussagen gerade bei ungeklärten Verbrechen waren. Trotzdem klang er sehr besorgt und versprach, umgehend mit Philipp zu reden. Er würde sich spätestens am Abend bei ihnen zu Hause melden.

Andrea war während des Gesprächs in seinem kleinen Büro hin und her getigert. Als er den Hörer auflegte, schüttelte sie resigniert den Kopf. „Das wird uns auch nicht weiterbringen."

Wütend schlug Bernd mit der Faust auf den Tisch. „Was hast du denn erwartet? Dachtest du etwa, Herr Krossmann hätte eine eindeutige Erklärung bei der Hand?" Er schnaubte verächtlich. „Die sind die Letzten, die wissen, was ihr Sohn treibt."

„Du konntest Philipp noch nie leiden", tadelte Andrea mit sanfter Stimme. Sein Ausbruch ließ sie völlig kalt. Bernd explodierte jedes Mal, wenn etwas nicht so lief, wie er es sich vorgestellt hatte. Man musste das ignorieren, dann kam er bald wieder zu sich.

„Er ist ein völlig verzogener, egoistischer Rotzlöffel!", tobte ihr Mann weiter. „Ich sage dir, wenn die beiden etwas mit der Geschichte zu tun haben, ist er der Auslöser gewesen."

Jetzt überlief es Andrea heiß und kalt. „Das glaubst du nicht wirklich!"

„Liebe Andrea", er wurde sarkastisch, „wenn deine Befürchtungen nicht ebenfalls in diese Richtung gingen, wärest du gar nicht hier."

„Vielleicht war es doch keine gute Idee, Herrn Krossmann anzurufen. Vielleicht hättest du noch einmal versuchen sollen, mit Henning zu sprechen. Was ist, wenn Philipp behauptet, von nichts zu wissen? Wie stehen wir in diesem Fall da? Dann bleibt alles an Henning hängen."

„Andrea!" Bernd beherrschte sich mühsam. „Im Moment wissen wir nicht, was vorgefallen ist, ja ob überhaupt wirklich etwas passiert ist, das ihn belastet."

„Aber wenn die Krossmanns zur Polizei gehen – wegen dem was du ihnen erzählt hast - und unser armer Henning zum Verhör muss. Das wird er nicht verkraften."

Bernd musste tief Luft holen, bevor er sich so weit beruhigt hatte, dass er antworten konnte. „Erstens blieb uns nichts anderes übrig; wir mussten Philipps Eltern einschalten. Du weißt selbst, dass, wenn du schon nichts aus Henning herausbekommst, ich es gar nicht zu versuchen brauche. Zweitens kannst du Gift darauf nehmen, dass Philipp genau so mit drinsteckt wie unser Sohn. Sollte sein Freund alles abstreiten, werden wir uns Henning gemeinsam vornehmen und ihm erzählen, Philipp habe gesagt, dass es allein Hennings Schuld sei und er nichts damit zu tun habe."

„Bernd!"

„Versteh doch, ich will ihn lediglich schützen, hättest du mich ausreden lassen, wüsstest du, dass der dritte Punkt wäre, Herrn Krossmanns anwaltlichem Rat zu vertrauen, sollte sich tatsächlich etwas Ernsteres ergeben."

„Das würdest du tun?" Andrea wusste nur zu gut, dass er eigentlich die ganze Familie Krossmann nicht leiden konnte. Dabei waren Philipps Eltern immer sehr nett und zuvorkommend gewesen. Sie jedenfalls mochte sowohl Sabine als auch Jochen. Die beiden waren Mitglieder im selben exklusiven Tennisclub wie sie und ebenfalls sehr wählerisch in der Auswahl ihrer Bekannten, genau wie in der Auswahl der Freunde ihres Sohnes.

Sie konnte sich noch gut daran erinnern, dass Philipp anfangs mit Felix befreundet gewesen war und dadurch auch Henning viel mit diesem gespielt hatte. Allerdings war sie relativ schnell dahintergekommen, aus was für einem Haushalt der Junge kam. Eine ledige Mutter, nicht geschieden, nein, nie verheiratet gewesen. Studiert hatte sie natürlich nicht, sondern schlug sich als Bürokraft durch, das war wirklich nicht der richtige Umgang.

Sabine war ähnlicher Ansicht gewesen. Gemeinsam hatten sie dafür gesorgt, dass sich die Kontakte der Kinder nur auf den Aufenthalt im Kindergarten beschränkten. Da Felix dann eher eingeschult wurde, hatte sich das Problem schließlich von selbst erledigt, was ihr mehr als recht gewesen war.

Bernd sah das seltsamerweise anders, dabei stammte er wie sie aus einer reinen Akademikerfamilie. Das Haus, das ihnen seine Eltern zur Hochzeit geschenkt hatten, stand genau im richtigen Viertel, die Praxis, in die er sich damals eingekauft hatte und die er mittlerweile allein führte, lag in einer guten Lage und wurde hauptsächlich von Geschäftsleuten frequentiert, sie konnte nicht nachvollziehen, dass er bei dieser adäquaten Ausgangssituation derart wenig Wert auf den richtigen Freundeskreis legte und es bei seinem Sohn ebenso hielt.

Er sähe auf die inneren Werte, sagte Bernd stets, wenn sie sich über einen seiner Freunde mokierte. Mittlerweile besuchte er diese lieber zu Hause, statt sie zu ihnen einzuladen. Sie hatte definitiv nichts dagegen. Dadurch war irgendwann der Kompromiss zustande gekommen, dass er zwei freie Abende in der Woche für sich bekam, dafür aber als Gastgeber zur Verfügung stand, wenn sie zu einer Party einlud. Da gab er sich dermaßen charmant, dass mehrere ihrer Bekannten sie offen um diesen Mann beneidet hatten. Andrea schnaubte unwillkürlich: wenn die wüssten!

„Hallo!"

„Was?" Sie schreckte aus ihren Gedanken auf und sah Bernd dicht vor sich stehen.

„Falls du mich nicht verstanden haben solltest, wiederhole ich gerne, was ich gesagt habe. Ich liebe Henning, er ist mein Sohn. Es gibt nichts, was ich nicht für ihn tun würde."

Sie stellte sich auf die Zehenspitzen und gab ihm einen kurzen Kuss. „Danke, ich weiß, dass du tust, was in deiner Macht steht."

„Gut, lass uns aufräumen."

„Was?"

„Du warst es schließlich, der meine Angestellten ins Wochenende geschickt hat", konterte Bernd ungerührt. „Bis Montag kann das nicht alles liegenbleiben."

„Ich wollte nicht, dass sie unser Gespräch mitbekommen", protestierte Andrea. „Was blieb mir anderes übrig?"

„Du hättest warten können, bis sie mit ihrer Arbeit fertig waren", erwiderte er achselzuckend.

Ohne sich auf weitere Diskussionen einzulassen, verließ er den Raum und begann im ersten Behandlungszimmer mit der Arbeit.

9

Matthias kam gerade vom Einkaufen. Bepackt mit zwei großen Einkaufstaschen nahm er die Kehre zur letzten Treppe, als eine Hand von hinten an seiner Jacke zupfte. Vor Schreck hätte er beinahe die Tasche mit den Eiern fallen lassen.

„Ich bin's", flüsterte eine Stimme hinter ihm. „Komm bitte eben kurz zu mir rein. Ich muss dir was sagen."

„Du hättest nur zu rufen brauchen", erklärte Matthias in normaler Lautstärke. „Und dich nicht derart anschleichen müssen."

„Pst", Christian warf einen beredten Blick nach oben. „Ich will nicht, dass Daniela was davon mitbekommt."

In der Tür stand wachsam ein riesiges Ungetüm von Hund. Matthias schluckte, das war kein Schmusehund, sondern irgendeine Mischung aus verschiedenen Monstern. Das Tier hatte einen nahezu quadratischen Schädel, das Maul war anscheinend mit Hauern statt Reißzähnen ausgestattet, der muskulöse, kompakte Körper wirkte, als könne er einen ausgewachsenen Mann mühelos umwerfen. Einzig die langen Hängeohren und das plüschige, braunrote Fell milderten das Erscheinungsbild etwas ab.

Mit einer Kopfbewegung forderte Matthias sein Gegenüber auf, vor ihm einzutreten. Christian kam der Aufforderung grinsend nach, packte Ronja am Halsband und zog sie hinter sich her.

„Sie tut nichts", sagte er, nachdem Matthias die Tür hinter sich geschlossen hatte. „Sie ist ein wahres Lämmchen." Trotzdem hielt er den Hund weiter fest, während er den Besucher ins Wohnzimmer dirigierte.

Überrascht blieb Matthias auf der Türschwelle stehen. Der Raum war in einem hellen Beige gestrichen, was ihn größer wirken ließ, die wenigen Möbel schienen durchweg aus massivem Birkenholz zu bestehen, genau wie der Tisch, der vor der wuchtigen Sitzgarnitur aus braunem Wildleder stand.

Christian winkte ihm, sich zu setzen, während er den Hund zu einer Decke führte, die sich neben einer, wie Matthias mit Kennerblick feststellte, wahren Hightech-Stereoanlage befand. Die dazu passenden Lautsprecherboxen waren in genau dem richtigen Abstand im Raum verteilt, es musste ein Genuss sein, abends auf der Couch liegend der Musik zu lauschen.

Ein moderner Flachbildschirm an der Wand rundete das Bild ab, hier hatte jemand sehr viel Geld in ein gemütliches Zuhause investiert.

Christian, der sich Matthias gegenüber niedergelassen hatte, kam seiner Frage zuvor. „Ich lebe allein, verdiene ziemlich gut und habe sonst keine großartigen Hobbys. Mir gefällt es, das ist die Hauptsache."

„Mir gefällt es auch", beeilte sich Matthias zu sagen und das war nicht einmal gelogen, so viel Geschmack hatte er dem Mann gar nicht zugetraut. Von seinem Auftreten und seinem Aussehen ausgehend hatte er ihn eher für einen Durchschnittsbürger der etwas einfacheren Art gehalten.

Christian war fast zwei Meter groß und ziemlich kompakt gebaut, die Muskeln die unter seinem T-Shirt hervorquollen, konnten sich sehen lassen. Hatte er bei ihrem ersten Kennenlernen noch gedacht, Danielas Nachbar wäre dick, wurde er jetzt eines Besseren belehrt. Das eng anliegende T-Shirt zeigte einen flachen Bauch, aber enorme Muskeln an Schultern und Oberarmen. Entweder war der Mann vor ihm ein As im Bodybuilding oder sein Körper wurde täglich durch harte Arbeit gestählt. Bevor er ihm eine dementsprechende Frage stellen konnte, sprang Christian auf. „Mensch, ich bin vielleicht ein Gastgeber! Willste was essen oder was trinken?"

Als Matthias nur stumm den Kopf schüttelte, plumpste er zurück auf das Polster, dass die Federung ächzte. „Dann will ich mal gleich zur Sache kommen, damit Daniela nicht merkt, dass ich dich abgefangen habe. Es ist nämlich so", seine braunen Augen blickten eindringlich in die blauen von Matthias. „Ich mach mir große Sorgen um sie. Sie ist echt nervlich am Ende, du musst aufpassen, dass sie keinen Scheiß macht."

„Du meinst, sie will sich etwas antun?", fragte Matthias nach.

„Na klar, du siehst doch, wie fertig sie ist. Der Kleine war ihr Lebensinhalt, sie weiß nicht, wofür sie jetzt überhaupt da ist."

„Das ist völlig normal", entgegnete Matthias irritiert. „Es ist schließlich gerade mal zwei Tage her. Man muss ihr Zeit geben."

„Und genau das siehst du falsch. Daniela ist ein ganz anderer Typ!" Erregt sprang Christian auf und begann, im Zimmer hin und her zu laufen. Ronja, die ruhig auf ihrer Decke gelegen hatte, schien die Anspannung ihres Herrn bemerkt zu bemerken. Sie hob den Kopf, ihr Blick folgte jedem seiner Schritte. „Felix hat ihrem Leben Sinn gegeben, sie hat das Gefühl, ohne ihn lohne sich das Weitermachen nicht. Alles was sie getan, was sie unternommen hat, war auf ihn ausgerichtet, verstehste?"

„Sie trauert um das, was sie am meisten geliebt hat auf dieser Welt", erwiderte Matthias kopfschüttelnd. „Das ist völlig normal. Natürlich wird es noch viele weitere Tage geben wie die beiden letzten, bis sie sich wieder gefangen hat, aber irgendwann wird sie das Schlimmste überwunden haben."

Verächtlich musterte Christian den anderen. „Da kennst du anscheinend deine Schwester schlecht. Sie wird es nie überwinden. Ich weiß nicht, wie ich es dir erklären soll, ich kann immer nur dasselbe sagen", er brach ab und fuhr sich durch die streichholzkurzen, schwarzen Haare, während er weiter hin und her lief.

„Ach, ist auch egal, ob du es verstehst", sagte er schließlich und ließ sich wieder auf die Couch fallen, „Hauptsache, du hilfst mir."

„Was soll ich denn tun?", fragte Matthias argwöhnisch.

„Du musst ihr, genauso wie ich das tue, klarmachen, dass es wichtig ist, den oder die Täter zu finden. Hat sie eine Aufgabe, kommt sie nicht auf dumme Gedanken."

„Das ist alles?"

„Unterschätze das nicht, es ist lebenswichtig für sie", Christian funkelte ihn böse an.

„Gut, gut, ich will ja selbst, dass der Täter gefasst wird." Besänftigend hob Matthias die Hände. „Bestimmt wird die Polizei alle Hebel in Bewegung setzen."

„Eben nicht!" Christians Mundwinkel zuckten verächtlich. „Für die ist das ein Fall unter vielen. Er hat vielleicht jetzt gerade oberste Priorität, aber sobald das Nächste passiert oder die Ermittlungen im Sand verlaufen, sieht es anders aus. Richtig verbeißen werden die sich in den Fall jedenfalls nicht."

„Und was erwartest du von mir?", fragte Matthias, der keine Lust hatte, nun zusätzlich über die Polizeiarbeit mit seinem Gegenüber zu diskutieren.

„Daniela hat mir erzählt, du hättest vier Wochen Urlaub. Kannst du die nicht hier verbringen und mit mir und ihr zusammen an der Aufklärung arbeiten?"

„Ich wollte bleiben, bis es ihr wieder besser geht", erwiderte Matthias. „Wenn erforderlich, die gesamten vier Wochen. Nur, was deine Idee anbelangt … ich weiß nicht … ich glaube nicht, dass das Sinn macht."

„Bitte, versuch es wenigstens, ihr zu liebe", Christian hatte sich vorgebeugt. Wahrscheinlich sollte sein Blick flehend wirken, Matthias empfand ihn eher wie eine Bedrohung, zumal sich durch die Haltung, die dieser eingenommen hatte, seine Muskeln noch mehr vorwölbten.

„Gut, ich werde mit ihr reden", Matthias erhob sich. „Mehr kann ich dir nicht versprechen. Ich denke, ich sollte jetzt langsam gehen, sonst merkt sie doch etwas."

„Kein Wort zu ihr!" Christian stand ebenfalls auf. „Das muss unter uns bleiben."

Das konnte er ihm ohne lange Umschweife versprechen. Er war bestimmt nicht der Typ, der es darauf anlegte, im Seelenleben seiner Schwester herumzustochern.

10

Es war nach vier, als sie endlich die Tür der Praxis hinter sich zuziehen konnten. Frau Hartwich würde platzen vor Wut, dachte Andrea. Sie hatte der Haushälterin aufgetragen zu warten, bis sie wieder zu Hause war. Dass es so lange dauern würde, hatte sie schließlich selbst nicht wissen können.

Bernd gelang es relativ schnell, die aufgebrachte Frau zu beruhigen, indem er sich bei ihr für die lange Wartezeit entschuldigte und ihr einen kleinen Geldbetrag in die Hand drückte. Zumindest hoffte Andrea, dass er sich nicht zu großzügig gezeigt hatte. Diese drei Überstunden waren die ersten in diesem Jahr, man konnte doch wohl erwarten, dass sich eine Angestellte bei kurzfristig auftretenden Problemen flexibel verhielt.

Aber sie hütete sich davor, Bernd ihre Gedanken mitzuteilen, sie wusste ganz genau, dass er anders darüber dachte. Mit einem kurzen Nicken ging sie an Frau Hartwich vorbei in das Zimmer ihres Sohnes. Henning lag immer noch im Bett. Aber es schien ihm etwas besser zu gehen. Der Fernseher lief und auf dem Boden standen ein Teller voller Krümel und ein leeres Glas.

„Hi", sagte er ohne den Blick vom Bildschirm zu nehmen.

„Wie fühlst du dich, Schatz?", fragte Andrea und ließ sich auf der Bettkante nieder.

Unwillig winkte er ab. „Scht!"

Seufzend strich sie durch sein wirres Haar und erhob sich wieder. „Papa und ich bleiben zu Hause. Wenn du etwas möchtest, ruf einfach."

Er nickte ungeduldig, sein einziges Interesse galt dem Zeichentrickfilm.

Leise schloss Andrea die Tür des Kinderzimmers und machte sich auf die Suche nach Bernd. Laute Stimmen lenkten ihre Schritte Richtung Küche. Ihr Mann saß mit Rabea am Esstisch und ließ sich sein verspätetes Mittagsmahl schmecken, während ihre Tochter weitschweifig von irgendeinem Erlebnis in der Schule erzählte, das Bernd zu immer neuen Heiterkeitsausbrüchen brachte.

Wie konnte er nur derart unsensibel sein! Sein Sohn war wahrscheinlich in schlimme Dinge verwickelt und er vergnügte sich hier mit Rabea, als wäre nichts geschehen.

„Hast du nach Henning geschaut", fragte sie spitz, während sie ihren eigenen Teller aus dem Backofen nahm. Die Soße über den Kartoffeln war zu einem dicklichen Brei geronnen, der Fisch wirkte zäh und trocken. Mit angewiderter Miene stellte sie ihre Portion auf die Spüle.

„Wenn du dein Essen nicht magst, kann ich es dann haben?" Wieder einmal schien Rabea nichts von der Verstimmung ihrer Mutter zu ahnen.

„Da musst du dich beeilen", kam Bernd Andrea zuvor. „Ich wollte dich eigentlich losschicken, beim Italiener ein Eis für uns alle zu holen."

„Super, Papi." Rabea sprang auf und umarmte ihren Vater stürmisch. Unter Andreas missbilligenden Blicken schlang sie die Mahlzeit hastig hinunter und zog anschließend mit einem Geldschein versehen los.

„Du musst sie nicht immer derart verwöhnen." Der Ärger war deutlich aus Andreas Stimme herauszuhören. „Außerdem wird sie zu fett, wenn sie weiter diese Unmengen an Essen in sich hineinstopft."

„Sie hat eine super Figur." Stirnrunzelnd schob Bernd seinen Teller von sich. Ihm war der Appetit vergangen. „Lass sie doch nicht ständig spüren, dass Henning für dich die Nummer eins ist."

„Das stimmt nicht." Je ärgerlicher Andrea wurde, umso eisiger klang ihre Stimme. „Der Unterschied ist, dass meine Tochter einen sehr robusten Charakter hat, unser Sohn dagegen sehr sensibel ist. Rabea kommt gut allein zurecht."

„Aha, jetzt wird mir wieder vorgeworfen, dass ich mich viel zu viel um deine Tochter kümmere", Bernd lachte spöttisch. „Das hätte mir eigentlich klar sein können."

„Wenn du dich in gleichem Maße um Henning kümmern würdest, wäre ich wahrlich glücklicher." Automatisch griff Andrea nach der Zigarettenschachtel neben dem Herd.

„Wie du vielleicht weißt, liebe Frau, hat er gar nicht das Bedürfnis, von mir umsorgt zu werden, dafür hängt er viel zu sehr an deinem Rockzipfel", schlug Bernd zurück, hob dann aber, bevor sie etwas erwidern konnte, die Hand. „Komm, Waffenstillstand. Bevor Rabea zurück ist, muss ich dir noch erzählen, dass Frau Hartwich gehört hat, wie er mit seinem Handy telefonierte."

„Was?" Der Ärger war schlagartig vergessen.

„Du hast richtig gehört", nickte Bernd triumphierend. „Und genau aus diesem Grund gibt es gleich Eis. Ich will nämlich, dass Henning es gemeinsam mit uns in der Küche isst. Während er beschäftigt ist, gehe ich in sein Zimmer und kontrolliere die ein- und ausgegangenen Nummern."

„Das kannst du nicht machen!"

„Natürlich kann ich das", fuhr Bernd auf, mäßigte sich jedoch sofort wieder. „Oder hast du etwas Neues aus ihm herausbekommen?"

Stumm schüttelte sie den Kopf.

„Na siehst du, besondere Umstände erfordern besondere Maßnahmen."

Nachdem Rabea mit dem Eis zurück war, ging er selbst seinen Sohn holen. Erwartungsfroh kam Henning in die Küche. Sein Gesicht hellte sich merklich auf, als er den großen Eisbecher bemerkte, der an seinem Platz stand. „Wow! Meine Lieblingssorten", stellte er nach einem prüfenden Blick auf den Inhalt fest.

Keines der Kinder schien zu merken, dass Bernd sehr lange brauchte, bis er sich wieder zu ihnen gesellte. Mit einem leichten Nicken in Andreas Richtung setzte er sich ebenfalls und löffelte mit genießerischen Ahs und Ohs sein Eis.

‚Was will er mir wohl damit sagen?', dachte sie wütend. ‚Glaubt er etwa, ich kann hellsehen?'

Ungeduldig wartete sie darauf, dass Rabea und Henning endlich aufgegessen hatten. Beide ließen sich sehr viel Zeit. Und jetzt fingen sie an, Witze mit Bernd zu reißen. Und der ging darauf ein! Konnte er sich nicht denken, wie angespannt sie darauf wartete zu erfahren, was er herausgefunden hatte?

Aber der Kleine wirkte wirklich ganz anders, als sei eine große Last von seinen Schultern gefallen. Andrea fühlte, wie heftige Gewissensbisse in ihr aufstiegen. Vielleicht hatte sie völlig umsonst nicht nur Bernd, sondern auch Herrn Krossmann da mit hineingezogen. Vielleicht war alles gar nicht so schlimm, wie sie gedacht hatte. Henning war nun mal ein richtiges Seelchen, nahm sich alles immer gleich furchtbar zu Herzen. Oh, hätte sie besser länger abgewartet! Was sollten jetzt die Krossmanns von ihr denken?

Endlich verließen die beiden die Küche. Erwartungsvoll blickte Andrea auf Bernd, während sie automatisch nach einer weiteren Zigarette griff. „Und?"

Mit dem Finger auf dem Mund bedeutete er ihr zu schweigen, stand leise auf und pirschte sich an die Tür. Bevor er sie schloss, sah er prüfend in die Diele. Andrea bemerkte, wie die Anspannung erneut in ihr hochkroch. Was sollte dieses Theater jetzt wieder bedeuten?

„Also?", fragte sie schärfer als beabsichtigt, nachdem ihr Mann sich wieder ihr gegenüber niedergelassen hatte.

„Um drei ist eine SMS von Philipp eingegangen, wahrscheinlich direkt nach unserem Telefonat mit Herrn Krossmann." Er sah Andrea bedeutungsvoll an. „Du Arschloch, melde mich später, stand darin. Um halb vier haben sie miteinander telefoniert. Demnach kann das Gespräch mit seinem Vater nicht sehr lange gedauert haben."

„Und … und was meinst du, hat das zu bedeuten?" Andrea spürte, dass eine Gänsehaut sich auf ihrem gesamten Körper auszubreiten begann. Ihr Herz raste und ein derartiger Schwindel erfasste sie, dass sie die halbaufgerauchte Zigarette im Aschenbecher ausdrückte.

„Ich weiß es nicht", Bernd schüttelte müde den Kopf und barg sein Gesicht in den Händen. „Tatsächlich vermute ich, dass die zwei irgendwie in die Sache verstrickt sind", murmelte er schließlich.

„Soll ich noch einmal versuchen, mit ihm zu reden?" Andrea zog sich mühsam an der Tischkante hoch. Sie schwankte, als sie endlich stand.

Bernd sprang auf, um sie zu stützen. „In deinem Zustand?", fragte er skeptisch und drückte sie zurück auf den Stuhl. „Nein, lass uns abwarten, was Herr Krossmann uns mitzuteilen hat. Danach können wir gezielter vorgehen."

Andrea nickte erschöpft und presste die schmerzende Stirn gegen ihre eiskalten Handballen. „In was sind wir da bloß hineingeraten", murmelte sie leise.

11

Alle Vorsicht war vergebens. Kaum hatte er die Wohnungstür hinter sich geschlossen, kam seine Schwester auf ihn zu. „Hattest du vor im Hausflur zu übernachten?", fragte sie ärgerlich und nahm ihm die Einkaufstüten aus der Hand. „Das taut alles auf!"

Er zuckte die Achseln, folgte ihr in die Küche und half ihr, die Lebensmittel zu verstauen. „Ich war kurz bei Christian", sagte er in die entstandene Stille hinein. „Er wollte mir seinen Hund vorstellen."

Es schien die richtige Antwort gewesen zu sein. Danielas Gesicht hellte sich auf. „Und, wie findest du Ronni?"

„Ich möchte ihr nicht unangeleint begegnen", bekannte er. „Zum Glück hat Christian nicht verlangt, dass ich sie anfasse."

„Sie ist sanftmütig wie ein Lämmchen", erklärte seine Schwester, während sie die mitgebrachte Dosensuppe in einen Topf auf dem Herd schüttete. „Zu Menschen jedenfalls", fügte sie hinzu, weil Matthias ungläubig aufgelacht hatte. „Felix konnte alles mit ihr machen."

Bei den letzten Worten versagte ihre Stimme, sie legte den Kochlöffel zur Seite und verließ fluchtartig den Raum. Während Matthias die sich langsam erwärmende Suppe umrührte, hörte er sie im Schlafzimmer weinen. Einen Moment überlegte er, ob er ihr folgen sollte, entschied sich jedoch dagegen. Er wusste, er konnte ihr keinen Trost geben. Nur die Zeit würde diese Wunde heilen.

Als er schließlich den Tisch gedeckt und die Suppe auf die Teller verteilt hatte, entschloss er sich, zumindest nach ihr zu sehen. Daniela lag lang ausgestreckt auf ihrem Bett, den Kopf in den Kissen vergraben. Sie weinte immer noch, aber jetzt war es ein trockenes Schluchzen, das ihren Körper regelrecht schüttelte. Unbeholfen nahm er sie in den Arm und hielt sie fest.

„Komm, das Essen wird kalt", sagte er, nachdem sie eine ganze Weile weiter geweint hatte.

„Ich hab keinen Hunger", wehrte sie ab und rückte von ihm ab.

„Du musst bei Kräften bleiben", versuchte er es erneut.

„Wozu?", Sie wandte ihm ihr verquollenes, tränenüberströmtes Gesicht zu. Die abgrundtiefe Traurigkeit, die daraus sprach, ließ ihn seine aufmunternden Worte zurückhalten. „Weil du eine wichtige Aufgabe hast", sagte er stattdessen. „Du musst mithelfen, Felix' Mörder zu stellen."

„Das bringt ihn mir nicht zurück", wehrte sie müde ab.

Am liebsten hätte er sie geschüttelt, um sie aus ihrer Lethargie zu reißen. Christian hatte gar nicht so unrecht mit seinem Verdacht, musste er zugeben. Trotzdem glaubte er nicht, dass dessen Idee das richtige Mittel war, Daniela zu helfen. Überhaupt fand er das Benehmen des Nachbarn reichlich seltsam. Statt mit ihnen zusammen auf das Eintreffen des Kommissars zu warten, hatte er sich so flink, wie Matthias es ihm gar nicht zugetraut hatte, an ihnen vorbeigedrängt und war schon in seiner Wohnung verschwunden gewesen, bevor der Ermittler auf der Treppe auftauchte.

Kaum hatte der sich verabschiedet, klingelte er erneut und wollte genauestens informiert werden, was den Kommissar zu ihnen geführt hatte.

„Er geht von einem Verbrechen aus." Daniela schien Christians Verhalten nicht zu stören. „Er glaubt, dass Felix mit jemandem aneinandergeraten ist und diese Person ihn so heftig gestoßen hat, dass er gegen das Absperrseil prallte und, nachdem die Öse riss, in die Tiefe stürzte. Anstatt ihm zu helfen, ist der Täter anschließend weggelaufen."

„Eindeutiger geht's ja wohl nicht." Der Kerl schien fast so etwas wie Triumph zu empfinden über diese Aussage. „Felix wäre nie auf die Idee gekommen, dort herumzuklettern", fügte er ernst hinzu. „Er war ein ausgesprochen vernünftiges Kind. Sehr reif für sein Alter."

Diese Aussage traf so genau zu, dass Matthias ihm im Stillen Abbitte leistete. Er mochte zu dem Nachbarn stehen, wie er wollte, aber der hatte, zumindest was Felix betraf, recht. Sein Neffe war ein ausnehmend vernünftiges Kind gewesen, fast schon zu lieb. Mehr als einmal hatte er sich deswegen um ihn gesorgt. Kinder mussten über die Stränge schlagen, lernen, sich durchzusetzen und zu behaupten. Wie sonst sollten sie eine eigene Persönlichkeit entwickeln können?

„Der Kommissar wollte ein Bild von ihm haben, das er herumzeigen kann, um Felix' Weg an diesem Tag zu rekonstruieren", fuhr Daniela fort, bevor er etwas dazu bemerken konnte.

„Hat denn keiner etwas gesehen?", fragte Christian nach.

„Nein, bisher fand sich niemand, der eine Aussage dazu machen konnte", übernahm Matthias, der merkte, dass es seiner Schwester schwerfiel, die Fassung zu bewahren.

„Er wollte gleich damit anfangen." Daniela wandte sich abrupt ab. Sie kämpfte mit neuerlichen Tränen. „Matthias, du könntest bitte einkaufen gehen", sagte sie, ohne sich umzudrehen. „Ich habe fast nichts mehr im Haus."

Nur zu gern war er ihrer Aufforderung nachgekommen und hatte sie mit Christian allein zurückgelassen. Der Nachbar war eindeutig besser in der Lage, sie zu trösten.

Vielleicht sollte er lieber mit ihrem Hausarzt sprechen, damit dieser sie für ein paar Tage ruhigstellte, kam es ihm in den Sinn. Ohne ihr etwas von seinem Entschluss mitzuteilen, begab er sich in die Diele, wo er neben dem Telefon eine kleine schwarze Mappe liegen gesehen hatte, wahrscheinlich würde er seinen Namen und seine Anschrift dort finden.

Doktor Eslin kam, nachdem er sein Anliegen und die näheren Umstände erklärt hatte, unverzüglich vorbei. Ohne Widerspruch ließ Daniela sich eine Beruhigungsspritze geben. Nachdem er die Tür zum Schlafzimmer hinter sich geschlossen hatte, dirigierte der Arzt Matthias ins Wohnzimmer. „Warum haben Sie mich nicht sofort gerufen?"

„Meine Schwester wollte das nicht", versuchte er, sich zu rechtfertigen, obwohl er sich das mittlerweile selbst fragte. „Die Ärzte im Krankenhaus haben ihr Schlaftabletten mitgegeben und ich habe darauf geachtet, dass sie sie nimmt. Außerdem dachte ich, dass es nicht unbedingt sinnvoll ist, wenn sie die ganze Zeit unter Medikamenten steht."

„Das hätten Sie lieber mich entscheiden lassen", erklärte Doktor Eslin ärgerlich. „Sie steht kurz vor einem Nervenzusammenbruch."

Er kramte in seiner Tasche und drückte Matthias ein kleines Fläschchen in die Hand. „Hiervon geben Sie ihr bitte dreimal täglich eine Tablette. Für die Nacht soll sie weiterhin das Mittel aus dem Krankenhaus nehmen, ich habe es ihr verschrieben. Das Rezept können Sie morgen einlösen, die Spritze wirkt ungefähr zwölf Stunden. Sehen Sie nur zu, dass sie die Medikamente nicht selbst in die Hand bekommt. In ihrem jetzigen Zustand kann ich für nichts garantieren."

Mit der Arzneimittelverordnung in der Hand folgte Matthias dem Mann zur Tür. Bevor er sich endgültig verabschiedete, drückte der Arzt ihm seine Visitenkarte in die Hand und sagte: „Hier ist meine Handynummer, da können Sie mich am Wochenende erreichen. Höre ich nichts von Ihnen, komme ich Montagabend wieder vorbei. Und", er warf Matthias einen bedeutungsvollen Blick zu. „Passen Sie gut auf sie auf! Lassen Sie sie besser nicht allein!"

Beklommen schloss er die Tür hinter dem Doktor. Er kam sich vor wie der letzte Vollidiot. Wie hatte er bloß übersehen können, wie schlecht es ihr wirklich ging? Kannte er sie so wenig, dass ein Fremder ihn darauf stoßen musste?

Erst nachdem er erneut nach ihr gesehen hatte - sie schlief tief und fest - und vor der mittlerweile kalten Suppe saß, ließ seine Anspannung etwas nach. Obwohl die Uhr gerade einmal fünf anzeigte, fühlte er sich müde und erschöpft, zu erschöpft um Christian umgehend von der neuen Entwicklung zu berichten. Er würde sich, nachdem er die Küche aufgeräumt hatte, mit zwei Flaschen Bier vor den Fernseher setzen und den Rest des Abends auf der Couch verbringen.

12

Den gesamten Samstag und Sonntag hatte Daniela durch die Beruhigungsmittel in einen künstlichen Dämmerschlaf versetzt verbracht. Sie, die normalerweise nur im äußersten Notfall Tabletten einnahm, schluckte jetzt willig die kleinen, weißen Helfer, die wenigstens für ein paar Stunden gnädiges Vergessen brachten.

Die Tage davor waren eine einzige, endlose Qual gewesen, sie wusste nicht mehr, woher sie die Kraft genommen hatte, diese durchzustehen. Wozu eigentlich, hatte sie sich immer und immer wieder gefragt. Felix war tot, jäh herausgerissen aus seinem jungen Leben. Was zählten da noch ihre Bemühungen, einen zumindest augenscheinlich geregelten Tagesrhythmus aufrechtzuerhalten. Ihr Leben war ebenfalls vorbei, wofür sollte sie weiterkämpfen? Ohne ihn machte das alles keinen Sinn.

Natürlich hatte sie mit Matthias nicht darüber gesprochen. Er hätte es sowieso nicht verstanden. Für ihn ging im Prinzip alles weiter wie bisher. Zwar hatte er Felix ebenfalls geliebt und trauerte offensichtlich um ihn, trotzdem würde er ohne Schwierigkeiten weitermachen können. Das war auch richtig so, sie nahm es ihm nicht übel. Für alle Menschen ging das Leben weiter, nur nicht für sie. Ihr Dasein, ihre Existenz hatte jeglichen Sinn verloren. Und im Grunde genommen wollte sie sich gar nicht darum bemühen, einen neuen zu finden, es tat einfach viel zu weh!

Das letzte bisschen Kraft, das ihr geblieben war, zusammenraffend hatte sie versucht, wenigstens eine kleine Weile durchzuhalten. Mit Christian und Matthias an ihrer Seite hatte sie gedacht, würde sie es zumindest schaffen, die Befragungen der Polizei durchzustehen und die Beerdigung zu organisieren. Danach wollte sie ihren Bruder schnellstens in seinen wohlverdienten Urlaub schicken. Ihr Plan sah vor, in diesen drei Wochen ihre Wohnung aufzulösen und alles Finanzielle zu regeln, damit Matthias zu der Nachricht über ihren Selbstmord nicht noch die Verantwortung für die komplette Nachlassregelung auf sich nehmen musste. Dieser Schlag würde ihn ohnehin genug treffen. Zwar sahen sie sich aufgrund seines Berufes, der ihn viel im Ausland hielt, lediglich drei-, viermal im Jahr, doch die nach dem frühen Unfalltod ihrer Eltern entstandene engere Bindung war ihnen über die vielen Jahre hinweg geblieben. Jeder führte sein Leben, wie er es wollte, ohne dass der andere versuchte, sich einzumischen. Sie telefonierten im Normalfall vielleicht einmal im Monat miteinander und Briefe schrieb Matthias ausschließlich zu

Weihnachten und zu Felix' und ihrem Geburtstag. Gleichwohl hatte sie gewusst, dass sie sich jederzeit auf ihn verlassen konnte, dass er kommen würde, wenn sie ihn brauchte, dass er mit Ratschlägen und auch mit Geld aushelfen würde, wenn sie ihn darum bat.

Und dennoch hatte sie ihm gegenüber kein schlechtes Gewissen. Er würde ihren Selbstmord verkraften, er war stark genug.

Diese Situation, in die sie ihn bringen würde und ihre derzeitige – man konnte wirklich keinen Vergleich ziehen. Gut, sie beide hatten ein enges Verhältnis, viel besser wahrscheinlich als das der meisten Geschwisterpaare. Trotzdem konnte man diese Liebe nicht mit der zwischen einer Mutter und ihrem Kind vergleichen. Es gab nichts, was stärker und inniger war – nicht einmal die Liebe zu einem Partner. Es war ihr ein Rätsel, wie andere Mütter diesen Verlust überwinden, ihr normales Leben irgendwann wieder aufnehmen konnten.

Anfänglich war ihr der Gedanke gekommen, dass sie vielleicht Kontakt mit diesen Müttern suchen sollte, dass sie von ihnen würde erfahren können, wie sie es anstellen musste, ohne ihr Kind weiterzuleben, ja, später vielleicht sogar Gefallen an diesem Leben zu finden, nicht nur weiterzumachen, sondern in gleichem Maße Lebensqualität zurückzugewinnen.

Schon einen Tag später war ihr diese Idee wie eine riesige, unüberwindbare Hürde erschienen und der einzige Ausweg, den sie von Anfang an gesehen hatte, war ihr immer verlockender vorgekommen.

Matthias hatte von diesen Gedanken nichts bemerkt, er war selbst viel zu traurig hier in der Wohnung, wo ihn alles an seinen Neffen erinnerte. Christian war da völlig anders. Obwohl er mit Sicherheit viel stärker von Felix' Tod getroffen war als ihr Bruder, hatte er ihre Absichten sofort durchschaut. Deshalb hatte er sie nicht einen Moment allein gelassen, bis Matthias eingetroffen war und aus diesem Grund war er auch am Freitag wieder da gewesen, um sie aufzurütteln, wie er gesagt hatte.

Sie wusste ganz genau, was er meinte. Er wollte sie auf andere Gedanken bringen, sodass ihr Vorhaben bei der Suche nach Felix' Mörder in den Hintergrund rückte. Wäre Kommissar Bremer nicht erschienen, hätte er wahrscheinlich versucht, ihr ein Versprechen abzuringen, dass sie ihn unterstützen würde bei dieser Aufgabe. Christian schien von der fixen Idee besessen, dass es der Polizei nicht gelingen würde, den Täter zu finden und dass allein sie beide gemeinsam es schaffen konnten.

Oder gehörte das zu seinem Plan, sie von ihrem geplanten Selbstmord abzubringen? Er hatte kein Wort darüber verloren, genau so wenig, wie sie diese Absicht ihm gegenüber erwähnt hatte, er schien einfach instinktiv zu wissen, wie sie sich fühlte und dass es für sie der einzige Ausweg war. Ihn würde sie am meisten treffen. Doch trotz dieses Wissens konnte sie keine Schuldgefühle entwickeln. Es gab keinen anderen Weg für sie – nicht mehr.

Sonntagabend war Matthias nicht zu ihr gekommen, obwohl es Zeit für ihre Tablette wurde. Es war das erste Mal seit zwei Tagen, dass Danielas Gedanken sich klären konnten. Sie fühlte sich – anders, weiterhin von Trauer überwältigt, aber ruhiger, nicht mehr unbedingt am Rande der Verzweiflung balancierend.

Sie schlug die Bettdecke zurück und stand auf. Etwas wackelig war sie auf den Beinen, als hätte sie eine schwere Grippe überwunden, ansonsten konnte sie keine Nachwirkungen der Beruhigungsmittel feststellen. Matthias hatte sie stets gezwungen, etwas zu essen, bevor er ihr die Tabletten gab, deshalb gab es zumindest kein Nahrungsdefizit. Nur Durst hatte sie, gewaltigen Durst, die Zunge klebte geradezu am Gaumen.

Obwohl sie den Fernseher hörte, ging sie in die Küche und trank ein Glas Wasser in langen Zügen leer. Schließlich entdeckte sie Matthias auf der Couch im Wohnzimmer. Halb aufrecht an die Rückenlehne geschmiegt lag er da und schlief. Die Fernbedienung auf seiner Brust hob und senkte sich im Rhythmus seiner regelmäßigen Atemzüge. Zärtlich blickte sie auf sein im Schlaf entspanntes Gesicht und beugte sich vor, die Locke, die ihm fast im Auge hing, zurückzustreichen. Wie immer hatte er während des gesamten Auftrags im Ausland auf einen Frisörbesuch verzichtet und seine Haarpracht war fast doppelt so lang wie gewöhnlich.

Statt ihn zu berühren, eigentlich war es besser, wenn er nicht aufwachte, nahm sie die Fernbedienung von seiner Brust und legte sie auf den Tisch. Neben seinem Glas und der Cola-Flasche entdeckte sie die Packung mit den Schlaftabletten. Zögernd nahm sie die Schachtel auf und öffnete sie. Eine einzige fehlte, noch neunzehn waren da. Sie schluckte und musste dann ein hysterisches Kichern unterdrücken. Hier hielt sie die Antwort zu ihrem Problem in den Händen. Sie kannte diese Sorte von ihrer ehemaligen Nachbarin, die ebenfalls diese Tabletten bekommen hatte. Sie waren ziemlich stark und wurden hauptsächlich bei hoffnungslosen Fällen, bei Patienten, die von Schmerzen geplagt auf ihren Tod warteten, eingesetzt. Drei Stück davon würden ausreichen, den Medikamentencocktail, den sie geplant hatte einzunehmen, erträglicher für sie zu machen.

Blieben sechzehn kleine Tröster, die es ihr ermöglichen sollten, die Nacht durchzuschlafen, damit sie ihre Kräfte sammeln konnte, um ihre Aufgabe vernünftig zu erledigen.

Leise drückte sie eine der kleinen, weißen Pillen aus der Cellophan-Umhüllung und schob sie in den Mund. Mit dem Rest der Cola aus Matthias' Glas schluckte sie sie hinunter.

Noch einmal betrachtete sie ihren schlafenden Bruder. Er schien zu träumen, seine Augenlider zuckten unruhig, seine Gesichtszüge hatten sich angespannt. Es sah aus, als würde er im nächsten Augenblick anfangen zu weinen.

Sie biss sich auf die Lippen, um einen Seufzer zu unterdrücken. Er würde bestimmt mit dem zusätzlichen Verlust fertig werden. Er war stets der Starke in der Familie gewesen. Damals, nach dem Tod der Eltern, war er ohne großes Aufheben aus Bonn zurück in die elterliche Wohnung gezogen und hatte sein Studium an der Universität vor Ort fortgesetzt. Sie war zu diesem Zeitpunkt kurz vor dem Abitur gewesen. Mit seiner Unterstützung hatte sie es geschafft, einen einigermaßen befriedigenden Abschluss zu erreichen.

Statt zu studieren, wie sie es eigentlich vorgehabt hatte, war sie ein Jahr zu Hause geblieben, zufrieden damit, sich um Haushalt und Wohnung zu kümmern. Obwohl Matthias nicht begeistert von diesem Plan gewesen war, hatte er sie nach langen Diskussionen gewähren lassen. Ihm war es zu verdanken, dass sie die Wohnung halten konnten, nachdem die Ersparnisse der Eltern aufgebraucht waren. Neben seinem Journalistik-Studium hatte er jedes Wochenende und die gesamten Semesterferien hindurch gearbeitet, um genug Geld für ihren Lebensunterhalt dazu zu verdienen.

In diesem Jahr dann hatte sie Thilo kennen und lieben gelernt. Drei Monate später war sie bei ihm eingezogen und hatte sich ebenfalls an der Uni eingeschrieben. Anfänglich war Matthias weder von ihrem Freund noch von der Wahl ihrer Studienfächer begeistert. Trotzdem hatte er ihr weiterhin mit Rat und Tat zur Seite gestanden.

Es war eine schöne Zeit gewesen und sie hatte sie in vollen Zügen genossen. Erst als Matthias ein Volontariat bei einer bekannten Zeitung in München ergatterte, hatten sich ihre und seine Wege wieder getrennt. Er hatte dort sein Ziel erreicht, war schließlich sogar zu einem bekannten Starjournalisten avanciert.

Sie dagegen, nun seufzte sie doch — lang und schwer. Schuldbewusst blickte sie auf ihren schlafenden Bruder, aber der hatte sich nicht gerührt. Mit leisen Schritten schlich sie sich aus dem Wohnzimmer, benutzte noch schnell das Bad und legte sich wieder ins Bett.

Die Muskeln begannen sich bereits zu entspannen, eine wohlige Mattigkeit durchströmte sie. Erleichtert schloss sie die Augen, der Schlaf würde nicht mehr lange auf sich warten lassen.

13

Mit einem zufriedenen Gefühl zog Matthias die Wohnungstür ins Schloss. Es schien wieder aufwärts zu gehen. Heute Morgen hatte sich Daniela geweigert, eine weitere Beruhigungstablette einzunehmen. Blass mit strähnigen Haaren und verquollen Augen war sie in der Küche erschienen und hatte einen starken Kaffee verlangt. Dazu hatte sie zwei Scheiben Toast gegessen, freiwillig!

Dennoch wollte er sie nicht zu lange allein lassen. Mit großen Sprüngen nahm er die Treppenstufen hinunter. Rechts und dann die zweite Straße links hatte sie gesagt, das konnte nicht weit sein. Er beschloss, statt auf den Bus zu warten, zu Fuß zu gehen. Der Dauerregen, der das gesamte Wochenende angehalten hatte, war endlich der Sonne gewichen. Heute wehte zwar zusätzlich ein kühler Wind, doch schon morgen, das hatte zumindest der Wetterbericht verkündet, sollten die Temperaturen auf über zwanzig Grad klettern.

Die Eisdiele an der Straßenkreuzung brachte die Erinnerung zurück. Hier hatte er letztes Jahr im Sommer mit Felix ein Eis gegessen, so, wie all die Jahre zuvor, seitdem er auf der Welt war. Immer dasselbe, einen Erdbeerbecher. Der Junge war seinem Geschmack stets treu geblieben, hatte sich seine Vorlieben und Abneigungen über lange Zeit erhalten. Was, wie Matthias fand, ein äußerst bemerkenswerter Zustand für ein elfjähriges Kind war. Er selbst hatte nicht viele Vergleichsmöglichkeiten, die meisten seiner Bekannten und Freunde waren Singles. Trotzdem hatte er das Gefühl gehabt, dass Felix aus der Masse der anderen hervorstach.

Daniela hatte meist abwehrend gelacht, wenn er eine entsprechende Bemerkung gemacht hatte, und war nicht sonderlich überzeugt gewesen. Ihr Argument lautete, dass jedes Kind ein kleines Individuum sei und jedes eben unterschiedliche Vorzüge hätte. „Wenn du tagtäglich mit ihm zusammen wärest und nicht nur den Besuchsonkel spieltest, hättest du eine ganz andere Meinung von ihm", pflegte sie zu sagen.

In Gedanken versunken wäre er beinahe an dem kleinen Imbiss vorbeigelaufen. Der penetrante Geruch nach Frittier-Fett riss ihn aus seinen Grübeleien. Erfreut stellte er fest, dass er der einzige Gast war. Na gut, die Mittagszeit hatte ja auch noch nicht begonnen, der große Ansturm, wenn es den denn hier überhaupt gab, stand noch bevor, dachte er naserümpfend. Entweder war das Filtersystem verstopft oder das Fett war uralt.

Beinahe hätte er wieder kehrtgemacht, einzig der Umstand, dass er sich in der Gegend nicht besonders auskannte und Danielas Versicherung, dass sie immer hier bestellte, hielten ihn zurück.

Zwanzig Minuten später machte er sich mit seinen Einkäufen auf den Weg zurück. Statt Pommes frites hatte er Salat zu den Hähnchen genommen, dafür aber fünf verschiedene Sorten. Er konnte nur hoffen, dass Daniela mit seiner Auswahl zufrieden war.

Kaum war er in die Straße eingebogen, in der seine Schwester wohnte, sah er den Streifenwagen direkt vor dem Haus. Die Tüte mit seinen Einkäufen fester greifend spurtete er los. In der Eingangstür wäre er beinahe mit einem großen, massig wirkenden Polizisten zusammengeprallt, der sich ihm in den Weg stellte.

„Ich … meine Schwester … ist ihr etwas passiert?", stammelte er aufgeregt und wehrte sich gegen den Mann, der ihn wieder nach draußen schieben wollte. „Ziegler, sie ist die Mutter des ermordeten Jungen", fügte er hinzu, als der Beamte ihn verständnislos anblickte.

„Ach so, nein", jetzt endlich hatte der Polizist begriffen. „Wir sind nicht bei ihr, wir …", er schüttelte den Kopf. „Warten Sie bitte hier einen Moment, ich werde nachfragen, ob Sie hochkommen können."

Rückwärtsgehend entfernte er sich ein paar Schritte von Matthias, behielt ihn dabei jedoch im Auge, während er sein Funkgerät hob und leise hineinsprach.

Angestrengt horchend versuchte Matthias, etwas zu verstehen, bekam aber lediglich Satzfetzen mit, die er nicht zusammensetzen konnte. Einzig einen Namen glaubte er erkannt zu haben, Kommissar Bremer schien ebenfalls hier im Einsatz zu sein.

Bevor er über die Bedeutung dieser Erkenntnis nachgrübeln konnte, stand der Beamte wieder neben ihm. „Gehen Sie bitte direkt in die Wohnung Ihrer Schwester und bleiben Sie bitte darin, bis sich Kommissar Bremer bei Ihnen meldet."

Dankend kam Matthias der Aufforderung nach. Er bemühte sich, völlig geräuschlos die Treppenstufen hinaufzusteigen, konnte allerdings weder etwas Verdächtiges hören noch sehen. Er erreichte den zweiten Stock und war erleichtert, als Daniela die Tür öffnete. Ganz hatte er den Versicherungen des Beamten nicht geglaubt. Was sollte Kommissar Bremer ausgerechnet hier im Haus machen, wenn es sich nicht um Felix handelte?

„Sie sind bei Christian!", rief Daniela erregt, kaum dass sie ihn regelrecht in die Wohnung gezerrt hatte. „Ich stand am Fenster und habe sie kommen sehen, den Polizeiwagen und zwei Beamte in einem blauen Audi. Zuerst dachte ich, sie wollten zu mir. Deshalb bin ich zur Wohnungstür gelaufen und habe sie geöffnet. Aufgedrückt hatte ich auch schon. Weil ich niemanden kommen hörte, bin ich zum Treppengeländer gegangen und habe hinuntergeschaut. Da sah ich, wie sie bei Christian klingelten."
„Und?"
„Nichts und. Er hat geöffnet, sie sind rein, mehr weiß ich nicht."
„Wann war das?"
„Direkt, nachdem du gegangen warst. Seltsam, nicht? Warum hat der Kommissar zusätzlich eine Streifenwagenbesatzung mitgebracht?"
„Ja, und warum steht einer der Beamten unten im Hauseingang Wache?"
Ein lautes, wütendes Bellen ertönte. Erneut öffnete Daniela die Wohnungstür, huschte in den Hausflur und beugte sich über das Treppengeländer.
„Christian!", rief sie entsetzt.
Der Freund und Nachbar war mit Handschellen gefesselt, ein Streifenbeamter hielt ihn am Arm gepackt und war gerade dabei, ihn die Treppe hinunter zu bugsieren. Zwei weitere Männer in Zivil standen in der Wohnungstür.
Als Christian Danielas Stimme hörte, blieb er stehen. Er war schneeweiß im Gesicht, mit flehenden Augen sah er zu ihr hinauf. „Daniela, ich war es nicht. Bitte glaube mir."
„Was …? Die denken doch nicht etwa, dass du …?" Sie konnte nicht weitersprechen. Mit völligem Unverständnis starrte sie auf die kleine Menschenansammlung.
„Frau Ziegler", Kommissar Bremer trat nun ebenfalls vor. „Ich komme in fünf Minuten zu Ihnen und erkläre Ihnen alles."
Mit einer Kopfbewegung wies er die Polizisten an, den gefesselten Mann fortzuführen. Er selbst verschwand noch einmal in der Wohnung.
Matthias musste die fassungslose Daniela fast hinter sich in die Diele ziehen. Schwer atmend lehnte sie sich gegen die Eingangstür. „Ich verstehe das nicht. Was wollen die von Christian? Die können doch nicht im Ernst glauben, dass er etwas mit Felix' Tod zu tun hat."
Matthias zögerte mit der Antwort, die Szene im Hausflur vor Augen. Die Polizisten hatten sehr sicher und bestimmt gewirkt, wohingegen Christian eher trotzig und ja, irgendwie auch schuldbewusst ausgesehen hatte.

„Lass uns abwarten, was der Kommissar uns zu sagen hat", sagte er deshalb nur. „Dann werden wir klarer sehen."

14

Knapp zehn Minuten später klingelte es an der Tür. Matthias war schneller. Schweigend winkte er Kommissar Bremer einzutreten und führte diesen mit einem bittenden Blick auf Daniela in die Küche. Statt sich zu setzen, holte diese einen Aschenbecher von der Spüle und öffnete den Fensterflügel. „Ich muss Sie bitten, meinem Bruder seine Sucht nachzusehen", fügte sie erklärend an dem Polizisten gewandt hinzu. „Die Küche ist der einzige Raum in der Wohnung, wo ich das Rauchen ab und zu erlaube. Also, wenn Sie wollen, können Sie auch rauchen."

„Nein, danke." Der Beamte zog sich seinen Stuhl näher an das Fenster. „Ich bin überzeugter Nichtraucher."

„Nun erzählen Sie bitte", Daniela konnte nicht länger warten. „Warum wurde Christian abgeführt?"

„Es haben sich am Wochenende zwei Zeugen gemeldet, die gesehen haben, dass sich Felix am Mittwochnachmittag in der Nähe der Turnhalle mit einem Mann unterhielt. Sie meinen, es hätte ausgesehen, als wenn sie streiten würden. Nach ihrer Beschreibung fertigten wir ein Bild des Mannes an und das sieht Ihrem Nachbarn sehr ähnlich. Nun, wir hatten natürlich schon damit begonnen, das nähere Umfeld zu durchleuchten. Nach dieser Aussage nahmen wir uns Herrn Manz genauer vor." Er schwieg und betrachtete angelegentlich die Rauchschwaden, die zur Decke stiegen.

„Er ist bei uns kein unbeschriebenes Blatt", fuhr er schließlich fort. Matthias hatte den Verdacht, dass er seine Worte genau abwog.

„Ich weiß", Daniela, die sich mittlerweile zu ihnen an den Tisch gesetzt hatte, musterte ihn mit verächtlichem Blick. „Das ist doch alles längst geklärt. Er war damals in schlechte Gesellschaft geraten, hatte aber mit den ihm zu Last gelegten Taten nichts zu tun. Er wurde freigesprochen."

„Es handelt sich um etwas anderes." Kommissar Bremer sah aus, als hätte er bereits zu viel gesagt. „Ja, und deshalb sind wir heute gekommen, um mit ihm zu reden. Dann stellte sich heraus, dass er für die besagte Zeit nicht glaubhaft erklären konnte, wo er gewesen war, daher wollte ich ihn für ein weiteres, längeres Gespräch mit auf die Wache nehmen. Er hingegen war nicht sehr kompromissbereit und weigerte sich mitzukommen." Er hüstelte und beobachtete weiterhin den aufsteigenden Rauch. „Herr Manz erzählte etwas von einem Tierarzttermin, den er nicht verschieben könne."

„Natürlich, das hatte ich total vergessen", Daniela sprang auf. „Fe…", sie wurde blass und setzte sich wieder.

„Und warum haben Sie ihn mitgenommen?", fragte Matthias schnell, der Angst hatte, dass Daniela wieder in ihren alten Zustand zurückfallen könnte.

„Weil genügend Verdachtsmomente vorliegen, ihn zumindest eingehender zu befragen", erklärte der Kommissar etwas steif. „Als er uns auf unsere Bitte seine Kleidung zeigte, fanden sich genau die Sachen, die die Zeugen beschrieben hatten, in seinem Schrank. Er behauptet, an jenem Mittwoch gar nicht in der Nähe der Gesamtschule gewesen zu sein, kann uns jedoch auch keine Zeugen bringen, die seine Angaben zu seinem Aufenthaltsort bestätigen."

„Was sagt er denn?"

„Zu dem angegebenen Zeitpunkt sei er südlich des Stadtwaldes im Naturschutzgebiet spazieren gegangen. Er hätte extra abgelegene Wege gewählt, da sein Hund nicht gut mit Artgenossen zurechtkäme, und wäre daher niemandem begegnet. Anschließend hätte er noch am Supermarkt gehalten und Einkäufe gemacht. Deshalb sei er sehr spät zu Hause gewesen. Die genaue Uhrzeit wisse er nicht mehr, aber er könne sich daran erinnern, dass er, nachdem er den Hund gefüttert und alle Lebensmittel verstaut hatte, direkt zur Arbeit gefahren sei."

„Ja und? Das ist sein normaler Rhythmus." Danielas Stimme wurde geradezu aggressiv. „Er arbeitet vier Tage in der Woche in Zwölf-Stunden-Schichten, da ist die Freizeit fest verplant."

„Und trotzdem ist er so lange mit dem Hund unterwegs?"

„Natürlich", Daniela verdrehte die Augen. „Er muss sie schließlich die ganze Nacht allein lassen."

„Wie werden Sie jetzt weiter vorgehen?", fragte Matthias, um die Situation zu entspannen. Das alles war zu viel für seine Schwester, ihre Gefühlsregungen wechselten geradezu sprunghaft.

„Da kann ich mich nicht festlegen", Kommissar Bremer wand sich sichtlich. „Ich habe eine Gegenüberstellung mit den Zeugen organisiert, danach sehen wir weiter."

„Kommt Christian wieder zurück?", fragte Daniela.

„Vielleicht ja, vielleicht nein, das hängt von mehreren Faktoren ab." Er warf ihr einen vorsichtigen Blick zu. „Wissen Sie jemanden, der sich in der Zwischenzeit um den Hund kümmern könnte?"

„Das arme Tier, was haben Sie überhaupt mit ihr gemacht?"

„Herr Manz hat sie in der Küche eingesperrt. Da wir eventuell die Wohnung durchsuchen müssen, kann sie dort nicht bleiben. Wenn sich niemand findet, der sie zu sich nimmt, werde ich veranlassen, dass sie ins Tierheim gebracht wird."

„Nein!", Daniela sprang auf. „Ich werde sie zu uns holen. Ich habe einen Schlüssel für die Wohnung und …"

„Moment!" Kommissar Bremer hob die Hand. „Sie dürfen die Wohnung nicht mehr allein betreten. Wenn Sie sich das wirklich antun wollen, gehe ich gleich mit Ihnen zusammen hinunter. Anschließend geben Sie mir bitte den Schlüssel."

„Das ist …!" Daniela war mittlerweile knallrot angelaufen. Matthias konnte erkennen, dass sie sich nur mit Mühe zurückhalten konnte.

„Sie müssen schwerwiegende Verdachtsmomente haben, wenn Sie derartige Maßnahmen ergreifen", versuchte er, das Gespräch in eine andere Richtung zu lenken.

„Ich kann Ihnen nicht mehr sagen", wich der Kommissar aus.

Ungemütliches Schweigen breitete sich am Küchentisch aus. Matthias griff nach einer weiteren Zigarette. Über den Qualm hinweg beobachtete er den Beamten, der sinnend auf seine Fingerspitzen starrte. „Wussten sie, dass Herr Manz ebenfalls einen Sohn hatte?", fragte dieser schließlich in die Stille hinein.

„Nein", verwundert schüttelte Daniela den Kopf.

„Hatte?", fragte Matthias und fühlte, wie sich ein eisiger Ring um seine Brust legte. „Was meinen Sie damit?"

„Er ist vor einigen Jahren spurlos verschwunden", sagte Kommissar Bremer. „Trotz intensiver Suche wurde er nicht gefunden. - Eigentlich hätte ich Ihnen das alles gar nicht erzählen dürfen", unbehaglich blickte der Kommissar von einem zum anderen. „Ich möchte nur nicht, dass Sie sich an falscher Stelle involvieren."

„Ich … ich werde Ronni trotzdem zu mir nehmen. Der arme Hund kann schließlich am allerwenigsten dafür." Danielas Stimme klang so fest und bestimmt, dass Matthias nicht wagte, Einspruch zu erheben.

Immer noch fassungslos von dem Gehörten wusste er nicht, was er sagen, wie er reagieren sollte. Diese Entscheidung hätte er am allerwenigstens von ihr erwartet.

15

Zwei Tage später hatte sich ihr Leben fast wieder normalisiert, zumindest nach außen hin. Daniela war ihrem Vorsatz treu geblieben. Zusammen mit Kommissar Bremer hatte sie Ronja aus Christians Wohnung geholt, dazu sämtliche anderen Accessoires des Hundes. Anschließend, nachdem sie den Termin beim Tierarzt abgesagt hatte, „es ist ein normaler Impftermin, den können wir ruhig verschieben", war sie zwei Stunden mit dem Tier spazieren gegangen. Seine Begleitung hatte sie fast zornig abgewiesen, sie müsse eine Weile allein sein, hatte sie versucht zu erklären.

Danach war sie wie verwandelt gewesen. Energisch hatte sie Doktor Eslins weitere Behandlung abgelehnt. Nur das Attest, dass sie weiterhin arbeitsunfähig sei, hatte sie angenommen. Sie wolle, hatte sie zu Matthias und dem Arzt gesagt, nicht mehr den ganzen Tag völlig benommen dahinvegetieren, sondern sich der Situation stellen, sie wäre durchaus dazu fähig.

Das hatte sie in den letzten zwei Tagen dann bewiesen. Ihr Tag war genau durchgeplant. Morgens nach einer ausgiebigen Dusche und dem Frühstück verschwand sie mit Ronja zu einem langen Spaziergang. Anschließend kümmerte sie sich um den Haushalt und das Mittagessen. Kurz darauf brach sie zu einer weiteren Hunderunde, wie sie es nannte, auf, die wiederum fast zwei Stunden dauerte. Kaum zu Hause stürzte sie sich in weitere, Matthias' Meinung nach völlig überflüssige Aktivitäten, putzte die Fenster und wusch die Gardinen, polierte die Möbel und sogar die Zimmertüren.

Ihn hatte sie ebenfalls mit eingebunden. Es war ihr dringlichster Wunsch gewesen, dass er Felix' Zimmer ausräumte. „Ich kann das nicht", hatte sie gesagt, als er sie überrascht von diesem Ansinnen angestarrt hatte. „Dennoch bin ich der Meinung, es sollte so schnell wie möglich geschehen. Daher bitte ich dich darum."

Mehrfach hatte er versucht, sie umzustimmen, sie könne damit einige Zeit warten, es müsse nicht sofort erledigt werden, sie werde es später vielleicht bereuen. Schließlich war sie heftig aufgefahren. „Ich kann das Zimmer nicht betreten, ohne in Tränen auszubrechen!", hatte sie ihn angeschrien. „Jedes Mal, wenn ich an der geschlossenen Tür vorbeigehe, trifft es mich direkt ins Herz. Ich muss sämtliche Spuren von ihm tilgen, wenn ich weiter existieren will."

Mit einem unguten Gefühl war Matthias ihren Anweisungen gefolgt. Alle Kleidungsstücke und die Spielsachen sollten einer gemeinnützigen Organisation zugutekommen, die für bedürftige Kinder sammelte, genau wie die meisten Einrichtungsgegenstände.

In diesen zwei Tagen lernte Matthias mehr über seinen Neffen als je zuvor. Weder hatte er von seinem ausgeprägten, künstlerischen Talent gewusst, noch, dass er aktiv bei der Schülerzeitung mithalf. Unzählige bereits erschienene und einige angefangene Artikel fanden sich in einer roten Sammelmappe. Ein zweites Heft war voller Zeichnungen, die, soweit Matthias es beurteilen konnte, wirklich gut waren. Auch auf seinem Computer fanden sich neben den wohl in diesem Alter üblichen Adventurespielen mehrere Bildbearbeitungsprogramme und ein ganzer Ordner voller eigener Arbeiten. Er kopierte ihn auf eine CD, bevor er die gesamte Festplatte löschte, und legte sie mit den beiden Mappen zur Seite.

Irgendwann würde Daniela froh über diese Erinnerungstücke sein. Deshalb packte er einen der großen Kartons voll mit persönlichen Dingen, die aus Felix' Leben erzählten. Sein abgegriffener Schmusehase, der auf dem Kopfkissen gelegen hatte, gehörte ebenso dazu, wie die Fotos von der Pinnwand über seinem Bett.

Mit Daniela wagte er nicht darüber zu sprechen, obwohl er gern über das eine oder andere mehr erfahren hätte. Nach außen hin wirkte sie ruhig und gefasst, ihre schulterlangen, braunen Haare glänzten seidig, ihre Kleidung war sauber und dezent aufeinander abgestimmt. Aber die weiterhin geschwollenen Augen und die Qual in ihrem Blick verrieten ihm, dass ihr Seelenfrieden auf allzu wackeligen Füßen stand.

Verständlich, er hätte sich gewundert, wenn es nicht so gewesen wäre. Andererseits war er froh, dass die ersten schlimmen Tage vorüber waren, und wollte alles vermeiden, was sie erneut in diesen Zustand der alles umfassenden Depression hätte fallen lassen.

Daher sahen sie sich tagsüber nur zu den gemeinsamen Mahlzeiten. Abends, wenn sie gleichermaßen erschöpft auf der großen Eckcouch lagen, er mit dem Kopf an dem einen, sie mit ihrem an dem anderen Ende, hätte er mit ihr in Ruhe sprechen können. Doch waren sie stillschweigend übereingekommen, lieber den Fernseher zur Unterhaltung laufen zu lassen, bis Daniela sich um zehn Uhr erneut aufraffte, um einen kleinen Abendspaziergang mit dem Hund zu machen.

Mit der Begründung er müsse schließlich auch einmal an die frische Luft, hatte Matthias durchgesetzt, dass er sie zumindest begleiten konnte. Al-

63

lein ließ sie ihn mit dem Hund nie. Gut, er hatte anfangs ziemlich Respekt vor diesem riesigen Tier gehabt, besonders, als er dann zusätzlich entdeckte, dass Daniela Ronja vor der Leine stets einen Maulkorb anlegte. Mehrmals hatte sie ihm versichert, dass der Hund keinem Menschen etwas zuleide tun würde.

„Sie ist aggressiv gegenüber ihresgleichen und hat schon zweimal zugebissen. Christian ist nicht begeistert von diesem Ding gewesen und hat es daher meist vorgezogen, mit Ronni an abgelegene Orte zu fahren. Dabei hat sie gar nichts gegen den Maulkorb. Nach mehrwöchigem Training mit Felix", sie verstummte und biss sich auf die Lippe, um schließlich mit krächzender Stimme fortzufahren: „Ist das für sie mittlerweile ein normaler Zustand. Christian war derjenige, der immer dieses Theater darum gemacht hat."

Auf dem gemeinsamen Abendspaziergang drehte sich ihr Gespräch hauptsächlich um den Hund. So erfuhr Matthias nach und nach, was Ronja alles durchgemacht hatte. Sie war bei einer alten Frau aufgewachsen, die neben einem Alkoholiker wohnte, der zwei Hunde hielt. Dieser Mann neigte zu gewalttätigen Ausbrüchen, die regelmäßig seine Tiere trafen. Mit der Zeit wurden die beiden zunehmend aggressiver und es kam des Öfteren zu Attacken im Hausflur. Daher ging die alte Frau zuletzt kaum noch auf die Straße und Ronja war fast den ganzen Tag in ihrer kleinen Wohnung eingesperrt. Wiederholt entwischte sie ihr, wurde dabei aber mehrmals von den Nachbarshunden angegriffen. Diese Attacken und der Bewegungsmangel bewirkten, dass Ronja selbst immer aggressiver wurde, bis die alte Frau sich zuletzt gar nicht mehr mit ihr auf die Straße traute.

Deshalb gab sie den Hund schließlich ins Tierheim. Dort lebte er fast ein halbes Jahr, bis Christian das damals dreijährige Tier sah und sich auf Anhieb in es verliebte. Eigentlich hatte er lediglich einen Freund begleitet, der nach seiner Katze, die ausgebüxt war, suchte. Doch als er Ronja sah, war es um ihn geschehen. Christian war sogar ihr zuliebe umgezogen, da er in der alten Wohnung keine Tiere halten durfte. Vor knapp einem Jahr hatte er die Wohnung in dem Haus, in dem Daniela und Felix lebten, angemietet. Über den Hund hatten sie sich dann näher kennengelernt. Felix, der sehr tierlieb war, hatte sich ebenfalls augenblicklich in den großen Wuschel verliebt und diese Liebe wurde zärtlich erwidert.

„Es hört sich wahrscheinlich seltsam an, trotzdem glaube ich, dass Christian und der Hund in der Zwischenzeit den zweiten Platz in seinem Herzen erobert haben", zum ersten Mal, seit er da war, hatte Daniela gelacht, ein etwas zittriges Lachen, aber immerhin. „Direkt hinter mir. Wobei ich wirklich nicht sagen kann, wen von beiden er mehr liebte. Deshalb kann ich mir beim besten Willen nicht vorstellen, dass Christian ihm das angetan haben soll."

Matthias hatte es einen kleinen Stich der Eifersucht versetzt. „Ich dachte, ich käme direkt nach dir."

Besänftigend drückte sie ihm den Arm. „Du warst ebenfalls etwas ganz Besonderes für ihn. Er hat dich nicht nur geliebt, sondern auch bewundert. Du warst sein großes Idol."

„Warum hat er mir nie von Ronni erzählt? Er hat mir so oft geschrieben und nicht ein Wort über den Hund verloren!"

„Daran warst du selbst schuld. Du hast ihm, ich glaube es war vor zwei Jahren, bei einem eurer Männergespräche erzählt, dass du es nicht gut fändest, wenn jemand einen großen Hund mitten in der Stadt in einer normalen Wohnung halten würde. Man könne dem Tier niemals gerecht werden, das wäre fast mit Tierquälerei gleichzusetzen." Danielas blasses Gesicht verzog sich zu dem Ansatz eines kleinen Lächelns. „Und daher solltest du nicht eher von ihr erfahren, bis das große Experiment gelungen und aus diesem absolut unerzogenen Exemplar ein Vorzeigehund geworden war. Er wollte dich, gleich, nachdem du von deinem Auftrag zurück warst, anrufen und dich einladen, uns zu besuchen. Dann hätte er sie dir vorgeführt." Ihre Stimme versagte und sie hatte das Gespräch abgebrochen.

16

Obwohl die Trauerfeier wie ein Damoklesschwert über ihr hing, kam Daniela besser über den Tag, als sie gedacht hatte. In jeder freien Minute grübelte sie darüber nach, was Christians Anwalt ihnen wohl mitzuteilen gedachte. Der hatte gleich am frühen Morgen angerufen und um einen baldigen Gesprächstermin gebeten. In Anbetracht des bevorstehenden Ereignisses war es Matthias, der das Gespräch angenommen hatte, gelungen, Herrn Krass' Besuch auf heute Nachmittag zu legen. Sie hatte ihm gegenüber keinen Zweifel daran gelassen, dass sie diesem helfen wolle. Im Gegensatz zu ihm hatte sie nicht eine Minute an Christians Unschuld gezweifelt. Selbst die Geschichte mit seinem Sohn hatte nichts daran geändert, eher war sie von spontanem Mitleid überwältigt worden. Dem armen Kerl war genau dasselbe passiert wie ihr, nur war er wohl zusätzlich noch unter Verdacht geraten.

Sie kannte ihn zwar gerade einmal ein Jahr, doch war sie sich absolut sicher, dass er niemals Hand an jemand anderen legen würde, egal, was derjenige ihm antat. Schließlich hatte sie oft genug zugehört, wenn er mit Felix darüber sprach, dass Gewalt keine Lösung sei.

Nein, dachte Daniela. Egal, was man an Christian auszusetzen hatte, niemand konnte übersehen, dass er sanftmütiger war, als … Ärgerlich schüttelte sie den Kopf, ihr viel kein passender Vergleich ein. Es war ja nicht so, dass er sich nicht durchsetzen konnte, dass er sich alles gefallen ließ. Doch mit Zunahme der Intensität ihrer Freundschaft hatte sie erkannt, dass er vor jeglicher körperlicher Gewalt zurückschreckte. Nie hatte sie erlebt, dass er in irgendeiner Form ausgerastet war, nicht einmal in den ersten Monaten mit Ronja, während er ständig das Gefühl gehabt hatte, sich mit diesem schwierigen Tier übernommen zu haben.

Zärtlich blickte sie auf die Hündin an ihrer Seite, die brav an der Leine neben ihr her trottete. Ihr und, so schlimm es sich anhörte, Christians Schicksal war es zu verdanken, dass sie sich einigermaßen wieder gefangen hatte. Natürlich tat jeder Gedanke an Felix immer noch sehr weh und sie vermied es, an ihn zu denken, stürzte sich stattdessen in die täglichen Aufgaben und rieb sich daran auf, sodass sie abends mithilfe der Schlaftablette tatsächlich einer ungestörten Nachtruhe entgegenblicken konnte.

Auf diese Weise hatte sie die letzten Tage überstanden und würde auch die folgenden schaffen. Sie hatte sich geschworen durchzuhalten, bis

Christians Unschuld bewiesen war. Direkt danach würde sie ihren Plan in die Tat umsetzen. Sie hoffte nur, dass es nicht allzu lange dauerte. Im Prinzip war jeder Tag eine Qual und würde es für immer bleiben. Ohne Felix war ihr Leben nicht mehr lebenswert.

Als sie mit Ronja an ihrer Seite in die Straße einbog, die zu ihrem Haus führte, war es punkt fünf. Während sie vor der Eingangstür nach ihrem Schlüssel kramte, hielt ein großer, schwarzer Wagen am Bordsteinrand. Abwartend blieb Daniela stehen und betrachtete prüfend den mittelgroßen Mann, der mit sichtlichem Elan ausstieg. Sie erblickend setzte er ein freundliches Lächeln auf und eilte auf sie zu.

Gut geschnittener, teurer Anzug, offener Hemdkragen, bemerkte sie, da hatte er sie erreicht. „Frau Ziegler", es war eine Feststellung, keine Frage. Er gab ihr die Hand, murmelte „Krass" und bückte sich dann zu Ronja hinunter, die hechelnd neben Daniela saß.

„Na, altes Mädchen." Dabei kraulte er der wedelnden Hündin das Ohr. Ohne zu fragen, löste er den Maulkorb und steckte dem Tier zwei Leckerchen zu.

Mit einem entschuldigenden Grinsen kam er wieder hoch. „Ich dachte mir, ich besteche sie lieber gleich hier, damit sie mich ohne großes Theater in die Wohnung lässt."

Statt zu antworten, unterzog Daniela ihn einer eingehenden Musterung. Das störrische blonde Haar, das ihm in die Stirn fiel, gab ihm ein jungenhaftes Aussehen, doch verrieten die vielen Fältchen um die braunen Augen, dass er mindestens so alt wie Christian sein musste. Im Gegensatz zu diesem war er von fülliger Statur, die kleine Stupsnase im runden Gesicht verlieh ihm ein etwas naives Aussehen. Hoffentlich täuschte dieser erste Eindruck, Christian hatte einen guten Anwalt verdient.

„Sie kennen sich?", fragte sie, während sie sich abwandte und die Haustür aufschloss.

„Natürlich, Christian und ich sind befreundet, ich glaube, ich vergaß völlig, das zu erwähnen." Galant hielt er ihr die Tür auf und folgte ihr ins Treppenhaus.

Schweigend erklomm Daniela die Stufen, Ronja dicht neben sich. Als sie die Wohnungstür hinter sich geschlossen und den Hund von der Leine befreit hatte, richtete sie wieder das Wort an den Anwalt. „Wir setzen uns am besten ins Wohnzimmer."

Matthias, der sie vom Balkon aus gehört hatte, stand in der Küchentür und balancierte ein Tablett mit Gläsern und Flaschen. Daher nickte er dem Mann nur zu und bedeutete ihm vorzugehen.

Obwohl der Anwalt zügig die Diele durchquerte, bemerkte Matthias, dass er gleichzeitig jedes Detail der Wohnung in sich aufnahm. Während er sich in den Sessel gegenüber der Couch fallen ließ, hatte er mit einem flüchtigen Blick bereits die gesamte Einrichtung taxiert.

Danielas Wohnung war gemütlich aber weder modern noch teuer eingerichtet. Den eichenen Wohnzimmerschrank hatte sie aus einer Haushaltsauflösung gekauft, genau wie den dazu passenden Tisch und das Fernsehschränkchen. Die beigefarbene Couchgarnitur war ein günstiges Eröffnungsangebot eines Möbelhauses gewesen, der dunkelrote Teppich, der die Sitzecke begrenzte, ebenfalls. Die gerahmten Landschaftsaufnahmen an den Wänden hatte er ihr nach und nach zu Weihnachten geschenkt, sie kamen an den weißen Wänden gut zur Geltung.

Insgesamt wirkte das Zimmer wie jeder Raum in dieser Wohnung wohnlich und gemütlich, wenngleich die Abnutzungserscheinungen an den Möbeln langsam sichtbar wurden. Er wusste, dass Daniela vorgehabt hatte, ab Felix' vierzehntem Geburtstag ganztags zu arbeiten, um etwas mehr Geld zur Verfügung zu haben. Bis dahin, hatte sie ihm mit einem Achselzucken erklärt, müsse die vorhandene Einrichtung ausreichen. Es sei ihr wichtiger, genug Zeit für ihren Sohn zu haben.

„Was hat er davon, sich jeden Wunsch erfüllen zu können, wenn dafür niemand da ist, mit dem er sich austauschen, dem er seine Nöte und genauso seine glücklichen Momente mitteilen kann?", pflegte sie zu fragen. „Wir haben unser Auskommen, das Geld reicht, dass wir ab und zu etwas Besonderes unternehmen können, und etwas Reserve habe ich auch, falls mal ein wichtiges Gerät kaputt geht. Ein Kind braucht keinen Luxus, es benötigt eine Bezugsperson, die sich ausreichend um es kümmert und es nicht den gesamten Tag sich selbst überlässt."

Matthias hatte zwar wenig Ahnung von Kindererziehung, doch schien Danielas Konzept aufzugehen. Felix war ein liebes, aufgewecktes Kerlchen gewesen, ohne nennenswerte Macken und vor allen Dingen ohne diese respektlose Art, die heutzutage vielen Kindern zu Eigen war.

Er zuckte fast zusammen, als Herr Krass plötzlich zu sprechen begann. „Bevor ich auf den eigentlichen Grund meines Besuchs komme, muss ich ein wenig ausholen. Ich kenne Christian seit unserer gemeinsamen Bundeswehrzeit. Im Gegensatz zu ihm habe ich nur meine Pflichtzeit geleistet, trotzdem blieben wir danach in lockerer Verbindung."

Stirnrunzelnd blickte Matthias auf Daniela, sie dagegen nickte. Anscheinend war sie gut über Christians Lebensweg informiert. Warum hatte er sie eigentlich nicht danach gefragt? Jetzt saß er hier und musste aufpassen, dass er alles verstand.

„Ich habe sowohl seine Heirat und die Geburt seines Sohnes als auch die Scheidung und das danach einsetzende Gezerre um das Sorgerecht mitbekommen, beziehungsweise habe Christian bei seinen gerichtlichen Auseinandersetzungen vertreten. Hm, sind Sie informiert über diese Zeit?"

Wieder wandte er sich ausschließlich an Daniela. Wahrscheinlich wusste er, dass Matthias seinen Mandanten erst einmal gesehen und keinen nennenswerten Kontakt zu ihm aufgebaut hatte.

Dieses Mal schüttelte Daniela den Kopf. „Ich bin darüber informiert, dass er früher einmal verheiratet gewesen ist, von einem Sohn dagegen hat er nie gesprochen. Christian erzählte mir bloß, dass er nach der Scheidung und seinem Ausscheiden aus der Bundeswehr komplett neu anfangen wollte. Er arbeitet ziemlich viel, fährt, wann immer es geht, zusätzliche Sonderschichten und lebt sehr zurückgezogen." Sie hielt inne. „Dass er einen Sohn hatte, erfuhr ich erst durch diesen Kommissar, der den Fall bearbeitet."

„Nun, davon werde ich Ihnen gleich berichten", Herr Krass lehnte sich gemütlich zurück. „Denn das gehört mit zu Christians Geschichte. Bevor ich sie Ihnen erzähle, muss ich Sie darum bitten, das, was Sie gleich hören werden, streng vertraulich zu behandeln. Christian vertraut Ihnen, Frau Ziegler, er hat mich gebeten, Ihnen alles zu erzählen. Doch könnte ein falsches Wort von Ihnen oder von Ihnen", jetzt wandte er sich Matthias zu, „schwere Repressalien für ihn nach sich ziehen. Daher habe ich zwei Formulare vorbereitet, die Sie mir bitte unterschreiben."

Wie durch Zauberei hielt er auf einmal die Papiere in der Hand und legte sie vor sich auf den Tisch. „Sie werden die darin beschriebenen Maßnahmen bestimmt für übertrieben halten, nichtsdestotrotz muss man als Anwalt stets bemüht sein, den Mandanten vernünftig abzusichern."

Neugierig nahm Matthias das Blatt in die Hand. Nachdem er es einmal überflogen hatte, lachte er ungläubig auf, las den Text dann aber nach einem strengen Blick des Anwalts noch einmal langsam durch. Unter Androhung von einem Ordnungsgeld von einhunderttausend Euro wurde ihnen verboten, über gewisse Dinge im Leben von Herrn Manz zu reden.

„Damit kommen Sie nicht durch", Matthias konnte über diese Anmaßung nur den Kopf schütteln. „Dieses Schriftstück ist viel zu ungenau formuliert, es geht nicht einmal richtig daraus hervor, worüber wir nicht reden dürfen."

„Sie können mir glauben, juristisch gesehen reicht das Formular aus." Der Anwalt wirkte völlig entspannt. „Ich bitte Sie nun, Ihre Unterschrift darunterzusetzen, damit ich fortfahren kann."

Matthias blickte auf Daniela. Die zuckte lediglich mit den Achseln, griff nach einem Kugelschreiber und unterschrieb, ohne zu zögern. Mit einem mulmigen Gefühl im Bauch folgte er ihrem Beispiel, schob die Blätter in Richtung des Anwalts und schluckte hart. Hoffentlich hatte er nicht gerade einen der größten Fehler seines Lebens begangen.

Ohne jegliche Regung steckte Herr Krass die Papiere zurück in seine Brusttasche. „Jetzt kann ich Ihnen die gesamte Geschichte erzählen. Vorher möchte ich Sie um eines bitten: Ersparen Sie sich und mir unnötige Zwischenfragen. Ich denke, das Gesagte wird für sich sprechen."

17

Als Christian geboren wurde, war seine Mutter knapp siebzehn Jahre alt. Sie ließ ihn bei ihren Eltern zurück und verschwand aus der Stadt. Erst als er zehn war, erinnerte sie sich seiner wieder und holte ihn zu sich. Sie hatte mittlerweile geheiratet und erwartete ein weiteres Baby. Rasch hintereinander gebar sie zwei Töchter, aber fast ebenso rasch bemerkte sie, dass sie mit einem chronischen Alkoholiker verheiratet war. Statt sich von diesem zu trennen, begann sie selbst, im Schnaps Trost zu suchen. Der Alkohol brachte jedoch kein Vergessen, stattdessen wurde sie zunehmend aggressiv. Lautstarken Auseinandersetzungen folgten schnell Tätlichkeiten. Das Leben der drei Kinder wurde zur täglichen Hölle.

Kurz nachdem die Mädchen zwei beziehungsweise drei Jahre alt geworden waren, griffen die Großeltern ein und holten die beiden zu sich. Nur Christian, mittlerweile vierzehn, musste ausharren, die alten Leute fühlten sich nicht mehr in der Lage, den wilden Teenager zu bändigen. Es störte ihn zweifellos kaum. Sein Leben spielte sich zu einem großen Teil auf der Straße ab. In dieser Gegend gab es viele Familien wie die seine und die Jugendlichen fanden meist denselben Ausweg aus ihrer Situation - sie kamen einzig und allein zum Schlafen nach Hause.

Einen Monat später bekam er seine erste Strafe wegen Fahrens ohne Führerschein. Mit fünfzehn wurde er zu fünfzig Sozialstunden verurteilt, weil er bei kleineren Diebstählen erwischt worden war, mit fünfzehneinhalb entkam er ganz knapp einer Verurteilung wegen räuberischer Erpressung. Da er nur Schmiere gestanden hatte, beließ es der Richter bei einer mündlichen Verwarnung und weiteren Sozialstunden.

Sein sechzehnter Geburtstag, den er mit all seinen Freunden im Park gleich um die Ecke feierte, brachte die Wende. Als er am nächsten Morgen im Krankenhaus erwachte, saßen seine Tante und sein Onkel an seinem Bett. „Junge, weißt du eigentlich, dass es ein Wunder ist, dass du überlebt hast?", fragte Jörn Redtberg, gleich nachdem er die Augen aufgeschlagen hatte. „Nachdem du bewusstlos geworden warst, haben sich all deine Kumpels verzogen, ein nächtlicher Spaziergänger, der seinen Hund ausführte, hat dich gefunden und den Notarzt gerufen. Du hattest über drei Promille!"

Onkel und Tante erhielten das vorläufige Sorgerecht. Die drei eigenen Kinder mussten zusammenrücken, damit Christian ein Zimmer für sich allein bekam. Dieser zeigte sich keineswegs dankbar. Genau wie zuvor schwänzte er immer wieder die Schule und traf sich mit seinen alten Freunden. Kam sein Onkel um ihn abzuholen, war er aufsässig und wurde ausfallend.

„Ich will mich nicht mit den Einzelheiten aufhalten", erklärte Andreas Krass. „Es dauerte seine Zeit, aber irgendwann schaffte es der Onkel, zu dem Jungen durchzudringen, und brachte ihn wieder auf den richtigen Weg."

Direkt nach seiner Lehre zum Automechaniker wurde Christian zur Bundeswehr eingezogen. Dort zeigte er so gute Leistungen, dass seinem Wunsch Berufssoldat zu werden, nichts im Weg stand. Da war er dreiundzwanzig und bei seinen Kameraden und Vorgesetzten gleichermaßen beliebt.

Zwei Jahre später lernte er Anke kennen. Auf Einladung seines Zimmergenossen war er mit diesem zu einer Geburtstagsfeier nach Hamburg gefahren. Sie war ihm sofort aufgefallen, weil sie mit Abstand das hübscheste Mädchen auf dem Fest war und gleichermaßen trinkfest wie tanzbegeistert zu sein schien.

„Pass auf, die ist nichts für dich", warnte sein Freund, der Christians Interesse bemerkte, aber da hatte dieser schon sein Herz an sie verloren. Ihr schien es ebenso zu gehen. Sie tanzte ausschließlich mit ihm und es war später für beide eine Selbstverständlichkeit, dass sie ihn mit in ihre Wohnung nahm. Den Rest des Wochenendes verbrachten sie dort.

Schon bald war für Christian klar, dass er in Anke die große Liebe seines Lebens gefunden hatte. Dadurch, dass sie eine Wochenendbeziehung führten, sie lebte und arbeitete in Hamburg, er war in der Lüneburger Heide stationiert, sahen sie sich für seinen Geschmack viel zu selten. Leider sträubte sie sich vehement, in seine Nähe zu ziehen. Ihre gesamte Familie und all ihre Freunde lebten in der Stadt, diese wollte sie nicht missen. Mutter und Schwester von ihr waren ihm jedoch ein Dorn im Auge, da sie ihn zu sehr an seine ehemaligen Freunde erinnerten, die er damals hinter sich gelassen hatte. Sandra hatte schon zwei uneheliche Kinder und lebte von der Sozialhilfe, die Kinder hatten unterschiedliche Väter, die sich nie blicken ließen. Ankes Mutter war arbeitslos und ging nebenher putzen. Abends war sie selten zu Hause, sondern, genau wie die Schwester, in diversen Kneipen gern gesehener Gast.

Die wenigen Freunde, die er kennenlernte, sagten ihm ebenso wenig zu, genau wie ihr Job als Kellnerin in einer Kaschemme, in der hauptsächlich Zuhälter und Huren verkehrten.

„Erstaunlicherweise tat dies seiner Liebe keinen Abbruch. Stattdessen reifte in ihm der Entschluss, sie aus diesem Sumpf zu ziehen, um mit ihr ein normales Leben zu führen. Was Onkel Jörn bei ihm gelungen war, musste schließlich auch bei ihr möglich sein." Herr Krass verzog sein Gesicht zu einem humorlosen Lächeln. „Christian hatte bloß einige wichtige Punkte vergessen. Er selbst war zumindest in seinen ersten zehn Lebensjahren in einem normalen Haushalt unter der liebevollen Fürsorge seiner Großmutter aufgewachsen. Später, in der Familie seines Onkels, war er unter ständiger Aufsicht gewesen. Und er hatte irgendwann von allein den Wunsch entwickelt, zu einem normalen Leben zurückzufinden."

Bei Anke lag der Fall anders. Sie kannte nur dieses Leben, fühlte sich sichtlich wohl darin und hatte gar kein Interesse daran, sich zu ändern. Einzig ihre Liebe zu ihm war Christians Trumpf. Sie wollte ihn nicht verlieren, hing genauso sehr an ihm, wie er an ihr.

Anfangs empfand sie sein Bemühen, sie aus diesem Milieu zu reißen, liebenswert, später reagierte sie zunehmend genervt. An den meisten Wochenenden stritten sie, trennten sich, versöhnten sich wieder, trennten sich schließlich sogar für ein, zwei Monate, um danach erneut Versöhnung zu feiern.

Drei Jahre dauerte dieser Zustand. Dann wurde Anke schwanger. Ein weiteres schweres Zerwürfnis lag hinter ihnen und Christian hatte geglaubt, endgültig über seine große Liebe hinweg zu sein, als sie plötzlich an einem Freitagabend vor der Kaserne erschien. Sie wolle zu ihm ziehen, sagte sie voller Ernst, ihr altes Leben hinter sich lassen und eine Familie gründen. Noch etwas skeptisch stimmte Christian zu.

„Um es kurz zu machen, es wurde ein Desaster. Schon wenige Wochen nach der Geburt nahm Anke ihr altes Leben wieder auf und suchte sich einen Job in einer Kneipe. Bevor der gemeinsame Sohn Kai seinen ersten Geburtstag feierte, war sie an mindestens vier Abenden in der Woche außer Haus." Herr Krass' verkniffener Gesichtsausdruck zeigte deutlich, was er von diesem Verhalten hielt.

Jeder Tag verlief nach ähnlichem Muster: Wenn Christian aus der Kaserne kam, machte sie sich gerade fertig, um zu gehen, stand er morgens in der Früh auf, blieb sie, ein ausgesprochener Morgenmuffel, wortlos liegen. An den Wochenenden erhob sie sich frühestens gegen Mittag aus dem Bett und er kümmerte sich allein um den Jungen. Mindestens einmal in der Woche fuhr Anke nach Hamburg und auch sonst war sie an ihren freien Tagen viel unterwegs, allerdings meist ohne Kai. Dafür nutzte sie den Babysitter, den Christian eigentlich für die Zeit gesucht hatte, in der er sich wegen seiner Wochenenddienste und Manöver nicht um das Baby kümmern konnte. Immerhin war die ältere Frau, die ihn beaufsichtigte, eine liebevolle, geduldige Person, sodass es dem Kleinen an nichts fehlte. Nur - so hatte sich Christian sein Leben eigentlich nicht vorgestellt.

Dann brachten ihm seine Kameraden zögernd zu Gehör, dass seine Frau - er hatte sie kurz vor der Geburt standesamtlich geheiratet - in dem Ruf stände, kein Kind von Traurigkeit zu sein. Es sei bekannt, dass sie einer ihrer besten Kunden wäre und in diesem Zustand nicht sonderlich zurückhaltend sei, wenn ihr ein Mann gefiele.

Am nächsten Tag meldete er sich gleich frühmorgens krank, um den Gerüchten nachzugehen. Vor der Haustür angekommen bekam er ein schlechtes Gewissen. Was er seiner Frau jetzt antat, war eindeutig ein Verrat. Den Schlüssel schon im Schloss verharrte er unschlüssig, bis lautes Babygeschrei aus dem geöffneten Fenster im zweiten Stock an sein Ohr drang. Im Nu war er oben und rannte in das Kinderzimmer. Mit verquollenen Augen saß sein Sohn in seinem Gitterbettchen und streckte ihm wimmernd die Arme entgegen.

Erst ein halbe Stunde später kam Anke zurück. Die Situation eskalierte binnen Sekunden. Auf seine Vorhaltungen, den Kleinen allein gelassen zu haben, reagierte sie völlig unwirsch. Ihrer Meinung nach hätte nichts passieren können, er sei schließlich in seinem Bett gewesen. Und das bisschen Geheule schade ihm nicht. Sie würde ihn eher verzärteln, wenn sie bei jedem Schrei von ihm gleich angelaufen käme. Und ja, natürlich hätte sie ihn mitnehmen können, nur wäre es ihr zu anstrengend. Ohne ihn sei sie viel schneller fertig.

Auf Christians Frage nach dem Babysitter lachte sie spöttisch. „Für die paar Minuten werfe ich mein Geld nicht zum Fenster raus."

Wütend war er mit dem Kind aus der Wohnung gerannt und direkt der Nachbarin, die unter ihnen wohnte, in die Arme gelaufen. Von ihr hatte er weitere unliebsame Tatsachen erfahren. Anke bekäme oft Männerbesuch, erzählte sie ihm. Und das Kind würde sich fast Tag für Tag die Seele aus dem Leib schreien.

Mit zusammengebissenen Zähnen stieg Christian die Treppe wieder empor.

Anke stand an der Küchentheke und goss sich gerade ein Glas Schnaps ein. „Prost", sie lachte spöttisch. „Sollen wir gleich deinen Auszug feiern? Die alte Schnepfe von unten hat dir bestimmt alles brühwarm erzählt." Sie zuckte lässig mit den Schultern. „Na, macht nichts, ich war die ganze Situation sowieso leid."

„Klar, mein Nachfolger steht sicher schon in den Startlöchern", gab Christian bissig zurück.

„Nachfolger? Bist du verrückt? Das tue ich mir nicht noch mal an", Anke warf den Kopf zurück. „Ich brauche Abwechslung."

„Gut, ich werde gehen." Von einem Moment auf den anderen war selbst der kleinste Funke Liebe in Christian erloschen. „Und Kai nehme ich mit."

„Er bleibt hier!" Mit wutverzerrtem Gesicht stellte sich Anke ihm in den Weg. „Ich bin die Mutter. Jedes Gericht der Welt wird mir das Sorgerecht zusprechen."

„Nicht bei dem, was du ihm angetan hast." Er schob sie zur Seite und ging zielstrebig zur Tür.

„Beweis es mir erst einmal!", schrie sie hinter ihm her.

Er würdigte sie keines weiteren Wortes. Für ihn war die Sachlage klar. Er würde um seinen Sohn kämpfen.

18

„Aber Christian hat letztendlich Recht bekommen", sagte Daniela befriedigt. Über die Geschichte, die der Anwalt erzählt hatte, waren ihre eigenen Probleme in den Hintergrund getreten. Natürlich wusste, sie, dass es abseits der für sie normalen Welt Menschen gab, die anders lebten, was man ab und zu auch durch die Nachrichten und die Zeitungen mitbekam. Doch war es wesentlich berührender, wenn man die Personen kannte, um die es dabei ging.

„Nein", Herr Krass grinste humorlos. „Das Kind wurde der Mutter zugesprochen."

„Das kann nicht sein", empörte sich Matthias. „Nicht, nach dem, was Sie uns erzählt haben."

„Leider tendieren die Gerichte dazu, kleine Kinder eher der Mutter zuzusprechen, besonders da Christians Vorwürfe sich als haltlos herausstellten. Niemand war bereit, gegen Anke auszusagen."

„Und die Nachbarin?"

„Hatte schon bei der ersten Vernehmung nichts gesehen und gehört."

„Ich verstehe nicht", Daniela schüttelte verwirrt den Kopf.

„Christian ging es ähnlich. Anfangs dachte er, die ganze Welt hätte sich gegen ihn verschworen. Dabei hatte er lediglich Anke unterschätzt - beziehungsweise ihren Bekanntenkreis. Mit diesem machte er dann nämlich auch Bekanntschaft, nachdem er mehrmals das Jugendamt eingeschaltet hatte, weil der Kleine zunehmend verwahrlost wirkte. Zweimal wurde er nach allen Regeln der Kunst zusammengeschlagen, bis er endlich begriffen hatte. Trotzdem ließ er nicht locker, er heuerte sogar einen Detektiv an, der Anke beobachten sollte. Auf dessen Aussage hin wurde das Kind vorübergehend bei einer Pflegestelle untergebracht, Anke gelobte tränenüberströmt Besserung und bekam Kai einige Wochen später zurück."

Der Anwalt holte tief Luft, als er ihre ungläubigen Gesichter sah. „Alles zu erzählen, würde viel zu lange dauern, ich wollte Ihnen einen groben Überblick verschaffen, damit Sie das nun Folgende besser verstehen: Anke lebte mittlerweile mit dem Kind bei ihrer Mutter, ihrer Schwester und deren zwei Kindern. Die beiden älteren Jungen waren ebenfalls schon auffällig geworden. Bisher handelte es sich eher um kleinere Missetaten; Schulschwänzen, einfache Diebstähle und Sachbeschädigung, aber Christian war klar, dass sich die Dinge mit ihrem zunehmenden

Alter eher steigern würden. Nachdem er auf rechtlichem Wege gescheitert war, sprach er mit Polizisten, Jugendfürsorgern und Sozialarbeitern. Monatelang hat er sich ein eigenes Bild von der Szene gemacht und es ist ihm klar geworden, dass sein Sohn aller Wahrscheinlichkeit nach verloren war, wenn er ihn dort ließe."

„Er war also tatsächlich an seinem Verschwinden beteiligt?"

„Er hatte keine andere Wahl. Kai wurde zumindest nie sichtbar misshandelt, grobe Vernachlässigung konnte der Mutter auch nicht mehr nachgewiesen werden, seitdem sie bei ihrer Familie wohnte. Da log einer für den anderen. Es gab nicht genug, ihr das Sorgerecht entziehen zu lassen."

„Ich verstehe das nicht", ungläubig schüttelte Daniela den Kopf. „Da gibt es auf der einen Seite eine total asoziale Familie, die sich kaum um das Wohl des Kindes schert, und auf der anderen Seite einen Mann, der eine feste Anstellung hat und der aller Wahrscheinlichkeit nach seinen Sohn zu einem nützlichen Mitglied der Gesellschaft erziehen würde. Die Richter mussten den Unterschied doch erkennen."

„Denken Sie daran, wir reden von einem kleinen Kind. Kai kannte nichts anderes, als das Leben, wie seine Mutter es führte. Er liebte sie - trotz allem. Christian war ganztags berufstätig und hätte sich nicht viel um ihn kümmern können. Zudem war dem Richter bekannt, dass dieser bereits mehrere längere Auslandsaufenthalte hinter sich hatte. Anke dagegen war angeblich den gesamten Tag zu Hause und lebte von dem, was Christian ihr an Unterhalt für sich und den Sohn zahlen musste"

„Trotzdem …", begann Daniela erneut.

„Zieh dich bitte jetzt nicht daran hoch", Matthias hatte bemerkt, dass Herr Krass auf seine Armbanduhr schielte. „In Deutschland ist es nun mal so, dass, wenn nicht gerade dringende Gründe wie schwere Kindesmisshandlung oder sexueller Missbrauch vorliegen, Kinder weiter bei ihren Eltern verbleiben."

„Genau", nickte der Anwalt dankbar. „Das hat zum Teil durchaus auch nachvollziehbare Gründe. Allein in Hamburg gibt es mehrere Siedlungen, aus denen man im Prinzip alle Kinder herausholen müsste, um diese zu schützen. Und wohin sollen sie dann?" Auffordernd sah er Daniela und Matthias an. „Derart viele Pflegestellen gibt es gar nicht, das aufzufangen", fuhr er fort, ohne eine Erwiderung abzuwarten.

„Und Christian?" Matthias verzichtete darauf, das Gehörte zu kommentieren. Immerhin reifte dadurch sein Entschluss, seine nächste Reportage im eigenen Land zu machen. Wenn das stimmte, was Herr Krass da erzählt hatte, musste man die Menschen aufrütteln, damit sich diese Zustände änderten.

„Nach seiner Verhaftung rief er mich an, um mich zu bitten, seine Verteidigung zu übernehmen. Kai war auf dem Heimweg von der Schule spurlos verschwunden und Christian war unter dem dringenden Verdacht verhaftet worden, ihn entführt zu haben."

Herr Krass füllte sein Glas und trank in durstigen Zügen. Bevor er weitersprach, hob er bedeutungsvoll seine Augenbrauen und musterte Bruder und Schwester. „Jetzt komme ich zu dem Teil, den Sie auf jeden Fall für sich behalten müssen. Was ich Ihnen erzählen will, ist bisher ausschließlich mir und zwei weiteren Helfern bekannt."

„Also steckt er doch dahinter!", rutschte es Matthias heraus.

„Christian ist der Meinung, er hätte Kai damit aus einer ausweglosen Situation befreit und ihm die Chance ermöglicht, etwas aus seinem späteren Leben zu machen." Herr Krass lehnte sich zurück und blickte von einem zum anderen.

„Aber wie … was …", Daniela kam ins Stottern. „Nun erzählen Sie endlich!"

„Um es kurz zu machen - er hat seinen Sohn außer Landes gebracht und ihn in die Obhut eines Paares gegeben, das ihn wie ihr eigenes Kind aufziehen wird."

Gespannt beobachtete er die Reaktionen seiner Gegenüber. Daniela war blass geworden, ihre Hand fuhr zum Mund, als wolle sie einen Aufschrei unterdrücken. Matthias starrte ihn ungläubig an. Er war es, der seine Fassung zuerst zurückgewann. „Nur, was hat es ihm genutzt? Er kann ihn doch wohl kaum besuchen, sonst fliegt seine Tat auf."

Andreas Krass wand sich sichtlich: „Nun, es gibt immer Mittel und Wege. Aber im Endeffekt haben Sie es auf den Punkt gebracht. Christian tat es nicht für sich, sondern in erster Linie für Kai."

„Das arme Kind." Daniela schüttelte missbilligend den Kopf. „Das ist doch keine Lösung. Ihn von allen, die er kennt und liebt, wegzureißen und ihn jemand Fremdem anzuvertrauen."

„Wie alt war er damals?"

„Sechs, er ging in die erste Klasse", beantwortete Herr Krass Matthias' Frage und wandte sich dann an Daniela. „Natürlich ist seine Handlungsweise für Außenstehende kaum nachvollziehbar. Ich kann Ihnen nur mehrfach versichern, dass er sein Vorgehen sehr genau abgewogen hat. Eine bessere Lösung gab es in seinen Augen nicht. Außerdem hatte er dafür gesorgt, dass Kai das Ehepaar, das ihn aufnahm, mehrfach bei sich antraf und sich mit ihnen anfreundete. Laut ihrer Aussage hat er sich schnell mit den veränderten Verhältnissen abgefunden."

„Wie hat er es denn nun angestellt?" Das interessierte Matthias viel mehr.

„Er benutzte den ältesten Trick der Welt. Er versprach Kai eine besondere Überraschung und lockte ihn so zu seinen Helfern, die ihn außer Landes brachten. Das ist dann auch der Punkt, der ihm beinahe das Genick gebrochen hätte. Christian wollte nämlich unbedingt, dass Anke wusste, dass er daran beteiligt war und hielt sich, mit einem Alibi versehen, ganz in der Nähe auf. Deshalb wurde er verhaftet, man konnte ihm allerdings keine Tatbeteiligung nachweisen."

„Und wie ging es weiter?"

„Seine Helfer fuhren mit Kai zu einem weiteren Freund, der ihn etwas umstylte. Noch am selben Tag schaffte einer der beiden den Jungen außer Landes und er wurde der Familie übergeben, die ihn heute betreut."

Matthias lachte ungläubig. „Das hört sich an wie ein schlechter Film im Fernsehen. So einfach kann das nicht gewesen sein."

„Nun ja, Sie dürfen nicht vergessen, dass Christian ebenfalls eine geraume Zeit in einem nicht gerade normalen Milieu verbracht hatte. Es kostete ihn nicht sonderlich viel Mühe, die Kontakte wieder aufleben zu lassen. Und er hatte ja Zeit. Ich glaube, die gesamte Planung dauerte über ein Jahr. Wenn er Kai bei sich zu Besuch hatte, sorgte er nicht nur dafür, dass er das besagte Ehepaar antraf, sondern ebenso auch die Freunde, die sich an seiner Entführung beteiligten. Auf diese Weise lernte das Kind sie gut genug kennen, um Vertrauen aufzubauen."

„Dass es Menschen gibt, die ein derartiges Risiko eingehen."

„So groß war es auch wieder nicht. Wären sie geschnappt worden, hätten sie einen Brief von Christian vorgezeigt, der sie ermächtigte, seinen Sohn in seinem Auftrag nach Paris zu bringen. Damit war der Kleine übrigens geködert worden. Sein Vater hatte ihm schon oft versprochen, demnächst einmal mit ihm das Disneyland zu besuchen."

„Sie sind also wirklich nach Frankreich gefahren?"

„Selbstverständlich. Das befreundete Ehepaar nahm sich seiner an und verlebte einige schöne Tage mit ihm. Dann überbrachten sie ihm ganz behutsam die Nachricht, dass seine Mutter gestorben sei und er deshalb jetzt bei ihnen bleiben solle. Der Vater würde ihn regelmäßig besuchen kommen, nur leben könne er leider nicht bei ihm. Er hat sich wirklich schnell gefangen, das können Sie mir glauben. Es war längst nicht so schlimm, wie Sie sich das vorstellen." Andreas Krass rutschte unruhig auf der Couch hin und her. Langsam verfluchte er Christian, dass er ihm diese undankbare Aufgabe übertragen hatte. „Natürlich sind sie nicht in Paris geblieben. Sie leben mit dem Jungen woanders im Ausland. Wo genau und wie Christian alles andere gedeichselt hat, soll er Ihnen später selbst erzählen." Demonstrativ sah auf seine Uhr. „Ihm war es sehr wichtig, dass Sie die Hintergründe dessen, was damals geschehen ist, kennenlernen und dass Sie ihm glauben, dass er mit Felix' Tod nichts zu tun hat."

Daniela schluckte: „Auf diese Idee wäre ich nie und nimmer gekommen", flüsterte sie, während die ersten Tränen ihre Wangen hinabkullerten. „Ich weiß, dass Christian kein gewalttätiger Mensch ist."

19

Mit einem liebevollen Lächeln beobachtete Andrea, wie Henning langsam Richtung Schulgebäude trottete. Jetzt hatte er seinen Freund entdeckt, winkte aufgeregt und begann zu rennen, sodass der Tornister auf seinem Rücken, der viel zu groß für die kleine, schmächtige Gestalt war, auf seinem Rücken auf und ab tanzte. Dann hatte er Philipp erreicht und schlug ihm mit einer Geste, die lässig wirken sollte, jedoch eher unbeholfen aussah, auf die Schulter.

Im selben Moment fädelte sich Bernd wieder in den fließenden Verkehr ein. Sie warf einen letzten Blick über die Schulter auf die Jungen, die einträchtig nebeneinander ihren Weg fortsetzten, und seufzte leise. Leider hatte Henning nicht nur ihre zierliche Figur und die feinen, blonden Haare, die kaum in eine vernünftige Form zu bringen waren, geerbt, sondern auch Bernds Introvertiertheit. Gepaart mit seiner schüchternen, linkischen Art hatte er dadurch einen schweren Stand bei seinesgleichen. Außerdem hatte er sich in der letzten Zeit angewöhnt, die Schultern hochzuziehen und den Kopf nach vorn zu beugen, wodurch ihm die Strähnen seiner halblangen Haare ständig in die Augen fielen.

Rabea hatte nicht Unrecht, selbst wenn sie es wieder einmal viel zu übertrieben ausgedrückt hatte. Sein Erscheinungsbild vermittle jedem den Eindruck, er sei ein echter Loser, hatte sie gesagt. Daraufhin war Henning in ein wahres Wutgeheul ausgebrochen und sie hatte schlichtend eingreifen müssen.

Insgeheim aber musste sie ihrer Tochter recht geben. Eine andere Körperhaltung und ein vernünftiger Haarschnitt würden sein Äußeres um einiges aufwerten. Das hatte sie ihm mehr als einmal vorsichtig zu verstehen gegeben. Trotzdem weigerte er sich vehement, ihre Hilfe anzunehmen. Ob das bereits die beginnende Pubertät war? Dabei hatte er gerade erst seinen elften Geburtstag gefeiert!

Sie streifte ihren Mann mit einem flüchtigen Blick. Sollte sie versuchen, mit ihm darüber zu sprechen? Angesichts seines konzentrierten Gesichtsausdrucks beschloss sie, lieber nicht schon wieder mit diesem Thema anzufangen. Bernds Meinung dazu war wesentlich rigider als ihre. Außerdem trug er ihr anscheinend weiterhin nach, dass sie entschieden hatte, Henning nicht zu der Trauerfeier von diesem Felix gehen zu lassen.

Dabei war sie mit Sabine Krossmann einer Meinung gewesen. Beide Kinder hatten schon lange keinen Kontakt mehr zu dem Jungen. Warum sollten sie sich derart quälen, bloß um den äußeren Schein zu wahren? Schließlich war die Sache für Henning und Philipp längst nicht ausgestanden. Die Polizei würde sich bestimmt in der nächsten Zeit noch oft genug bei ihnen melden, bis es zu dem Gerichtsverfahren kam, bei dem sie auch aussagen mussten. War das nicht Aufregung genug?

Sie schluckte hart, während sie an den letzten Freitag zurückdachte. Bevor Herr Krossmann sich endlich meldete, war Henning schon zu ihr gekommen und hatte ihr alles erzählt. Anschließend hatte sie es auf sich genommen, ihren Mann zu informieren. Bernd war ziemlich sauer gewesen. Er schien überhaupt nicht verstehen zu können, dass die Kinder davor zurückgeschreckten, als Zeugen vernommen zu werden und dass Henning deswegen so ein Theater abgezogen hatte. Trotzdem hätte er ihn wirklich nicht derart anbrüllen dürfen. Genau deshalb war sie im Nachhinein froh, ihm nicht alles gesagt zu haben.

Herr Krossmann, mit dem sie auf sein Anraten hin gemeinsam noch am selben Abend auf das Revier gefahren waren, hatte die prekäre Situation souverän gelöst, indem er den Polizisten erklärte, beide Jungen hätten erst an diesem Tag von Felix' Schicksal erfahren, da die Eltern solch schlechte Nachrichten gewöhnlich von ihren Kindern fernhielten. Durch andere Schüler, die sich darüber unterhielten, wäre Philipp dieser Geschichte gewahr geworden und hätte daraufhin direkt nach seiner Ankunft zu Hause mit seinem kranken Freund telefoniert.

Der Kommissar schien die Geschichte geglaubt zu haben, er war äußerst nett und zuvorkommen gewesen und …

Sie schreckte aus ihren Gedanken auf, da Bernd abrupt abbremste. Sie hatte gar nicht bemerkt, dass er schon in das Parkhaus eingefahren war. Dadurch, dass sie Henning zur Schule gebracht hatten, waren sie fast zehn Minuten zu spät. Mit raschen Schritten eilte Bernd ihr voraus, sie bemühte sich, ihm zu folgen, so gut es ihre hochhackigen Schuhe zuließen.

Katja, die eigentlich für die Assistenz am Stuhl zuständig war, saß an der Anmeldung und telefonierte. Mit einem kurzen Nicken rauschte Andrea an ihr vorbei und folgte Bernd in sein Zimmer. Schweigend griff dieser nach seinem Kittel und verschwand sofort wieder durch die Tür in das Behandlungszimmer eins, in dem mit Sicherheit schon der erste Patient wartete.

Andrea hielt sich ebenfalls nicht lange auf und ging zurück zur Rezeption. Katja hatte ihr Telefongespräch beendet und erhob sich, als sie ihre Chefin sah. „Das war das Labor. Aufgrund einiger Krankheitsfälle werden die bestellten Arbeiten zwei Stunden später geliefert. Und Melanie hat es ebenfalls erwischt, sie leidet wohl unter demselben Magen-, Darmvirus, den ich in der letzten Woche hatte."

Ohne eine Antwort abzuwarten, lief sie eilig ins Sprechzimmer. Frustriert griff Andrea nach der Maus und aktivierte das Programm. Na toll! Da saßen jetzt schon vier Patienten ohne Termin. Zusammen mit den nötig geworden Umlegungen ergab das eine geschätzte Verzögerung um mindestens eineinhalb Stunden. Damit konnte sie ihren gewohnten Frisörbesuch wohl vergessen.

Die Tür ging auf und der nächste Patient trat ein. Sie stutzte. „Wolfgang."

Der elegant gekleidete Herr verzog sein gequält wirkendes Gesicht zu einem angedeuteten Lächeln. „Hallo, Andrea. Kannst du mich irgendwie dazwischenschieben?"

Sie betrachtete seine angeschwollene Wange. „Der Backenzahn?"

Er nickte wehleidig. „Das hat vor drei Tagen angefangen, ist aber erst gestern Abend richtig schlimm geworden."

Warum nur warteten alle immer, bis das Wochenende vor der Tür stand? „Am Besten setzt du dich da vorn in Raum drei. Der Kiefer muss geröntgt werden. Ich schicke dir gleich eine Helferin."

„Ist das wirklich nötig? Ich habe heute eine Menge zu erledigen."

Der Zweifel über ihre Entscheidung stand ihm ins Gesicht geschrieben. Mühsam unterdrückte Andrea ihren Ärger und wies lächelnd auf die entsprechende Tür. „Gerade weil ich weiß, wie viel du zu tun hast, machen wir das Röntgenbild vor der Behandlung. Das spart dir Zeit."

Während sie darauf wartete, dass Katja die Nummer eins verließ, betrachtete sie angespannt ihre Nägel. Das hatte man nun davon, dass man sich bemühte, Freunde und Bekannte bevorzugt zu behandeln. Klappte nicht alles, wie diese es erwarteten, wurde noch genörgelt. Dabei hatte sie durch die mittlerweile fünf Jahre Rezeptionsdienst nun wirklich genug Erfahrung gesammelt, um die erforderliche Behandlung einschätzen zu können.

Sie konnte nicht verhindern, dass ihre Gedanken wieder zu ihrem Sohn zurückkehrten. Während sie heute Morgen mit ihm den Haustürschlüssel gesucht hatte, natürlich begleitet von Bernds missbilligenden Rufen, dass er endlich losfahren wolle, hatte sie versucht, das Gespräch noch einmal auf den Streit mit Philipp zu lenken. Bisher hatte ihr Sohn ihr nicht erzählt, warum dieser Streit dermaßen eskaliert war.

Im Gespräch mit Frau Krossmann hatte diese erwähnt, dass Philipp am Mittwoch und Donnerstag sehr mürrisch und wortkarg gewesen sei und sich abends direkt nach dem Essen auf sein Zimmer zurückgezogen habe. Von dem Streit zwischen den beiden Jungen wusste sie durch die Erzählung der Haushälterin, der er allerdings nichts Wesentliches mitgeteilt hatte. Ihr schien diese Tatsache eher unbedeutend zu sein, vor allem durch die weitere Entwicklung, die dieser besagte Mittwoch nach sich gezogen hatte.

Andrea dagegen war zwar froh, dass Henning und Philipp anscheinend wieder ein Herz und eine Seele waren, andererseits befürchtete sie, dass es unüberbrückbare Differenzen zwischen den beiden gab, die irgendwann erneut aufflammen würden. Sie wollte ihrem Sohn so gern helfen - wenn er sie nur ließe.

Natürlich war der Zeitpunkt ihres Versuchs einer Aussprache denkbar schlecht gewählt. Henning, der genau wusste, dass freitags niemand da war, um ihn einzulassen, hatte nervös in seinem Zimmer herumgekramt, weil er seinen Schlüssel nicht finden konnte, während Bernd aufgebracht in der Diele auf und ab wanderte.

Statt auf ihre Fragen zu antworten, hatte Henning herumgejammert und war wieder einmal kurz vor einem seiner berüchtigten hysterischen Anfälle gewesen. Zum Glück hatte sie, bevor es dazu kam, den Schlüssel hinter dem Schreibtisch entdeckt. In genau diesem Moment war Bernd hereingekommen und hatte sie angetrieben. Mittlerweile war es so spät geworden, dass sie Henning bis zur Schule fahren mussten, damit er noch pünktlich zum Unterrichtsbeginn dort war.

Andrea lehnte sich in ihrem Stuhl zurück und starrte sinnend auf die geschlossene Tür des Behandlungszimmers. Am Besten würde sie es heute Nachmittag erneut versuchen - wenn sie nicht zu gestresst von dem heutigen Tag war.

20

Katja hob nur die Augenbrauen, als die Chefin sie anwies, den kranken Zahn zu röntgen. Nach außen kühl und gelassen, doch innerlich tobend vor Wut, machte sie sich an die Arbeit. Das war wieder einmal typisch. Frau Wiegands Bekannte kamen immer unangemeldet und erwarteten dann, ohne lange Wartezeiten behandelt zu werden. Dieser hier, der Herr Neugrett, war besonders schlimm. Letztens erst hatte er sich über sie beschwert, weil sie angeblich zu unfreundlich zu ihm gewesen war. Dabei hatte sie ihn lediglich genötigt, die volle Aushärtungszeit der Füllung abzuwarten.

Zum Glück war der Herr Doktor nicht so wie seine Frau. Die hätte sofort losgemeckert und sie, ohne nach dem Grund ihrer Maßnahme zu fragen, vor dem Patienten zur Schnecke gemacht. Der Chef hingegen hörte sich geduldig beide Seiten an und entschied gerecht – selbst wenn er damit die Bekannten seiner Frau vor den Kopf stieß. Ja, es waren vor allem ihre Freunde, die meinten, Nutzen aus dieser Bekanntschaft ziehen zu können. Wenn sie denn wenigstens nett gewesen wären, hätte sie auch gar nichts dagegen gehabt. Aber alle, die sie bisher kennengelernt hatte, waren arrogante Wichtigtuer gewesen, die sie, die kleine Zahnarzthelferin, wie den letzten Dreck behandelten.

„Warten Sie bitte hier einen kleinen Moment", bat sie Herrn Neugrett mit einem freundlichen Lächeln. „Sobald das Behandlungszimmer frei ist, können Sie hinein."

„Vergessen Sie mich bloß nicht." Er zog ein leidendes Gesicht.

„Nein, nein!", rief sie über die Schulter zurück und eilte Richtung Zimmer zwei. Maike war nicht versiert genug, die Assistenz am Stuhl völlig eigenständig zu übernehmen. Der Chef machte zwar viel selbst, wenn Not am Mann war, trotzdem wollte sie nach dem Rechten sehen, bevor sie sich um den nächsten Patienten kümmerte.

Doktor Wiegand war gerade dabei, den behandelten Zahn mit einer Füllung zu versehen. Das angrenzende Behandlungszimmer war schon wieder besetzt, wie Katja durch einen schnellen Blick in den Nachbarraum feststellte. Sie verließ das Zimmer, um der Chefin Bescheid zu geben, dass sie anschließend Herrn Neugrett aufrufen könne. Doch die hatte einen Patienten an der Anmeldung, der sich gerade lautstark über die, seiner Meinung nach zu lange Wartezeit beschwerte. Katja grinste innerlich, während Frau Wiegand den Mann auf ihre kühle, unnahbare Art abfertigte. Das musste man ihr wirklich lassen, sie war auf diesem Posten die Idealbesetzung, Nörgler und notorische Meckerer hatten bei ihr keine Chance.

Nachdem sie ihr die Nachricht weitergegeben hatte, ging sie ins Zimmer eins und legte die notwendigen Behandlungsutensilien zurecht. Sie hatte noch keine drei Worte mit der Patientin gewechselt, da betrat Doktor Wiegand den Raum. Als hätte er alle Zeit der Welt und kein volles Wartezimmer im Rücken, ließ er sich geduldig die Beschwerden schildern.

Das war einer der Punkte, warum die Praxis derart überlaufen war. Die Patienten fühlten sich mit ihren Schmerzen und Ängsten gleichermaßen angenommen. Zudem war der Chef immer bemüht, das Beste für den jeweiligen Fall zu tun - ihm gelang es sogar, die besonders Empfindlichen für die von ihm ausgewählte Behandlung zu gewinnen.

Ja, Bernd Wiegand war wirklich ein Traum von einem Arbeitgeber. Sie arbeitete seit acht Jahren bei ihm und hatte vorher drei andere Stellen innegehabt, also konnte sie das beurteilen. Er war immer gleichbleibend ruhig und freundlich, erhob nie seine Stimme und blieb selbst im größten Stress gelassen. Wenn nicht seine Frau gewesen wäre, hätte sie rundum zufrieden sein können.

Nicht dass diese besonders unfreundlich zu den Helferinnen war. Es lag eher an ihrer distanzierten Art, die kein Gemeinschaftsgefühl aufkommen ließ. Sie war die Chefin – obwohl sie nichts anderes als die Anmeldung machen konnte – und ließ die Angestellten das auch deutlich spüren. Jegliche Kritik an ihrer Arbeit, selbst wenn man ihr einen Fehler nachweisen konnte, verbat sie sich aufs Schärfste.

Katja verstand nicht, was der Chef an ihr fand. Ihrer Meinung nach waren die beiden grundverschieden und passten überhaupt nicht zusammen. Andrea Wiegands Verhalten und Aussehen spiegelten das Bild einer wohlhabenden Frau wieder, die es gewohnt war, in den gehobenen Kreisen zu verkehren und das in ihrem Umgang mit dem gemeinen Volk deutlich hervorhob. Ihr Mann dagegen war zu jedem freundlich und zuvorkommend. Er behandelte den armen Rentner in gleicher Weise wie die Freunde seiner Frau. Er war eben warmherzig und mitfühlend – zu jedermann.

Während sie den Absaugschlauch hielt, schielte sie aus den Augenwinkeln zu ihrem Chef hinüber, der routiniert den Zahn der Patientin bearbeitete. Nicht dass dieser ein Adonis gewesen wäre. Beinahe hätte sie gekichert. Er sah eher aus wie ein Teddybär, leicht dicklich, mit braunen

Augen und Pausbäckchen und einem lustigen, wirren Haarkranz, der immer so wirkte, als würde er sich ständig die Haare raufen.

Er räusperte sich leise und sie zuckte zusammen. Der Zahn war fertig präpariert und er wartete auf die Abdruckmasse. Ein letztes Mal saugte sie die verbliebene Spucke aus dem Mund der Patientin und trat zur Seite, um Maike Platz zu machen. Ab hier durfte die Auszubildende übernehmen, sie musste lediglich aufpassen, dass dieser kein Fehler unterlief.

Ihre Konzentration richtete sich auf Maike, die zwar langsam, aber sorgfältig arbeitete. Schon der erste Abdruck klappte. Bevor sie ein Lob aussprechen konnte, hatte der Chef dies getan. Katja seufzte leise. Kein Wunder, dass sie keinen festen Partner fand, mit diesem Prachtexemplar vor Augen.

Draußen an der Anmeldung seufzte Andrea ebenfalls. Die Termine der Patienten, die auf ihre Laborarbeiten warteten, waren umgelegt, die Unterlagen der Wartenden auf den neuesten Stand gebracht und sie hatte drei Anrufe von Schmerzgeplagten entgegengenommen. Es würde ein langer Vormittag werden heute.

Wieder läutete das Telefon und sie musste sich zwingen, freundlich zu klingen.

„Hallo, Andrea", schallte es ihr aus dem Hörer entgegen. „Ich wollte in die Stadt, einkaufen. Können wir uns treffen?"

„Nein, Mutter", Andrea legte ehrliches Bedauern in ihre Stimme, nur zu gern wäre sie der Arbeit entronnen. „Ich musste bereits meinen Frisörtermin absagen. Eine der Helferinnen ist krank, die Auszubildende geht gleich zur Schule und wir haben reichlich zu tun"

„Kind, du lässt dich viel zu sehr ausnutzen. Warum stellt Bernd nicht eine zusätzliche Kraft ein?"

Das war ein ständiger Streitpunkt zwischen ihr und ihren Eltern. Diese konnten einfach nicht begreifen, dass Bernd es als völlig selbstverständlich voraussetzte, dass seine Frau bei ihm mitarbeitete und sie dieses Zugeständnis freiwillig gemacht hatte. Dass diese Freiwilligkeit in Wahrheit ein Kompromiss gewesen war, weil Bernd hartnäckig darauf bestanden hatte und sie bei einer Weigerung die Konsequenzen fürchtete, die diese auf ihre vielen anderen Freiheiten hätten haben können, hatte sie wohlweislich für sich behalten. Und so schlimm, wie es ihre Mutter darstellte, war es nun auch wieder nicht. Immerhin kam sie auf diese Weise jeden Tag in die City und konnte in Ruhe die Boutiquen durchstöbern. Ein, zwei Stunden konnte sie sich fast jeden Tag dafür nehmen.

„Du, ich rufe dich heute Nachmittag zurück, ich habe Patienten hier stehen", schwindelte sie. „Nein, warte! Vielleicht komme ich lieber mit Henning vorbei, einverstanden?"

„Aber bitte nicht so spät, wir sind um acht bei den Zimmermanns eingeladen."

Andrea verdrehte die Augen. „Ich melde mich vorher!", rief sie und legte schnell auf, bevor es zu einer längeren Diskussion kommen konnte. Ihre Mutter würde sich nicht mehr ändern, sie musste sie nehmen, wie sie war. Das einzige, worauf sie achten musste, war, dass Henning sich nicht bei ihrem Besuch heute Nachmittag verplapperte. Die Eltern waren die letzten, die von den Ereignissen um ihn, Philipp und Felix erfahren durften.

21

Es war fürchterlich heiß an diesem Tag. Yasemin schwitzte selbst in dem kühlen Raum. Vielleicht lag es aber auch daran, dass die kleine Halle gerammelt voll war. Neben Felix' Mitschülern aus seiner jetzigen Klasse, die vollzählig erschienen waren, sah sie viele, die aus seiner Grundschulzeit stammten, auch sein ehemaliger Klassenlehrer war gekommen. Er stand neben Michaels Mutter und unterhielt sich leise mit ihr.

Michael hatte sich auf einen Stuhl in der ersten Reihe gesetzt und hielt seinen Blick starr auf den kleinen, weißen Sarg gerichtet, der über und über mit rosa Nelken bedeckt war. Drumherum lagen jede Menge Blumenkränze, alle viel zu groß für ihren Geschmack und mit Bändern verziert, auf denen die Namen derer standen, die diesen letzten Gruß an den Toten gesandt hatten.

Yasemin schnaubte leise. Sie konnte sich nicht vorstellen, dass Felix an diesen Gebinden Gefallen gefunden hätte. Ihr Blick glitt zu dem kleinen Wiesenblumenstrauß, den sie selbst dort abgelegt hatte, direkt oben an das Kopfende. Er nahm sich äußerst armselig neben der ganzen Blumenpracht aus. Aber Felix würde wissen, dass er von Herzen kam.

Unruhig glitt ihr Blick durch den Raum, immer wieder magisch angezogen von dem kleinen Sarg. Und doch konnte sie ihn nicht richtig ansehen. Jedes Mal, wenn sie es versuchte, versperrten ihr die aufsteigenden Tränen die Sicht. Andauernd musste sie sich vorstellen, wie sein toter Körper unter diesem Deckel lag, vielleicht sogar mit offenen Augen, die Hände über der Brust gefaltet, wie sie es in diesem Film gesehen hatte.

Ein plötzlicher Schauer überlief sie und sie wandte ihren Blick ab. Michael, er war blass wie der Tod. Seine Schultern zuckten unaufhörlich, bestimmt weinte er die ganze Zeit. Sie wusste, dass Felix sein bester Freund gewesen war. Andererseits hatte sie ihn viel länger gekannt. In der zweiten Hälfte der ersten Klasse hatten sie bereits nebeneinandergesessen. Und in den drei folgenden Grundschuljahren waren sie so gut wie unzertrennlich gewesen.

Langsam kam Bewegung in die Trauergemeinde. Wie auf ein geheimes Zeichen begannen sich die Anwesenden, auf den Plätzen niederzulassen. Yasemin sah, dass Yvonne und Nina auf eine der vorderen Reihen zugingen und ihr winkten, sich zu ihnen zu gesellen. Stumm schüttelte sie den Kopf, löste sich von dem Pfeiler hinter der letzten Stuhlreihe, an dem sie gelehnt hatte, und setzte sich auf einen der freien Plätze.

Jetzt betraten Felix' Mutter und sein Onkel Matthias die Trauerhalle. Yasemin musterte sie verstohlen. Frau Ziegler war ganz in Schwarz gekleidet, ihre langen, braunen Haare hatte sie zu einem Pferdeschwanz zusammengebunden. Sie wirkte viel schlanker und zarter, als sie sie in Erinnerung gehabt hatte, als würde ein heftiger Windstoß sie umpusten können. Voller Mitleid bemerkte Yasemin die tiefen Ringe unter ihren Augen und die blasse, durchscheinende Gesichtshaut. Sie selbst hatte Felix' Mutter selten gesehen, meist, wenn sie ihn vom Spielplatz abgeholt hatte, aber er war regelrecht ins Schwärmen gekommen, wenn er von ihr gesprochen hatte. „Sie ist mein allerbester Freund", pflegte er zu sagen. „Mit ihr kann ich über alles reden."

Musik erklang und Yasemin löste sich unwillig aus ihren Gedanken. Mutter und Onkel hatten in der Zwischenzeit Platz genommen und sie konnte gerade noch ihre Rücken erkennen. Wie die anderen senkte sie ihren Blick auf das Blatt in ihrer Hand und sang mit ihnen gemeinsam das erste Lied.

Während der letzten Strophe trat Herr Möller, ihr Klassenlehrer aus der Grundschule, an ein kleines Pult und, kaum hatten sie das Lied beendet, begann er mit seiner Rede. Yasemin, die sich eigentlich vorgenommen hatte, auf jedes Wort zu achten, wurde schon nach den ersten Sätzen unaufmerksam. Es war nicht der Felix, den sie kannte, über den hier gesprochen wurde. Entweder hatte der Lehrer in den vergangenen zwei Jahren vergessen, wie er gewesen war oder er hatte ihn doch nicht so gut gekannt, wie er zu wissen vorgab. Auf jeden Fall war seine Ansprache langweilig und wenig Trost spendend.

Unter gesenkten Lidern ließ Yasemin ihre Blicke schweifen. In dem Gewühl eben hatte sie gar nicht genau registriert, wer alles zu der Trauerfeier gekommen war. Jetzt, da alle saßen, konnte sie ihre Neugierde befriedigen. Vorne in der ersten Reihe hatten neben Felix' Mutter und seinem Onkel nur Michael und seine Mutter Platz genommen. Dahinter saßen hauptsächlich Erwachsene. Sie kannte nicht einen von ihnen. Die nachfolgenden Stuhlreihen waren fast ausschließlich mit Kindern besetzt, die zwei, nein drei Frauen dazwischen waren wahrscheinlich Lehrerinnen.

Insgeheim atmete Yasemin auf, dass diese, wie sie, normale Kleidung trugen. Die Erwachsenen hingegen hatten sich in dunkelblaue oder schwarze Kleider, beziehungsweise Anzüge gezwängt. Es war ihr nach wie vor ein Rätsel, warum das bei Beerdigungen hier in Deutschland sein musste. Vor allem bei diesem Wetter heute war das eine Qual. Felix würde es bestimmt nicht interessieren, wie die Leute, die zu seiner Trauerfeier kamen, sich angezogen hatten.

Ach Felix! Beinahe hätte sie wieder angefangen zu weinen. Sie vermisste ihn so sehr. Er war der einzige, mit dem sie über alles hatte reden können. Über wirklich alles. Wenn sie mal wieder Ärger mit ihrem Vater hatte, wenn sie Panik vor einer Klassenarbeit gehabt hatte oder Angst mit einer schlechten Note nach Hause zu gehen, ihre täglichen Erlebnisse in der Schule, ein Streit mit ihrer Freundin, selbst die Schwärmerei für Patrick, der eine Klasse über ihr war, hatte er sich geduldig angehört und ihr mit Rat und Tat zur Seite gestanden. Die anderen hatten sie oft gehänselt, deshalb waren sie in letzter Zeit besonders vorsichtig gewesen, wenn sie sich getroffen hatten, vor allem seitdem Baba von ihr verlangte, sich nicht mehr mit Jungen abzugeben. Noch nicht einmal mehr anschauen sollte sie diese.

Yasemin seufzte leise. Ihre Eltern lebten wirklich im Mittelalter – vor allem ihr Vater. Es gab nicht ein Mädchen in ihrer Klasse, das derart gegängelt wurde, dabei war der Ausländeranteil ziemlich hoch. Die meisten durften ganz normale Kleidung tragen, nur zwei andere mussten sich wie sie im Sommer in lange Hosen oder knöchellange Kleider zwängen. Und ins Freibad durfte sie ebenfalls nicht mehr. Meine Güte, sie war dreizehn! Was erwartete ihr Vater eigentlich? Dass die Jungen reihenweise über sie herfielen, wenn sie sie im Bikini sahen?

Selbst Anne hatte sich nicht erweichen lassen. Im Gegenteil, sie sah es schon als außergewöhnliches Zugeständnis, dass Yasemin ihre Haare weiter offen tragen durfte. Zu ihrer Zeit wäre schon das eine Schande gewesen, hatte sie gesagt. Auch die Freundschaft mit Felix sah sie nicht gern. Eigentlich hatte Yasemin versprechen sollen, ihn nicht mehr zu sehen, aber sie hatte mit einem derart heftigen Wutausbruch reagiert, dass die Mutter eingelenkt hatte und ihr erlaubte, ihn in der Gruppe mit anderen zusammen weiterhin sprechen zu dürfen. Ob sie wohl ahnte, dass ihre Tochter sich nicht daran hielt?

Während Yasemin ihren Gedanken nachhing, war Herr Möller endlich zum Ende gekommen. Eine der drei Frauen, die zwischen den Kindern gesessen hatte, nahm seinen Platz ein und stellte sich als Felix' derzeitige Klassenlehrerin vor. Da Zieglers mit dem hiesigen Pfarrer keinen Kontakt gehabt hätten, wolle sie, die den Jungen auch in Religion unterrichtet habe, die passenden Abschiedsworte sprechen.

Gespannt hatte Yasemin sich vorgebeugt, aber schon nach wenigen Minuten lehnte sie sich enttäuscht zurück. Warum mussten die meisten

Lehrer aus den faszinierendsten Stoffen immer wieder derart langatmige, langweilige Abhandlungen machen? Wieder ließ sie ihren Blick durch die Reihen schweifen. Wo saß denn eigentlich der nette Nachbar von Felix? Zunächst hatte sie vor dem großen Tier Angst gehabt, aber der Freund war geduldig geblieben. Nach und nach hatte sie sich tatsächlich mit der Hündin angefreundet. Leider war es ihr viel zu selten gelungen, sich von zu Hause fortzustehlen, um mit den beiden gemeinsam Ronja zu trainieren. Jedes Mal hatte sie ein Treffen mit einer Freundin vorschieben müssen und leider waren diese nicht sehr oft willens gewesen, für sie zu lügen.

Sie biss sich auf die Lippe, um die aufsteigenden Tränen zurückzudrücken. Nie wieder, schrie es in ihr. Keine gemeinsamen Gespräche, keine Unternehmungen, niemand mehr, dem sie ihr Herz ausschütten konnte.

Um Ablenkung bemüht, wandte sie sich wieder der Trauergemeinde zu. Eigentlich müsste er mit in der ersten Reihe sitzen. Na, vielleicht war ihm das als zu aufdringlich erschienen. Nacheinander musterte sie jeden einzelnen Gast. Christian war tatsächlich nicht da.

Die Minuten, bis die Lehrerin endlich zum Ende kam, zogen sich schier endlos hin. Yasemin hatte das Gefühl, dass sie nicht die einzige war, die aufatmete, nachdem diese endlich verstummt war. Jetzt trat der Onkel vor und zog ein Blatt Papier aus seiner Jackentasche. Während er es umständlich auseinanderfaltete, musterte Yasemin ihn. Immer noch fand sie, dass Felix ihm ungeheuer ähnlich sah. Am Anfang hatte sie deshalb gedacht, er sei sein Vater. Der Freund hatte sich fast ausgeschüttet vor Lachen. Dabei hatte er genau das gleiche dunkelblonde Haar, die gleiche ovale Gesichtsform mit der leicht gebogenen Hakennase und dem energischen Kinn. Nur waren Matthias' Augen blau statt braun, wie die von Felix, und er war wesentlich athletischer gebaut als sein Neffe, der zwar nicht unbedingt ein Schwächling, aber auch kein sehr sportlicher Typ gewesen war. Und …

Matthias hatte zu sprechen begonnen und riss sie jäh aus ihren Gedanken. Er trug keine Rede im eigentlichen Sinne vor, sondern hatte einen Brief an Felix verfasst, in dem er zu ihm sprach, als würde er ihn direkt vor sich sehen. Darin erzählte er von den schönen Zeiten, die sie zusammen gehabt und von den Plänen, die sie gemacht hatten, von traurigen und glücklichen Momenten, die sie erlebt hatten und über seine Trauer. Nie wieder, sagte er, genau, wie es Yasemin eben gedacht hatte, nie wieder können wir zusammen reden, nie wieder werden wir gemeinsam etwas unternehmen, nie wieder werde ich dein lachendes Gesicht vor mir sehen, nie wieder werde ich dich in den Arm nehmen können.

Zum Glück gab es anschließend ein weiteres Lied. Dieses Mal war der Gesang sehr dünn, Yasemin vermutete, dass es vielen Leuten genau wie ihr die Tränen in die Augen getrieben hatte und sie ebenfalls darum kämpften, ihre Fassung wiederzugewinnen. Andererseits war sie dankbar für diesen Abschluss. Matthias hatte ihr geradezu aus der Seele gesprochen, nur hätte sie es nie und nimmer so schön formulieren können.

Kaum waren die letzten Töne verklungen, stand sie auf und lief zur Tür. Sie musste sich beeilen, die Trauerfeier hatte länger gedauert, als sie gedacht hatte. Zu ihrem Glück war Frau Bähren sehr freundlich gewesen und hatte nicht darauf bestanden, dass sie für diesen Anlass eine Entschuldigung der Eltern vorlegte. Baba und Anne wären von ihrem Vorhaben entsetzt gewesen und hätten es ihr sicherlich nicht erlaubt.

Erneut seufzte sie, während sie aus dem kühlen Gebäude in die heiße Mittagssonne trat. Es war wirklich besser, dass sie nie erfuhren, wie eng die Freundschaft zwischen ihr und Felix gewesen war.

22

Auf Matthias' Drängen hatte Daniela, bevor sie sich auf den Weg machten, doch eine Beruhigungstablette genommen. Selbst mit dieser Unterstützung war sie kaum fähig, die Trauerfeier durchzustehen. Schon der gerammelt volle Saal hatte sie erschreckt, die Reden anzuhören, wobei sie ihren Blick nicht einen Moment von dem kleinen, weißen Sarg lösen konnte, war dann endgültig zu viel. Vor allem Matthias' Vortrag traf sie direkt ins Herz.

Bei seinen ersten Worten begannen die Tränen zu strömen und sie konnte nicht mehr aufhören zu weinen. Sie fror und schwitzte gleichermaßen, ihre Hände zitterten, dass sie nicht in der Lage war, das Taschentuch aus der Jackentasche zu bekommen. Kalter Schweiß hatte sich auf ihrer Stirn gebildet, das Atmen wurde immer beschwerlicher.

Zum Glück erkannte Matthias auf einen Blick das gesamte Ausmaß ihres Elends und brachte sie direkt nach seiner Rede in einen kleinen, separaten Raum, wo sie unter der Obhut einer freundlichen Angestellten wartete, damit er an ihrer Stelle die Beileidsbekundungen entgegennehmen konnte.

Frau Maier, die Friedhofsmitarbeiterin, hatte sie kurz gemustert und hernach sofort gezwungen, sich auf den Boden zu legen. Daniela war ihren Anweisungen fast dankbar gefolgt, in ihrem Kopf summte es, dass sie ihre Worte kaum verstehen konnte. Die Frau hatte ihre Fußgelenke ergriffen und mit energischem Griff hochgezogen, wodurch ihre Beine nahezu senkrecht in der Luft standen. Sie spürte, wie das Blut zurück in ihren Kopf strömte, das Gefühl der Übelkeit wurde langsam schwächer und das Frieren ließ nach. Daniela drehte den Kopf zur Seite, plötzlich schämte sie sich ihres Zusammenbruchs. Trotzdem konnte sie nicht verhindern, dass die Tränen immer weiter strömten. Es schien, als habe sie jeglichen Einfluss verloren, ihre Gefühle steuern zu können.

„Liegenbleiben!", sanft drückte Frau Maier ihre Füße zurück auf den Boden. „Ich hole Ihnen erst einmal eine schöne Tasse starken Kaffee! Der wird Sie bestimmt wieder auf die Beine bringen."

„Ich …", ungeachtet der Anweisung versuchte sie sich aufzurichten, war allerdings zu schwach, auch nur einen Muskel anzuspannen.

„Bitte!" Die Angestellte ließ sich neben ihr auf die Knie fallen. „Ich bin gleich wieder da."

Daniela nickte, während ihr immer weitere Tränen aus den Augen strömten. Erschöpft schloss sie die Augen.

Viel zu schnell war Frau Maier zurück. Mit geübtem Griff zog sie sie in eine halbsitzende Position hoch und half ihr, die Tasse zum Mund zu führen. Obwohl ihr der Kaffee viel zu süß war, schluckte sie willig. Angenehme Wärme breitete sich in ihrem Körper aus, sie konnte spüren, wie ihre Kraft langsam zurückkehrte. Als Matthias eintrat, war sie gerade dabei, mit Frau Maiers Hilfe einige Schritte auf und ab zu gehen.

„Am Besten fahren Sie mit dem Auto zum Hintereingang", meinte die Angestellte mit einem Blick auf Daniela und erklärte ihm den Weg. „So entgehen Sie den Trauergästen, die sich bisher nicht auf den Heimweg gemacht haben", fügte sie an ihren Schützling gewandt hinzu.

Diese nickte, ohne wirklich zu verstehen, ihre gesamte Kraft darauf konzentrierend, die Strecke bis zur Tür zu schaffen.

„Frau Maier war wirklich vorausschauend", sagte Matthias und wies mit dem Kopf zum Haupteingang, während sie die lange Einfahrt hinter sich ließen. Vor den Stufen drängte sich ein dichter Pulk Menschen. Erst jetzt wurde Daniela das ganze Ausmaß ihrer Fürsorge bewusst, dort standen Felix' Freunde und Klassenkameraden noch immer in kleinen Gruppen beieinander.

„Sie können sich nicht trennen", Matthias warf ihr einen schnellen Blick zu. „Sie sind alle sehr betroffen."

Daniela nickte nur, ihre Kehle war wie zugeschnürt. Sie lehnte ihren Kopf gegen die Seitenscheibe und schloss die Augen. Wieder begannen die Tränen zu strömen.

Sie schwiegen beide, bis sie die Wohnung betreten hatten und von einer stürmischen Ronja begrüßt wurden. Daniela streichelte flüchtig den Hundekopf und verschwand Richtung Schlafzimmer, die Tür mit Nachdruck hinter sich schließend. Winselnd kratzte das Tier am Rahmen.

„Na, komm!", Matthias griff nach Leine und Maulkorb. „Es gibt einen kleinen Spaziergang außer der Reihe."

Mit hängendem Schwanz trottete die Hündin langsam zu ihm. Er bückte sich und streichelte ausgiebig ihre flauschigen Ohren, bis sie sich vor Wonne wand. „Sie meint es nicht so", flüsterte er leise und hätte dann beinahe über sich selbst gelacht. Auch er behandelte das Tier mittlerweile fast wie einen gleichberechtigten Mitbewohner. Obwohl – der sanfte Blick ihrer braunen Augen, die Art, wie sie sich fest an ihn lehnte und ihm die Hand leckte – er fühlte ein wärmendes Gefühl des Trostes, das die Trauer leichter werden ließ. Wenngleich Ronja nicht wirklich verstand, spürte sie sehr wohl seine Traurigkeit und versuchte, auf ihre Art ihm zu helfen. Er vergrub seinen Kopf in ihrem dichten Fell und gestattete sich endlich, seinen Gefühlen freien Lauf zu lassen.

Zu seinem großen Erstaunen werkelte Daniela in der Küche, als er gegen halb drei von seiner Runde mit dem Hund zurückkehrte.

„Das Essen ist gleich fertig", sagte sie, ohne aufzuschauen. „Du kannst schon einmal den Tisch decken."

Vom Herd stieg ein köstlicher Geruch auf und ließ seinen Magen knurren. Da die Trauerfeier um elf Uhr beginnen sollte, hatten sie bereits um sieben Uhr gefrühstückt. Nur war keiner von beiden in der Lage gewesen zu essen. Er hatte mit Müh und Not eine Scheibe Toast heruntergebracht, Daniela hatte ihren mehr zerkrümelt, als wirklich davon abgebissen.

„Ist das Eintopf?", fragte Matthias hoffnungsvoll. Der Eintopf seiner Schwester war ein Gedicht, dafür ließ er jedes Restaurantessen stehen.

„Ich hatte eine große Portion davon eingefroren." Daniela griff nach der Schöpfkelle. „Und da ich gleich mit Kommissar Bremer telefonieren will, sollte ich mich vorher besser stärken."

„Warum?", Matthias schob den aufgeregt schnüffelnden Hund zur Seite und setzte sich vor seinen bis zum Rand gefüllten Teller. „Meinst du nicht, er meldet sich, wenn es Neuigkeiten gibt?" Eigentlich hatte er etwas völlig anderes sagen wollen, aber der entschlossene Zug um ihre Mundwinkel ließ ihn seinen Protest, dass sie sich diese Unterredung nach dem, was heute vorgefallen war, nicht zumuten müsse, hinunterschlucken. Dafür kannte er sie zu gut. Ihr Eigensinn würde sie für jedes seiner Argumente unempfänglich machen.

„Ich will lediglich wissen, wann er Christian endlich freilässt", fuhr sie auf. „Das Ganze ist lächerlich." Und als er schwieg: „Entschuldige, ich wollte dich nicht anschreien. Ich stehe etwas neben mir."

Unter gesenkten Lidern beobachtete Matthias, wie sie wieder bloß das Essen auf ihrem Teller hin und her schob. Ihre Hand zitterte. Christian hatte recht gehabt, Daniela brauchte eine wichtige Aufgabe, um aus ihrer Trauer herausgerissen zu werden. Nur schade, dass ausgerechnet er nun derjenige war, um den sie sich sorgen musste. „Soll ich ihn anrufen?"

„Nein." Sie sprang auf. „Ich will selbst mit ihm sprechen."

Sie ging hinüber ins Wohnzimmer, sodass er kein Wort hören konnte. Schneller als erwartet war sie wieder zurück, ihre Augen blitzten vor Empörung. „Er ist anscheinend überzeugt, in Christian den Täter gefasst zu haben. Er hat mir gar nicht richtig zugehört, obwohl ich wirklich versucht habe, ihm zu erklären, warum dieser es nie und nimmer gewesen sein kann." Sie ließ sich ihm gegenüber auf den Stuhl fallen. „Angeblich haben diese beiden Zeugen ihn einwandfrei identifiziert. Nachdem, was wir über diesen Mann wissen, ist es sehr wohl möglich, dass er der Täter ist, hat er gesagt. Natürlich würden sie weiterhin in alle Richtungen ermitteln, aber ich solle sich mit dem Gedanken abfinden, dass er aller Wahrscheinlichkeit nach für das Geschehene verantwortlich sei."

„Was ist mit seinem Alibi?"

„Niemand hat ihn gesehen, zumindest hat sich niemand gemeldet. Die Kassiererin im Supermarkt kennt ihn vom Sehen, weiß aber nicht, ob und wann er zuletzt dort war. Am Tattag gab es spezielle Angebote, daher hatte sie alle Hände voll zu tun und achtete nicht auf die einzelnen Käufer."

„Was ist mit seinem Auto und seiner Kleidung?", fragte Matthias.

„Die Kleidung war frisch gewaschen und natürlich gibt es im Auto haufenweise Fasern von Felix. Er hat ihn ja oft genug mitgenommen." Daniela schnaubte abfällig. „Er hat mich wohl trösten wollen, er sagte: Oft glauben wir nur, jemanden gut zu kennen. Doch wissen wir nicht, welche Abgründe wirklich in ihm lauern. Fast jeder Mensch ist unter besonderen Bedingungen zu einem Mord fähig. Das hätte er oft genug feststellen müssen."

Matthias legte seine Hand auf ihre ineinander verkrampften Finger. „Dann ist es an der Zeit, dass wir uns selbst darum kümmern", sagte er so ruhig wie möglich.

Verzagt sah sie ihn an. „Angeblich haben sie mit Felix' Lehrern und Klassenkameraden gesprochen, sowie mit den Schülern der Gesamtschule. Und sie haben seinen Weg vom Gymnasium rekonstruiert und in diesem Umfeld nach Personen gesucht, die ihn gesehen haben. Es ist nichts dabei herausgekommen."

„Müssen wir eben einen anderen Weg finden, an Informationen zu kommen." Er lächelte sie an. „Lass uns gemeinsam überlegen, was wir tun können."

23

Wie vereinbart stand Matthias am Sonntag um drei Uhr vor dem roten Backsteinhaus. Frau Mülpert hatte ihn gebeten, um diese Zeit zu kommen. „Da ist mein Mann mit Michael im Schwimmbad und wir haben Zeit, uns in Ruhe zu unterhalten", hatte sie gesagt.

Daniela schob sich an ihm vorbei und drückte auf die Klingel. So ganz recht war es ihm nicht, dass sie unbedingt hatte mitkommen wollen. Lieber wäre es ihm gewesen, sie hätte ihn allein gehen lassen. Ihr Seelenleben machte ihm weiterhin Sorgen. Entweder war sie gereizt oder den Tränen nahe. Er war sich nie sicher, wie sie reagieren würde.

Daniela klingelte zum zweiten Mal und fast im gleichen Moment öffnete sich die Tür. Mit einem flüchtigen Lächeln bat Frau Mülpert sie einzutreten. Gehorsam folgten sie ihr durch die kleine Diele in eine geräumige Wohnküche.

„Ich dachte mir, es wäre Ihnen sicherlich lieber, hier drinnen zu sitzen." Nervös hantierte Michaels Mutter mit der Kaffeekanne.

Dass Daniela ebenfalls mitgekommen war, schien ihr einen gehörigen Schock versetzt zu haben. Nicht zum ersten Mal beobachtete Matthias, dass es den Menschen in den westlichen Ländern schwerfiel, mit trauernden Angehörigen umzugehen. Niemand wusste, was er sagen, wie er sich verhalten sollte. Aber ihm ging es schließlich genauso, wie hätte er da über sie urteilen können.

„Vielen Dank, dass Sie Ihre Hilfe angeboten haben", erklärte er deshalb, kaum dass Frau Mülpert ihnen die Tassen gefüllt und sich ebenfalls gesetzt hatte. „Wir hätten da tatsächlich eine kleine Bitte an Sie. Kennen Sie zufällig jemanden, der uns ein Gespräch mit einem Lehrer der Gesamtschule vermitteln könnte?"

Michaels Mutter blickte irritiert von ihm zu Daniela. Es war ihr deutlich anzusehen, dass sie eine tiefergehende Erklärung erwartete.

„Ich möchte gern wissen, ob jemand ihn an seinem letzten Tag dort gesehen hat", übernahm seine Schwester. Sie schluckte und ihre Augen füllten sich erneut mit Tränen. „Mir ist immer noch ein Rätsel, was er da eigentlich wollte."

„Daniela möchte gern für sich persönlich diesen Tag rekapitulieren", sprang Matthias ein. „Und da Felix anscheinend nach Schulschluss direkt zur Gesamtschule gegangen ist, liegt es nahe, dass er dort jemanden treffen wollte."

„Der Täter ist doch bereits verhaftet." Frau Mülpert konzentrierte sich jetzt völlig auf ihn. Daniela hatte den Kopf gesenkt und versuchte, die herabrinnenden Tränen aufzuhalten. Matthias verfluchte sich im Stillen dafür, dass er ihr nachgegeben hatte. „Wir vermuten, dass das Zusammentreffen mit diesem eher ein Zufall war", fabulierte er. „Meine Schwester meint, dass Felix wahrscheinlich irgendeine Verabredung hatte, von der sie nichts wusste. Nun würde sie natürlich gern mit demjenigen sprechen, der ihn zuletzt lebend gesehen hat."

„Ach so." Frau Mülpert war die Erleichterung anzumerken, mit einer für sie derart leichten Bitte davongekommen zu sein.

Was hatte sie wohl erwartet, dachte Matthias belustigt. Etwa, dass ich ihr Daniela ans Herz lege, damit sie ihr dabei hilft, Trauerarbeit zu leisten und sie auf Schritt und Tritt dabei begleitet?

„Zufällig ist meine Cousine Lehrerin an der Schule. Wenn Sie möchten, kann ich sie gleich anrufen und einen Termin für Sie machen." Sie hatte sich schon halb erhoben, da fiel ihr eine weitere Person ein. „Frau Wittig, mit der sollten Sie auch sprechen. Sie ist unsere Spielgruppenleiterin und kennt die meisten Kinder aus dieser Gegend. Außerdem ist sie an der Gesamtschule sehr aktiv, sie ist im Elternbeirat und hilft in der Bibliothek aus. Vielleicht könnte sie mit den Schülern sprechen. Halt, Moment! Gibt es nicht angeblich Zeugen? So stand es zumindest in der Zeitung." Fragend blickte sie zu Matthias.

„Die Polizei hat uns mitgeteilt, dass zwei Kinder Felix gesehen haben, wie er mit dem mutmaßlichen Täter gesprochen hat", versuchte sich dieser an einer bewusst vagen Erklärung. „Leider scheinen sie sonst nichts weiter zu wissen." Er betete, dass die Frau sich damit zufriedengab. Herr Krass hatte ihnen bei seinem gestrigen Anruf berichtet, dass es sich bei den Zeugen um zwei nicht näher benannte Jugendliche handelte. Selbst der Anwalt war ratlos, was es mit dieser offensichtlichen Lüge auf sich hatte. Konnte es vielleicht ein Racheakt der Bande sein, die Felix damals versucht hatte zu erpressen? Warum nur hatten sie versäumt, dem Kommissar davon zu erzählen?

Matthias war jedoch willens, diesem Ansatz nachzugehen. Und da Frau Mülpert ihm auf der Trauerfeier ihre uneingeschränkte Hilfe und Unterstützung angeboten hatte, war sein erster Weg direkt zu ihr gewesen. „Als Pfarrersfrau hat sie viele Verbindungen", hatte Daniela ihm beigepflichtet. „Lass sie uns in die Pflicht nehmen."

„Magst du sie nicht?"

„Nun, sie ist immer nett und freundlich", hatte Daniela zögernd geantwortet. „Und Michael ist … war, Felix' bester Freund, aber mögen? Ich glaube, sie ist mir zu seicht und oberflächlich."

Mit dieser Einschätzung lag sie nicht daneben, dachte er. Denn Frau Mülpert ging ohne weitere Nachfragen zum Telefon. Grinsend kniff Matthias ein Auge zu und hob den Daumen, dieses Hindernis war genommen.

Selbst Daniela rang sich ein schwaches Lächeln ab angesichts seiner Begeisterung. Dann wies sie mit strenger Miene auf seinen Kaffee, von dem er bisher keinen Schluck getrunken hatte.

Kaum hatte Matthias die Tasse geleert, war die Pfarrersfrau zurück. „Julia ist zu Hause. Wenn Sie wollen, können Sie gleich jetzt bei ihr vorbeifahren", verkündete sie stolz. „Frau Wittig habe ich leider nicht erreicht, Ihnen jedoch ihre Telefonnummer aufgeschrieben, ebenso die Adresse meiner Cousine."

Matthias und Daniela erhoben sich gleichzeitig. „Vielen, vielen Dank", seine Schwester ergriff mit beiden Händen die ihr dargebotene Rechte.

„Ach, das ist für mich selbstverständlich", wehrte Frau Wittig ab und ging ihnen voraus zur Haustür.

„Die Trauerfeier haben Sie wirklich gut organisiert, Herr Ziegler", flüsterte sie verschwörerisch. „Obwohl mein Mann ja anfangs sehr entsetzt war, dass Sie seinen Beistand nicht wollten."

Zum Glück war Daniela schon auf dem Weg zum Auto. Matthias schluckte seinen Ärger hinunter. „Vielen Dank. Uns hat allerdings die große Anzahl an Trauergästen verwundert, eigentlich war lediglich eine kleine Feier im engsten Kreis geplant."

„Oh, aber alle, mit denen ich gesprochen habe, wollten gern dabei sein", Frau Mülperts puppenhaftes Gesicht mit der künstlich wirkenden Dauerwelle verzog sich zu einem kleinen Lächeln. „Und es ist wirklich viel netter, wenn alle Freunde und Bekannten die Gelegenheit haben, Abschied zu nehmen, das können Sie mir glauben. Ich spreche, durch den Beruf meines Mannes bedingt, aus Erfahrung."

„Was wollte Sie denn noch?", fragte Daniela, als er sich neben sie setzte.

„Nichts Wichtiges", wehrte Matthias ab. Innerlich kochte er vor Wut. Da hatte diese Person sich einfach über seinen und Danielas ausdrücklichen Wunsch hinweggesetzt und eigenmächtig den Kreis der Trauergäste, der eigentlich nur aus der Hausgemeinschaft, einigen Bekannten und ein, zwei Lehrern bestehen sollte, um ein Vielfaches erweitert. Besser, er erzählte seiner Schwester nichts davon. „Hauptsache, wir haben jemanden gefunden, der uns weiterhelfen kann." Er ließ den Motor an.

„Lass uns erst einmal abwarten, was wir bei dieser Cousine erreichen. Ich kann mir nicht vorstellen, dass sie auf unsere ziemlich schwache Argumentation anspringt." Daniela schüttelte den Kopf. „Es ist wirklich unfassbar. Ich hätte nicht erwartet, dass Frau Mülpert sich so einfach abspeisen lässt."

„Was uns eigentlich freuen sollte", konterte Matthias grinsend, musste sich aber dann auf den Verkehr konzentrieren. Bei Christians Auto, das er ihnen netterweise zur Verfügung gestellt hatte, nachdem die Polizei mit ihrer Untersuchung fertig gewesen war, handelte es sich um einen etwas altersschwachen Mitsubishi, der bei jedem Halt auszugehen drohte.

Frau Neitz wohnte am Stadtrand, ein Fahrweg von fast dreißig Minuten. Um diese Zeit und bei dem weiterhin heißen Wetter waren die Straßen zwar verhältnismäßig leer, doch nachdem sie zweimal im Kreis gefahren waren und schließlich an einer Tankstelle nach dem Weg fragen mussten, da nicht ein einziger Fußgänger unterwegs zu sein schien, hätte Matthias alles für ein Navigationsgerät gegeben. „Mich wundert, dass Christian, der sonst sämtlichen technischen Kram besitzt, darauf keinen Wert gelegt hat."

„Im Gegensatz zu dir kennt er sich hier blendend aus. Und er fuhr ja nie irgendwo anders hin." Daniela warf ihm einen nachdenklichen Blick zu.

„Auch wenn ich ihn vielleicht falsch eingeschätzt habe, geizig war er nicht. Als er erfuhr, dass ich kein Auto besitze, hat er mir gleich angeboten, seins mit zu nutzen. Ich brauchte nicht einmal für das Benzin zu bezahlen."

„Was meinst du, was er mit dem ganzen Geld macht, das er spart? Ob er davon das neue Leben seines Sohnes finanziert?"

„Nachdem Herr Krass uns erzählt hat, dass er sämtliche Einrichtungsgegenstände durch seine Vermittlung sehr günstig gebraucht erstehen konnte, liegt das ja wohl nahe, oder? Er scheint ja für sich nicht viel Geld ausgegeben zu haben." Daniela beugte sich vor. „Da, Meisenweg! Hier müssen wir rein." Sie holte tief Luft. „Wollen wir hoffen, dass Frau Neitz keine Ähnlichkeit mit ihrer Cousine hat."

„Und uns trotzdem wohlgesonnen ist", murmelte Matthias leise. Ihr ganzes Unterfangen stand auf sehr wackeligen Füßen, das wusste er nur zu genau.

24

Nummer fünfzehn war ein schmuckes Reihenendhaus, weiß gestrichen, mit braunen Fensterläden und Sprossenfenstern. Ein gepflasterter Weg führte an der kleinen Rasenfläche vorbei zur ebenfalls braunen Haustür. Bevor Daniela auf die Klingel drücken konnte, wurde die Tür geöffnet.

„Julia!" Verblüfft starrte Matthias auf die zierliche Frau in weißen Shorts und einem türkisen Top, die im Rahmen stand.

„Hallo Matthias", sie lächelte selbstgefällig. „Tja, so sieht man sich wieder."

Irritiert musterte Daniela die Fremde. Sie musste etwa in ihrem Alter sein, hatte hellblondes, halblanges Haar und strahlendblaue Augen. Ihr herzförmiges Gesicht leuchtete geradezu, während sie den Mann vor sich eingehend betrachtete. „Du hast dich zu deinem Vorteil verändert", befand sie zufrieden.

Jetzt erst wandte sie sich zu Daniela. „Entschuldigen Sie, ich bin sehr unhöflich. Ich bin Julia, eine frühere Klassenkameradin von Matthias. Gleich als meine Cousine mich angerufen hat, wusste ich Bescheid." Ihr Gesicht wurde ernst. „Ich muss mich schon wieder entschuldigen. Mein Beileid. Ich kann mir vorstellen, wie schlimm es für Sie ist. Kommen Sie doch bitte herein."

Leere Worte! Du kannst gar nicht wissen, wie es mir geht, dachte Daniela widerspenstig, während sie hinter der Frau in eine geräumige Diele trat. Hoffentlich verfolgte diese das Thema nicht weiter.

„Wow", Matthias war sichtlich beeindruckt. „So groß hatte ich mir das Haus gar nicht vorgestellt."

„Henry, mein verstorbener Mann, hat sämtliche überflüssigen Wände herausnehmen lassen, dadurch wirkt es größer, als es ist." Julia Neitz winkte sie weiter. „Nach einiger Zeit fand er es dann nicht mehr so toll, dass man von der Haustür aus direkt ins Wohnzimmer blicken konnte, deshalb haben wir die Garderobe wie einen Sichtschutz davor gebaut." Ihr Gesicht wurde ernst. „Kurz darauf wurde die Leukämie bei ihm festgestellt, knapp zwei Jahre später ist er gestorben."

„Julia, ich wusste nicht …"

„Das ist jetzt fünf Jahre her, ich habe es mittlerweile überwunden." Sie bedachte Daniela mit einem ernsten Blick. „Aber Sie können mir glauben, ich kann nachvollziehen, was Sie zurzeit durchmachen. Nun geht bitte weiter und sagt mir, was ihr trinken wollt!", befahl sie mit energischer Stimme.

Daniela war von ihr fasziniert, die Frau hatte sofort gemerkt, dass sie beinahe in Tränen ausgebrochen wäre und auf der Stelle das Thema gewechselt, nun schämte sie sich fast für ihre Gedanken am Anfang.

Matthias war direkt hinter der Garderobe stehen geblieben und bewunderte den Raum. Vor den großen, bis zum Boden reichenden Fenstern, die den Blick auf den Garten freiließen, stand eine kleine Essgruppe. An die Wohnwand aus Buche schloss sich die Theke, die die kleine Küche abgrenzte, an. Über der zierlichen Sitzgarnitur hingen geschmackvolle Landschaftsaufnahmen, von Italien, wie er vermutete. Der Raum wirkte sehr wohnlich, trotzdem konnte er erkennen, dass die Einrichtung ziemlich ins Geld gegangen sein musste.

„Wir haben beide gut verdient", bemerkte Julia, seine Blicke richtig deutend. Sie balancierte ein großes Tablett mit mehreren verschiedenen Flaschen und bedeutete ihnen, am Esstisch Platz zu nehmen. „Außerdem hatte Henry eine relativ hohe Lebensversicherung abgeschlossen. Sonst hätte ich die Schulden nie allein abtragen können", fuhr sie mit nüchterner Stimme fort. „Obwohl, am Anfang wollte ich eigentlich alles verkaufen. Ich konnte mir einfach nicht vorstellen, in diesen Räumen, in denen wir zusammengelebt haben, allein glücklich zu sein. Erst nachdem ich die Einrichtung komplett umgestellt hatte, ging es mir etwas besser."

Sie warf Daniela einen mitfühlenden Blick zu. „Selbst danach hat es lange gedauert, bis ich ihn nicht mehr tagein tagaus vor mir gesehen habe."

Daniela zuckte zusammen. Bisher hatte sie mit Matthias nicht darüber gesprochen. Genauso erging es ihr auch. Ständig war sie in der Erwartung, Felix müsse jeden Augenblick ins Wohnzimmer kommen. Morgens, wenn sie in der Küche war, glaubte sie die üblichen Geräusche aus seinem Zimmer zu hören und abends, wenn sie Matthias' Schritte hörte, erlag sie jedes Mal wieder der Vorstellung, es wäre ihr Sohn, der zum Gute Nacht sagen kam.

„Wie haben Sie das verkraften können?", flüsterte sie mit rauer Stimme.

„Es kam schließlich nicht überraschend", nachdenklich starrte Julia in den Garten. „Trotzdem empfand ich es als sehr schlimm. Das letzte Vierteljahr hatte ich mir freigenommen, um Henry pflegen zu können. Nach seinem Tod bin ich in ein tiefes Loch gefallen. Mein Leben hatte sich in den letzten Monaten vollständig um ihn gedreht und plötzlich war er nicht mehr da."

„Und man ist nicht fähig bei anderen Menschen Trost zu finden", ergänzte Daniela leise. „Man isoliert sich und weiß doch nichts, mit sich anzufangen."

„Bei mir war es der Beruf, der mich zurück ins Leben brachte", Julias Blick war jetzt auf Daniela gerichtet. „Anfangs nahm ich die Arbeit nur wieder auf, weil ich buchstäblich dazu gezwungen wurde, mein Arzt weigerte sich, mich länger krankzuschreiben und mein Budget ließ es nicht zu, auf Dauer ohne Gehalt zu leben. Bloß - du kannst nicht unterrichten, ohne mit allen Sinnen dabei zu sein. Meine Schüler brauchten mich, viele haben Probleme, bei denen sie meine Hilfe benötigen. So musste ich zumindest bei der Arbeit wieder normal funktionieren."

„Das hört sich sehr einfach an", sagte Daniela bitter.

„Im Nachhinein sicherlich. Aber glauben Sie mir, es ist ein langer Weg, auf dem man sich oft nicht sicher ist, ob man es schafft, es überhaupt schaffen will. Immer wieder fragt man sich, warum er und nicht ich."

Daniela fühlte den Stich direkt im Herzen. Julia sprach das aus, was sie empfand.

„Nun - du hast es geschafft." Matthias wusste genau, wie seine Schwester sich fühlte.

„Was blieb mir anderes übrig?" Julia ahnte, worauf er hinaus wollte. „Selbstmord war nie ein Thema für mich. Erstens ist das in meinen Augen ein Ausweg für Feiglinge und das bin ich nie gewesen und zweitens denke ich bei mir, dass es wohl doch irgendeinen höheren Sinn haben muss. Dass ich eben weiterleben soll, um das - was auch immer es ist - zu leisten. Dass mein Weiterleben wichtig ist, vielleicht für irgendjemand anderen." Sie zuckte hilflos mit den Schultern. „Ich kann es nicht besser erklären. Wahrscheinlich ist es bei jedem einzelnen anders."

„Sie hatten wenigstens eine Perspektive", Daniela wollte das alles nicht hören. Ein Kind zu verlieren, war viel schlimmer und kaum vergleichbar mit dem Verlust des Partners. Felix war ihr Lebensinhalt gewesen, für ihn hatte sie gelebt und gearbeitet.

„Nein, die habe ich nach und nach erworben." Julias Stimme war sanft, fast schien es, als hätte sie Danielas Gedanken lesen können. „Nach Henrys Tod bin ich in eine tiefe Depression gefallen, habe alles nur noch Schwarz gesehen, es gab nichts mehr, das mich hätte erfreuen können. Vielleicht wäre es anders gewesen, wenn wir Kinder gehabt hätten, so aber fühlte ich mich völlig allein. Freunde und Bekannte konnten meinen Verlust nicht nachvollziehen, ich fand ihre Anwesenheit eher hinderlich. Andauernd wollten sie, dass ich mich aufraffe und in die Zukunft blicke, ich dagegen wollte in der Vergangenheit verweilen." Sie seufzte. „Im Nachhinein glaube ich, es war einfach meine Art zu trauern, die Zeit war wichtig für mich. Ich musste erst lernen loszulassen und wieder vorwärts zu blicken. Das ging allein dadurch, dass ich mit dem Gewesenen abschloss."

„Könnte ich bitte ein Glas Wasser bekommen?", fragte Daniela. Es fehlte nicht viel und sie wäre schreiend hinausgerannt. Es war genau das passiert, was sie bisher erfolgreich vermieden hatte. Sie wollte sich nicht mit ihrer Situation auseinandersetzen müssen, wollte ihr Elend nicht diskutieren, sondern tief in sich vergraben halten, bis der Zeitpunkt gekommen war, sich diesem zu stellen.

Julia war anscheinend der Meinung, wenn sie es geschafft hatte, sich aus diesem tiefen, dunklen Loch der Verzweiflung zu befreien, müsste es jedem anderen ebenfalls gelingen. Was sie nicht erkannte, war, dass Daniela das gar nicht wollte. Vielleicht war sie einfach nicht stark genug, vielleicht lag es auch an ihrer andersgearteten Situation. Sie wusste es nicht, wollte es nicht wissen, vor allen Dingen nicht jetzt darüber diskutieren.

Wieder schien Julia ihre Gefühle nachzuempfinden, denn nachdem sie ihr ein Glas mit Mineralwasser gefüllt hatte, wechselte sie sofort das Thema. „Wie kann ich euch helfen? Aus dem Gerede meiner Cousine bin ich nicht sonderlich schlau geworden. Im Prinzip habe ich dem Gespräch nur zugestimmt, weil sie deinen Namen erwähnte, Matthias. Ehrlich gesagt ist mir beim Zeitung lesen die Verbindung gar nicht bewusst geworden."

Daniela sah ihren Bruder bittend an. Es war sinnvoller, ihm die weitere Gesprächsführung zu überlassen. Er würde am besten wissen, wie er vorgehen musste, um Julia auf ihre Seite zu ziehen.

25

In der Nacht war das Wetter umgeschlagen. Heftige Gewitter hatten über der Stadt getobt und dafür gesorgt, dass sich die Luft binnen Kurzem abkühlte. Als Daniela mit Ronja zum morgendlichen Spaziergang aufbrach, regnete es immer noch. Böige Winde ließen sie derart mit dem Schirm kämpfen, dass sie es schließlich aufgab und stattdessen die Kapuze ihrer Regenjacke über den Kopf zog. Der Hündin schien das Unwetter nicht das Geringste auszumachen, brav trabte sie an der Leine neben Daniela her, die Ohren gespitzt und die Nase witternd am Boden. Spontan beschloss Daniela zur eingezäunten Hundewiese zu laufen, heute war dort sicher nicht viel los. Seltsamerweise war es jedes Mal bei Regen so. Ob die meisten Menschen wohl der Ansicht waren, ihre Tiere bräuchten bei schlechtem Wetter weniger Auslauf?

Das Tor stand weit offen, niemand war zu sehen. Daniela löste die Leine und Ronja schoss los. Da sie sehr selten in den Genuss dieser Auslauffläche kam, war es für sie immer ein besonderes Erlebnis. Schnüffelnd folgte sie den verschiedenen Gerüchen, während Daniela Aufstellung am Zaun nahm. Der Hund trug zwar seinen Maulkorb, aber für den Fall der Fälle war es besser, zunächst mit den Neuankömmlingen zu sprechen. Ronja war selbst schon einmal von einem anderen Hund auf diesem Gelände angefallen worden und wäre Christian nicht dazwischengegangen, hätte es böse enden können.

Daher versuchte sie, den heranführenden Weg im Auge zu behalten. Kam jemand mit Hund näher, rief sie die Ronja neben sich, die zum Glück überaus folgsam war. Überdies war es Felix und Christian gelungen, ihr das elende Gebell abzugewöhnen. Früher hatte sie auf nahezu jeden anderen Artgenossen mit Aggressivität reagiert, jetzt stand sie wedelnd am Zaun.

Doch die meisten Hundebesitzer mit kleineren Hunden gingen am Tor vorbei, nachdem sie den riesigen Mischling entdeckt hatten. Daniela konnte es ihnen nicht verübeln. Sie erinnerte sich noch genau an ihre eigene Reaktion, als sie die Bekanntschaft von Ronja gemacht und wie lange es gedauert hatte, bis sie völlig angstfrei mit der Hündin umging. Felix war da völlig anders gewesen. Er hatte sich beim ersten Anblick in das Tier verliebt und war ein eifriger, williger Trainingsgenosse. Sie seufzte schwer, all ihre Erinnerungen waren mit ihm verknüpft, selbst wenn sie versuchte, ihn bewusst auszuschließen, tauchte er unwillkürlich wieder auf.

Freudiges Bellen riss sie aus ihren Gedanken. Die Hündin hatte schon aus großer Entfernung ihren besten Freund erkannt.

„Na, Rufus, nicht so wild." Nur mit Mühe bekam Herr Walter die Leine vom Halsband. Sofort schoss der Riesenschnauzer los, um Ronja zu einem wilden Spiel aufzufordern. Jetzt erst wandte sich der Mann an sie. „Ist das wohl heute wieder ein Wetter?"

Dankbar, dass dieser keinerlei Fragen an sie richtete, ging Daniela auf das Gespräch ein, in dessen weiterem Verlauf sich herausstellte, dass er und seine Frau erst gestern Abend von einer Urlaubsreise zurückgekommen waren. In allen Einzelheiten schilderte ihr Herr Walter seine Erlebnisse im Bayrischen Wald, während die Hunde begeistert herumtobten.

Wieder einmal stellte Daniela fest, wie erfrischend einfach es war, mit Gleichgesinnten ins Gespräch zu kommen. Immer wieder hatte sie auf ihren Spaziergängen mit Christian, Felix und Ronja dieses Phänomen erlebt. Hundebesitzer blieben stehen und unterhielten sich mit praktisch Fremden, wenn diese ebenfalls einen Artgenossen an der Leine hatten.

In den letzten Tagen war sie allerdings absichtlich einsame Wege gegangen, um jedem Gespräch auszuweichen. Dabei wäre das eigentlich gar nicht nötig gewesen, dämmerte es ihr, als Herr Walter erzählte, dass die alte Rosi, der schwarze Schäferhund - Sie kennen sie bestimmt - in seiner Abwesenheit eingeschläfert worden war. „Ich habe sein Herrchen heute Morgen gesehen, aber der Arme machte einen sehr geknickten Eindruck, da bin ich natürlich nicht zu ihm gegangen", berichtete er. „Rufus ist mein dritter Hund. Ich weiß, wie das ist, man hängt an ihnen, fast wie an eigenen Kindern."

Daniela schluckte und wandte sich ab. „Das ist wirklich schlimm", war alles, was sie herausbrachte.

Der alte Mann musterte sie prüfend, sagte jedoch nichts mehr. Schweigend sahen sie den beiden Hunden zu, die trotz des strömenden Regens ausgelassen miteinander spielten. Beide waren mittlerweile über und über mit Matsch beschmiert.

Vom nahen Kirchturm schlug es elf. „Meine Güte, ich muss los! Meine Frau sitzt beim Frisör und ich sollte sie schon vor einer Viertelstunde abholen." Herr Walter pfiff nach seinem Hund. „Ach macht nichts, wenn ich ihr erzähle, dass Rufus so schön gespielt hat, wird sie mir bestimmt nicht den Kopf abreißen." Er lachte. „Manchmal glaube ich, sie liebt dieses Viech mehr als mich!"

Auch Daniela nutzte den Moment, um Ronja an die Leine zu legen. Gemeinsam gingen sie bis zum Ende des Weges. Sie beschloss, ebenfalls nach Hause zu gehen. Wider Erwarten hatte ihr das Zusammensein mit Herrn Walter Spaß gemacht. Das alltägliche Gespräch hatte sie ihre Sorgen für einige Zeit fast vergessen lassen.

Eine leere Wohnung empfing sie. Matthias hatte beschlossen, den freien Vormittag zu nutzen, um sich an der Gesamtschule gründlich umzusehen. Vor allen Dingen wollte er herausfinden, wo sich die Schüler in den Pausen aufhielten und was sie nach der Schule machten. Er hatte sich ein dickes Päckchen Brote geschmiert, um nicht gezwungen zu sein, das Gelände zu verlassen. Um fünf sollte er sich erneut mit Julia treffen, natürlich wieder bei ihr zu Hause.

Während Daniela den Hund in die Wanne stellte und gründlich abbrauste, wanderten ihre Gedanken zurück zum gestrigen Nachmittag. Die Lehrerin war sichtlich skeptisch gewesen, was ihr Vorhaben betraf, vor allen Dingen, da sie ihr nicht vernünftig erklären konnten, warum sie Christian für unschuldig hielten. Gut, dass sie und Matthias früher einmal Freunde gewesen waren, nur dieser Umstand hatte letztlich zu ihrer Einwilligung geführt, gewisse Informationen für sie zu besorgen.

Ronja quietschte und versuchte, aus der Wanne zu springen. Mit festem Griff hielt Daniela sie am Halsband und angelte nach einem Handtuch. Das erste, das ihr in die Hände fiel, war Felix' Badetuch. Mit einem lauten Fluch schleuderte sie es quer durch das Zimmer. Die Hündin winselte ängstlich.

Als sie in die braunen Augen des Hundes blickte, verflog ihr Zorn. „Ist gut, meine Süße", redete sie beruhigend auf sie ein. „Du warst nicht gemeint, ich war bloß sauer auf mich selbst." Lieber wütend, als gleich wieder in Tränen auszubrechen, fügte sie stumm für sich hinzu.

Mehr aus Trotz denn aus Notwendigkeit nahm sie nun doch Felix' Badetuch, konnte aber nicht verhindern, dass dicke Tränen ihre Wangen hinunterrannen. Wieder winselte Ronja. Sie schien genau zu spüren, dass irgendetwas nicht stimmte. Mit ihrer rauen Zunge begann sie, die salzigen Spuren abzulecken. Daniela schlang ihr die Arme um den Hals und barg ihren Kopf in dem dichten Fell. „Ich schaffe es einfach nicht, Süße. Ich kann nicht weiterleben ohne ihn."

Irgendwann versiegten die Tränen. Beschämt rückte Daniela von der Hündin ab, die geduldig ihren Ausbruch ertragen hatte. „Komm mein Mädchen, jetzt hast du dir wirklich eine Belohnung verdient."

Seltsamerweise fühlte sie sich wirklich getröstet, als wäre ein Teil des Kummers von ihr abgefallen. Sie ging zum Kühlschrank und gab Ronja eine Scheibe Fleischwurst, die diese mit einem Happs verschlang und fiepend nach mehr verlangte.

„Nein", sagte Daniela mit fester Stimme. „Lauf!"

Beleidigt drehte die Hündin ab und trottete mit hängender Rute davon. Beinahe wäre Daniela schwach geworden, stattdessen atmete sie tief durch und begab sich in ihr Schlafzimmer. Durch den engen Hundekontakt waren ihre Sachen ziemlich feucht geworden, es war besser, sie zu wechseln.

Der Anrufbeantworter blinkte, verabredungsgemäß hatte sich Herr Krass gemeldet. Seine Nachricht war kurz und knapp, es gab nichts Neues zu berichten. Daniela grinste, während sie seine Nummer eintippte. Er würde bestimmt Augen machen, wenn er hörte, was sie sich hatten einfallen lassen.

Erst nachdem sie die Badewanne gesäubert hatte, fiel ihr auf, dass Ronja nirgends zu sehen war. Selbst als sie nach ihr rief, tauchte sie nicht auf. Beunruhigt ging sie von Raum zu Raum. Zuletzt schob sie Felix halbgeöffnete Zimmertür auf. Mitten auf dem abgezogenen Bett lag der Hund und sah sie aus großen Augen an.

„Du bist wirklich das …", mitten im Satz hielt sie inne. In ihrem eigenen Elend gefangen war ihr völlig entgangen, dass auch der Hund einen guten Freund verloren hatte. Bestimmt fand Ronja es äußerst befremdlich, dass der Junge, der Teil ihres kleinen Rudels gewesen war, plötzlich nicht mehr kam. Und sie konnte ihr noch nicht einmal begreiflich machen, was passiert war und dass Felix nie mehr wiederkommen würde. Zudem hatte sie fast gleichzeitig ihr Herrchen verloren. Für sie war es ein doppelter Schlag.

„Ach Ronni", murmelte sie und spürte wieder die Tränen kommen. Energisch blinzelte sie sie weg und bedeutete dem Hund liegenzubleiben.

Zum ersten Mal seit Felix' Tod sah sie sich bewusst in dem Raum um. Matthias hatte ganze Arbeit geleistet. Bis auf den Kleiderschrank, das Bett und den Schreibtisch war das Zimmer leer. Ihr Bruder hatte sogar die Poster von den Wänden genommen und die Sticker von der Tür entfernt. Auf dem Schreibtisch lagen lediglich die Bücher und CDs, die sie selbst für den Computer benötigte, dieser war nach wie vor angeschlossen, wie sie erkannte. Wahrscheinlich hatte Matthias ihn zwischenzeitlich benutzt.

Nachdenklich starrte Daniela auf seine zwei prallgefüllten Taschen, die in der Ecke am Fenster standen. Er hatte nicht gewagt, seine Kleidungstücke in den Schrank zu hängen. Wahrscheinlich, weil sie in ihrer Trauer gar nicht auf die Idee gekommen war, ihm das Bett zum Schlafen anzubieten. Seit der ersten Nacht schlief er auf der Couch im Wohnzimmer, ausgestattet mit einer dünnen Decke und zwei kleinen Kissen.

So geht es nicht weiter, beschloss sie in einem Anfall von Klarsicht. Mit einer weiteren Scheibe Wurst lockte sie den Hund aus dem Bett, bevor es völlig durchfeuchtet war. Dann suchte sie frische Bettwäsche aus ihrem Kleiderschrank. Heute Abend würde Matthias in diesem Zimmer schlafen.

Vorsichtshalber legte sie die Bezüge gleich jetzt auf den Schreibtisch. Bevor sie die Tür schloss, wagte sie einen weiteren Blick durch den Raum. Durch das Fehlen sämtlicher Anzeichen von Bewohntheit wirkte er seltsam fremd. Die Kiefernmöbel harmonierten hervorragend mit den blassblau gestrichenen Wänden, der dunkelblaue Teppichboden, auf dem man normalerweise jeden kleinsten Fussel sah, wirkte erstaunlich elegant. Überhaupt sah das Zimmer größer aus, als sie es in Erinnerung gehabt hatte.

Im letzten Moment merkte sie, dass Ronja versuchte, sich an ihr vorbeizudrängen. Mit sanftem Ruck zog sie sie zurück und schloss die Tür.

„Was hältst du von einem vorgezogenen Mittagessen?"

Hechelnd rannte der Hund Richtung Küche.

Auf jeden Fall tat es gut, sie um sich zu haben, stellte sie erneut fest, als die Hündin brav an ihrer Seite sitzen blieb, bis sie ihre Mahlzeit beendet hatte. Bei ihr brauchte sie sich nicht zu verstellen, konnte traurig sein, wenn ihr danach war, und weinen, ohne sich erklären zu müssen. Dazu gab Ronjas Anwesenheit ihr ein Trostgefühl, besser als jeder Mensch es vermocht hätte. Ja, für sie war es geradezu ein Segen, für den Hund sorgen zu müssen.

26

Pünktlich auf die Minute stand Matthias vor Julias Haus. Leicht überrascht stellte er fest, dass er sich wirklich auf ihr Wiedersehen freute. 'Das Einzige, was fehlt, ist das Herzklopfen, das ich früher bei ihrem Anblick bekommen habe', dachte er spöttisch, über sich selbst erstaunt. Eigentlich war er doch über diese unerfüllt gebliebene Liebe schon lange hinweg und hatte in der Zwischenzeit mehrere relativ zufriedenstellende Partnerschaften gehabt.

'Aber sie war eben etwas ganz Besonderes', dachte er, als er sie in der geöffneten Haustür stehen sah. Und sie hatte es geschafft, sich nicht nur ihre schlanke Figur, sondern auch ihre lebensbejahende sprühende Ausstrahlung zu erhalten, die ihn schon damals so angezogen hatte.

„Komm rein", sie strahlte ihn an. „Der Kaffee ist fast fertig. Ich habe auf der Rückfahrt beim Bäcker ein paar Teilchen geholt. Ich hoffe, du magst immer noch gerne Butterkuchen."

„Das hast du bis heute nicht vergessen?"

Lachend lief sie vor ihm her. „Ein gutes Gedächtnis hat eben seine Vorteile."

Während des Essens unterhielten sie sich ausschließlich über frühere Zeiten, tauschten längst vergessen geglaubte Geschichten aus und Julia erzählte Neuigkeiten von den Klassenkameraden, mit denen sie in Kontakt geblieben war. Erst nachdem sie gemeinsam das Geschirr abgeräumt hatten und Julia augenzwinkernd einen Aschenbecher auf den Tisch stellte, wandten sie sich den jüngsten Ereignissen zu.

„Es war genau, wie ich vermutet hatte", berichtete Julia. „Die Jungen, die Felix damals aufgelauert haben, waren Gesamtschüler. Sie sind kurz darauf von einer anderen Mutter angezeigt worden, deren Sohn ebenfalls von ihnen erpresst wurde. In den weiteren Ermittlungen kam dann heraus, dass sie in mindestens zehn weiteren Fällen schuldig waren. Da einige dieser Vorkommnisse während der Mittagspausen stattfanden, hatten wir einen ausreichenden Grund, sie von der Schule zu verweisen. Sie können also nichts mit der Tat zu tun haben."

„Sind sie im Gefängnis?"

Julia lachte. „In welcher Zeit lebst du? Nein, da es ihr erstes Vergehen war, sind sie allesamt zu Sozialstunden verurteilt worden. Im Übrigen sind die fünf auf drei verschiedene Schulen verteilt worden. Ich habe sogar bei den zuständigen Lehrern nachgefragt. Die eine Klasse macht gerade einen mehrtägigen Ausflug, da fallen schon einmal zwei weg. Die beiden Haupttäter leisten jeden Mittwochnachmittag direkt nach der Schule ihre Sozialstunden ab, der fünfte hat an den Unterricht anschließend eine AG, die bis achtzehn Uhr dauert. Du siehst, sie kommen wirklich nicht infrage."

„Mist, jetzt gibt es gar keinen Ansatzpunkt mehr." Matthias raufte sich die Haare. „Weißt du, wir glauben ja nicht, dass sie mit der Tat an sich etwas zu tun haben, unsere Gedanken gingen eher in die Richtung, dass die fünf damals doch etwas von Christians Einmischung mitbekamen und sich mit der Aussage, sie hätten ihn am Tatort gesehen, rächen wollten. Wie sonst ließe sich erklären, dass es zufällig zwei Jugendliche gibt, die ihn auf dem Schulhof im Gespräch mit Felix beobachtet haben wollen und die in der Lage sind, Kleidungsstücke zu beschreiben, die er tatsächlich besitzt."

„Und wenn ihr euch in ihm täuscht?"

Matthias seufzte. „Nein, Julia, ich bin mir mittlerweile sicher, dass er es nicht wahr. Zum einen gibt es da eine Geschichte, geschildert von einem unabhängigen Zeugen, die beweist, dass er nicht der Typ ist für eine derartige Tat, zum anderen haben mir dieser Mann und auch Daniela bestätigt, dass Christian ein Mensch ist, der jegliche körperliche Gewalt ablehnt und strikt danach handelt. Versteh mich bitte nicht falsch, er ist ein Bild von einem Mann, er braucht sich nur vor dir aufzubauen und du bist still. Das weiß er und das nutzt er. Aber es ist etwas anderes, zu drohen oder es wirklich zu tun."

„Er könnte im Affekt ausgerastet sein."

„Herr Krass, sein Anwalt, hat uns erzählt, dass Christian dadurch, dass er als Kind eine Zeit lang bei zwei gewalttätigen Alkoholikern aufgewachsen ist, Gewalt geradezu verabscheut. Ich weiß, das ist eher selten. Allerdings bestätigt Daniela diese Aussage. Bisher hätte Christian in jeder Situation überlegt gehandelt, sie sei sicher, dass er niemals zuschlagen würde. Und du darfst nicht vergessen, dass er etwas Ähnliches wie ein Ersatzvater für Felix war. Die zwei hatten ein super Verhältnis, sagt Daniela."

„Und deine Schwester, was hat sie für eine Beziehung zu ihm?"

„Mir gegenüber tut sie so, als wäre es eine rein freundschaftliche gewesen. Dadurch, dass er sich gerne um Felix gekümmert hat und der Junge an ihm und seinem Hund hing, wäre sie eben auch öfter mit allen dreien unterwegs gewesen." Matthias hüstelte und kratzte sich am Kopf. „Ich dagegen glaube, sie empfindet schon etwas mehr für ihn. Er für sie auf jeden Fall. Du hättest sehen müssen, wie besorgt er nach Felix' Tod um sie war. Im Gegensatz zu mir hat er gleich gemerkt, dass …" Er brach ab, beinahe wäre er mit seiner Vermutung herausgeplatzt.

„Sie ist stark selbstmordgefährdet, ich habe es bemerkt." Julia wedelte auffordernd mit ihrer Zigarettenpackung vor seiner Nase herum. „Hier, ich habe den Aschenbecher schließlich nicht zur Dekoration hingestellt." Abwehrend schüttelte Matthias den Kopf und griff nach seinen eigenen Glimmstängeln. „Ich weiß nicht, wie ich es besser ausdrücken soll", sagte er, nachdem er ihr und sich selbst Feuer gegeben hatte. „Fast denke ich, es hat sogar seine Vorteile, dass Christian verhaftet wurde. So muss sie sich um den Hund kümmern und alles tun, damit das Rätsel um Felix' Tod aufgeklärt wird."

„Ich verstehe, was du meinst", nachdenklich sah Julia auf den aufsteigenden Rauch. „Sie fühlt sich Christian gegenüber verpflichtet, sie kann ihn und seinen Hund nicht im Stich lassen."

„Genau, sie ist der Meinung, dass die Polizei sich auf Christian als Täter versteift hat und sich nicht ausreichend bemüht, in anderer Richtung zu ermitteln. Deshalb versucht sie, dem Anwalt zu helfen, Beweise zu finden, die vielleicht Licht ins Dunkel bringen." Erleichtert darüber, dass sie seine Überlegungen nachvollziehen konnte, wagte Matthias einen weiteren Vorstoß. „Deshalb bemühe ich mich, sie zu unterstützen. Sie soll gar keine Zeit zum Nachdenken haben, im Moment ist sie den ganzen Tag beschäftigt. Nur was mache ich jetzt, da unser Verdacht im Sande versickert ist?"

„Entschuldige, dass ich immer noch zweifle, aber wie lange kennt Daniela diesen Mann? Wie oft hast du bisher mit ihm gesprochen? Wie könnt ihr da derart sicher sein?"

Matthias biss sich auf die Lippe. Nein, er konnte ihr nichts von dem erzählen, was der Anwalt ihnen anvertraut hatte. „Es gibt da etwas, das zweifelsfrei seine Unschuld beweist, doch ich kann, ich darf nicht darüber sprechen. Ich habe mein Ehrenwort gegeben."

In das Schweigen, das seinen Worten folgte, drang ein leiser Klingelton. „Mein Handy!" Ein Blick auf das Display verriet ihm den Anrufer. „Es ist Daniela." Er hielt die Muschel so, dass sie mithören konnte.

„Frau Wittig hat mich versetzt", verkündete seine Schwester. „Ich kann erst jetzt zu ihr gehen. Da dachte ich mir, ich frage vorher nach, was deine Freundin herausgefunden hat."

„Gib mir das Telefon", Julia streckte auffordernd die Hand aus. „Hallo Daniela. Bei mir war es ein Reinfall auf der ganzen Linie. Die fünf kom-

113

men definitiv nicht infrage. Aber Matthias hat mir erzählt, wie ihr bei meiner Cousine vorgegangen seid. Zieh es bei ihr ähnlich auf. Sie hat gute Beziehungen an unserer Schule. Sie ist im Elternrat, im Förderverein, hilft in der Bücherei mit und bei der Hausaufgabenbetreuung. Ich habe mir nun gedacht, dass du sie bittest, einen Rundruf in sämtlichen Klassen zu starten. Sie soll einfach nur fragen, ob jemand Felix an diesem Tag gesehen hat. Ich kann mir nämlich nicht vorstellen, dass er völlig unbeobachtet geblieben ist. Er muss ja direkt in der Stundenpause dort angekommen sein, wenn er auf seinem Nachhauseweg von der Schule war. Da werden bestimmt einige Hinweise eingehen, an die wir anknüpfen können."

„Ja, ich verstehe, was du meinst", auch Daniela war automatisch ins Du gefallen. Die Aufregung über diesen Vorschlag war ihrer Stimme anzuhören. „Meinst du wirklich, sie wird mir glauben? Und kann uns helfen?"

„Ein uneingeschränktes Ja zu beiden Punkten. Sie kann wesentlich mehr erreichen, als ich. Mir sind eher die Hände gebunden, vor allem, da Felix nicht an unserer Schule war. Aber sie kann es über den sozialen Aspekt beim Rektor versuchen. Er hält große Stücke auf sie und wird es ihr bestimmt erlauben."

„Dann will ich mal versuchen, was ich bei ihr erreiche", Daniela klang etwas verzagt.

„Du schaffst das", erwiderte Julia energisch. „Du wirst sehen, sie ist wirklich engagiert. Und als vierfache Mutter kann sie deinen Wunsch bestimmt nachvollziehen."

„Gut, ich muss Schluss machen, ich bin bereits in der Straße, in der sie wohnt, angekommen."

„Viel Glück." Julia klappte das Handy zu und sah Matthias triumphierend an. „Na, wie war ich?"

„Ziemlich gut", gab dieser zu. „Aber was versprichst du dir von dieser Aktion?"

Julia musterte ihn überrascht. „Genau das, was ich gesagt habe. Ich kann mir nicht vorstellen, dass Felix völlig unbeobachtet geblieben ist. Irgendwer muss ihn doch gesehen haben."

„Kommissar Bremer jedenfalls scheint niemanden gefunden zu haben, der den Jungen bemerkt hat."

„Die Gesamtschule liegt nicht auf seinem direkten Heimweg. Er ist absichtlich einen Umweg gelaufen, also liegt es eigentlich nahe, dass er sich dort mit jemandem treffen wollte, vielleicht sogar einem Gesamtschüler."

„Nein, der hätte sich inzwischen längst bei der Polizei gemeldet."

Julia sah ihn ernst an. „Es gibt zwei Möglichkeiten", sagte sie langsam. „Entweder hat der Kommissar euch die Aussage verschwiegen oder es gab für denjenigen einen triftigen Grund, sich nicht an die Beamten zu wenden."

„Du … du glaubst, dass ein anderes Kind für diese Tat verantwortlich ist?"

„Warum nicht? Alles ist möglich. Ein etwas zu fester Schubser im Zorn und dann, nachdem das Unglück passiert ist, die aufkommende Panik – das passt viel eher zu einem unreifen Jugendlichen als zu einem Erwachsenen. Der hätte meiner Meinung nach entweder Erste Hilfe geleistet oder wäre hinabgestiegen und hätte die Sache beendet. Ich verstehe nicht, dass die Polizei nicht auf diese Idee gekommen ist."

„Julia, du bist morbid", Matthias atmete tief durch. „Wie kannst du … halt! Du hast die beiden Zeugen vergessen!"

„Stimmt, die zwei, die angeblich diesen Christian gesehen haben." Julia lehnte sich vor und griff nach der nächsten Zigarette. Sie zündete sie an und inhalierte tief. „Wenn ihr euch wirklich sicher sein könnt, dass Danielas Nachbar nichts mit der Tat zu tun hat, gibt es lediglich eine einzige Deutung." Sie hielt inne und musterte ihn aus zusammengekniffenen Augen. „Es war nicht ein Täter, sondern zwei - und zwar die beiden angeblichen Zeugen."

„Das ist meiner Meinung nach zu vorschnell geurteilt. Vielleicht wollten die sich nur wichtig machen und Christians eins auswischen", erwiderte Matthias kopfschüttelnd. „Oder kennen den wahren Täter und versuchen ihn zu schützen."

„Das ist nicht sehr plausibel. Überleg doch mal." Julia verdrehte die Augen. „Mittwoch ist die Tat passiert, Donnerstag stand es in allen Zeitungen, aber erst am Montag wird Danielas Nachbar verhaftet. Die hatten irgendwann Angst, dass man sie drankriegt, und haben sich durch ihre Aussage versucht zu entlasten. "

„Und wenn die Polizei diese Behauptung zuerst auf Herz und Nieren geprüft und anschließend Christians Alibi und seinen Background unter die Lupe genommen hat? Das geht nicht von heute auf morgen. Ich finde, du machst es dir etwas zu einfach."

„Äh", Julia sank in sich zusammen. „Du hast recht", sagte sie schließlich. „Es könnte so gewesen sein. Trotzdem bleibe ich dabei: Schließen wir Christian aus – müsst ihr euch dringend um die beiden kümmern. Die haben eindeutig Dreck am Stecken."

„Julia, du bist genial." Er warf ihr eine Kusshand zu. „Wieso bin ich nicht selbst darauf gekommen?"

„Wahrscheinlich schaue ich mehr Krimis als du", gab sie lachend zurück, wurde aber sofort wieder ernst. „Wisst ihr, um wen es sich bei ihnen handelt?"

„Nein. Meinst du, der Kommissar gibt uns ihre Namen?"

Sie verzog zweifelnd das Gesicht. „Bei Minderjährigen? Keine Ahnung, wie das gehandhabt wird. Frag den Anwalt. Im Zweifelsfall müssen wir einen anderen Weg finden, sie zu finden."

„Wir?"

„Natürlich." Sie griff nach seiner Hand. „Du glaubst doch wohl nicht, dass ich dich einfach so wieder gehen lasse, mein Lieber."

27

Andrea Wiegand lauschte auf das Lachen, das aus dem Kinderzimmer drang. Wie jeden Montag war Philipp nach der Schule mit zu ihnen gekommen und würde bis nach dem Abendessen bleiben, bis sein Vater ihn abholte. Diese Regelung montags bei ihnen und mittwochs bei Krossmanns hatte sich seit der Grundschule bestens bewährt. Die Kinder waren zufrieden, miteinander spielen zu können, die Haushälterin der Krossmanns hatte dadurch direkt am Wochenanfang ihren freien Tag und Andrea konnte den Mittwochnachmittag genießen.

Früher hatten die beiden Jungen zusätzlich oft abwechselnd bei einer der beiden Familien übernachtet. In letzter Zeit war das allerdings seltener geworden. Durch seine sportlichen Aktivitäten hatte Philipp einen großen Freundeskreis und war bei seinen Kumpanen sehr beliebt. Da blieb kaum Zeit für seinen besten Freund.

Andrea seufzte leise. Obwohl Henning ebenfalls Tennis spielte und im gleichen Fußballverein wie Philipp war, hatte er kaum Kontakt zu den anderen und wurde fast nie zu deren Geburtstagen eingeladen. Dabei hatte sie mit Frau Hartwichs und Rabeas Hilfe sein eigenes Wiegenfest die letzten beiden Male zu einem wahren Großereignis gemacht. Alle waren gekommen, dennoch hatte das nichts an seinem Verhältnis zu den meisten geändert. Bis auf zwei hatte es keine Gegeneinladungen gegeben. Henning war bitter enttäuscht gewesen.

„Mama, was machst du da?"

Erschreckt zuckte Andrea zusammen. Sie lachte verlegen, als sie Rabea hinter sich entdeckte. „Eigentlich war ich auf dem Weg in die Küche."

„Da wollte ich auch gerade hin." Ihre Tochter schnaubte verächtlich, denn erneut ertönte ein lautes Lachen. „Ich weiß gar nicht, was Henning an diesem Wichser findet", zischte sie leise, während sie gemeinsam weitergingen. „Der ist wirklich das Letzte."

„Rabea! Bitte! Nicht diese Ausdrücke!"

„Zu dem fällt mir leider nichts anderes ein", sagte die Gemaßregelte unbeeindruckt, holte sich ein Eis aus dem Gefrierschrank und schwang sich mit einem eleganten Schwung auf die Arbeitsplatte.

Schweigend zündete sich Andrea eine Zigarette an und betrachtete ihre Tochter, die genüsslich an der Schokoladenumhüllung knabberte. Wenn Henning doch nur etwas von deren Selbstbewusstsein gehabt hätte. Von klein auf war Rabea auf Selbstständigkeit bedacht gewesen. Ich kann das, will das allein machen, lautete ihr Wahlspruch, seitdem sie des Sprechens mächtig war. In der Pubertät war ein geradezu beängstigender Sinn für Gerechtigkeit dazugekommen. Ihre Tochter war gnadenlos in ihren Ansprüchen an andere und sich selbst und nahm kein Blatt vor den Mund, wenn sie das Gefühl hatte, auf Unrecht zu stoßen. Seltsamerweise hatte sie trotz dieser Art einen großen Freundeskreis und war allseits beliebt. Mit ihrer geradezu knabenhaft schlanken Figur und den langen honigblonden Haaren erfüllte sie zusätzlich das Ideal des weiblichen Teenies und konnte sich vor Einladungen kaum retten.

Aber genauso rigoros wie in allen anderen Dingen hatte Rabea beschlossen, dass sie mit ihren sechzehn Jahren zu jung für einen festen Freund sei. Es hielt zwar die Jungen nicht davon ab, ständig um sie herumzuschwänzeln, dennoch hatte zumindest Andrea dadurch eine Sorge weniger.

Jetzt warf Rabea schwungvoll ihre Haare zurück und betrachtete ihre Mutter auffordernd. „Ich kann nicht verstehen, was Henning an ihm findet", wiederholte sie. „Philipp ist ein großmäuliger Wichtigtuer. Er ist weder sonderlich clever noch supersportlich und über seine Art brauchen wir ja wohl nicht zu sprechen."

„Bitte, erzähl aus deiner Sicht!", verlangte Andrea.

Rabea grinste und leckte sich das Vanilleeis von den Lippen. „Er ist ein kleiner Diktator", begann sie. Ihr Lächeln wurde breiter, als sie das Stirnrunzeln ihrer Mutter entdeckte. „Du wolltest es wissen."

„Nur zu", ihre Mutter beugte sich vor. „Nimm kein Blatt vor den Mund."

„Er muss immer im Mittelpunkt stehen. Es reicht ihm nicht, ein paar wenige, gute Freunde zu haben, er will von allen bewundert werden. Und alle sollen nach seiner Pfeife tanzen, er kann es überhaupt nicht ab, wenn ein anderer mal das Sagen hat."

Rabea hielt inne und betrachtete prüfend ihre Mutter. Es war das erste Mal, dass diese sie aufgefordert hatte, völlig offen ihre Meinung über Philipp zu äußern, bisher war sie stets von ihr gemaßregelt worden, wenn sie ein einziges böses Wort gegen ihn gesagt hatte. Sollte sie sich lieber zurückhalten oder sie mit der ganzen Wahrheit konfrontieren?

Das Letztere, beschloss sie impulsiv, während ihre Mutter mit einem nachdenklichen Gesichtsausdruck ihre Zigarette in den Aschenbecher legte. Wenn diese nur die Hälfte von dem annahm, was Rabea zu erzählen hatte, würde sie Philipp in einem komplett anderen Licht sehen.

„Weißt du, seitdem er auch auf meine Schule geht, habe ich ihn oft genug beobachten können", fuhr sie fort. „Er ist ein Manipulator reinsten Wassers. In den Pausen sammelt er alle Jungen aus seiner Klasse um sich und mimt den großen Anführer. Die, die er nicht dabei haben will, grenzt er aus und verlangt von den anderen das gleiche. Die, auf die er besonderen Wert legt, umschmeichelt er, bis sie glauben, sie seien seine besten Freunde. Wagt es aber einer, seine Führungsrolle zu beanspruchen oder ihn zu kritisieren, wird er absolut bösartig und gemein. Er wiegelt die anderen so lange gegen diesen einen auf, bis der allein dasteht. Du glaubst gar nicht, auf was für Ideen der kommt. Soll ich dir vielleicht mal ein Beispiel geben?"

Rabea merkte selbst, dass ihre Stimme immer eifriger geworden war. Verdammt, sie wollte keine Hasstiraden auf Philipp anstimmen, sondern ihre Mutter davon überzeugen, was für ein Arschloch der war. Henning hatte einen besseren Freund verdient. Vor allem, so befürchtete Rabea, würde er sich freiwillig nie aus dieser ihrer Meinung nach schädlichen Konstellation lösen. Sie war nicht blind für die Fehler ihres Bruders. Sie wusste ganz genau, dass er ein verwöhnter Fratz war, ein Mamakind, das gewohnt war, seinen Willen durchzusetzen. Und ihr war auch bewusst, dass neben seiner übergroßen Schüchternheit darin ein großer Teil seiner Schwierigkeit begründet war, Freunde zu finden. Trotzdem liebte sie ihn und hätte ihm gern geholfen. In diesem Gespräch mit der Mutter sah sie diese Möglichkeit gekommen. Sie musste es lediglich vernünftig anstellen, um sie auf ihre Seite zu ziehen.

„Bei ihm in der Klasse war ein Junge, der eigentlich in allem besser war, als er selbst", fuhr sie ruhiger fort. „Anfangs hat Philipp das gar nicht gemerkt. Aber irgendwann wurde es selbst ihm bewusst. Was hat er also gemacht? Er erklärte ihn zur Persona non grata und stieß ihn komplett aus seinem Kreis aus."

„Und?", fragte Andrea. „Was ist daran so schlimm?"

„Angestachelt durch Philipp hat ihm die ganze Klasse das Leben zur Hölle gemacht hat. Anfangs gab es die üblichen, miesen Bemerkungen, kleine Gehässigkeiten und blöde Sprüche, natürlich immer hinter seinem Rücken, aber so, dass er sie hören konnte. Er wurde beim Sport zusammen mit den anderen Losern als Letzter in die Mannschaften gewählt, bei Gemeinschaftsarbeiten wollte niemand mehr mit ihm arbeiten und lauter ähnliche Sachen."

„Das kann doch in der Schule nicht funktionieren!"

„Mama, du hast wirklich keine Ahnung, was dort alles abgeht. Wenn du die richtige Klassenkonstellation hast, geht sogar viel mehr. Philipp ist der King, nicht nur die Jungen mögen ihn. Es ist ja nicht so, dass er keinen Charme hat, er kann dir wirklich das Gefühl geben, du wärest etwas ganz Besonderes, das macht er schließlich oft genug mit Henning, du weißt, wie das wirkt. Dazu hat er natürlich auch Führungseigenschaften, er denkt sich oft genug Dinge aus, die allen Spaß machen, hat eine große Klappe, die er gezielt einsetzt, und kann zusätzlich noch relativ gut mit Erwachsenen umgehen, kurzum fast alle seine Mitschüler und die Lehrer lieben ihn. Da wird dann schon einmal großzügig über einen etwas zu grausamen Scherz hinweggesehen."

„Und er allein hat alle anderen gegen diesen Jungen aufgestachelt?" Die Mutter klang immer noch ziemlich ungläubig.

Rabea zuckte gewollt lässig mit den Schultern. „Du kannst gern Corinna fragen. Es war ihr Bruder, dem das passiert ist. Aber vielleicht sollte ich dir zuerst noch den Rest erzählen, das war nämlich längst nicht alles. Wie gesagt, zuerst wurde er verbal geärgert. Kurze Zeit später verschwanden auf einmal ständig irgendwelche von seinen Sachen. Mal war es sein Etui, das einen Tag später völlig durchnässt im Spülstein auftauchte, ein anderes Mal entdeckte jemand sein Sportzeug unten im Papierkorb, bei strömendem Regen verschwand sein Schirm, dann war sein Essen nicht mehr im Rucksack. Das steigerte sich nach und nach weiter: Im Kunstunterricht wurde seine Zeichnung beschmiert, im Mathematikunterricht Tinte auf sein Buch gespritzt, in seinem Englischbuch fehlten auf einmal mehrere Seiten. Zuerst dachte Armin, wenn er keinen Ärger zeigt, würden die bestimmt aufhören. Doch er hatte sich geirrt, es wurde noch schlimmer."

„Und die Lehrer haben nichts unternommen?"

„Es wurde nie jemand auf frischer Tat erwischt. Die deckten sich gegenseitig. Die Krönung des Ganzen kommt erst noch: Ein Mädchen aus seiner Klasse behauptete, er hätte ihr Geld gestohlen. Es war ein Riesentheater, der Lehrer schaltete den Rektor ein, der die Polizei. Armin stand ziemlich auf verlorenem Posten, da es angeblich einen Zeugen gab, der gesehen hatte, wie er das Geld an sich nahm. Zum Glück für ihn ist Corinna eingesprungen. Sie hat mit ein paar anderen zusammen den angeblichen Beobachter der Tat nach der Schule zur Rede gestellt und die Sache aus der Welt geschafft. Der hat nämlich unter ihrer nachdrücklichen Befragung zugegeben, dass er gar nichts gesehen hat, sondern dem

Armin eins auswischen wollte. Es wäre bloß darum gegangen, ihm durch diese Anschuldigung Ärger zu machen."

Unter gesenkten Wimpern warf Rabea ihrer Mutter einen Blick zu. Hoffentlich würde sie nicht nachfragen, wie sie es geschafft hatten, die Aussage zu bekommen.

Aber Andrea war viel zu sehr mit dem eben Gehörten beschäftigt. „Was hat das denn jetzt mit Philipp zu tun?", war alles, was sie fragte.

„Der angebliche Zeuge behauptete, dieser habe ihn dazu angestiftet. Das hat der natürlich abgestritten. Und beweisen konnte man ihm nichts. Dieser Junge und das Mädchen, das gesagt hatte, ihr wäre Geld gestohlen worden, kamen mit einem Tadel und einer polizeilichen Ermahnung davon, Armin wechselte in eine Parallelklasse. Danach haben sie ihn endlich in Frieden gelassen." Wieder verschwieg Rabea wohlweislich, dass ihre Freundin sich diesen Frieden mit Drohungen erkauft hatte. Das hätte ihre Mutter nur in die falsche Richtung abgelenkt.

„Und warum hast du uns diese Geschichte nicht erzählt?"

„Das habe ich sehr wohl, doch du wolltest nichts davon wissen. Du hast mich nicht einmal ausreden lassen!"

Langsam dämmerte zumindest eine Ahnung dieses Gespräch betreffend in Andrea auf. „An dem Tag hatte ich meine Migräne", sagte sie langsam. „Wir saßen ausnahmsweise alle zusammen beim Mittagessen und du hast einen Streit mit deinem Bruder angezettelt."

„Ich habe versucht zu erzählen, was sich in der Schule abgespielt hatte", verteidigte sich Rabea empört. „Henning war es, der gleich ausgerastet ist, als er erkannt hat, dass es um seinen geheiligten Philipp geht."

Andrea erinnerte sich jetzt wieder genau. Die Kopfschmerzen hatten bereits in der Praxis angefangen und sich bis mittags schon auf ein unerträgliches Maß gesteigert. Trotzdem hatte sie den Kindern zuliebe versucht, an der gemeinsamen Mahlzeit teilzunehmen. Es kam in letzter Zeit so selten vor, dass sie alle zusammen am Tisch saßen. Aber kaum hatten sie angefangen zu essen, war Rabea mit heftigen Anschuldigungen gegenüber Philipp herausgeplatzt. Henning hatte sie gar nicht ausreden lassen, sondern gleich begonnen, sie anzuschreien. Andrea war jeder einzelne Schrei wie ein Stich mitten ins Gehirn gedrungen. Mit letzter Kraft hatte sie die beiden zurechtgewiesen – und wieder einmal ihrer Tochter die Hauptschuld an diesem Streit gegeben.

„Du hättest mich später wieder darauf ansprechen können", sagte sie.

„Du auch", gab Rabea spitz zurück. „Ich habe nach dem Essen mit Papa darüber geredet und ihm alles erzählt." Und viel mehr als dir, fügte sie im Stillen hinzu.

„Was hat er gesagt?"

„Dass er sich darum kümmern will."

Am liebsten hätte Andrea auf der Stelle nach dem Hörer gegriffen, um ihren Mann anzurufen. Mühsam hielt sie sich zurück. Was sollte das alles? Hatten sich Bernd und ihre Tochter gemeinsam gegen den Rest der Familie verschworen?

Rabea sah den Ärger im Gesicht ihrer Mutter. „Papa wollte versuchen zu erreichen, dass Henning sich weniger mit Philipp trifft und mehr Abstand gewinnt. Er meinte, Henning würde seine Fehler erst sehen, wenn er mehr Vergleiche hat."

Andreas Groll war noch nicht verschwunden. „Und warum bitte habt ihr mich nicht eingeweiht?"

Das Gesicht ihrer Tochter verzog sich zu einem Flunsch. „Weil du wie Henning bist", stieß sie heftig hervor. „Was du nicht sehen willst, schiebst du einfach weg. Dir reicht der äußere Anschein, Hauptsache, der stimmt."

„Rabea!"

„Ist doch wahr! Philipp stammt aus einem guten Elternhaus, Mutter und Vater sind angesehene Leute und außerdem ziemlich reich. Charaktereigenschaften sind nebensächlich. Dir ist nicht wichtig, wie ein Mensch ist, nur was er darstellt, das zählt für dich."

Andrea merkte, wie vor Wut sämtliche Farbe aus ihrem Gesicht wich. „Du bist viel zu jung, um das zu verstehen", sagte sie mit steifen Lippen. „Wenn du älter bist, wird sich deine Einstellung ändern."

„Papa jedenfalls sieht es nicht wie du", konterte Rabea. „Wir …", sie verstummte, als Philipp und Henning in der offenen Tür auftauchten und lautstark nach einer Cola verlangten, rutschte vom Küchenschrank und verließ die Küche.

Philipp schnitt eine grässliche Grimasse hinter ihr her und Henning lachte darüber derart heftig, dass er einen Schluckauf bekam. Während Andrea sich eine neue Zigarette anzündete – die andere war mittlerweile im Aschenbecher verqualmt - ertappte sie sich dabei, wie sie argwöhnisch das Geplänkel der beiden belauschte.

Unsinn, schalt sie sich schließlich energisch. Das, was Rabea erzählt hatte, konnte so nicht stimmen. Sie kannte den Jungen, er war höflich und gut erzogen, manchmal etwas vorlaut, jedoch niemals bösartig - und

Hennings bester Freund. Das Sinnvollste war, bis heute Abend zu warten und mit Bernd darüber zu sprechen.

28

Die Haustür öffnete sich, bevor Daniela klingeln konnte. Eine kleine, leicht dickliche Frau stand im Türrahmen und streckte ihr lächelnd die Hand entgegen. „Barbara Wittig, hallo, Frau Ziegler. Es tut mir leid, dass ich Sie versetzt habe, leider war mir total entfallen, dass ich heute Nachmittag mit den Zwillingen zum Zahnarzt musste."

„Hauptsache, es hat überhaupt geklappt." Zögernd trat Daniela hinter ihr in die geräumige Diele. Sofort wurde das Kindergeschrei, das ihr schon auf dem Weg zum Haus entgegengeschallt war, lauter. Dem Geräuschpegel nach musste es sich um eine ganze Horde handeln, die da mit wahrer Hingabe spielte. Dem war sie noch nicht fähig, sich auszusetzen. Der Anblick eines Kindes in Felix' Alter war schon schlimm genug, einem großen Haufen bei ihren ausgelassenen Spielen zuzuschauen, würde mit Sicherheit einen neuerlichen Tränenausbruch zur Folge haben.

„Wir setzen uns in die Küche", schlug Frau Wittig vor. „Da sind wir ungestört. Mein Mann ist bei den Kindern im Garten und bewacht das Chaos." Sie lachte. „Er wird dafür sorgen, dass wir in Ruhe reden können."

„Nun muss er sich wegen mir seinen Feierabend verderben lassen", entschuldigte sich Daniela, während sie der Frau in eine geräumige, überraschend aufgeräumte Wohnküche folgte.

Abrupt blieb Barbara Wittig stehen. „Den Gedanken können Sie gleich wieder vergessen, wieso Feierabend? Wir haben zusammen vier Kinder, da ist mein Mann genauso gefordert wie ich. Bloß weil ich nicht für deren Unterhalt arbeite, heißt das nicht, dass er sich auf seinem Achtstundentag ausruhen darf."

Sie lachte, als sie Danielas erstaunten Blick bemerkte. „Bei uns herrscht wirkliche Gleichberechtigung. Meine Ehrenämter halten mich ganz schön auf Trab, da bin ich auf seine Hilfe im Haushalt und bei den Kindern angewiesen."

Mit einer aufmunternden Handbewegung wies sie auf den vor dem Fenster stehenden Kieferntisch, der mit zwei Kaffeetassen, Kuchentellern und einer großen Glasplatte mit Gebäck eingedeckt war. „Lassen Sie uns zuerst meinem heimlichen Laster frönen. Ich liebe Kaffeestunden." Wehmütig strich sie über ihre füllige Rundungen. „Wie man leider deutlich sehen kann. Ach was soll's." Sie lachte fröhlich. „Süßes ist Nervennahrung für mich, muss ich darauf verzichten, werde ich unausstehlich und das kann ich meinen Kindern schließlich nicht antun."

Nachdem sie Kaffee in die Tassen gefüllt hatte, wedelte sie auffordernd mit der Kuchenzange: „Also, was möchten Sie?"

Gar nichts, hatte Daniela sagen wollen, verspürte aber tatsächlich ein unerklärliches Verlangen nach einem dieser süßen Gebäckstücke. „Eine Marzipanrolle wäre nicht schlecht", erwiderte sie deshalb.

„Da haben wir den gleichen Geschmack", stellte ihr Gegenüber fest.

Der Kuchen schmeckte so gut, wie er aussah. Zum ersten Mal seit Felix' Tod aß Daniela mit Heißhunger. Zwinkernd legte ihr Barbara Wittig ein weiteres Stück auf den Teller. „Essen Sie ruhig noch eins, dann traue ich mich auch an ein zweites heran."

Mit einem Lächeln gab Daniela sich geschlagen. Sie wusste kaum, wie ihr geschah. Dieser fremden Frau war es gelungen, im Nu eine heimelige Atmosphäre aufzubauen. Man fühlte sich wohl in ihrer Gegenwart, war völlig entspannt, als ließe man die übrige Welt mit all ihren Kümmernissen draußen vor der Tür. Was hatte diese ziemlich unscheinbar wirkende Person mit den kurzen, braunen Haaren, die auf den ersten Blick eher matronenhaft aussah, nur an sich, dass sie einem dieses Gefühl absoluter Geborgenheit und Ruhe vermitteln konnte?

Frau Wittig lehnte sich mit einem zufriedenen Seufzer zurück. „Es geht doch nichts über eine kurze, süße Pause. So gestärkt können wir uns viel besser Ihrem Anliegen widmen. Wenn ich Sie am Telefon richtig verstanden habe, möchten Sie mehr über die letzten Stunden Ihres Sohnes wissen."

Daniela nickte, hin- und hergerissen, ob sie wirklich an ihrem ursprünglichen Plan festhalten sollte. Es erschien ihr nahezu unmöglich, diese Frau zu belügen. „Julia Neitz hat mich auf diese Idee gebracht", erklärte sie deshalb, zumindest am Rande der Wahrheit balancierend. „Sie meinte, dass es bei der Menge an Kindern sehr unwahrscheinlich sei, dass niemand Felix gesehen habe. Und er scheint ja gezielt zur Gesamtschule gegangen zu sein. Auf seinem normalen Heimweg kommt er dort nicht vorbei."

„Sie glauben, dass er mit jemandem verabredet gewesen ist", stellte Barbara Wittig fest. „Mit einem der Schüler vermutlich."

„Ja", stimmte Daniela erleichtert zu. Es schien einfacher, als gedacht zu laufen. „Frau Neitz hat uns erzählt, dass die Kinder von eins bis zwei Mittagspause haben. Felix' Schule endete um dreizehn Uhr zwanzig, zehn Minuten später hätte er das Gelände erreichen können. Es interessiert mich einfach, mit wem er sich getroffen hat und warum er es mir nicht erzählen wollte. Ich dachte, wir hätten keine Geheimnisse voreinander."

Kaum hatte sie die Worte ausgesprochen, wusste sie, dass sie der Wahrheit entsprachen. Verborgen unter dem Leid ihres Verlustes hatte sie diese schmerzende Spitze bis in die letzte Ecke ihres Verstandes zurückgedrängt. Es war ihr so unwichtig erschienen neben dem, was passiert war. Und trotzdem nagte es an ihr, dass er diese Verabredung verschwiegen hatte. Bisher war sie davon ausgegangen, alles über ihn und seine Freunde zu wissen. Warum hatte er nicht mit ihr darüber gesprochen?

„Es wird etwas völlig Harmloses gewesen sein." Frau Wittig schien ihre Gefühle zu erraten. „Vielleicht hat er sich aber auch ganz spontan entschieden, dort vorbeizugehen. Die Kinder treffen sich oft genug nachmittags auf dem Spielplatz, daher wird Felix gewusst haben, wann dort die lange Pause ist."

„Jaa … schon", Daniela war nicht überzeugt.

„Sie werden es bald genau wissen. Ich denke, ich gehe morgen in jede Klasse und halte eine kleine Ansprache an die Schüler. Wenn Sie damit einverstanden sind, kann sich jeder, der etwas gesehen hat, entweder an mich oder an Sie wenden. Ich kenne sehr viele der Kinder näher, da ist die Hemmschwelle nicht so groß."

„Ich habe Ihnen meine Telefonnummer aufgeschrieben", Daniela holte den zusammengefalteten Zettel aus ihrer Handtasche, den sie direkt nach ihrem Gespräch mit Julia ausgefüllt hatte. „Damit die Kinder wissen, wie sie mich erreichen können." Sie holte tief Luft, jetzt, da der Stein ins Rollen gebracht war, merkte sie, wie ihre Anspannung nachließ. „Ich weiß gar nicht, wie ich Ihnen danken soll."

„Am besten überhaupt nicht", Frau Wittig schüttelte abwehrend den Kopf. „Ich helfe gern, wenn ich kann. Ich denke, ich würde in gleicher Weise handeln, wenn ich in Ihrer Situation wäre. Eine Mutter will einfach wissen, was passiert ist und warum." Sie beugte sich über den Tisch und drückte Danielas Hände. „Jetzt gönnen wir beide uns noch eine Tasse Kaffee. Und ich erkläre Ihnen, wie ich vorgehen werde."

„Morgen habe ich erst mittags Dienst in der Bibliothek", fuhr sie fort, nachdem sie den Kaffee eingeschenkt hatte. „Ich könnte also gleich früh um acht mit dem Rektor sprechen und anschließend durch die Klassen gehen. Bis zwölf Uhr müsste ich es geschafft haben."

„Glauben Sie, dass er Ihnen die Erlaubnis gibt?"

„Das dürfte kein Problem sein", Frau Wittig nippte an ihrem Kaffee. „Herr Glathe ist sehr nett, er kann Ihre Bitte sicherlich nachvollziehen. Was natürlich wichtig wäre, ist, dass Sie mir bestimmte Zeiten geben, in denen Sie erreichbar sind. Dann kann ich das zu ihren Daten dazuschreiben."

„Hm", Daniela zögerte.

„Vielleicht ist es am Sinnvollsten, zwei Uhrzeiten anzubieten. Ich dachte an jeweils eine Stunde im Mittag- und Abendbereich." Frau Wittig griff nach einem Kugelschreiber. „Wäre Ihnen von dreizehn bis vierzehn Uhr und von neunzehn bis zwanzig Uhr recht? Dann können sich die betreffenden Schüler entweder in der Mittagspause oder in ihrer Freizeit bei Ihnen melden."

„Sie denken wirklich an alles."

Frau Wittig lachte. „Organisation ist mein Leben, sonst könnte ich mein Pensum nicht bewältigen."

Daniela erhob sich. „Danke", sagte sie aus tiefstem Herzen. „Sie können sich gar nicht vorstellen, wie froh ich über Ihre Unterstützung bin."

„Bitte, das ist eher eine Kleinigkeit." Sanft strich Frau Wittig über ihren Arm. „Zögern Sie nicht, sich wieder an mich zu wenden, falls es noch etwas zu klären gibt. Ich helfe in so einem Fall wirklich gern. Ich …" Sie hielt inne und schüttelte den Kopf. „Wir bleiben in Verbindung", setzte sie erneut an. „Ich hoffe, Sie erfahren das, was Sie wissen möchten."

Zumindest weiß ich, was du dich nicht gewagt hast auszusprechen, dachte Daniela, während sie die Straße entlang nach Hause lief. Sie hatte in Frau Wittigs Gesicht lesen können wie in einem Buch. Ich kann mir nicht vorstellen, wie ich mich fühlen, wie ich reagieren würde, hatte ihre Gastgeberin sagen wollen, die Worte jedoch lieber hinuntergeschluckt. Ja, es war für alle Beteiligten schwer, einen vernünftigen Umgang miteinander zu finden angesichts dieser Tragödie.

29

„Yasemin?"
Sie schreckte aus ihren Gedanken auf. Direkt vor ihr stand Herr Schulte und sah finster auf sie herab. „Wäre es möglich, dass du dich etwas mehr auf den Unterricht konzentrierst?", fragte er sarkastisch.
Sie spürte, wie ihr das Blut ins Gesicht schoss. Zum Glück erwartete der Lehrer keine Antwort, sondern wandte sich ihrer Tischnachbarin zu.
„Christin, könntest du bitte den Abschnitt übersetzen?"
Yasemin beugte sich ebenfalls über ihr Englischbuch. Die Stimme ihrer Freundin übertönte das Rascheln, als sie schnell eine Seite weiterblätterte. Sie hatte fast die gesamte Geschichte verpasst.
„Hier habt ihr Fragen zum Text." Herr Schulte verteilte an jeden der Schüler ein Blatt Papier. „Ihr könnt jetzt damit anfangen und den Rest dann zu Hause erledigen. Wenn ihr die Aufgaben gelöst habt, seid ihr bestens vorbereitet auf die Klassenarbeit am Freitag. Nur vergesst bitte nicht, auch die Grammatik zu üben, die wir besprochen haben."
Yasemin blickte seufzend auf ihren Zettel. Da sie fast die gesamte Geschichte verpasst hatte, waren die Fragen darauf für sie nahezu unlösbar.
„Du kannst von mir abschreiben", flüsterte Christin und legte ihr Heft so, dass ihre Nachbarin die Sätze, die sie geschrieben hatte, lesen konnte.
Die Pausenklingel kam einer Erlösung gleich. Sie hatte fast gar nichts von dem Text verstanden. Es schien, als wären sämtliche Vokabeln, die sie am Wochenende gepaukt hatte, schon wieder aus ihrem Kopf verschwunden.
„Ich muss heute in der Hausaufgabenhilfe unbedingt Vokabeln lernen", erklärte Yasemin ihren Freundinnen Christin und Melisa, während sie sich durch den Vorraum der Pausenhalle drängten. „Sonst nützt mir das ganze Üben nichts."
„Apropos Frau Wittig. Hast du dir schon überlegt, wann du dich bei der Mutter von Felix meldest?"
„Nein", Yasemin schüttelte so wild den Kopf, dass ihre langen, schwarzen Haare flogen. „Das kannst du nicht von mir verlangen, Christin."
„Sag mal, spinnst du?" Ihre Freundin runzelte unwillig die Stirn. „Natürlich sagst du ihr, dass du dich an seinem Todestag mit ihm getroffen hast."
„Das kann ich nicht. Du weißt, meine Eltern - wenn sie davon erfahren."

„Meine Güte, müssen sie doch nicht!" Breitbeinig baute sich die zierliche Christin vor Yasemin auf und musterte sie mit glitzernden Augen. „Uns fällt schon etwas ein, wie wir das hinbiegen können. Nur – sprechen musst du mit ihr."

„Sie hat Recht", Melisas Stimme klang leise, aber bestimmt. „Du musst ihr von euch erzählen."

„Ihr versteht das nicht", vor Verzweiflung stampfte Yasemin mit dem Fuß auf. „Rede ich mit ihr, rennt sie zur Polizei und ich muss zur Wache und eine Aussage machen. Spätestens dann werden meine Eltern davon erfahren und ihr wisst genau, wie sie reagieren. Ich darf schon jetzt kaum raus. Nach dieser Sache werden sie mich einsperren."

„Trotzdem musst du es tun." Obwohl Christin von der problematischen Situation ihrer Freundin wusste, blieb sie hart. „Nun überleg mal", fuhr sie wesentlich sanfter fort. „Frau Wittig ist in jede Klasse gegangen. So oft, wie Felix hier war, seid ihr bestimmt von irgendwelchen anderen Schülern gesehen worden. Wie stehst du erst da, wenn die sich melden und du schließlich von der Polizei vorgeladen wirst."

Yasemin wurde blass, daran hatte sie gar nicht gedacht.

„Da gerätst du vielleicht selbst in Verdacht", spann Melisa den Faden weiter,

„Quatsch, der Täter ist bereits gefasst", Christin verdrehte genervt die Augen.

„Ja und?", brauste Melisa auf. „Da wussten sie noch nichts von Yasemin. Sie ist wahrscheinlich die Letzte, die Felix lebend gesehen hat."

Wie zwei Kampfhähne standen sich die beiden Freundinnen gegenüber.

„Was soll ich ihr denn sagen?" Die dünne Stimme war kaum zu hören.

Sofort war Christin neben ihr. „Die Wahrheit", sagte sie sanft. „Sag ihr einfach die Wahrheit, dass ihr euch zusammengesetzt und miteinander geredet habt. Wenn du ihr erzählst, dass deine Eltern dir verboten haben, dich mit Jungen zu treffen, wird sie es bestimmt verstehen und nicht sauer sein, dass Felix ihr eure Verabredungen verschwiegen hat."

„Ja, sie wird eher froh sein, dass sie jetzt weiß, was er gemacht hat", sprang Melisa der Freundin bei. „Sag mal, du musst sie doch eigentlich von der Grundschulzeit her kennen. Habt ihr damals nie miteinander gesprochen?"

Yasemin biss sich auf die Lippen. „Natürlich kenne ich sie. Sie war eigentlich immer nett zu mir …"

„Du hast Angst, dass sie sauer wird, weil sie deine Situation nicht begreift", ergänzte Melisa, obwohl sie diesen Gedanken selbst nicht nachvollziehen konnte. Allerdings hatte sie auch nicht derart seltsame Eltern wie Yasemin.

„Deshalb sag ich ja, du sollst ihr alles erzählen", warf Christin ein. „Vielleicht gibt sie euer Geheimnis dann gar nicht der Polizei weiter. Ihr geht es, wenn ich Frau Wittig richtig verstanden habe, bloß darum, zu wissen, was er in den Stunden vor seinem Tod gemacht hat. So, wie es ist, muss ihr das Ganze wirklich seltsam vorkommen und es wird schlimmer für dich, wenn sie es hintenherum über andere rauskriegt."

Das Klingeln der Pausenglocke unterbrach ihr Gespräch. Langsam, fast widerwillig, setzten sich die drei Mädchen in Bewegung, in Gedanken weiterhin mit der Lösung ihres Problems beschäftigt, Christin und Melisa auf der Suche nach einer guten Möglichkeit der Kontaktaufnahme, Yasemin eher dabei zu überlegen, was sie Felix' Mutter eigentlich sagen sollte.

Die Schulstunden bis zur Mittagpause zogen sich schier endlos hin. Nach außen folgte Yasemin völlig konzentriert dem Unterricht, während sie innerlich zitterte und bebte. Jetzt, da sie sich mit dem Gedanken abgefunden hatte, mit Frau Ziegler zu sprechen, kamen all ihre Ängste wieder hoch. Weder Christin noch Melisa konnten nachvollziehen, was es hieß, in einem derart konservativen Elternhaus aufzuwachsen. Beide Freundinnen durften ihre Freizeit verbringen, mit wem und wie sie wollten, es war ihnen erlaubt, auf Partys zu gehen und im Sommer ins Freibad, alles Dinge, die sie sich nicht einmal getraut hätte zu fragen.

Wozu auch, sie wusste schließlich genau, wie die Antwort lauten würde. Ein gutes türkisches Mädchen warf sich nicht weg, es wartete geduldig zu Hause, bis es an der Zeit war zu heiraten. Dabei wollte sie selbst gar keinen Freund. Nur mehr Freiheit, die Dinge tun zu dürfen, die die anderen Mädchen ihres Alters taten. Sich unbefangen mit Gleichaltrigen beiden Geschlechts unterhalten können, ohne damit rechnen zu müssen, vom Vater oder den Brüdern überwacht zum Auto gezerrt zu werden und endlose Predigten über sich ergehen lassen zu müssen.

Yasemin atmete tief durch. Warum war das Leben so ungerecht? Verlangte sie denn zu viel? Melisa hatte ihr versucht klarzumachen, dass es andere gab, denen es wesentlich schlechter ging. Auf der Schule gab es schließlich genug Mädchen, die das übliche Kopftuch tragen mussten, mit dem Yasemins Mutter grundsätzlich das Haus verließ, und die zusätzlich sogar zur Schule gebracht und abgeholt wurden. Melisa hatte gut reden. Ihre Eltern waren total westlich orientiert, überdies hatte Melisas

Bruder eine Deutsche geheiratet und lebte mit seiner Frau in gleichberechtigter Harmonie.

Vielleicht wäre es anders gewesen, wenn sie eine ältere Schwester gehabt hätte, die bereits einige Kämpfe erfolgreich ausgefochten hatte. Aber so, mit drei erwachsenen Brüdern, als Nesthäkchen der Familie, war es schwer für sie. Ihre Geschwister hatten selbstredend allesamt adäquate Frauen geheiratet, die nicht willens waren, Yasemin zu verstehen. Mit der gesamten Familie gegen sich hatte sie einen schweren Stand, nein, eher einen unhaltbaren, korrigierte sie sich selbst.

Melisa hatte ihr vorgeworfen, sie sei undankbar. Sie sähe nie, was ihre Eltern bereit waren für sie zu tun, dass ihr Vater ihr viele Wünsche erfüllte, an die sie, Melisa, nicht einmal zu denken gewagt hätte. Und dass es nicht böser Wille war, der ihre Eltern handeln ließ, wie sie es taten, sondern einfach ihrer Art und Weise zu leben entsprang. Immerhin hatten sie ihr nach langen Diskussionen erlaubt an den Klassenfahrten teilzunehmen, was für sie schließlich schon ein gewaltiger Sprung gewesen war.

Selbst Christin hatte ihr beigepflichtet und gemeint, sie stecke ihre Erwartungen zu hoch. „Veränderungen erreichst du ganz langsam, nach und nach", hatte sie doziert. „Es bringt dir gar nichts, wenn du ständig forderst. Außer du findest es toll, dauernd mit deinen Eltern im Streit zu liegen", hatte sie grinsend hinzugefügt.

Nein, natürlich fand Yasemin das nicht gut. Andererseits wollte sie sich dem strengen Regime ihrer Eltern nicht fügen, konnte sich nicht derart verbiegen, es kam ihr vor wie Selbstverleugnung. Warum sollte sie im Sommer beim Sport ein langärmeliges, weit geschnittenes Shirt und eine schlabberige Trainingshose tragen? Das war doch hirnverbrannt. Als wenn die Jungen aus ihrer Klasse überhaupt Interesse daran gehabt hätten, einen Blick auf ihre Beine oder Arme zu werfen. Aber sie musste in der größten Hitze in diesen Klamotten rumlaufen und sollte damit auch noch gute Leistung bringen! Irgendwann würde sie einen Hitzschlag bekommen, das hatten sie dann davon.

Yasemin merkte, dass sie sich immer mehr in ihre Verbitterung hineinsteigerte. Nur um nicht über das eine, was sie wirklich Angst machte, nachdenken zu müssen. Wenn ihre Eltern dahinterkamen, dass sie sich trotz ihres Verbotes weiterhin allein mit Felix getroffen hatte, würden sie ausrasten. Sie wagte gar nicht, darüber zu spekulieren, wie ihre Strafe wohl aussehen könnte. Das, was sie sich diesmal geleistet hatte, war viel schlimmer als alles, weshalb sie sonst über die Stränge schlug.

Gewaltsam unterdrückte sie das Zittern, das sie befallen hatte, und verbannte jeden weiteren Gedanken an später aus ihrem Hirn.

Kaum ertönte der Gong zur Mittagspause, zogen die beiden Freundinnen sie hinaus.

„Wir bringen den Anruf gleich hinter uns und gehen erst danach zum Essen", bestimmte Christin.

Yasemin schluckte, ihr war der Appetit schon längst vergangen. „Ich kann nicht von meinem Handy anrufen, ihr wisst, dass mein Vater die Gespräche kontrolliert."

„Löschst du eben die Anruferliste." Melisa verdrehte die Augen. „Kein Herumgezicke mehr, du ziehst das jetzt durch!"

„Nimm meins!", mischte sich Christin rasch ein, auffordernd hielt sie ihr das kleine rosa Telefon hin.

Yasemin schluckte erneut, griff aber gehorsam nach dem Handy. Ihre Finger zitterten, als sie die Rufnummer eintippte. Furchtsam lauschte sie dem dumpfen Freizeichen. Ihr Herz schlug bis zum Hals, sie würde bestimmt nicht einen Ton herausbringen.

„Ziegler?"

„Ich habe Ihre Telefonnummer von Frau Wittig", haspelte Yasemin, so schnell sie konnte, herunter. „Felix und ich hatten uns auf dem Schulhof verabredet. Wenn Sie wollen, können wir uns morgen Mittag um eins hier treffen und ich erzähle Ihnen alles. Ich …"

„Wo, an der Gesamtschule?"

„Genau. Hinten am Sportplatz steht ein einzelner, großer Baum, da werde ich auf Sie warten."

„Halt, sag mir bitte …"

„Ich kann jetzt nicht reden. Bis morgen." Aufatmend klappte Yasemin das Handy zu. Sie hatte es tatsächlich getan.

„Vielleicht hättest du ihr sagen sollen, dass sie bis morgen nicht darüber reden darf", meinte Melisa. „Nicht, dass sie gleich jetzt sofort zur Polizei rennt."

Yasemin wurde blass. Daran hatte sie überhaupt nicht gedacht. Wie auf Stichwort begann das Handy zu klingeln. Sie warf einen Blick auf die Rufnummer und hätte es beinahe fallen lassen. „Sie ist es", flüsterte sie nervös.

„Aha, Anrufer-Erkennung", Christin nahm ihr das Telefon aus den klammen Fingern. Ohne zu zögern, klappte sie es auf und meldete sich mit einem forschen Ja.

Yasemin blickte ängstlich in ihr Gesicht, das sich zu einem Lächeln verzog. Was erzählte diese Frau da nur!

„Nein", erwiderte Christin, wie als Antwort auf ihre ungestellte Frage. „Sie haben gerade mit meiner Freundin gesprochen und die ist schon zum Essen gegangen. Sie müssen sich bis morgen gedulden."

Wieder lauschte sie schweigend der Anruferin.

„Sie hat sich oft mit Ihrem Sohn getroffen, mehr weiß ich nicht. Alles andere wird sie Ihnen selbst erzählen. Und bitte, es ist für meine Freundin aus bestimmten Gründen sehr schwer, sich diesem Gespräch zu stellen, reden Sie mit niemandem darüber, bis Sie sie getroffen haben."

Yasemin konnte die aufgeregte Stimme aus dem Hörer dringen hören. Felix' Mutter fragte hartnäckig weiter.

„Ich kann Ihnen nicht mehr sagen", Christins Stimme klang endgültig. „Bitte gedulden Sie sich bis morgen. Wenn Sie pünktlich sind, hat meine Freundin eine Stunde Zeit, sich mit Ihnen zu unterhalten."

Dieses Mal war die Antwort kurz. Christin grinste befriedigt. „Ja, tschüss." Immer noch grinsend klappte sie den Hörer zu. „Alles paletti", verkündete sie. „Frau Ziegler will brav warten, bis du mit ihr geredet hast."

„Danke", murmelte Yasemin. Ihr war fürchterlich übel und das Zittern ließ überhaupt nicht mehr nach. Sie wünschte, das entscheidende Gespräch läge längst hinter ihr.

30

„Hi!" Matthias strahlte sie so vergnügt an, dass Julias schlechte Laune im Nu verflog. „Und, gibt es etwas Neues?", fragte er, während sie gemeinsam über den Pausenhof schlenderten.

„Ich habe Frau Wittig bisher nicht gesehen", erwiderte diese. „Ich denke, es ist zu früh, jetzt schon Resultate erwarten zu wollen."

„Hätte ja sein können", murmelte er unzufrieden. „Ich hoffe, diese Aktion bringt überhaupt irgendetwas."

„Du bist zu ungeduldig", tadelte Julia ihn und wickelte ihre Brötchen aus. „Möchtest du auch eins?"

Er schüttelte den Kopf und griff stattdessen nach seinen Zigaretten. „Ich darf doch, oder?"

Sie zuckte mit den Schultern: „Nur bitte wirf die Kippe nicht auf den Boden, wir wollen den Schülern kein schlechtes Beispiel liefern."

Er blieb stehen und musterte sie unter hochgezogenen Augenbrauen. „Was ist dir denn für eine Laus über die Leber gelaufen?"

„Entschuldige, ich …" Julias Aufmerksamkeit hatte sich einer Gruppe von Schülern zugewandt, die sich betont unauffällig immer weiter an den Rand des Schulhofs bewegte. Jetzt ging sie mit schnellen Schritten auf die Jugendlichen zu.

Abwartend blieb Matthias in einiger Entfernung stehen. Sie hatte die Jungen erreicht und wies mit einer energischen Kopfbewegung Richtung Schulgelände. Was sie sagte, konnte er nicht hören, doch es dauerte nicht lange, bis die Gruppe sich auflöste. Fragend blickte er ihr entgegen.

„Sie wollten in den Supermarkt um die Ecke, sich etwas zu essen kaufen", sagte sie, als wäre damit alles erklärt.

Wie sollte er das nun wieder verstehen?

„Erinnerst du dich nicht mehr?", Belustigung klang in ihrer Stimme mit: „Das Entfernen vom Schulhof ist verboten, zumindest für die Schüler bis einschließlich der zehnten Klasse."

„Stimmt, aber wir haben es gleichfalls versucht." Er grinste. „Die Brötchen vom Bäcker waren viel leckerer als das Angebot an unserem kleinen Kiosk."

„Im Gegensatz zu früher gibt es hier eine Mensa und eine Cafeteria, der Bedarf ist in alle Richtungen gedeckt." Wieder klang in ihrer Stimme eine unnötige Schärfe mit.

„Hattest du Ärger?" Sorgfältig löschte er die Glut und steckte den Rest des Glimmstängels in seine Hosentasche.

„Ziemlich heftigen", gestand sie, ohne ihn anzusehen. Mit einer resignierenden Bewegung schob sie das angebissene Brötchen zurück in den Frischhaltebeutel.

„Erzähl!"

„Einem meiner Schüler ist sein Handy gestohlen worden, irgendwann in den ersten drei Schulstunden. Da die Kinder die gesamte Zeit im selben Klassenraum waren, konnte es nur eines von ihnen gewesen sein. Also habe ich den Schuldigen gebeten, sich freiwillig zu melden. Da es wie immer keinen gab, informierte ich die Polizei, die versprach, zwei Beamte vorbeizuschicken. Wir warteten und warteten, die ganze Pause lang. Als es zur nächsten Stunde schellte, waren sie immer noch nicht da. Der Lehrer, der nach mir unterrichten sollte, stand vor der Tür, ich selbst hätte längst in einer anderen Klasse sein müssen und mehrere Schüler behaupteten, dringend auf die Toilette zu müssen. Nach Rücksprache mit dem Kollegen begleitete ich die Mädchen und er die Jungen auf die Toilette, während der Lehrer der Nachbarklasse ein Auge auf den Rest hatte." Sie seufzte. „Da hätten wir besser gleich aufgeben sollen. Dann kam die Polizei endlich und nahm eine Taschenkontrolle vor und was für eine Überraschung: Das Handy war verschwunden. Und höre und staune, es wurde später auf dem Jungenklo im Papierkorb gefunden. Selbstverständlich schworen die drei aus meiner Klasse, dass sie es nicht dort abgelegt hatten."

„Und die Polizei?"

„Ist genauso hilflos wie wir. Keine Beweise, keine Ermittlung. Zum krönenden Abschluss bat mich einer der Beamten, ich möge bitte für einen derartigen Bagatellfall nicht mehr anrufen. Kannst du dir vorstellen, wie es in mir kocht?"

„Hast du eine Vermutung, wer der Täter ist?"

„Eine ziemlich starke sogar. Leider habe ich keine Beweise."

„Warum machst du dann nicht selbst eine Taschenkontrolle?"

„Bist du irre? Mist!" Der zweite Ausruf galt nicht ihm, wie er verspätet merkte, als Julia lossauste. An den Turnhallen schien es zu einer Prügelei gekommen zu sein. Es hatte sich bereits ein Kreis neugieriger Zuschauer gebildet, sodass er nichts Genaues erkennen konnte. Matthias spurtete ebenfalls los und nutzte die Lücke, die sich Julia erkämpft hatte, um ihr zu folgen.

135

„Kevin, Jakob, auseinander!" Wie eine Furie stürzte sich Julia auf die beiden Kontrahenten, die unbeachtet ihres Rufes weiter auf dem Boden balgten. Mit festem Griff packte sie den stämmigen Jungen, der auf dem unter ihm Liegenden saß. Sofort sprangen zwei ältere Jugendliche herbei und halfen ihr, ihn von seinem Opfer wegzuzerren.

„Kevin!" Schwer atmend baute sich Julia vor dem Jungen auf, der sich verlegen grinsend den Oberarm rieb, wo ein dicker, roter Abdruck ihrer zupackenden Hand zu sehen war. „Du gehst auf der Stelle zum Sekretariat und meldest dich dort. Dann wartest du, bis Frau Kohlmann Zeit hat, sich mit dir zu befassen." Sie wandte sich an die Umstehenden. „Hat jemand von euch gesehen, wer angefangen hat?"

„Der andere." Ein kleines Mädchen zeigte auf den schmächtigen Jungen, der sich hustend aufgesetzt hatte. „Der Kevin ist an ihm vorbeigegangen und er hat ihn von hinten geschubst."

„Weil er mich beleidigt hat", begehrte dieser auf.

„Jakob, du gehst gleich mit", bestimmte Julia. „Stefan und Alexander", wandte sie sich an die zwei Jugendlichen, die ihr geholfen hatten, „begleitet ihr die beiden bitte?"

Nachdem die Übeltäter mit ihrer Eskorte verschwunden waren, löste sich der Auflauf schnell auf. Bewundernd blickte Matthias auf Julia, die, als wäre nichts vorgefallen, ihre Runde wieder aufnahm. „Du warst echt gut."

„Gut?" Sie schnaubte. „Wenn ich Pech habe, bekomme ich wegen meines Eingreifens richtig Ärger."

„Was?"

„Das habe ich dir gerade, bevor wir unterbrochen wurden, erklären wollen. Wir Lehrer haben keine Rechte mehr. Weder darf ich ohne Einwilligung des Schülers seine Schultasche kontrollieren, noch darf ich eine Leibesvisitation vornehmen. Und schon gar nicht darf ich Hand an ihn oder sie legen."

„Wie bitte?" Unwillkürlich war Matthias stehengeblieben. „Das ist nicht dein Ernst, oder?"

„Leider doch", sie stieß ihn mit dem Ellenbogen an. „Los weiter, keine Müdigkeit vorschützen."

„Was sollst du denn in Situationen wie der eben erlebten machen?"

„Ich muss versuchen, das Geschehen ohne körperliches Eingreifen zu bereinigen." Sie lachte auf „Oder mir ein paar von den älteren Schülern greifen und sie bitten, mir zu helfen. Im Gegensatz zu mir dürfen die zupacken."

„Ich finde, du hast genau richtig reagiert", beharrte Matthias.

„Ja, und wenn ich Pech habe, beschweren sich die Eltern beim Rektor oder verfassen eine Dienstaufsichtsbeschwerde wegen der Prellung, die ihr Sohn am Arm davongetragen hat."

„Wirklich?"

„Nein, die Eltern von Kevin zum Glück nicht. Sie wissen, wie er ist, und sind mir im Prinzip dankbar, dass ich durchgreife. Dieses Mal habe ich nichts zu befürchten. Das Problem ist, dass du, wenn du auf eine derartige Situation triffst, nicht lange nachdenkst, sondern handelst. Und da werde ich über kurz oder lang an den Falschen geraten."

„Man muss zumindest anerkennen, dass du versuchst zu helfen."

„Sollte man meinen, es ist bedauerlicherweise anders. Eine Bekannte von mir, Lehrerin an einer Grundschule, ist einmal dazugekommen, als ein Junge einen anderen, schon am Boden liegenden, immer wieder getreten hat. Sie verpasste ihm eine saftige Ohrfeige, weil es ihr nicht anders gelang, ihn zu bändigen. Ob du es glaubst oder nicht", sie machte eine kleine Pause, um das Gesagte wirken zu lassen. „Die Eltern haben eine Dienstaufsichtsbeschwerde an die Schulbehörde geschickt und sie musste sich bei dem Jungen entschuldigen."

„Ist für mich irgendwie nicht nachvollziehbar", Matthias schüttelte den Kopf. „Ich meine, ich bin nicht für die Prügelstrafe, es ist gut, dass die Lehrer heutzutage nicht mehr diese Allmacht wie früher haben. Aber was bitte sollt ihr denn tun, wenn ihr auf solche Situationen wie zum Beispiel gerade eben trefft?"

„Hab ich dir schon gesagt: pädagogisch auf die Missetäter einwirken. Frau Kohlmann, unsere Sozialarbeiterin, wird sich die beiden vornehmen und sich adäquate Strafen für sie einfallen lassen." Julia warf ihm unter hochgezogenen Augenbrauen einen strafenden Blick zu, als Matthias einen ungläubigen Laut ausstieß. „So läuft das heute eben."

„Wenn ich das jetzt richtig verstehe, hat man euch erst alle Möglichkeiten genommen, selbst zu reagieren, und anschließend eine neue Stelle geschaffen, die dieses Versäumnis wieder auffangen soll?" Er warf ihr einen fragenden Blick zu, als sie bestätigend nickte, fuhr er fort: „Und was ist der Sinn des Ganzen?"

Gerade als Julia zu einer Antwort ansetzte, ertönte die Pausenklingel.

„Das kann ich dir nicht in ein, zwei Sätzen erklären", wehrte sie ab.

„Wie wäre es mit einem gemeinsamen Abendessen?", fragte er hoffnungsvoll.

„Geht nicht", bedauernd schüttelte sie den Kopf. „Ich muss unbedingt die Klassenarbeiten der zehnten korrigieren, da werde ich bis spät in die Nacht dran sitzen."

„Und morgen?"

„He, solltest du dich nicht lieber um deine Schwester kümmern?"

„Das ist einfacher gesagt, als getan." Schlagartig wurde er ernst. „Sie lässt mich nicht an sich heran, will nicht mit mir über ihre Gefühle reden, weicht mir aus, wenn ich sie frage, wie es mit ihr weitergehen soll." Jetzt war er es, der innehielt. „Lass uns ein anderes Mal weiterreden", bat er sie.

„Du könntest morgen um sieben bei mir vorbeikommen", nickte Julia und registrierte erstaunt das leichte Flattern in ihrem Bauch.

31

Andrea war schon mit Kopfschmerzen aufgewacht, ein ziehender Schmerz, der sich von den Schläfen bis hinunter zum Nacken zog. Sicherlich trug der Wein die Hauptschuld an ihrem Zustand, fast eine ganze Flasche hatte sie gestern Abend getrunken. Bei dem Gedanken daran zogen sich ihre Eingeweide schmerzhaft zusammen und ihr wurde speiübel. Sie schaffte es gerade noch aus der Dusche, während ihr Magen bereits revoltierte.

Ohne wirkliche Erleichterung stand sie kurze Zeit später vor dem Spiegel und betrachtete prüfend ihr kreideweißes Gesicht. Das heftige Erbrechen hatte ihre Augen gerötet und hässliche Flecken auf ihren Wangenknochen hinterlassen. Da würde auch das beste Make-up nicht viel ausrichten können. Vielleicht war es besser, wenn sie heute nicht mit in die Praxis fuhr, ein paar Stunden Schlaf würden ihr sicherlich guttun.

Doch während sie in die bereitgelegte Kleidung, ein Ensemble aus Rock und Blusenjacke, schlüpfte, änderte sie ihre Meinung. Seit ihrem Gespräch mit Rabea versuchte sie, mit Bernd zu reden, aber er entzog sich ihr immer wieder. Am Montagabend hatte er sie angerufen, um ihr mitzuteilen, dass er nach der Praxis gleich bei seinem Freund Bastian vorbeifahren würde. Gestern war er mit Rabea ins Kino gegangen, angeblich hatten die beiden diesen Ausflug schon länger geplant. Als sie endlich um elf Uhr zurückgekehrt waren, hatte Andrea vor lauter Frustration die Flasche schon fast geleert und war nicht mehr fähig gewesen, sich auf eine Diskussion mit ihrem Mann einzulassen.

Bis zum Nachmittag zu warten, erschien ihr zu riskant. Bei ihrem momentanen Glück war er wahrscheinlich ausgerechnet heute nicht in der Garage. Sie verzog unwillig die Mundwinkel. Es war in der Tat nicht unbedingt ihr Ziel, an diesem Ort mit ihm zu sprechen. Sie hasste den Geruch nach Benzin, Fetten und Ölen. Und überhaupt wäre er bestimmt wieder viel zu abgelenkt von seiner Tätigkeit, um ihr zuzuhören. Wie konnte ein Mann, der wohlhabend genug war, sich jedes Auto, das er haben wollte, zu kaufen, nur derart kindisch sein? Nein, es war besser, direkt nach dem Ende der Sprechstunde mit ihm zu reden.

Mit einem kaum hörbaren Guten Morgen betrat sie die Küche. Bernd, in die Zeitung vertieft, grunzte lediglich zur Antwort, Rabea, das Handy am Ohr, hob lässig die Hand, einzig Henning antwortete ihr.

„Hallo Mama, du siehst ja schrecklich aus, bist du krank?"

„Ja, Schatz", erwiderter sie sanft. „Es geht mir heute nicht sonderlich gut, aber ich möchte deinen Vati nicht im Stich lassen. Heute gibt es in der Praxis sehr viel zu tun."

„Du kannst ruhig hierbleiben", brummte Bernd, ohne aufzusehen. „Die Mädels schaffen das auch ohne dich."

Konnte er nicht *einmal* ihren Einsatz würdigen? Sie warf ihm einen bösen Blick zu, den er jedoch geflissentlich ignorierte. „Ich komme mit", erwiderte sie scharf.

„Dann beeile dich, ich will in zehn Minuten los." Er verschanzte sich hinter seiner Zeitung.

Andrea beschloss, sich mit einem trockenen Toast zu begnügen, den Kaffee verschmähte sie ebenfalls. Ihr Mann würde nicht warten, nicht, wenn er in dieser Stimmung war. Ärgerlich biss sie ein kleines Stück von ihrem Brot ab. Was sollte das überhaupt? Wieso hatte er dermaßen schlechte Laune? Keiner hatte ihm etwas getan.

„Henning", sagte Bernd im Aufstehen. „Ich hole dich heute von der Schule ab. Du hast einen Arzttermin um drei."

„Nein!" Ihr Sohn stimmte ein wahres Protestgeheul an. „Ich gehe mit zu Philipp. Wir wollen ein neues Computerspiel ausprobieren."

„Heute nicht! Der Termin ist sehr wichtig."

„Bitte, Papa!"

„Nein, es war schon schwierig genug, diesen Termin zu bekommen. Triffst du dich halt ein anderes Mal mit ihm."

„Du bist gemein, du weißt genau, dass Philipp sonst keine Zeit hat." Aufheulend verließ Henning den Raum.

„Warum hast du ihm das nicht eher gesagt?" Andrea sprang auf und stürzte hinter ihm her. Wie sie ihren Sohn kannte, würde er sich jetzt in seinem Zimmer verkriechen und vor sich hin schmollen, völlig vergessend, dass es Zeit wurde für die Schule.

Er lag auf seinem Bett und trommelte wütend auf das Kissen ein. Es kostete sie all ihre Energie, ihn so weit zu beruhigen, dass er sich schließlich mürrisch auf den Weg machte.

Ein Hupen wies sie darauf hin, dass Bernd langsam ungeduldig wurde. Mit schnellen Schritten hastete sie zum Auto, das bereits auf der Straße stand, und stieg ein. Mit aufheulendem Motor fuhr ihr Mann los. Wohl wissend, dass ein falsches Wort das Fass zum Überlaufen bringen würde - normalerweise war er ein sehr aufmerksamer und defensiver Fahrer - konnte Andrea doch nicht an sich halten. „Was sollte das gerade?", fragte sie vorwurfsvoll. „Was ist das überhaupt für ein Termin?"

Er bremste scharf vor einer roten Ampel und warf ihr einen kurzen Seitenblick zu. „Ich habe ihn bei einem Kinderpsychologen angemeldet", erwiderte er.

„Was? Ohne mich zu fragen?"

Bernd zuckte zusammen, derart schrill klang ihre Stimme. „Eigentlich wollte ich es dir gestern Abend sagen, nur warst du leider nicht mehr in der Verfassung, vernünftig reden zu können."

„Ach, jetzt bin ich auch noch selbst schuld." Sie wusste, dass sie einen viel zu aggressiven Ton anschlug und auf diese Weise nicht weiterkommen würde, aber sie war außer sich vor Wut. Wie konnte er ihr, wie konnte er seinem Sohn diese Schmach antun? „Henning hat keinen geistigen Schaden, warum mutest du ihm das zu?"

Bernd war wieder angefahren. Er umklammerte das Lenkrad so fest, dass seine Fingerknöchel weiß hervortraten. „Da bin ich mir nicht mehr sicher. Seine Abhängigkeit von Philipp ist meines Erachtens besorgniserregend. Seitdem Rabea uns von der Geschichte des Bruders ihrer Freundin erzählt hat, habe ich die beiden Jungen verstärkt beobachtet. Wie du dich vielleicht erinnerst, bin ich freiwillig sonntags als Fahrer zu den Fußballturnieren eingesprungen, da hatte ich genügend Zeit, Hennings Verhalten selbst zu sehen. Ich …"

„Du bewertest das über." Obwohl es weiterhin in Andrea brodelte, hatte sie sich wieder unter Kontrolle und ihre Stimme klang kühl und gefasst. „Philipp ist schließlich fast ein Jahr älter als Henning. Er sieht in ihm so etwas wie einen großen Bruder, bewundert ihn und eifert ihm nach. Ich kann darin nichts Schlimmes sehen."

„Du verschließt die Augen vor der Wahrheit." Er musste sich zügeln, kein ´wie immer, wenn es um deinen Sohn geht´, hinzuzufügen. „Henning ist nicht fähig, selbständig Kontakte aufzubauen und hängt in dankbarer Abhängigkeit an Philipp. Er hat ihn zu seinem Idol hochstilisiert und klebt wie ein Schatten an seinen Fersen, eifersüchtig darüber wachend, dass er stets dabei ist, wenn dieser sich herablässt, zu seinen Anhängern zu sprechen."

„Du spinnst. Vielleicht wäre es besser, dass du zu einem Psychologen gehst." Sie hatte kaum ausgesprochen, da fuhr Bernd mit einer ruckartigen Bewegung an den Straßenrand. Er drehte den Schlüssel und der Motor verstummte. Dann langte er hinüber zu ihr und riss sie mit einer heftigen Bewegung herum, sodass sie ihn ansehen musste. Sie schrak zurück, sein Gesicht war schneeweiß vor Zorn. Mit zusammengepressten Lippen lächelte er sie an.

„Genau diese Reaktion habe ich von dir erwartet", zischte er. „Du bist blind für seine Fehler, siehst ausschließlich das, was du sehen willst. So warst du eigentlich immer schon, nicht wahr? Der äußere Schein ist dir wichtiger als alles andere, nicht nur bei deinem Sohn, sondern immer und ewig."

„Lass mich sofort los!", fauchte sie und versuchte, ihr Handgelenk zu befreien, das er eisern umklammert hielt. „Ich steige aus und gehe. Du bist ja nicht bei Sinnen."

„Bitte, wie du willst, aber wage es bloß nicht, mir dazwischenzufunken." Seine Augen zogen sich drohend zusammen. „Henning ist ebenso mein Sohn wie deiner. Und ich lasse es nicht zu, dass er sich wegen dieses Psychopathen kaputtmacht."

Obwohl er sie längst freigegeben hatte, blieb Andrea sitzen. Sie lachte ungläubig. „Wer, Philipp?"

„Wer sonst?", gab Bernd zurück. „ Zu dumm, dass du es bis heute nicht gemerkt hast."

„Das ist allein deine Meinung."

„Oh nein", Bernd lachte in einem Tonfall, dass es ihr eiskalt über den Rücken lief. „Es gibt mittlerweile einige, denen das aufgefallen ist. Allerdings muss man schon genau hingucken, um es zu erkennen. Wenn man sich natürlich blenden lässt von dem Status der Eltern und dem Charme, den ich ihm gar nicht absprechen will, sieht man nicht das kleine Ungeheuer, das er wirklich ist. Er manipuliert seinen Vater ebenso wie seine Mutter. Ich weiß nicht, ob es an ihren Schuldgefühlen liegt, weil sie ihm so wenig Zeit widmen und ihm deshalb alles durchgehen lassen oder ob sie nur einfach nicht fähig sind, ein Kind zu erziehen. Tatsache ist, dass ich mittlerweile so viel Schlechtes über Philipp gehört und dazu einiges selbst gesehen habe, dass ich ihn am liebsten nicht mehr bei uns zu Hause einlassen würde."

„Du übertreibst", Andrea lehnte sich aufatmend zurück. „Natürlich hat Philipp viele Neider. Er ist ein Kind, dem alles zufliegt. Er hat jede Menge Freunde, die meisten Kinder reißen sich darum, mit ihm befreundet zu sein."

„Ich glaube, es ist müßig, weiter mit dir darüber zu diskutieren", Bernd warf einen Blick auf seine Uhr. „Er geht mit mir heute Nachmittag zu diesem Psychologen und der spricht eingehend mit ihm. Ich habe einzig und allein dank Bastis Beziehungen einen schnellen Termin bekommen, normalerweise wartet man Monate. Wenn du möchtest, kannst du morgen Abend zum Elterngespräch mitkommen. Dann wirst du selbst hören, ob meine Einschätzung von ihm richtig ist."

„Nein, ich …"

„Andrea", Bernd beugte sich an ihr vorbei und öffnete die Beifahrertür. „Er spricht heute mit Henning allein. Ich habe ganz kurz am Telefon mit ihm geredet, er will sich erst selbst ein Bild machen. Und jetzt steige bitte aus, ich muss los."

Sie öffnete den Mund, um zu protestieren, überlegte es sich jedoch kurz entschlossen anders. Heute würde sie bestimmt nicht in der Lage sein, vernünftig zu arbeiten. Ohne ihn eines Blickes zu würdigen, stieg sie aus und knallte die Tür zu. Während sie langsam die Straße hinunterging, schossen ihr die Tränen in die Augen. Ärgerlich blinzelte sie sie weg. Das Letzte, was sie wollte, war, hier inmitten der vielen Menschen einen Weinkrampf zu bekommen.

Unschlüssig blieb sie am Bordstein stehen. Was sollte sie jetzt tun? Zurück nach Hause zu gehen, kam nicht infrage, dort war Frau Hartwich. Der dummen Pute würde das Herz überfließen vor Freude, wenn sie die Frau ihres Arbeitgebers in diesem Zustand sah. Von Anfang an hatte sie ihre Verbundenheit mit dem Doktor wie eine Fahne vor sich hergetragen, Andrea war sich immer wie ein Störenfried vorgekommen. Das Beste wäre gewesen, sie hätte sie schon viel früher gefeuert. Aber davon hatte Bernd nichts wissen wollen.

Jäh wurde sie durch einen Stoß aus ihren Gedanken gerissen. Eine Horde Schulkinder rannte lachend an ihr vorbei über die Straße. Unwillkürlich runzelte sie die Stirn. Sie konnte hier nicht stehenbleiben.

Ihr suchender Blick fiel auf ein kleines Café. Ein Kellner wischte gerade die Tische ab, die auf einem kleinen Podest an der Straße standen. Sicherlich gab es im Innern ebenfalls Sitzmöglichkeiten.

Ohne auf den Verkehr zu achten, lief sie quer über die Straße darauf zu und betrat den kleinen Raum. Zwei der drei Tische waren belegt, nur ein kleiner Tisch mit einem einzigen unbequem aussehenden Stuhl war noch frei.

Aufatmend ließ sie sich darauf nieder und bestellte beim Kellner eine Kanne Kaffee und ein belegtes Brötchen. Hier würde sie ausruhen, bis sie sich wieder gefangen hatte.

32

Nach nur einem trockenen, mäßig warmen Tag hatte es erneut begonnen zu regnen. Schon morgens war der Himmel grau gewesen und ein kühler Wind hatte sie in ihrem T-Shirt frösteln lassen. Trotzdem war Daniela mit dem Hund viel länger als üblich draußen geblieben. Dieselbe Unruhe, die sie gleich nach dem Aufstehen erfasst hatte, trieb sie weiter und weiter. Bei ihrer Rückkehr war Ronja dermaßen geschafft, dass sie sich, nachdem sie ausgiebig getrunken hatte, sofort auf ihre Decke legte.

Daniela ließ sich Matthias gegenüber auf das Sofa fallen. Ihre Füße brannten, ihre Beine schmerzten - ihre Nervosität hingegen hatte eher weiter zugenommen. Noch eineinhalb Stunde, dann würde sie vielleicht endlich mehr wissen.

Zehn Anrufe hatte es insgesamt gegeben, doch der von Yasemin war der interessanteste gewesen. Die anderen Schüler hatten ihr lediglich erzählen können, dass ihr Sohn sich regelmäßig mittwochs und freitags mit dem Mädchen traf, zwei von ihnen hatten sogar ihren Namen gewusst. An dem bewussten Tag war Felix dagegen von niemandem gesehen worden. Also stellte Yasemin bisher die einzige, Erfolg versprechende Spur dar.

Daniela hielt es nicht mehr auf der Couch, unruhig begann sie, auf und ab zu gehen. Der Zeiger der Uhr rückte so langsam vorwärts, dass sie sich darüber beugte, um auf das gleichmäßige Ticken zu lauschen.

Matthias beobachtete sie besorgt. Ihr Gesicht war leichenblass, bis auf die hektischen roten Flecken auf ihren Wangen, ihr Atem ging sehr schnell, ihre Finger bebten. Er wusste, dass ihre Nerven bis zum Zerreißen gespannt waren. Hoffentlich erfuhr sie etwas, das sie weiterbrachte. Diese Aufgabe hatte es geschafft, sie aus dem schwarzen Loch herauszuholen, in das sie durch Felix' Tod gefallen war. Würden sie allerdings nicht bald Fortschritte machen, konnte es passieren, dass Daniela wirklich durchdrehte. Dieses Wechselbad der Gefühle hielt sie nicht mehr lange durch.

„Herr Krass hat angerufen."

Sie unterbrach ihre Wanderung. „Gibt es etwas Neues?"

„Nein, er wollte eigentlich nur einen Brief von Christian an dich vorbeibringen, aber nachdem ich ihm erzählt habe, dass du dich gleich mit jemandem triffst, der uns wahrscheinlich genau sagen kann, was in Felix'

144

letzten Stunden passiert ist, hat er gefragt, ob er heute Abend zwischen sieben und acht vorbeikommen kann, um mit uns zu sprechen."

„Was hast du geantwortet?"

„Ich sagte, dass ich dich fragen wollte und ihn dann nachmittags zurückrufe. Ich denke, dass wir erst abwarten, wie du dich nach dem Gespräch fühlst."

„Wieso, sonst sprichst du halt mit ihm."

Matthias spürte, wie er rot wurde. „Ich bin nicht da. Ich habe um sieben eine Verabredung."

„Mit Julia?", fragte Daniela neugierig.

„Wir wollen später zusammen Essen gehen."

„Aha", sie maß ihn mit einem forschenden Blick.

Nervös kramte er seine Zigarettenschachtel hervor und erhob sich.

„Halt, wo willst du hin?"

„Auf den Balkon", mit einem entschuldigenden Grinsen schob er sich an ihr vorbei. „Meine Sucht ruft. Ich muss die Regenpause nutzen."

„Erzähl schon!", sie war ihm gefolgt.

Er lehnte an der Brüstung und sah hinunter auf die Straße. „Da gibt es nichts zu erzählen", erwiderte er, ohne sich umzudrehen. „Wir hatten uns jahrelang aus den Augen verloren, also gibt es viele Neuigkeiten auszutauschen."

„Ja, ja, ich verstehe", Daniela lachte leise. „Das ist der einzige Grund, weshalb ihr euch jeden Tag trefft." Sie riskierte einen weiteren Blick zur Uhr, immer noch viel zu früh. „Warst du damals nicht in sie verliebt?"

„Das ist Jahre her", protestierte er, blieb aber mit dem Rücken zu ihr stehen.

„Na ja, sie ist alleinstehend wie du und hat sich gut gehalten", stichelte Daniela, „Da kann man schließlich schnell auf diese Idee kommen."

Endlich fuhr Matthias herum. „Und du und Christian?", konterte er. „Seid ihr wirklich nur gute Freunde oder hast du mir etwas verschwiegen?"

„Das ist lächerlich", brauste Daniela auf. „Du bist lächerlich." Sie drehte sich um und verschwand im Wohnzimmer. „Ich gehe", rief sie über die Schulter zurück. „Lieber bin ich zu früh da, als dass ich diese Unterhaltung mit dir weiterführe."

„Nimm eine Jacke mit", gab er ungerührt zurück. „Es fängt bestimmt gleich wieder zu regnen an."

Kurz darauf sah er sie aus der Haustür treten, natürlich im T-Shirt. Na ja, zumindest hatte sie einen Schirm dabei. Sie blickte am Haus hinauf und er winkte grinsend hinab. Ostentativ drehte sie sich um und marschierte die Straße entlang.

Bevor sie das Schulgelände erreicht hatte, fielen die ersten Tropfen und der Wind frischte auf, dass sie kaum den Schirm halten konnte. Leise schimpfend sah sie sich nach einem Unterschlupf um. Es war gerade einmal halb eins, bis zu ihrer Verabredung wäre sie völlig durchnässt.

Eine überdachte Bushaltestelle ungefähr hundert Meter entfernt erregte ihr Interesse. Den sich bereits bildenden Pfützen ausweichend, jagte sie los, den Schirm so gut wie möglich vor sich haltend.

„He, passen Sie doch auf!" Beinahe wäre sie mit einem ebenfalls vor dem Unwetter flüchtenden Fußgänger zusammengestoßen.

„Entschuldigung", murmelte sie, aber er war schon weitergeeilt. Neben ihr hupte es und sie zuckte erschreckt zusammen. Hastig setzte sie ihren Weg fort. Wieder hupte es und sie wandte ärgerlich den Kopf. Matthias rollte in Christians Auto neben ihr her. Zuerst wollte sie sich abwenden, eine neuerliche Windbö brachte sie zur Einsicht. Den Schirm fest umklammert schaffte sie es noch gerade bis zur Beifahrertür. Dann öffnete der Himmel seine Schleusen und sie sprang mit einem Satz hinein.

„Danke, das war Rettung in letzter Minute." Daniela blickte von dem triefenden Schirm zu ihren Füßen auf und spähte besorgt nach draußen. „Hoffentlich kommt das Mädchen bei diesem Wetter überhaupt."

„Bis zu eurem Treffen wird sich der Sturm bestimmt gelegt haben." Mit schiefgelegtem Kopf betrachtete Matthias die tiefhängenden, schwarzen Wolken. „Und wenn nicht, versuchst du, über Handy mit ihr Kontakt aufzunehmen. Wie ich dich kenne, hast du die Nummer bestimmt eingespeichert."

„Ich habe nur Angst, dass es heute nicht klappt", gestand Daniela. „Ich will nicht bis morgen warten müssen."

„Auf dem Schulgelände wird es bestimmt eine Möglichkeit zum Unterstellen geben", Matthias blieb zuversichtlich. „Hier, ich habe dir deine Regenjacke mitgebracht, für alle Fälle."

Dankbar schlüpfte Daniela in die Ärmel. Sie lehnte sich zurück und starrte schweigend in den Regen. Matthias warf ihr einen kurzen Seitenblick zu, blieb aber ebenfalls stumm.

Um fünf Minuten vor eins hatte das Unwetter kaum nachgelassen. Sie zog die Kapuze über den Kopf und griff nach dem Schirm. „Wünsch mir Glück!"

„Lass dir Zeit, du hast eine ganze Stunde für deine Fragen." Ungeachtet der dicken Tropfen kurbelte Matthias das Fenster hinunter und tastete nach seinen Zigaretten. „Ich warte hier auf dich."

Mit klopfendem Herzen näherte sich Daniela dem Schulgebäude und folgte dem schmalen Weg, der an den Turnhallen vorbei zum Pausenhof führte. Ein lautes Klingeln kündigte den Beginn der großen Pause an und sie beschleunigte ihre Schritte, bis sie fast lief.

33

Sie bekam keine Atempause. Als Andrea eine Zigarette hervorholte, stand sofort wieder der Kellner wieder neben ihr. „Entschuldigen Sie, hier drinnen herrscht Rauchverbot. Sie können sich gern nach draußen setzen."

Sie spürte, wie sie rot anlief, während sie langsam aufstand und hinausging. Am liebsten hätte sie Ihre Bestellung storniert. Aber ihr Magen knurrte vor Hunger und der verführerische Duft des frischen Kaffees war ihr in die Nase gestiegen. Sie brauchte dringend einen Schub Koffein.

Sie hatte die Zigarette gerade einmal zur Hälfte aufgeraucht, da brachte der Kellner schon ihr Frühstück. „Sie müssen das verstehen", rechtfertigte er sich, während er die Tasse vor sie hinstellte und aus der Kanne einschüttete. „Wir müssen uns an die bestehenden Gesetze halten."

„Ich weiß", nickte sie und beschloss, ihm kein Trinkgeld zu geben. Wie eine Aussätzige war sie sich vorgekommen.

Nach der ersten Tasse Kaffee und einem halben Brötchen fühlte sie sich besser. Gedankenversunken zündete sie sich die nächste Zigarette an, bereit, sich ihren Problemen zu stellen. Was war bloß plötzlich in Bernd gefahren?

„Ein Zahnarzt." Als säße er neben ihr, hörte sie die abfällige Stimme ihres Vaters. „Bist du dir sicher, dass es das ist, was du willst?"

„Kind, mit dem wirst du nicht glücklich", hatte ihre Mutter hinzugefügt. Ja, was hätte sie denn sonst tun sollen? Eine mittellose Witwe mit einem dreieinhalbjährigen Kind hatte nun mal nicht gerade viel Auswahl.

Ach, wenn doch nur Harald nicht so früh gestorben wäre. Oder wenn er sie wenigstens vernünftig abgesichert zurückgelassen hätte. Doch er musste natürlich zuallererst an die blöde Firma denken! Und an die beiden Söhne aus seiner vorherigen Ehe, denen er ihr Erbe nicht vorenthalten wollte.

Selbstverständlich hatte er nicht damit gerechnet, dass ihn der Tod mit fünfundfünfzig Jahren ereilen würde. Keiner hatte es bei dem sportlichen Harald für möglich gehalten. Herzinfarkt, er war sofort tot gewesen.

Und kurz darauf war an die Stelle ihrer ehrlichen Trauer Wut getreten, Wut auf ihn, dass er, der erfolgreiche Unternehmer, nicht vorausschauender gewesen war. Zwei Monate zuvor hatte er den Betrieb vergrößert, um ihn rentabler zu machen, und dafür eine große Hypothek auf das

Haus, das ihr Erbe darstellte, aufgenommen. Nachdem sie es verkauft hatte, blieb ihr gerade genug für eine kleine Eigentumswohnung. Wären die regelmäßigen Unterhaltszahlungen nicht gewesen, die Rabea aus ihrem Anteil an der Firma zustanden, hätte sie wahrscheinlich wieder bei ihren Eltern unterschlüpfen müssen.

Ihre Mutter hatte nicht verstanden, dass eine Rückkehr für sie als allerletzte Möglichkeit in Betracht kam. Sicher, das Haus war groß genug, sie hätten keinerlei finanzielle Sorgen gequält, ihr Vater wäre für sämtliche Auslagen aufgekommen. Aber sie konnte sich damals und auch heute nicht vorstellen, wieder einzig und allein die Tochter zu sein, abhängig vom Wohlwollen der Eltern, die ihr wenig Freiraum ließen - zu ihrem Besten natürlich – und erwarteten, dass sie sich in allem dem Vater unterordnete.

Etwa ein Jahr nach Haralds Tod hatte sie dann auf einer Party im Tennisclub Bernd kennengelernt. Er war ihr aufgefallen, weil er etwas verloren an der Bar stand und anscheinend kaum jemanden kannte. Obwohl kein gut aussehender Mann, hatte irgendetwas an ihm sie unwiderstehlich angezogen. Spontan hatte sie ihn angesprochen und erfahren, dass sein Freund, von dem er eingeladen worden war, wegen eines geschäftlichen Termins später kommen würde. Selbst kein Mitglied, er hasste diesen Sport, war er nur diesem Freund zuliebe gekommen und hatte bereits mit dem Gedanken gespielt, wieder zu gehen. Das hatte sie ihm schnell ausreden können und ihn dermaßen umgarnt, dass er seinen Freund, nachdem dieser endlich aufgetaucht war, nicht eines Blickes würdigte. Und am Ende des Abends war er es, der eine neue Verabredung mit ihr suchte.

Sie hatte ihn eine Woche zappeln lassen, war aber schließlich von seinem Eifer - er hatte jeden Abend angerufen – dermaßen gerührt gewesen, dass sie einem neuerlichen Treffen zustimmte. Er war vollkommen anders als Harald, hörte ihr interessiert zu und ermutigte sie, über ihre Gedanken und Gefühle zu sprechen. Auch mit Rabea verstand er sich auf Anhieb und es dauerte nicht lange, da verbrachten sie die Wochenenden mit gemeinsamen Ausflügen.

Ein halbes Jahr später fragte er, ob sie ihn heiraten wolle. Insgeheim hatte sie schon längst überlegt, was sie ihm antworten sollte. Bernd kam aus ähnlichen Verhältnissen wie sie, hatte allerdings sein Studium selbstständig durch Nebenjobs finanziert und war danach weiterhin darauf erpicht gewesen, es aus eigener Kraft zu etwas zu bringen. Mittlerweile verdiente er recht gut und – genauso wichtig – er trug sie auf Händen.

Der einzige Wermutstropfen war seine Vorstellung von Leben, der ihrem völlig widersprach. Er verbrachte seine freie Zeit am liebsten zu Hause und beschäftigte sich mit seinen heißgeliebten Oldtimern, von denen er damals lediglich zwei besaß. Abends saß er lieber mit einem guten Buch zu Hause, statt auszugehen oder sich mit Freunden zu treffen.

Na ja, die meisten seiner Freunde waren ihr sowieso suspekt, da war es ihr eher recht, dass sie diese kaum sah. Und lebten sie erst einmal gemeinsam unter einem Dach, würde sie schon dafür sorgen, dass ihr eigener Bekanntenkreis den Vorrang erhielt. Dann würde Bernd bald erkennen, wie befriedigend es war, sich unter Gleichgestellten zu bewegen. Sie nahm seinen Antrag mit Freuden an.

Zur Hochzeit schenkten ihnen seine Eltern ein Haus und Bernd ließ ihr freie Hand bei der Einrichtung. Kaum hatte sie ihr Projekt beendet, wurde sie schwanger. Frau Hartwich, die bisher zweimal in der Woche geputzt hatte, wurde als Halbtagskraft eingestellt, damit sich Andrea ganz ihren Kindern und ihrem Mann widmen konnte.

Rabea hatte sich schnell eingelebt, Henning war ein ruhiges Baby, das kaum nach Aufmerksamkeit verlangte, sie hätte eigentlich glücklich sein können. Nur verschloss sich Bernd all ihren Bemühungen. Er war zufrieden, in seiner Freizeit mit den Kindern zu spielen, wollte weder abends noch am Wochenende auf Partys und schon gar nicht auf die mit ihren alten Bekannten.

„Die meisten sind aufgeblasene Wichtigtuer, die mit ihrem Geld prahlen", hatte er erklärt, nachdem sie einen ersten, heftigen Streit wegen seiner Weigerung, sie zu begleiten, gehabt hatten. „Wenn du sie nicht missen möchtest, geh bitte allein. Meine Zeit ist mir dafür zu schade."

So sehr Andrea auch auf ihn einredete, er schien nicht zu begreifen, dass es an ihm lag, dass er sich ändern musste, um von den anderen akzeptiert zu werden. Viel, viel später erst dämmerte ihr, dass er gar keinen Wert darauf legte, zu diesen Kreisen dazuzugehören.

Schließlich resignierte sie und ließ ihn gewähren. Während sie Tennis spielte oder sich mit den Frauen aus ihrem Bekanntenkreis traf, bastelte er an seinen alten Autos, wenn sie auf Partys ging, hütete er die Kinder, gemeinsame Freunde gab es kaum. Man hatte sich arrangiert, sie fügte sich seinem Willen und begann mit Hennings Eintritt in die Schule, halbtags in der Praxis mitzuarbeiten, dafür ließ er sie im Haus nach ihrem Willen walten. Einzig wegen des gemeinsamen Sohnes kam es immer wieder zum Streit. Bernd war der Ansicht, dass sie ihn viel zu sehr verwöhnte und ein Muttersöhnchen aus ihm machte, aber bisher hatte sie sich stets durchgesetzt.

Umso ungewöhnlicher war sein Ausbruch heute Morgen. Halt, verbesserte sie sich selbst, viel schlimmer war, dass er heimlich, ohne sich mit ihr abzusprechen, seine eigene Strategie verfolgte. Was sollte sie bloß tun?

Bis zur Mittagszeit blieb sie in der Stadt und bummelte durch die Geschäfte. Dann zwang sie ein heftiger Regenguss, noch länger zu bleiben als geplant. Daher war es fast zwei Uhr, als sie endlich zu Hause ankam. Gut, dachte sie befriedigt. Auf diese Weise habe ich die Hartwich garantiert verpasst. Die Haushälterin, die eigentlich um ein Uhr Feierabend machen sollte, hatte die lästige Angewohnheit, es mit der Zeit nicht unbedingt genau zu nehmen. Oft genug war es schon vorgekommen, dass sie mit irgendetwas Unaufschiebbarem beschäftigt war, oder jedenfalls so tat als ob, wenn Bernd und sie aus der Praxis kamen. Einem kleinen Schwätzchen nie abgeneigt, hatte sich ihr Weggang anschließend meist weiter verzögert.

Sie schob gerade den Schlüssel ins Schloss, da wurde die Haustür von innen aufgerissen. „Ach, Frau Wiegand, gut, dass Sie da sind", Frau Hartwich war völlig außer Atem. „Der Henning ist krank, muss andauernd brechen, der arme Kerl. Und ich konnte weder Sie noch Ihren Mann erreichen."

Andrea hätte beinahe laut aufgelacht. Da stand Bernd ja schön da.

Frau Hartwich wich zurück, damit Andrea eintreten konnte, und plapperte in einem fort weiter. „Nein, eigentlich hat Ihr Mann schon mehrmals angerufen, aber da war ich wohl gerade mit Henning beim Arzt. Und als ich zurückgerufen habe, war in der Praxis nur der Anrufbeantworter dran. Seine Handynummer habe ich ja leider nicht und Ihr Telefon ist wohl abgeschaltet, ich erreiche immer nur Ihre Mailbox. Halt! Er schläft!"

Mit einem heftigen Ruck entriss Andrea der Haushälterin ihren Arm und drückte behutsam die Tür des Kinderzimmers auf. Hennings bleiches Gesicht war ihr zugewandt, eine verschwitzte Haarsträhne hing über den geschlossenen Augen. Sein Atem ging gleichmäßig, er schien wirklich zu schlafen.

„Er ist völlig erschöpft", wisperte Frau Hartwich dicht an ihrem Ohr. „Der Arzt hat gesagt, er braucht vor allen Dingen Ruhe."

Andrea nickte und schob die Frau zurück in die Diele. „Lassen Sie uns in die Küche gehen", flüsterte sie. „Da können Sie mir alles erzählen."

Im selben Moment hörte sie, wie die Haustür aufgeschlossen wurde. Rasch zog sie Frau Hartwich hinter sich her. Bis Bernd eingetreten war, standen sie bereits vor der Küche. Andrea winkte ihm, ihnen zu folgen. Auf den ersten Blick hatte sie erkannt, dass er außer sich vor Wut war. Kaum hatte er die Tür hinter sich geschlossen, platzte er heraus: „Das hast du ja ausnehmend gut hinbekommen. Der Termin ist geplatzt und den nächsten bekommen wir frühestens in einem Monat. Was hast du dir eigentlich dabei gedacht?"

Verwirrt schaute die Haushälterin von einem zum anderen. „Ich …", begann sie, wurde aber von Andrea unterbrochen, die süffisant grinste. „Ich bin gerade im Moment nach Hause gekommen. Frau Hartwich hat mir berichtet, dass sie von der Schule angerufen wurde. Henning ging es sehr schlecht, sie ist sofort mit ihm zum Arzt gefahren."

„Der Doktor sagt, es wäre wohl ein Virus", warf diese hastig ein. „Er soll heute Kamillentee trinken und nichts mehr essen."

„Ich weiß", Bernd nickte grimmig. „Ich habe schon mit ihm gesprochen." Er ergriff die Hände der Haushälterin und drückte sie. „Vielen, vielen Dank Frau Hartwich, Sie haben genau das Richtige getan." Er zog sein Portemonnaie hervor und drückte ihr zwei Geldscheine in die Hand. „Reicht das, Ihre Auslagen zu ersetzen?"

Verblüfft starrte sie auf die Fünfzigeuronoten. „Das ist viel zu viel. Ich habe nur von der Schule zum Arzt und zurück ein Taxi genommen. Auf dem Hinweg bin ich gelaufen."

„Der Rest ist für Ihren Zeitaufwand", erklärte Bernd. „Es tut mir wirklich leid, dass keiner von uns beiden", er warf seiner Frau einen wütenden Blick zu, „erreichbar war. Und jetzt gehen Sie schnell nach Hause. Wir haben Ihnen genug Zeit gestohlen."

„Nein, nein, das war doch selbstverständlich." Andrea konnte sehen, dass es ihr gar nicht Recht war, gehen zu müssen. Viel lieber hätte sie das anstehende Gespräch der Eheleute verfolgt. Es war selbst für einen Außenstehenden klar, dass zwischen Bernd und ihr ein gewaltiger Streit in der Luft lag.

Aber ihr Mann hatte schon den Arm um deren Schultern gelegt und schob sie sanft hinaus in die Diele. „Wir stehen tief in Ihrer Schuld", hörte sie ihn sagen, dann klappte die Tür. Mit grimmigem Gesichtsausdruck kam er auf sie zu. „Komm. Wir müssen reden."

34

Der Baum, von dem Yasemin gesprochen hatte, stand direkt hinter den Tischtennisplatten auf dem schmalen Rasenstück, das Sportplatz und Schulhof voneinander trennte. Es war eine große Kastanie, unter deren ausladenden Zweigen der Regen zu einem leichten Tröpfeln wurde. Aufatmend klappte Daniela den Schirm zusammen und musterte die vereinzelt auftauchenden Schüler, die dem Unwetter trotzten. Eilig strebten die Jugendlichen zu einem kleinen Nebengebäude und drängten sich unter dem Vordach der Eingangstür zusammen. Der aufsteigende Qualm verriet ihr, dass es sich um die Raucherecke handeln musste.

Sie wandte ihre Aufmerksamkeit wieder dem Hauptgebäude zu. Gerade verließ eine weitere einzelne Gestalt die Schule. Auf die Entfernung konnte sie nicht erkennen, ob es sich um einen Jungen oder ein Mädchen handelte. Enttäuschung durchflutete sie, als auch diese in Richtung des Nebengebäudes lief. Kurz bevor sie es erreicht hatte, schwenkte sie allerdings herum und kam langsam, ohne direkt in ihre Richtung zu blicken, wie unabsichtlich näher.

Bei den Tischtennisplatten blieb sie einen Moment stehen, fast schien es, als wolle sie nicht weitergehen. Dann erkannte Daniela, dass sie aufmerksam in alle Richtungen blickte. Sie schien nichts Auffälliges zu bemerken, jetzt wandte sie sich um und kam direkt auf sie zu, eine schmale Gestalt, die Kapuze der weiten, dunkelblauen Regenjacke tief in die Stirn gezogen.

„Yasemin?" Die Frage wäre nicht nötig gewesen. Das feingeschnittene Gesicht und die wunderschönen, braunen Augen hatten ihr längst verraten, dass es sich um ein Mädchen handelte, aber Daniela wusste plötzlich nicht mehr, was sie sagen wollte. Die Aufregung hatte ihr Denken lahmgelegt.

„Sie sind allein gekommen?" Nervös sah Yasemin wieder in alle Richtungen.

„Ja, du kannst völlig beruhigt sein. Ich will lediglich mit dir sprechen."

„Gut, fragen Sie!" Das Mädchen lehnte sich an den Stamm der Kastanie, doch was bewusst lässig wirken sollte, verfehlte seine Wirkung durch die sichtbare Anspannung in ihrem Gesicht.

„Woher kanntest du Felix?" Ohne zu überlegen, platzte Daniela mit der ersten Frage heraus.

„Erkennen Sie mich wirklich nicht?" Unter dem Schutz des Baumes streifte Yasemin die Kapuze ab. Lange, schwarze Haare kamen zum Vorschein und umhüllten das Gesicht.

„Du … nein", sie schüttelte bedauernd den Kopf. „Ich weiß, dass ich dich schon gesehen habe, ich weiß nur nicht wann und wo."

„Dabei sind wir vier Jahre lang zusammen zur Grundschule gegangen, Felix und ich." Yasemin, von der alle Aufregung abgefallen war, grinste spitzbübisch.

„Das bist du? Nicht zu fassen." Es war kein Wunder, dass sie sie nicht erkannt hatte. Aus dem kleinen, etwas dicklichen Kind war eine Schönheit geworden. Der leichte Braunton der Haut betonte vorteilhaft die lackschwarzen Haare, die dunklen Augen dominierten das schmale Gesicht. Wenn sie es nicht besser gewusst hätte, wäre sie niemals auf den Gedanken gekommen, dass das Mädchen vor ihr erst dreizehn war. „Du hast dich sehr verändert", in ihrem Tonfall klang das Erstaunen mit, das sie empfand. „Du bist bildhübsch und siehst viel älter aus."

Yasemin seufzte. „Das sehen meine Eltern leider genauso. Deshalb haben sie strenge Regeln aufgestellt. Dazu gehört auch, dass ich mich nicht mehr mit Jungen abgeben darf."

„Und deshalb habt ihr euch heimlich getroffen?"

„Felix war mein bester Freund." Das Mädchen sah sie herausfordernd an.

Daniela nickte. „Ich weiß, ihr habt euch in der Grundschule schon gut verstanden."

„Ich konnte doch diese Freundschaft nicht einfach aufgeben! Mit ihm, das war etwas ganz Besonderes." Wieder seufzte sie. „Leider macht meine Familie da keinen Unterschied, er war ein Junge und ich hatte nicht mit ihm zu sprechen. Also trafen wir uns im Geheimen."

„Er hätte es mir ruhig erzählen können."

„Ich bat ihn, es nicht zu tun", Yasemin verzog das Gesicht. „Ziemlich am Anfang unserer Treffen hat mein Bruder uns erwischt. Sie können sich nicht vorstellen, was es für ein Theater zu Hause gab. Danach waren wir noch vorsichtiger."

„Ich hätte euch nicht verraten."

„Darum ging es gar nicht." Yasemin mied ihren Blick. „Es war einfach besser für Sie, dass Sie nichts davon wussten."

„Ich begreife nicht, was …"

„Und überhaupt waren wir gar nicht so miteinander befreundet. Wir haben nur geredet. Felix war ein toller Zuhörer und wusste immer Rat."

Ohne auf ihren Einwurf zu achten, war Yasemin fortgefahren. Jetzt blickte sie ihr Gegenüber trotzig an. „Es war wirklich nichts dabei", wiederholte sie.

„Du brauchst dich nicht zu rechtfertigen. Ich hätte mit Sicherheit nichts dagegen gehabt." Daniela schluckte. „Was kannst du mir über seinen letzten Tag erzählen?"

„Eigentlich nichts, sonst hätte ich mich längst bei Ihnen gemeldet. Wir haben uns wie jeden Mittwoch in unserem Versteck getroffen und haben geredet, bis meine Pause zu Ende war. Danach wollte er nach Hause gehen."

„Bist du sicher?"

„Ja", Yasemin nickte heftig zur Bestätigung. „Ich hatte ein Problem mit einem Referat und er wollte für mich im Internet recherchieren. Die entsprechenden Links sollte er meiner Freundin aufs Handy schicken. Er hatte mir versprochen, es sofort zu machen. Ich brauchte die Daten am Nachmittag, es war ziemlich dringend."

„Hast du dir denn nichts dabei gedacht, als keine Antwort von ihm kam?"

„Ich war ziemlich sauer", gestand Yasemin zögernd. „Das war bis dahin noch nie vorgekommen, dass er mich hängen ließ. Ich bin gar nicht auf die Idee gekommen, dass ihm etwas passiert sein könnte."

„Sonst ist nichts Besonderes geschehen? Niemand hat euch gestört?"

„Nein, ich bin bis zum Klingeln bei ihm geblieben, sodass ich rennen musste, um nicht zu spät zu kommen."

„Hm", in Danielas Kopf überschlugen sich die Gedanken. Und wenn doch jemand aus Yasemins Familie die beiden beobachtet hatte? Konnte es möglich sein, dass sie Felix zur Rede stellen wollten, nachdem das Mädchen zurück in die Klasse gegangen war? Wenn ihre Eltern beim ersten Mal schon sehr heftig reagiert hatten, was würden sie tun, wenn sie bemerkten, dass ihre Tochter sich nicht an das Verbot hielt? Wäre es nicht aus ihrer Sicht sinnvoll gewesen, sich an den anderen Beteiligten zu wenden?

„Da fällt mir gerade etwas anderes ein", sagte Yasemin in ihre Gedanken hinein. „Auf dem Weg zurück zur Schule kamen mir zwei Jungen entgegen. Die müssten Felix eigentlich gesehen haben. Für gewöhnlich wartete er einen Augenblick, bis er ging, damit wir nicht gleichzeitig aus den Büschen kamen." Erschreckt hielt sie sich die Hand vor den Mund, als ihr bewusst wurde, dass sie gerade ihr Versteck verraten hatte. Dann zuckte sie mit den Schultern. „Sie können ruhig wissen, wo wir waren."

Da hinten, bei den Turnhallen, gibt es ein stacheliges Gebüsch. Dahinter haben wir uns versteckt. Dort kommt nie einer hin, weil man sich nur ganz vorsichtig daran vorbeischieben kann."

„Das könnten die zwei gewesen sein, die angeblich den Täter gesehen haben", meinte Daniela langsam. „Denn, wie du sagst, wollte Felix gleich nach Hause. Also wird er sich nicht länger auf dem Schulhof aufgehalten haben. Demnach muss das, was geschehen ist, direkt nach deinem Weggang passiert sein."

„Wieso? Ich dachte, das war viel später."

Daniela schluckte. „Der Arzt im Krankenhaus meinte, er hätte schon geraume Zeit vor dem Auffinden dort unten gelegen, wie lange konnte er allerdings nicht sagen. Die Polizei ist derselben Ansicht. Irgendwie ist Felix bei dem Sturz auf seinen Tornister zu liegen gekommen. Und der war fast völlig trocken. Deshalb gehen sie davon aus, dass die Tat geschehen sein muss, bevor es angefangen hat zu regnen. Genauer konnten sie den Zeitpunkt nicht eingrenzen. Jetzt, nach deiner Aussage, ist eigentlich völlig klar, dass es bloß so gewesen sein kann. Felix war sehr zuverlässig. Da er wusste, dass du die Informationen, um die du ihn gebeten hattest, dringend benötigst, hätte er sich nicht aufhalten lassen."

„Muss ich doch zur Polizei?" Yasemin sah sie ängstlich an. „Ich will Ihnen wirklich gern helfen, aber wenn meine Eltern erfahren, dass ich mich die gesamte Zeit über ihr Verbot hinweggesetzt habe …"

Sie ließ den Satz unbeendet, dennoch wusste Daniela genau, was sie ausdrücken wollte. Alles in ihr schrie danach, das Mädchen zu packen und mit ihr auf dem schnellsten Wege zu Kommissar Bremer zu fahren. Gleichzeitig wusste sie, dass das wenige, was sie herausgefunden hatte, für die Ermittlungen relativ uninteressant war. Das einzig Interessante für die Polizei war die exaktere Eingrenzung der Tatzeit. Sollte sie allein dafür Yasemin dem aussetzen, was die Aussage bei der Polizei für sie nach sich zog? Jedes Mal, wenn sie ihre Eltern erwähnte, zuckte sie automatisch zusammen und ihr Gesicht wurde vor Angst ganz weiß. Das war nicht geschauspielert.

„Könnten Sie nicht vielleicht nachfragen, ob die Jungen eine genaue Uhrzeit angegeben haben, wann sie den Mann und Felix zusammen beobachtet haben?", fragte das Mädchen.

Erleichtert atmete Daniela auf. Hier bot sich ein vernünftiger Ausweg. Sie würde Christians Anwalt heute Abend danach fragen. Er müsste diese Details eigentlich wissen. „Das ist eine gute Idee", lobte sie Yasemin erfreut. „Ich möchte nicht, dass du Ärger bekommst. Wenn es geht, lasse ich dich aus allem heraus. Ich bitte dich nur um eines: Falls die Angaben der Jungen und deine sich arg widersprechen, würdest du dann der Polizei Auskunft geben?"

„Klar mach ich das." Yasemin nickte erleichtert. Fürs erste war sie davongekommen. „Wenn sich weitere Fragen ergeben, können Sie mich ruhig auf dem Handy meiner Freundin anrufen, die Nummer haben Sie bestimmt aufgeschrieben." Sie stülpte sich die Kapuze über den Kopf und machte Anstalten zu gehen.

„Halt! Warte!" Daniela hielt sie am Ärmel fest. „Diese beiden Jungen, weißt du, wie sie heißen?"

Das Mädchen schüttelte bedauernd den Kopf. Sie schob einen Fuß vor und blickte sehnsüchtig zum Schulgebäude. „Kann ich jetzt gehen?"

„Danke, vielen, vielen Dank", Daniela sah ihr nach, wie sie in langen Sprüngen über den Schulhof rannte. Die Kapuze war herabgerutscht, die langen schwarzen Haare flatterten im Wind. Sie spürte, wie sich ihr Herz schmerzhaft zusammenzog. Yasemin wirkte wie der Innbegriff des Lebens. Sie konnte nur hoffen, dass es so blieb.

35

Während Andrea zerstreut nach ihren Zigaretten griff, kam bereits sein erster Angriff.

„Wo warst du den ganzen Vormittag?", zischte Bernd wütend. „Wenn du dahintersteckst, dann …", er brach ab und rang nach Luft.

„Was dann?", fragte sie mit eisiger Stimme und warf ihm einen verächtlichen Blick zu. „Leider habe ich gar nichts damit zu tun, ich war bis gerade eben in der Stadt. Henning ist wohl wirklich krank geworden."

„Natürlich! Wie passend!"

„Scht, etwas leiser, bitte, er schläft!"

Bernd trat vollständig in die Küche und schloss mit einem heftigen Ruck die Tür. „Du hast ihn wirklich nicht dazu angestiftet?", fragte er schon etwas ruhiger.

Statt zu antworten, griff sie in ihre Handtasche, holte ihr Handy hervor und warf es ihm zu. „Du kannst es gern selbst kontrollieren."

Einen Augenblick wog er das Gerät nachdenklich in seiner Hand, legte es schließlich jedoch, ohne es anzuschalten, auf den Tisch. „Das ist lächerlich. Glaubst du, er ist selbst auf diese Idee gekommen?"

„Was soll das?", gab sie spitz zurück. „Er ist krank, das ist alles."

„Wirklich", der ironische Ton in seiner Stimme war nicht zu überhören. „Doktor Beyer ist sich nicht sicher, was hinter diesem plötzlichen Erbrechen steckt. Er vermutet eher eine psychische Ursache als einen Virus."

„Woher weißt du das?"

„Nachdem Henning nicht auf dem Parkplatz erschienen ist und weder du noch Frau Hartwich telefonisch erreichbar waren, bin ich ins Sekretariat der Schule gegangen. Die Dame dort berichtete mir, dass sie bei uns zu Hause angerufen habe, damit jemand unseren Sohn abhole. Es wäre ihm sehr schlecht gegangen, er hätte sich mehrmals erbrochen und schließlich seien zusätzlich Kreislaufprobleme aufgetreten. Daher vermutete ich, dass, wer immer ihn auch abgeholt hatte, mit ihm direkt zum Arzt gegangen war. Doktor Beyer wollte gerade die Praxis schließen, nahm sich aber die Zeit, mich über Hennings Zustand zu unterrichten."

„Und da war für dich gleich klar, dass er sich diese Erkrankung ausgedacht hatte, um den Termin bei deinem Psychologen zu umgehen?"

Andrea warf ihn mit einem bösen Blick. „Eher ist ihm die Aufregung, die du mit deiner Ankündigung ausgelöst hast, auf den Magen geschlagen. Du weißt, wie sensibel er ist."

„Sagst du", knirschte er zwischen zusammengebissenen Zähnen hervor. „Ich bin der Meinung, dass er dringend professioneller Hilfe bedarf."

„Nur, weil du mit der Wahl seiner Freunde nicht einverstanden bist", konterte sie.

„Seines einzigen Freundes", korrigierte er. „Du weißt genau, dass es niemanden außer Philipp gibt."

„Ja und?"

„Andrea! Ich habe bereits mehrfach versucht, mit dir darüber zu sprechen, Rabea hat erzählt, was in der Schule passiert ist. Du ignorierst die Fakten und willst mir nicht zuhören." Er ließ sich auf einen der Küchenstühle fallen und raufte sich die Haare. „Versteh doch, ich mache mir Sorgen um ihn, ich will ihm helfen."

„Gut", sie ließ sich ihm gegenüber nieder und drückte ihre Zigarette im Aschenbecher aus. „Ich höre."

Er warf ihr einen skeptischen Blick zu, begann aber trotzdem zu sprechen. „Als Rabea damals mit dieser Geschichte ankam, war ich mir anfangs nicht sicher, was ich davon halten sollte. Auf sich beruhen lassen, wollte, konnte ich das Ganze so nicht. Also habe ich mit dieser Freundin gesprochen, deren Bruder angeblich dermaßen gemobbt worden war und anschließend mit ihm selbst. Obwohl beide mir fast das Gleiche erzählten, war ich mir noch unsicher. Deshalb habe ich freiwillig den Fahrdienst zu den Fußballspielen übernommen, damit ich mir selbst ein Bild machen konnte."

„Wahrscheinlich warst du da schon voreingenommen."

„Sag mal spinnst du?"

„Sprich nicht in diesem Ton mit mir!"

„Ich wusste, dass es zwecklos ist, mit dir zu reden." Bernd stützte die Ellenbogen auf den Tisch und legte das Gesicht in seine Hände. „Ich bin es wirklich leid. Alles, was du nicht sehen willst, ignorierst du." Er schwieg einen Moment und, als sie nicht antwortete, setzte er hinzu: „Besonders bei deinen geliebten Krossmanns."

Sie biss sich auf die Lippe, um nicht aufzufahren. Stattdessen zündete sie eine weitere Zigarette an und inhalierte tief. „Ich werde mir deine Geschichte weiter anhören", erklärte sie bemüht ruhig. „Mir geht es ausschließlich um Henning, es ist wichtig, dass wir einen gemeinsamen Konsens finden."

Bernd hob den Kopf und starrte sie erstaunt an. Er blieb eine Weile stumm, sodass sie schon glaubte, er würde ihre Worte ignorieren. Dann begann er zu sprechen. Dieses Mal unterbrach sie ihn nicht, obwohl sie das Bild, das er von den beiden Jungen zeichnete, zutiefst erschreckte.

Im Prinzip erzählte er ihr nichts anderes, als das, was er ihr schon morgens im Auto mitgeteilt hatte. Nur, dass er ihr jetzt anschaulich mehrere Geschichten schilderte, die er selbst miterlebt hatte. Schon bald zeichnete sich ein klares Bild der Beziehung ab, die Philipp und Henning verband. Es war so, wie Bernd gesagt hatte. Ihr gemeinsamer Sohn schien völlig abhängig von seinem Freund zu sein. Er tat alles, was dieser sagte und übernahm kritiklos dessen Meinung, in letzter Zeit hatte er sogar angefangen, von sich aus Kinder, von denen er wusste, dass Philipp sie nicht mochte, zu ärgern und zu beschimpfen. Unglücklicherweise hatte Bernd mehrmals gesehen, dass er sich ausschließlich an Kleinere, ihm körperlich Unterlegene herantraute. Von seinem Vater gemaßregelt, hatte sich Henning, statt seine Fehler einzusehen, noch mehr von ihm entfernt.

Netterweise unterließ es Bernd, sie darauf hinzuweisen, dass sie es zu Hause ähnlich handhabe. Jedes Mal, wenn er mit seinem Sohn aneinandergeraten war, hatte sie schützend die Hand über diesen gehalten, selbst wenn sie wusste, dass er im Unrecht war. Bei jedem kleinen Wehwehchen hatte sie ihn umsorgt und bemuttert und bisher stets versucht, alles Schlechte von ihm fernzuhalten. Und warum auch nicht? Er war viel sensibler als andere Kinder, dazu ängstlich und schüchtern, sie musste ihn schützen, ihm eine Stütze sein, er sollte sich völlig auf sie verlassen können.

„Dazu kommt, dass Philipp ein ausgemachtes Arschloch ist", fuhr ihr Mann aufgebracht fort.

„Bernd, bitte!"

„Nein, es ist der passende Ausdruck. Ich habe bisher kein Kind gesehen, das dermaßen manipulativ ist. Er ist der personifizierte Egoist, dem es gelingt, fast alle nach seiner Pfeife tanzen zu lassen."

„Ich finde, du übertreibst."

„Du hast ihn bisher nur bei uns zu Hause oder bei seinen Eltern erlebt", Bernd warf ihr einen mitleidigen Blick zu. „Da benimmt er sich, wie es von ihm erwartet wird. Er weiß ganz genau, wo und wann er sich was erlauben kann."

„Ich kann es einfach nicht glauben. Wieso sollte sich Henning da mitziehen lassen?"

„Weil unser Sohn nicht in der Lage ist, allein Kontakte zu anderen aufzubauen. Ohne Philipp wäre er ein krasser Außenseiter. Dadurch, dass dieser ihn zu seinem besten Freund auserkoren hat, ist er überall mit dabei und wird von den anderen zumindest geduldet und in Ruhe gelassen."

„Und warum gibt Philipp sich mit ihm ab?"

Bernd seufzte. „Ich bin kein Psychologe, ich denke, er genießt die Bewunderung, die Henning ihm entgegenbringt. Vielleicht braucht er auch eine schwache Person neben sich, um sein eigenes Ego aufzubauen. Ich weiß es nicht. Aber meines Erachtens ist er noch wesentlich gestörter als unser Sohn und wir sollten alles daransetzen, Henning seinem Einfluss zu entziehen."

Sie spürte, wie sie am gesamten Körper eine Gänsehaut bekam. Das konnte alles nicht wahr sein, Bernd musste sich irren. Es lief alles so wunderbar. Henning kam in der Schule einigermaßen mit, machte zu Hause kaum Probleme und war ihr gegenüber stets freundlich und fügsam.

Gut, bis auf Philipp hatte er keine Freunde und verbrachte viel Zeit allein. Deshalb war sie stets bemüht gewesen, ihm die Tage mit seinem Freund freizuhalten von anderen Verpflichtungen. Dazu ging er regelmäßig in zwei Sportvereine und nahm fast jeden Sonntag an den angesetzten Fußballspielen teil. Manchmal murrte er zwar, war jedoch dank ihrer Überredungskunst meist trotzdem gegangen.

Erneut überdachte sie die Argumente und Tatsachen, die ihr Mann aufgeführt hatte. Dann schüttelte sie entschieden den Kopf. Nein, Henning war völlig normal, es musste Philipp sein, der ihn negativ beeinflusste. Bernd sah es schließlich ebenfalls so. Wahrscheinlich hatte sie sich wirklich bisher ein völlig falsches Bild von ihm gemacht.

„Wir werden beide zusammen mit ihm reden und ihm begreiflich machen, dass wir Philipp ...", sie brach ab. Ja was denn? Wie sollte sie ihm erklären, dass sie seinen Freund plötzlich mit völlig anderen Augen sah?

Bernd seufzte wieder. „Ich habe schon mehrmals versucht, ihm die Augen zu öffnen. Es gab da ein paar Situationen, die dermaßen krass waren, dass ich dachte, er müsse sehen, was ich meine. Aber selbst nachdem ich Philipp zurechtgewiesen hatte, war Henning nur auf mich sauer und hat es mich auch deutlich spüren lassen. Daraufhin bin ich abends noch einmal an sein Bett gegangen und habe versucht, mit ihm zu reden. Es war zwecklos, er will nicht sehen, wie Philipp wirklich ist."

„Und statt dich mit mir auszutauschen, hast du ihn und mich vor vollendete Tatsachen gestellt, indem du den Termin mit dem Psychologen machtest."

„Nein, Andrea", erwiderte Bernd ruhig. „Ich habe dieses Thema mehrfach angesprochen. Entweder warst du zu beschäftigt mit deinen Terminen oder du hast mich bereits im Ansatz abgewürgt. Für dich ist Henning ein Heiliger und Philipp der strahlende Ritter, der ihn beschützt."

Sie schluckte trocken. „Nicht mehr, ich glaube, ich verstehe, was du meinst."

„Siehst du jetzt wenigstens ein, dass uns gar nichts anderes übrig bleibt, als uns an einen Psychologen zu wenden? Je mehr wir gegen Philipp vorbringen, desto heftiger wird sich Henning an ihn klammern. Wir benötigen professionelle Hilfe."

Mit zitternden Händen zündete sie sich eine weitere Zigarette an. „Kannst du nicht versuchen, einen schnelleren Termin zu bekommen?"

„Nachdem ich heute erst im letzten Moment abgesagt habe?"

„Und wenn wir Doktor Beyer einschalten? Er hat doch ebenfalls den Verdacht auf einen psychischen Hintergrund geäußert."

„Ich kann gern noch mal mit ihm reden. Nur versprich dir lieber nicht zu viel davon, die Kinderpsychologen sind alle überlaufen."

Ein neuer Gedanke durchzuckte sie. „Vielleicht sollten wir das Ganze anders aufziehen", begann sie langsam, nach den passenden Worten suchend. Bernd würde furchtbar wütend sein, wenn er hörte, was sie ihm verschwiegen hatte. „Besteht nicht die Möglichkeit einen schnelleren Termin zu bekommen, wenn nachweislich ein schweres Trauma vorliegt?"

Bernd musterte sie mit gerunzelter Stirn. „Worauf willst du hinaus?"

„Es gibt da eine Sache, die ich dir nicht erzählt habe", sie versuchte, nicht zu schuldbewusst zu klingen. „Damals, als das mit dem Jungen passiert ist, waren Philipp und Henning ja auf dem Schulhof." Sie schwieg einen Moment, doch ihr fiel nichts ein, die Geschichte zu beschönigen. Bernd musste die Wahrheit erfahren, so, wie es passiert war. Tief Luft holend fuhr sie fort: „Die beiden haben sich dermaßen gestritten, dass unser Sohn schließlich weglief, um nach Hause zu gehen. Er benutzte die Abkürzung zwischen Turnhalle und Schule. Kaum war er um die Ecke gebogen, sah er den Mann, der vorher mit dem Jungen gesprochen hatte, die Treppe neben dem Gebäude heraufkommen und wegrennen." Wieder hielt sie inne. Wie sollte sie ihm erklären, was dann geschehen war? Er würde Henning bestimmt in Grund und Boden verdammen.

„Lass mich raten", Bernds Stimme klang rau. „Neugierig, wie er ist, lief er zur Treppe und sah nach, was der Mann dort gemacht hatte."

162

„Ja", gab sie zu. „Alles war voll Blut, der Junge lag da und rührte sich nicht mehr. Henning bekam einen Panikanfall und rannte nach Hause."

„Wo er sich ängstlich verkroch, anstatt Hilfe zu holen", ergänzte Bernd. Er beugte sich vor und ergriff ihren Arm. „Ist dir klar, dass der Kleine unter Umständen noch leben könnte, wenn unser Sohn kein dermaßener Feigling wäre?"

Sie riss sich los. „Ich wusste, dass du genau auf diese Weise reagieren würdest."

„Deshalb hast du mir diese Tatsache ja auch verschwiegen", Bernd sprang auf und begann in der Küche hin und her zu laufen. „Demnach ist das der wahre Grund, warum es ihm an den nachfolgenden Tagen derart schlecht ging. Wann hat er es dir erzählt?"

„Am Freitagnachmittag."

„Damit ich das richtig verstehe." Bernd unterbrach seine Wanderung und blieb direkt vor ihr stehen, dass Gesicht rot vor Zorn. „Du hast davon gewusst, bevor die zwei ihre Aussage bei der Polizei gemacht haben?"

Sie nickte mit niedergeschlagenen Augen.

„Und deshalb gibt es nichts außer dieser gemeinsamen Aussage, dass die beiden den Mann mit dem Jungen haben streiten sehen?"

„Er konnte schließlich nicht zugeben, dass er den Verletzten einfach liegen ließ", verzweifelt rang sie ihre Hände. „Was glaubst du, was die Polizei mit ihm gemacht hätte, wenn sie davon erfahren hätte."

„Gar nichts", fuhr er an und musste sich beherrschen, sie nicht zu schütteln. „Wahrscheinlich hätten sie ihn gleich zu einem Psychologen geschickt. Jedem normalen Menschen wäre spätestens zu diesem Zeitpunkt klar geworden, dass er einen Schaden haben muss, so zu reagieren."

„Ich wollte ihn nur beschützen."

„Und hast dadurch alles viel schlimmer gemacht."

36

Um sich abzulenken, hatte Daniela die Wäsche gewaschen, in den Trockner gesteckt und gefaltet. Das meiste war von Matthias gewesen, der nach ihrem Anruf einfach den noch nicht ausgepackten Koffer geschnappt und mitgenommen hatte, mitsamt der darin befindlichen Schmutzwäsche. Jetzt balancierte sie den riesigen Wäschestapel in Felix' Zimmer, in dem der Bruder sich mittlerweile häuslich eingerichtet hatte. Sie verteilte die Kleidungsstücke auf dem Bett und drehte sich zurück zur Tür, als vor ihrem geistigen Auge der Raum erschien, wie er bis vor kurzem noch gewesen war.

Links neben der Tür hatte das Bett gestanden, das in stetem Wechsel mit der Tigerbettwäsche, die er von seinem Onkel bekommen hatte oder dem kuscheligen Biber, der Abbildungen von Hundeköpfen auf Kopfkissen und Decke trug - die Christian ihm geschenkt hatte - bezogen war. Darüber hatten sie in gemeinsamer Arbeit eine große Pinnwand geschaffen, auf der die wichtigsten Personen in Felix' Leben ihren Platz fanden. Zuletzt hingen dort neben einem Poster von Ronja - ebenfalls ein Geschenk des Nachbarn - Fotos von Christian, Matthias und mehrere Aufnahmen von Felix inmitten seiner besten Freunde.

Direkt an das Bett angeschlossen hatte sich die bis zur Decke reichende Regalwand, die mit großen Kästen gefüllt gewesen war, um seine gesamten Schätze zu beherbergen. Unten, in ständiger Reichweite, hatten die Legosteine ihren Platz gehabt, sein liebstes Spielzeug seit einiger Zeit. Fast jeden Tag war er stundenlang damit beschäftigt gewesen, die tollsten Bauwerke zu kreieren. Jedes neue Modell wurde direkt nach Erhalt der Bauanleitung entsprechend aufgebaut und hernach schnell wieder auseinandergenommen, damit er die Steine in seine eigenen Fantasiegebilde verwandeln konnte. Täglich vor dem Gute-Nacht-Sagen hatte sie seine neuesten Kreationen bewundert. Und immer war der Teppich des kleinen, nahezu quadratischen Raums vollgestellt gewesen mit diversen angefangenen und vollendeten Bauwerken.

Wie oft hatte sie geschimpft, dass man kaum gefahrlos an das Fenster gegenüber der Tür herankam, ohne Gefahr zu laufen, über die Legosteine zu stolpern.

Blind vor Tränen rutschte sie am Türrahmen zu Boden und schlug die Hände vor das Gesicht, um die schmerzlichen Visionen auszuschalten. Es tat so weh, viel zu weh!

Etwas Weiches streifte ihr Bein und Sekunden später leckte ihr eine raue Zunge über den Teil der Wange, den ihre Hände freiließen. Ein leises, fragendes Winseln ertönte.

Daniela umschlang den Hals der Hündin und vergrub ihr nasses Gesicht in dem dichten Fell. Geduldig verharrte Ronja in dieser Position, bis Daniela sich wieder gefasst hatte. Dann ließ sie sich auf den Boden nieder und stupste erwartungsvoll mit der Nase gegen ihre Hand. Dankbar streichelte Daniela ihr den Kopf und kraulte ausgiebig die Ohren, bis der Hund begann, vor Entzücken kleine, brummende Laute von sich zu geben.

„Du bist ein richtiger Seelentröster, weißt du das?"

Als Ronja Danielas Stimme hörte, spitzte sie die Ohren und legte den Kopf schief.

„Ja, ich glaube, wenn ich dich nicht hätte, würde ich durchdrehen", gedankenverloren streichelte Daniela weiter.

Die Hündin räkelte sich genüsslich und drehte sich auf den Rücken, alle viere von sich gestreckt. Daniela tat ihr den Gefallen und kraulte ihren Bauch.

„Du brauchst keine Angst zu haben, Mama", ertönte Felix' Stimme in ihrem Kopf. „Sie ist unheimlich lieb. Komm, streichle ihren Bauch, das hat sie am allerliebsten."

Neue Tränen brannten in ihren Augen, während sie an dieses erste Kennenlernen mit Christian und Ronja zurückdachte. Sie war ziemlich skeptisch gewesen, als sie ihren Sohn neben dem Riesenmonster entdeckte. Aber gemeinsam mit Christian hatte er sie nach und nach von den Qualitäten der Hündin überzeugen können, bis sie schließlich genauso selbstverständlich mit ihr umgegangen war, wie die beiden.

Christian! Sie drehte das Handgelenk und sah auf ihre Armbanduhr. In einer knappen, halben Stunde würde der Anwalt kommen. Sie sollte wirklich aufstehen und sich die verquollenen Augen kühlen.

Doch sie blieb sitzen, viel zu ausgelaugt, um sich zu erheben. Und warum auch nicht! Trotzig rieb sie über ihr nasses Gesicht. Sie musste ihre Trauer nicht verstecken, er konnte ruhig sehen, dass es ihr noch immer nicht sonderlich gut ging. Keiner konnte von ihr verlangen, dass sie einfach zur Tagesordnung zurückkehrte, als ob nichts geschehen wäre.

Ronja legte den Kopf auf ihr Knie und winselte erneut. „Ich weiß, meine Süße, du vermisst dein Herrchen." Daniela streichelte die seidigen Ohren. „Und ich kann dir nicht einmal erklären, warum er verschwunden ist." Sie seufzte. „Und wann er wiederkommt, steht in den Sternen."

Der vielversprechende Ansatz hatte sie nicht weitergebracht. Nach wie vor war Christian der einzige Verdächtige. Julia hatte gemeint, sie sollten versuchen, an diese beiden Zeugen heranzukommen. Doch wie sollten sie das anstellen? Vielleicht konnte Herrn Krass sich darum kümmern. Er schien ja ein ziemlich guter Freund von Christian zu sein. Demnach tat er bestimmt alles, was in seiner Macht stand, um ihm zu helfen.

Sanft schob sie Ronjas Kopf zur Seite und stemmte sich hoch. Mittlerweile hatten schwarzgraue Regenwolken den Himmel verdunkelt, in der Ferne glaubte sie, das Grollen des Donners zu hören. Im Halbdunkeln tappte sie über den Teppich und schloss den weit geöffneten Fensterflügel.

Sie hatte den Raum schon fast verlassen, da entdeckte sie das grüne Lämpchen am Computer. Neugierig trat sie näher und schaltete den Monitor auf dem Tischchen ein, das, statt wie früher auf der rechten Seite neben dem Schrank jetzt mitten auf der Wand stand. Um dem Zimmer ein anderes Aussehen zu geben, hatte Matthias den Kleiderschrank ganz in die linke Ecke und das Bett quer in den Raum geschoben. Sie vermutete, dass er diese Umstellung ihr zuliebe vorgenommen hatte, wenngleich sie nicht wusste, ob es ihm selbst nicht ebenfalls seltsam angemutet hatte, die Möbel in vertrauter Weise um sich zu haben.

Auf dem Bildschirm sprang ihr Felix lachendes Gesicht entgegen, so unverhofft, dass sie entsetzt zurückwich. Ein stechender Schmerz durchzuckte sie und sie schaltete den Monitor schnell wieder aus. Ohne dass sie es verhindern konnte, flossen die Tränen wieder über ihr Gesicht und schluchzend sackte sie in sich zusammen.

Erst die Türklingel riss sie aus ihrem Leid. Nun blieb ihr wirklich keine Zeit mehr, sich herzurichten. Benommen rappelte sie sich auf und lief zur Tür, Ronja an ihrer Seite.

Kaum war der Anwalt eingetreten, überließ sie ihn der freudigen Begrüßung der Hündin und verschwand im Bad. Hastig schaufelte sie sich kaltes Wasser in das Gesicht, dankbar für das belebende Gefühl. Noch mit dem Handtuch in der Hand trat sie zurück in die Diele.

Herr Krass schien ihre Abwesenheit kaum bemerkt zu haben. Er saß in der Hocke und erwehrte sich der stürmischen Ronja. Als sie auf ihn zutrat, richtete er sich auf und gab ihr die Hand. Einen Augenblick ruhte sein Blick forschend auf ihrem Gesicht, doch er enthielt sich eines Kommentars.

Die Hündin dicht an seinen Fersen folgte er ihr ins Wohnzimmer und nahm wie selbstverständlich ihr gegenüber im Sessel Platz. „Bevor ich es

166

vergesse, hier ist ein Brief von Christian an Sie." Er zog einen zerknitterten Briefumschlag aus der Jackentasche und legte ihn vor sich auf den Tisch. „Bitte lesen Sie ihn später, wenn ich gegangen bin. Er hat mit dem Fall nur in soweit zu tun, dass er Ihnen ein paar persönliche Worte zukommen lassen wollte. Ich weiß nicht, was er Ihnen geschrieben hat, es ist für unser weiteres Gespräch auch nicht relevant, denke ich."

Daniela nickte und zog die Beine hoch auf die Couch. Die Knie fest umschlungen berichtete sie von den Neuigkeiten, die sie erfahren hatte.

Andreas Krass schürzte nachdenklich die Lippen. „Die beiden, die Christian angeblich gesehen haben, gaben in ihren Aussagen an, ihn um Viertel nach zwei zusammen mit Felix beobachtet zu haben. Unser gemeinsamer Freund tippt auf Rachsucht – warum auch immer. Er dachte ebenfalls an die Erpresser. Nun, es muss einen anderen Grund geben." Nachdenklich starrte er vor sich hin.

„Können Sie sie denn nicht selbst befragen?" Daniela lehnte sich erwartungsvoll vor.

„Zum derzeitigen Stand der Ermittlungen nicht."

„Irgendwie verstehe ich das nicht. Da sitzt Christian allein wegen der Aussage dieser zwei im Gefängnis und Sie dürfen nicht einmal überprüfen, ob die wirklich die Wahrheit sagen?"

Andreas Krass zuckte bedauernd mit den Schultern. „Das ist Aufgabe der Polizei. Deshalb werden die beiden beim nächsten Mal im Beisein eines Psychologen befragt."

„Aber warum dauert das so lange?"

Der Anwalt lachte auf: „Die Mühlen des Staates malen langsam, daran müssen Sie sich gewöhnen."

„Und der arme Christian muss es aussitzen!"

„Verzweifeln Sie nicht Frau Ziegler, ohne Zweifel lügen die Jugendlichen. Ein erfahrener Psychologe wird das erkennen."

„Und wenn nicht?" Der Mann hatte wirklich die Ruhe weg. Konnte er sich denn nicht vorstellen, wie schlimm es im Gefängnis für den Freund sein musste?

„Warten wir doch erst einmal ab, vielleicht ergibt sich auf meine Aktion hin schon eher etwas Neues. Ich habe mit Christians Einverständnis einen Aufruf in allen hiesigen Zeitungen gestartet, in dem ich Zeugen, die ihn an dem fraglichen Mittwoch gesehen haben, bitte, sich zu melden. Irgendjemandem sind Herrchen und Hund bestimmt aufgefallen.", Herr Krass erhob sich. „So, jetzt muss ich los. Meine Frau wartet mit dem Essen auf mich."

„Woher kennt Ronni Sie eigentlich?", fragte Daniela ihn auf dem Weg zur Tür. „Ich habe Sie nämlich in dem einen Jahr, in dem Christian hier wohnt, nie gesehen."

Der Anwalt grinste. „Das ist kein Geheimnis. Mich wundert eher, dass Sie nicht von mir wussten. Meine Frau hat sich ungefähr zur gleichen Zeit wie er einen Hund angeschafft, wir sind im selben Hundeclub und sehen uns daher mindestens einmal pro Woche."

„Sie sind der mit dem Schäferhund." Langsam dämmerte es Daniela.

„Genau."

„Er hat mir bloß erzählt, dass er durch Ronni einem guten Freund von früher begegnet sei, ich wusste nicht, wer Sie sind und in welcher Verbindung Sie zu ihm standen."

„Christian hat niemandem von seiner Vergangenheit erzählt, selbst meine Frau weiß nichts davon." Andreas Krass trat von einem Fuß auf den anderen. „Seien Sie bitte nicht allzu böse auf ihn. Nach den Erlebnissen, die er hatte, ist er sehr vorsichtig geworden. Ich glaube, ich verrate Ihnen nichts Neues, wenn ich Ihnen sage, dass er Ihnen und Ihrem Sohn sehr zugetan ist." Abschiednehmend schüttelte er ihre Hand und verschwand im Treppenhaus.

37

„Und aus lauter Angst vor ihren Eltern hat sie der Polizei keine Auskunft gegeben?", fragte Julia.

Matthias schluckte viel zu hastig und bekam prompt einen Hustenanfall. „Es war ja nicht so, dass die Beamten jedes Kind einzeln befragt haben. Laut Yasemin sind lediglich Zettel in den Klassen verteilt worden, auf denen zur Mitarbeit aufgerufen wurde. Sie selbst fand ihre Rolle nicht bemerkenswert, schließlich hatte Felix noch gelebt, als sie ihn verließ."

„Also doch Angst!"

„Daniela sagt, sie kann sie verstehen. Sie trägt ihr nichts nach. Außerdem glaubt sie, dass Yasemin die Begegnung mit den Jungen wirklich nicht wichtig fand und aus diesem Grund der Polizei nichts davon gesagt hat. Wahrscheinlich wäre dabei sowieso nichts Neues herausgekommen, vermutlich handelt es sich bei den beiden um diese Zeugen."

„Wie geht es jetzt weiter?" Julia sah ihn neugierig an.

Matthias legte das Besteck zur Seite. Statt zu antworten, griff er nach seinem Wasserglas und nahm einen langen Schluck. „Tja", sagte er schließlich. „Das wissen wir selbst nicht. Daniela trifft sich heute mit Christians Anwalt. Vielleicht ist es ihm möglich, mit den beiden Jungen zu sprechen."

Er wurde von dem Kellner unterbrochen, der die Teller abräumte und nach ihren weiteren Wünschen fragte.

„Ich nehme nur einen Espresso, bitte", Julia lehnte sich aufseufzend zurück. „Das Essen war fantastisch, aber ich bekomme keinen weiteren Bissen hinunter."

„Für mich ebenfalls." Matthias wartete, bis der Mann sich entfernt hatte. „Ich habe wirklich keine Idee mehr, was wir tun könnten."

„Na, soll der Anwalt sich halt anstrengen, damit er endlich selbst mit den Zeugen reden kann." Julia beugte sich wieder vor. „Sonst müsst ihr sie euch eben zur Brust nehmen!"

„Und wie sollen wir das anstellen?"

Julia verdrehte die Augen. „Meine Güte, das Mädchen, mit dem Daniela gesprochen hat, wird ihr bestimmt eine gute Beschreibung geben können. Damit wendet ihr euch an Frau Wittig. Vielleicht kann sie euch ein weiteres Mal helfen."

„Julia, ich finde mittlerweile diese ganze Idee, dass wir selbst versuchen, den Mörder von Felix zu finden, lächerlich. Auch wenn wir die Jungen der Lüge überführen, haben wir damit den wahren Täter immer noch nicht gefunden. Im Prinzip könnte es irgendein Typ gewesen sein, der zufällig dort vorbeigekommen ist."

Sie schwiegen einen Moment, während der Kellner die Kaffeetassen vor sie hinstellte, aber Matthias konnte sehen, dass sie mit seinen Worten nicht einverstanden war. Kaum hatte der Mann ihnen den Rücken gekehrt, fuhr sie ihn an: „Das ist doch wohl nicht dein Ernst! Wie kannst du deine Schwester so hängen lassen!"

Neugierige Gesichter an den Nachbartischen wandten sich ihnen zu. Sofort mäßigte Julia ihren Ton. „Außerdem bin ich mittlerweile überzeugt davon, dass ihr auf dem richtigen Weg seid. Entweder haben die beiden Jungen Dreck am Stecken oder sie sind zumindest dem wahren Täter über den Weg gelaufen. Das wird immer deutlicher."

„Also weitermachen", Matthias seufzte. „Ich hoffe, du behältst recht."

„Natürlich", Julia lächelte breit. „Ich habe immer recht. Du", sie wies mit einem Kopfnicken in Richtung des Kellners, der sprungbereit in ihrer Nähe stand. „Ich glaube, wir sollten langsam zahlen."

Er nickte zähneknirschend. Da hatte er sich auf einen langen Abend mit ihr gefreut und ausgerechnet eins von diesen In-Lokalen erwischt, in denen es selbst unter der Woche brechendvoll war. Andererseits war es hier nun wirklich nicht gemütlich. Die kleinen Chromtischchen erinnerten an einen Schnellimbiss und standen eng nebeneinander, sodass sie sich flüsternd unterhalten mussten, um ihre Tischnachbarn, die größtenteils stumm vor ihren Tellern saßen, nicht an ihrem Gespräch zu beteiligen. Die schmalen, niedrigen Stühle waren unbequem und luden ebenfalls nicht zu langem Sitzen ein. Und natürlich hatte er das Rauchverbot vergessen. Aber das Essen war fantastisch gewesen, das Fleisch butterweich, die Beilagen köstlich, selbst er musste zugeben, selten so gut gespeist zu haben.

„Wir könnten einen Verdauungsspaziergang machen", schlug er vor, nachdem er die Rechnung beglichen hatte und sie sich ihren Weg nach draußen bahnten. An der Theke hatten sich zahlreiche Neuankömmlinge eingefunden, die anscheinend alle auf einen Tisch warteten. Dadurch näherten sie sich nur langsam dem Ausgang.

Julia verzichtete auf eine Antwort, bis sie durch die Tür nach draußen getreten waren. Obwohl die Straßen vor Nässe glänzten, regnete es im Moment nicht, stattdessen ließen sich sogar einzelne blaue Streifen durch die Wolken blicken. Nach der Hitze im Lokal empfand sie die kühle Luft als Wohltat. „Gute Idee", stimmte sie zu.

Wie selbstverständlich hakte sie sich bei ihm unter, während sie langsam in Richtung Innenstadt schlenderten.

Er nutzte die Gelegenheit, sie etwas dichter an sich zu ziehen, damit der grölende Pulk Jugendlicher, der ihnen entgegenkam, sie nicht streifte. Ein greller Pfiff ertönte und zwei der Jungen blickten grinsend zurück.

„Na danke", Julia löste sich von ihm „Das waren Schüler von mir."

„Und?", lachend legte Matthias ihr den Arm um die Schulter und zog sie wieder näher an sich heran. „Was haben sie schon gesehen? Ihre Lehrerin geht mit einem Freund spazieren. Das wird dir eher Pluspunkte bringen. Dadurch wirkst du gleich viel menschlicher."

Sie stieß ihm den Ellenbogen in die Seite. „Willst du damit sagen, dass ich wie eine alte, verknöcherte Jungfrau wirke?"

„Auf mich ganz bestimmt nicht."

Trotz seiner Versicherung nutzte Julia die nächste Gelegenheit, sich von seinem Arm zu befreien. „Gib mir bitte eine Zigarette", bat sie, nachdem sie im letzten Moment bei Grün über die Fußgängerampel gehuscht waren, und wich ihm geschickt aus, als er sie unterhaken wollte.

„Wie, jetzt auf einmal doch wieder?", Matthias bemühte sich, die Enttäuschung über ihr Verhalten nicht durchklingen zu lassen.

„Nur nicht auf dem Schulhof. Ich will meinen Schülern schließlich kein schlechtes Vorbild sein. Ich rauche wenig, aber regelmäßig." Sie zuckte mit den Schultern. „Ein Laster kann man sich schließlich ruhig leisten."

„Tatsächlich? Gestern hörte sich das anders an."

„Ach, ich war einfach sauer, weil ich mich so idiotisch benommen hatte. Mir hätte eigentlich klar sein müssen, dass ich nichts erreiche, wenn ich versuche, mit dem Kopf gegen die Wand zu rennen."

„Du meinst die Geschichte mit dem Handy?"

„Genau. Ich ärgere mich nach wie vor darüber."

„Verstehe ich nicht."

„Ich habe versucht, mich an die Spielregeln zu halten und dennoch zu gewinnen. Beim nächsten Mal stelle ich den Dieb – ohne Rücksicht. Sollen sie mir doch im Nachhinein ein Disziplinarverfahren anhängen."

Ihre Augen blitzen, auf den Wangen hatten sich vor Aufregung rote Flecken gebildet. Am liebsten hätte Matthias sie wieder an sich gezogen. Stattdessen sagte er: „Meinst du, das ist der richtige Weg?"

„Natürlich nicht." Sie maß ihn mit einem erstaunten Blick. „Das weiß ich selber. Trotzdem denke ich nicht daran, kleinbeizugeben. Wenn wir nicht endlich einschreiten, haben wir bald amerikanische Verhältnisse. Dann werden Wachmänner und Metalldetektoren an den Schulen eingesetzt, die für die Sicherheit aller verantwortlich sind. Findest du das etwa erstrebenswert? Ich jedenfalls nicht."

„Du meinst, mit mehr Zivilcourage ließe sich das Problem lösen?"

Julia blieb vor einem der Geschäfte stehen und starrte blind in das Schaufenster. Sie schwieg so lange, dass Matthias schon dachte, sie würde ihm überhaupt keine Antwort auf seine Frage geben.

„Nein", sagte sie schließlich. „Ich glaube, da müsste erst einmal ein Umdenken stattfinden. Einerseits müsste ab Kindergartenalter, spätestens aber mit Beginn der Grundschule darauf geachtet werden, dass die Kinder Respekt lernen, nicht nur gegenüber den Lehrern, sondern auch gegenseitig. Andererseits müssten viele Lehrer ihre Position neu definieren. Sie sind nicht die guten Freunde der Schüler, es ist ihr Beruf, es diesen zu ermöglichen, genug Wissen zu erlangen. Und dafür ist meines Erachtens Achtung viel wichtiger, als beliebt zu sein."

Sie drehte sich zu ihm um und musterte ihn schweigend. Sein interessiertes Gesicht schien ihr Grund genug, fortzufahren: „Ohne Regeln kann ein Miteinander nicht funktionieren, da sind wir uns wohl alle einig. Bloß nützt es natürlich wenig, wenn man nicht in der Lage ist, für deren Einhaltung zu sorgen. Das heißt, die Politik muss den Lehrern und Erziehern Möglichkeiten geben, diese durchzusetzen. Zusätzlich müssten vernünftige Maßnahmen geschaffen werden, um asoziales Verhalten zu bestrafen. Die Jugendlichen heute lachen doch über uns und unsere Bemühungen. Richtig durchsetzen können wir uns jedenfalls nicht."

„Ihr habt die Macht der Noten."

Julia seufzte. „Matthias, du missverstehst mich. Ich will nicht die Allmacht, die die Lehrer früher hatten. Ich möchte lediglich, dass die Kinder Anstand und Respekt lernen. Denn das wird sich später für sie selbst wie für die Gesellschaft auszahlen. Ist dir noch nicht aufgefallen, dass die Menschen zunehmend asozialer werden? Die meisten sehen in erster Linie sich und ihre Bedürfnisse, keiner fühlt sich mehr verantwortlich, Vorschriften und Gesetze werden immer häufiger unterlaufen."

„Ist das nicht eher ein allgemeines Problem?"

„Mittlerweile schon. Aber wenn wir nicht endlich anfangen gegenzusteuern, wird es schlimmer statt besser. Individualität ist schön und gut, leider funktioniert eine Gesellschaft nicht ohne gewisse Normen, die das Zusammenleben steuern."

„Ich … oh Mist", Matthias zog sie dichter unter das Vordach des Geschäftes, als plötzlich ein wahrer Sturzregen über sie hereinbrach. Dicke Tropfen prasselten auf das Straßenpflaster und verbanden sich im Nu zu breiten Rinnsalen. Ein heller Blitz durchzuckte die hereinbrechende Dämmerung, dem fast nahtlos ein lauter Donner folgte.

38

Ronja winselte und blickte auffordernd zu ihrer Leine, die an der Garderobe hing. „Nein, mein Mädchen, wir haben noch ein bisschen Zeit bis zu deinem Abendspaziergang. Zuerst lesen wir das Schreiben deines Herrchens."

Gefolgt von der Hündin ging sie zurück ins Wohnzimmer und griff nach dem Brief. Im letzten Moment entschied sie sich anders. Zunächst würde sie zu Abend essen, dann mit Ronja die letzte Runde drehen und anschließend Christians Zeilen lesen. Die Vorfreude darauf würde vielleicht ihren Appetit anregen. Nach wie vor tat sie sich mit dem Essen schwer. Sie musste aufpassen, dass sie nicht zu viel an Gewicht verlor.

Der heftige Regen, der, während sie die Reste ihrer Mahlzeit zurück in den Kühlschrank stellte, hart gegen die Fensterscheibe prasselte, ließ sie erneut umschwenken. Außerdem hatte sich ihre Neugier viel zu sehr gesteigert, als dass sie bis nach dem Hundespaziergang abwarten wollte.

Der Umschlag war nicht zugeklebt, Christian musste seinem Freund wirklich vertrauen. Sie zog die zwei eng beschriebenen Blätter heraus und begann zu lesen.

Daniela,

wundere dich nicht über die Anrede, ich kann von hier aus nicht beurteilen, inwieweit das, was du von Andreas erfahren hast, unsere Beziehung belastet. Glaube mir, ich wäre froh, wenn ich dir bereits alles selbst erklärt hätte und diese Geschichte jetzt nicht zwischen uns stände.

Ich hoffe aber, du weißt, dass ich zu dieser Tat niemals fähig gewesen wäre. Ich habe Felix geliebt wie einen eigenen Sohn. Selbst wenn es noch eine Weile dauern wird, ich bin mir sicher, dass sich alles aufklären wird.

Doch das ist es nicht, warum ich dir schreibe. Vielmehr habe ich Angst um dich. Angst, dass du in deiner Trauer den falschen Schritt tust.

Sein Kind zu verlieren ist mit keinem anderen Schicksalsschlag zu vergleichen, glaube mir, ich kann deine Gefühle durchaus nachvollziehen. Es ist, als hätte dein gesamtes Leben auf einmal seinen Sinn verloren. Du stehst da und weißt nicht, wie es weitergehen soll, ja, ob es überhaupt Sinn macht, jeden weiteren Tag durchzustehen. Warum auch? Dein Lebensinhalt, das, was dich angetrieben hat, jede Herausforderung meistern zu wollen, ist nicht mehr da und du fragst dich, wozu weitermachen?

Meine Antwort lautet, weil du nach wie vor in der Lage bist, deinen Platz in dieser Welt auszufüllen. Du kannst noch so viel bewegen, so viel erreichen, auch, wenn du das zum momentanen Zeitpunkt weit von dir weisen wirst, genauso wie du nicht siehst, was du trotz deines großen Verlustes schon wieder alles leistest.

Andreas hat mir erzählt, dass du Ronni zu dir genommen hast und dich um sie kümmerst, zusätzlich bemühst du dich mit all deinen Kräften, mir zu helfen. Ich kann dir gar nicht genug dafür danken.

Was ich dir damit zeigen will, ist, dass es ständig wichtige Aufgaben zu erfüllen gibt, dass es weiterhin viele Menschen geben wird, die dich und deine Unterstützung brauchen. Dein Leben hat nach wie vor einen Sinn!

Nun, ich kann mir direkt vorstellen, wie du dasitzt, wahrscheinlich im Wohnzimmer, und verächtlich die Lippen kräuselst. Der hat gut reden, denkst du. Sein Sohn ist nicht tot, er weiß gar nicht, wie das ist. Vielleicht kann ich es wirklich nicht hundertprozentig nachvollziehen, aber darum geht es mir auch gar nicht. Ich will nur, dass du anfängst, vernünftig und emotionslos über die ganze Sache nachzudenken. Und dabei will ich dir helfen.

Also, was ist Trauer? Meiner Meinung nach gibt es diese bei uns im herkömmlichen Sinne nicht mehr, sondern hat sich zu etwas gewandelt, das ich die Unfähigkeit, uns mit dem Verlust abzufinden, nennen will. Wir klagen und weinen, weil wir nicht ohne den anderen sein wollen, weil uns das Schicksal, das uns getroffen hat, viel zu hart erscheint. Warum gerade wir?

Verstehst du, was ich damit sagen will? Uns ist die Fähigkeit abhandengekommen, das Leid, das uns trifft, annehmen zu können. In erster Linie ist es Selbstmitleid, das uns zerfrisst. Ob uns Vater, Mutter, Kind oder eine andere geliebte Person verlassen hat, wir wissen nicht, wie wir ohne sie weiterleben sollen. Es geht also in erster Linie um uns! Wir klammern uns an die Vergangenheit und wollen nicht loslassen, stehen fassungslos vor der Riesenlücke in unserem Leben und machen keine Anstalten, sie zu schließen.

Daniela, ich weiß, das liest sich alles ziemlich wirr. Ich kann es einfach nicht besser ausdrücken. Versuche bitte trotzdem, meine Gedanken aufzunehmen und darüber nachzudenken. Ich denke, so ungefähr hast du begriffen, was ich dir sagen will. Es geht nicht darum, deine Trauer zu schmälern, das Einzige was ich möchte, ist, dass du dich nicht in eine Haltung verrennst, die dir ein Weiterleben unmöglich macht.

Ich hoffe, du nimmst mir meine Worte nicht übel. Es ist nur die Sorge um dich, die mich antreibt, dir diese Zeilen zu schreiben. Das Schlimmste daran, dass ich hier festsitze, ist für mich, dass ich nicht in deiner Nähe sein kann, um dir zu helfen. Natürlich gibt es da noch deinen Bruder, aber ich bin mir nicht sicher, ob er dich gut genug versteht, dass er deine Gefühle nachvollziehen kann. Für mich jedenfalls wäre das Ganze hier nicht mehr so schlimm, wenn ich wüsste, dass ich mir keine Sorgen um dich zu machen bräuchte. Deshalb schreibe ich dir, auch wenn ich dadurch riskieren muss, dass du mich nach diesem Brief hasst.

Na ja, ich hoffe natürlich, dass es nicht so kommt. Ich jedenfalls werde dich weiterhin als gute Freundin betrachten, deren Wohlergehen mir sehr am Herzen liegt.
Ich danke dir für alles, was du bisher für mich getan hast. Falls du mir ebenfalls schreiben willst, gib den Brief bitte an Andreas weiter. Er wird sich darum kümmern, dass ich ihn unverzüglich bekomme.
Hoffentlich bis bald,
dein Christian

Danielas Hand sank nach unten und das Blatt glitt ihr aus den Fingern. Die Wut, die sie empfand, ließ sie zittern. Wie konnte er es wagen! Er verstand nichts, gar nichts!
Ohne zu überlegen eilte sie in die Diele und schlüpfte in ihre Jacke. Sie befestigte die Leine am Halsband des Hundes, der ihr schwanzwedelnd gefolgt war, und öffnete die Wohnungstür. Bloß raus hier!
Mit schnellen Schritten lief sie durch die Straßen, während der heftige Regen ihr ununterbrochen ins Gesicht peitschte. Sie merkte es kaum, dass die dünne Windjacke, die sie übergezogen hatte, im Nu völlig durchnässt war. Ihre Wut trieb sie vorwärts. Es war also reiner Egoismus, der sie derart leiden ließ! Sie war nicht fähig oder nicht willens, die Lücke in ihrem Leben zu schließen, das war alles.
Energisch zog sie an der Leine, sodass Ronja, die stehengeblieben war, um ausgiebig an einem Grasbüschel zu schnüffeln, sie vorwurfsvoll anblickte. „Nun komm, weiter!", forderte sie die Hündin barsch auf.
Die blieb eigensinnig stehen und senkte erneut den Kopf. „Du sollst …", erschreckt hielt Daniela inne. Das fehlte noch, dass sie ihre Hassgefühle auf Christian an dem Hund ausließ. Sie atmete mehrere Male tief durch. Der Stachel, den die Worte des Freundes in ihr Herz getrieben hatten, blieb, doch bekam sie sich zumindest einigermaßen wieder unter Kontrolle, um ihren Abendspaziergang mit Ronja auf gewohnte Weise zurückzulegen.
Trotzdem nagte sein indirekter Vorwurf weiter an ihr. Wenn das wirklich seine Sichtweise war, dann kannte sie ihn wesentlich schlechter, als sie gedacht hatte. Niemals wäre sie auf die Idee gekommen, dass er, statt sie zu trösten, die Schuld für ihren Zustand bei ihr suchte. Wie konnte er nur!
Blitze zuckten in der Ferne auf, der Regen prasselte mit unverminderter Härte auf sie herab. Ihre Schuhe hatten sich mittlerweile voll Wasser gesogen, ebenso ihre Hose. Daniela begann zu frösteln und schimpfte halblaut mit sich selbst. Sie hätte gleich umkehren sollen, nachdem sie

unten an der Haustür das Unwetter bemerkt hatte. Auch Ronja schien die Lust auf einen längeren Spaziergang verloren zu haben. Die Hündin zockelte mit eingezogenem Schwanz und hängenden Ohren neben ihr her. Sie beschloss, die Runde abzukürzen und verfiel in einen leichten Dauerlauf.

Nun richtete sich ihre Wut gegen sich selbst. Wieso hatte sie ihn nicht eher durchschaut? Er war es, der egoistisch war, der sich anscheinend nicht einen Deut für die Gefühle anderer interessierte, der überhaupt nicht nachvollziehen konnte, wie es sich anfühlte, das Wichtigste in seinem Leben verloren zu haben. Was dachte er sich eigentlich dabei? Sollte sie etwa so tun, als wäre nichts geschehen und ihr Leben weiterführen wie bisher?

Lautes Gebell aus der Ferne lenkte sie einen Moment von ihren Gedanken ab. Geistesgegenwärtig zog sie den Hund um die nächste Ecke und legte einen kleinen Spurt ein. Gustav, die dänische Dogge, war zwar ein guter Freund von Ronja, hatte allerdings ein äußerst geschwätziges Herrchen. Heute Abend war sie nicht in der Stimmung, sich mit ihm auf ein Gespräch einzulassen.

Ohne innezuhalten, bog sie in den Fußweg ein, der die Sackgasse von der Hauptstraße trennte. Normalerweise mied sie selbst tagsüber diese Abkürzung, die gerade mal ein schmaler Trampelpfad, umgeben von dichtem Gebüsch war. In letzter Zeit hatte es hier zwei Überfälle gegeben und vor zwei Jahren eine versuchte Vergewaltigung. Jetzt im Dunkeln diesen Weg zu gehen, war eindeutig Wahnsinn.

Sie zog Ronja dichter an sich heran und befahl ihr, bei Fuß zu gehen. Doch selbst mit dem großen Hund an ihrer Seite fühlte sie sich nicht sicherer. Jedes Knacken ließ sie zusammenzucken, die Schwärze war so absolut, dass sie kaum den Boden vor sich sehen konnte. Ihr Herz begann wild zu klopfen, ihre Hände zitterten vor Anspannung.

Ein plötzliches Rascheln links neben ihr ließ sie alle Vorsicht vergessen. Sie rannte los, stolperte über eine Wurzel und wäre beinahe gefallen, fing sich wieder und lief weiter. Ronja knurrte drohend und versuchte, den Kopf zu drehen.

„Lauf!", japste Daniela, die bereits den hellen Schein der Straßenlaterne sehen konnte. Noch einmal erhöhte sie ihr Tempo und jagte auf die rettende Straße zu.

Dann hatten sie es tatsächlich geschafft. Heftiges Seitenstechen zwang Daniela stehenzubleiben. Schwer atmend schnappte sie nach Luft. Als wäre nichts vorgefallen, setzte sich die Hündin neben sie und begann hingebungsvoll an ihrer Pfote zu kauen.

Sie konnte das hysterische Lachen nicht länger zurückhalten. Prustend presste sie die Hand vor den Mund, um das laute Geräusch in der stillen Nacht zu unterdrücken. Ronja sprang an ihr hoch, dass sie ins Taumeln geriet und beinahe der Länge nach hingefallen wäre. Langsam fasste sie sich wieder.

„Ab nach Hause." Als hätte sie die Worte verstanden, begann die Hündin, an der Leine zu ziehen.

39

„Das Gewitter ist direkt über uns", Julia lehnte an der vergitterten Eingangstür und betrachtete missmutig die schon fast überflutete Fußgängerzone. Bis auf ein einzelnes Paar, das, geschützt durch tief herabgezogene Kapuzen, versuchte, den Eingang zur U-Bahn zu erreichen, hielten sich die anderen späten Spaziergänger, ebenfalls dicht an die Schaufenster der Kaufhäuser gedrückt. Heftige Windböen sprühten die Nässe immer wieder bis zu den Glasscheiben, weitere Blitze erhellten die Dunkelheit.

Dankbar nahm Julia die dünne Jacke, die Matthias ihr hinhielt. Nach dem mittäglichen Unwetter war es zum Abend hin trotz weiterer Regenschauer wärmer geworden, daher hatte sie den langärmeligen Pullover, den sie bis dahin getragen hatte, gegen ein Seidentop getauscht, das für das überfüllte Lokal genau das richtige gewesen war. Auch während des Spaziergangs hatte sie nicht gefroren. Die abrupte Abkühlung und der auffrischende Wind hatten ihr jedoch eine Gänsehaut beschert.

Sie schlüpfte in die Ärmel und wickelte die Jacke fest um sich. Nur gut, dass sie ihrer Eingebung folgend letztendlich nach der dünnen Hose und nicht nach dem geblümten, bauschig fallenden Rock gegriffen hatte, zu dem sie die offenen, hochhackigen Sandalen hätte tragen müssen. Ihre Leinenschuhe waren bereits von Spritzern übersät und die Hose wirkte wie gesprenkelt. Noch war die Nässe nicht richtig eingedrungen, lange würde es jedoch nicht mehr dauern.

Matthias versuchte nun ebenfalls, sich dichter in den schützenden Eingang zu pressen. Prompt regte sich ihr schlechtes Gewissen. Wortlos schob sie ihn hinter sich und drückte sich in seine Arme. Erfreut zog er sie dichter an sich. „Gute Idee", murmelte er in ihr Haar. „Wärmen wir uns halt gegenseitig."

„Soll ich dich etwa schutzlos ohne Jacke im Regen stehenlassen?", gab sie zurück, konnte allerdings nicht verhindern, dass ihr Magen wieder zu flattern begann.

„An diesen Zustand könnte ich mich gewöhnen."

„Was, vor dem Regen zu flüchten und anschließend ohne Jacke der Kälte zu trotzen?", frotzelte sie.

„Nein, dich in meinen Armen zu halten", er ging nicht auf ihren Ton ein. „Ich glaube, meine Entscheidung, mich für einen Job in Deutschland zu bewerben, war die eindeutig richtige."

„Matthias!", erschrocken drehte sie sich in seinen Armen und musterte in der spärlichen Schaufensterbeleuchtung sein Gesicht. „Du hast nicht wirklich ... und dann wegen mir ..."

„Natürlich nicht." Bevor sie sich zurücklehnen konnte, küsste er sie auf die Nasenspitze. „Tatsächlich denke ich schon geraume Zeit darüber nach", fuhr er fort, ohne auf ihre Bemühungen, sich von ihm zu befreien, einzugehen. Stattdessen umschlang er sie fester.

„Lass mich auf der Stelle los!", zischte sie leise, nun wirklich wütend.

Sofort lockerte sich sein Griff. „Entschuldige, ich konnte mich einfach nicht zurückhalten. Du hast so süß ausgesehen."

Stumm löste sie sich von ihm und trat einen Schritt zurück.

Sanft zog er sie wieder näher zu sich heran. „Du wirst völlig nass. Keine Angst, ich werde mich jetzt benehmen."

Forschend betrachtete sie sein Gesicht. „War das gerade ein Witz?"

„Nein, tatsächlich spiele ich schon länger mit dem Gedanken. Der endgültige Auslöser war die Geschichte mit Felix. Als ich mir vorstellte, ich hätte nicht gerade Urlaub gehabt, sondern wäre für Daniela nicht erreichbar gewesen – das bestärkte mich in meiner Entscheidung. Ich bin zu alt, um ständig durch die Welt zu reisen. Ein gemütliches Zuhause, Freunde, die man regelmäßig treffen kann, und ein geregelter Tagesablauf sind auf einmal wichtiger geworden. Meine Perspektive hat sich wohl in letzter Zeit ziemlich verschoben." Er lächelte schief. „Aus dem jungen Heißsporn ist ein gemäßigter Radikaler geworden."

„Wird dir die Aufregung nicht fehlen?"

„Eher die Unabhängigkeit. Doch der Preis dafür ist mir zu hoch."

„Hm", sie knabberte nachdenklich an ihrer Unterlippe. „Musst du kündigen oder besteht die Möglichkeit hier eingesetzt zu werden?"

„Das ist bisher nicht geklärt. Trotzdem habe ich meine bestehenden Kontakte genutzt und meine Fühler in verschiedene Richtungen ausgestreckt. Ich muss abwarten, was sich daraus ergibt."

„Ein ganz schön einschneidender Schritt."

„Das stimmt", Matthias zuckte mit den Achseln. „Nur darfst du nicht vergessen, dass ich es mir wirklich reiflich überlegt habe. Und ich will Daniela in ihrem jetzigen Zustand auch nicht sich selbst überlassen."

„Sag mal, das hört sich vielleicht blöd an, aber hat sie keine Freunde? Und was ist eigentlich mit dem Vater des Kindes?"

„Ihre beste Freundin ist letztes Jahr nach Schweden gezogen. Ihre anderen Bekanntschaften sind eher oberflächlich. Ich glaube, den meisten Kontakt hatte sie zuletzt mit Christian. Die übrige Hausgemeinschaft besteht aus älteren Ehepaaren, die weder den Hund noch Kinder besonders mögen." Matthias atmete tief durch. „Und Felix' Vater? Der hat sich, seitdem dieser geboren wurde, nicht mehr blicken lassen. Für den ist sein Tod kein Verlust."

„Hat er ihn nie besucht?" Julia versuchte gar nicht, den Unglauben in ihrer Stimme zu unterdrücken.

„Nein, Daniela und er haben sich schon vor seiner Geburt getrennt."

„Und? Nun lass dir nicht jedes Wort aus der Nase ziehen. Ich will alles wissen."

„Die Schwangerschaft damals war nicht geplant, für ihn gab es nur eine Möglichkeit: Abtreibung. Als Daniela sich darauf nicht einließ, hat er sie verlassen. Er zahlte zwar pünktlich den Unterhalt, hat jedoch, soweit ich weiß, seinen Sohn bis auf ein einziges Mal nie gesehen. Und zu diesem Zeitpunkt war Felix ein Baby."

„Was ist mit deinem Neffen? Hat er nicht nach seinem Vater gefragt?"

„Natürlich." Matthias spähte an Julia vorbei auf die Straße. „Der Regen lässt nach. Was meinst du, sollen wir es wagen?"

Ungeduldig stampfte sie mit dem Fuß auf. „Nein, erst will ich wissen, wie es weiterging."

„Da gibt es nichts zu erzählen."

„Matthias!"

Seufzend gab er nach „Was sie ihm genau erzählt hat, weiß ich nicht. Dass ihr damaliger Freund ein Arschloch war, der gekniffen hat, weil er sich für Kinder zu jung fühlte, bestimmt nicht. Und dass er fünf Jahre später eine eigene Familie gründete, bestimmt ebenfalls nicht." Matthias lachte bitter. „Felix hatte drei Halbgeschwister, aber sein Vater war der Ansicht, er würde seiner Pflicht genügen, wenn er für ihn zahlt. Er wollte dieses Kind nie haben, deshalb könne er keine Gefühle für es aufbringen."

„Ist nicht zu fassen. Arme Daniela, armer Felix."

Beruhigend drückte er ihre Schulter, dann schob er sie sanft zurück in die Fußgängerzone. „Er hat es nie erfahren. Komm, lass uns gehen. Es wird empfindlich kühl."

Bereitwillig ergriff sie seine ausgestreckte Hand. In einträchtigem Schweigen liefen sie durch den Regen. Kaum hatten sie im Wagen Platz genommen, begann der Wind aufzufrischen. Der Himmel öffnete seine Schleusen, dass die Scheibenwischer die Wassermassen kaum bewältigen konnten. Matthias musste seine gesamte Konzentration auf die Straße vor sich richten.

Julia warf ihm unter gesenkten Wimpern einen unauffälligen Blick zu. Sein Gesicht wirkte verschlossen. Ob er es bereits bereute, ihr das alles erzählt zu haben? Sie legte ihre Hand kurz auf seine und drückte sie. „Danke, dass du mir die Wahrheit gesagt hast."

Er wartete mit seiner Antwort, bis sie vor der nächsten roten Ampel standen. „Mit Ehrlichkeit fährt man am Besten, wusstest du das nicht?"

Doch sie merkte, dass ihn ihre aufrichtigen Worte erfreut hatten.

40

„Wie siehst du denn aus!" Nur mit einer Jeans bekleidet stand Matthias in der Wohnungstür. Daniela drückte ihm die Leine in die Hand. „Kümmere dich bitte um Ronni!" Mit spitzen Fingern streifte sie die schlammbespritzten Schuhe von den Füßen und ließ sie im Hausflur stehen.

Nach einer ausgiebigen heißen Dusche hörte sie endlich auf zu frieren. Dankbar nahm sie den heißen Tee entgegen, den Matthias ihr zubereitet hatte, und kuschelte sich auf die Couch. Dabei fiel ihr Blick auf Christians Brief, der ordentlich zusammengefaltet auf dem Tisch lag.

„Im ersten Moment hatte ich gedacht, es wäre ein Abschiedsbrief", um Verzeihung heischend hob Matthias die Hände.

„Hast du ihn gelesen?"

Erstaunt über ihre Reaktion zuckte er zusammen. Sie stritt diese Möglichkeit gar nicht ab, kein: Nein, wie kommst du bloß darauf? Hatte Christian mit seinem Verdacht doch recht gehabt?

„Hast du?", wiederholte sie und er sah, wie sich ihr Körper versteifte.

„Nein, natürlich nicht. Als ich erkannte, dass der Brief von Christian war, habe ich ihn sofort weggelegt."

Sie entspannte sich etwas.

„Was schreibt er denn?"

Schweigend umklammerte sie den Becher fester und trank in kleinen Schlucken. „Nichts Wichtiges", sagte sie schließlich.

„Dafür ist der Brief aber ziemlich lang geworden", neugierig schielte Matthias auf die Blätter.

„Wie war deine Verabredung?" Daniela sah weiterhin hartnäckig in die dunkle Flüssigkeit.

„Bis auf die Tatsache, dass wir unseren Spaziergang wegen des Unwetters abbrechen mussten, ganz in Ordnung." Stirnrunzelnd musterte er sie. Glaubte sie wirklich, dass er sich so leicht ablenken ließ? „Nachdem wir das Auto endlich erreicht hatten, waren wir beide klitschnass und beschlossen, unser Gespräch auf den nächsten Tag zu verlegen. Allerdings hast du uns um Längen geschlagen mit deinem Aussehen. Bist du hingefallen?"

„Nein." Zögernd berichtete sie ihm von ihrem Erlebnis.

Matthias, der sich auf seiner Seite der Couch ausgestreckt hatte, fuhr hoch. „Bist du denn von allen guten Geistern verlassen? Wie konntest du nur dieses Risiko eingehen!"

Zum ersten Mal sah sie ihn an. Der heiße Tee hatte etwas Farbe in ihr blasses Gesicht gebracht und ihre Augen funkelten schon wieder angriffslustig. „Ich weiß selbst, dass es blöd von mir war. Ich war derart in Rage durch Christians Worte, dass ich …", sie brach ab, aber es war schon zu spät. Verlangend streckte Matthias die Hand nach dem Brief aus. „Lass es mich bitte lesen."

Ja, vielleicht war es gar nicht schlecht, wenn er diese Zeilen zu Gesicht bekam. Sie spürte, wie die Wut erneut in ihr aufstieg. Sollte der Bruder ruhig sehen, was ihr guter Freund für seltsame Ideen hatte.

Gespannt beobachtete sie sein Gesicht, während er die Zeilen überflog. Noch war ihm keine Regung anzusehen. Auch als er die Blätter zusammenfaltete und zurück auf den Tisch legte, verzog er keine Miene. Schließlich sah er in ihr erwartungsvolles Gesicht. „Ich kann kaum glauben, dass Christian diese Worte geschrieben hat", begann er.

Aha, er war also ihrer Meinung. „Nun siehst du selbst, warum ich vor Wut außer mir war", bestätigte sie.

„Nein", er blinzelte irritiert. „Eigentlich meine ich damit, dass ich ihm diese Tiefe, dieses Verständnis gar nicht zugetraut hätte."

„Was?" Sie sprang ungestüm auf und hätte dabei fast ihren Rest Tee verschüttet. Mit einem lauten Knall stellte sie den Becher auf den Tisch. „Das ist doch wohl nicht dein Ernst!" Fassungslos starrte sie auf ihren Bruder, der sich kopfschüttelnd zurücklehnte. „Du stimmst ihm zu?" Ihre Stimme überschlug sich fast. „Diese Worte sind das hässlichste, was ich je gehört habe und du bewunderst ihn dafür?"

„Daniela, hör auf und setz dich wieder hin." Matthias hatte nun ebenfalls die Stimme erhoben. „Willst du nun meine Meinung dazu hören oder nicht?"

Sie nickte mit zusammengepressten Lippen und ließ sich zurück auf die Couch fallen. „Bitte", sie zog die Beine auf das Polster und umschlang so fest ihre Knie, dass die Fingerspitzen sich weiß verfärbten. „Leg los. Ich bin wirklich gespannt, was du zu sagen hast."

Matthias ahnte, dass sie gleichermaßen wütend und verletzt war. Er konnte ihre Gefühle nur zu gut nachvollziehen, gleichzeitig wusste er, dass das Letzte, was sie in diesem Moment gebrauchen konnte, seine Zustimmung war. Er bewunderte Christian für seinen Mut. Wie schwer musste es ihm gefallen sein, ihr diese Worte zu schreiben. Er durfte ihm nicht länger nachstehen und musste mit Daniela nun das lange aufgeschobene Gespräch führen. Immerhin war er ihr Bruder!

„Ich weiß, dass Felix für dich das Wichtigste auf der Welt war", begann er behutsam. „Ich will deine Trauer um ihn bestimmt nicht schmälern, ich verstehe, dass es sehr schwer ist für dich. Trotzdem muss dein Leben weitergehen. Du kannst es nicht wegwerfen, bloß weil du keinen Sinn mehr darin siehst. Du musst versuchen, neue Perspektiven zu finden."

„Was meinst du, was ich gerade mache?", brauste sie auf. „Ich bin weder zusammengebrochen, noch sitze ich den ganzen Tag heulend in der Wohnung. Stattdessen verwende ich all meine Kraft darauf, Christian reinzuwaschen und den wahren Mörder zu finden."

„Und danach?" Begütigend hob er die Hände. „Daniela, wir wissen doch beide, dass das hier ein letztes, verzweifeltes Aufbäumen von dir ist, weil du Christian nicht im Stich lassen willst. Wie es auch ausgehen mag, irgendwann ist diese Geschichte ausgestanden. Willst du mir allen Ernstes erzählen, du würdest dein Leben anschließend auf gewohnte Weise weiterleben wollen?"

„Ihr könnt das nicht begreifen, Ihr seid nicht in meiner Situation."

„Ich glaube, das hat damit gar nichts zu tun." Matthias stand auf und kniete vor ihr nieder. „Meinst du, ich sehe nicht, wie du dich quälst?"

„Lass mich einfach in Ruhe!" Sie zog sich vor ihm zurück, bis sie zusammengekrümmt in der Ecke der Couch kauerte.

„Nein, das kann ich nicht – und Christian anscheinend ebenso wenig. Wir lieben dich und wollen nicht, dass du aufgibst und dein Leben beendest."

Daniela drückte ihre Hände auf die Augen. Sie war dieser Diskussion so müde. Noch zwei Wochen, dann war sein Urlaub vorbei und er würde sein Leben wieder aufnehmen, als wäre nichts geschehen. Ihr dagegen stand ein qualvoller Tag nach dem nächsten bevor, ohne Aussicht auf Besserung. Konnte er nicht verstehen, dass ihre Kraft fast völlig aufgebraucht war, dass sie auf diese Weise nicht weiterleben wollte?

„Maus." Sie zuckte zusammen. Diesen Ausdruck hatte er seit ihrer Kindheit nicht mehr benutzt. „Bitte, Christian und ich wollen dir helfen."

„Ihr sollt mich einfach nur in Ruhe lassen, das ist das einzige, was ich will."

„Und genau das können wir nicht tun. Du weißt warum." Matthias setzte sich neben sie, hütete sich aber davor, sie zu berühren. Bisher war er keinen Deut weitergekommen und ihm gingen langsam die Argumente

185

aus. Christian hatte sämtliche Punkte, die man anbringen konnte, schon vorgebracht und sie hatte nicht darauf reagiert. Er musste es auf einem anderen Weg versuchen. „Immerhin hast du deinen Lebenswillen nicht völlig verloren, es besteht also Hoffnung, zu dir durchzudringen."

Sie ließ die Hände sinken und starrte ihn fragend an.

„Gerade bist du vor der Gefahr weggelaufen", erinnerte er sie.

„Ach das", sie schnaubte verächtlich. „Ich habe vielleicht meinen Lebenswillen verloren, das heißt nicht, dass ich mich zum Opfer eines Verbrechen machen lasse." Kaum waren die Worte heraus, brach in Tränen aus.

„Maus." Jetzt nahm Matthias sie doch in den Arm. Sie presste ihren Kopf gegen seine Brust, ihre Hände umschlangen seinen Nacken. Sanft wiegte er sie hin und her.

Es dauerte eine ganze Weile, bis Daniela sich wieder beruhigt hatte. Schniefend suchte sie nach einem Taschentuch. Umständlich schnäuzte sie sich und wich zurück in ihre Ecke der Couch. „Du kannst das nicht verstehen", wiederholte sie leise. „Und Christian ebenfalls nicht."

„Ich glaube, ich weiß ziemlich genau, was in dir vorgeht", widersprach Matthias. „Du hattest dein Leben vollkommen auf Felix ausgerichtet, er und seine Bedürfnisse standen für dich an erster Stelle. Du hast all deine Liebe auf ihn gerichtet."

„Er war mein Kind."

„Daniela, es geht mir um die Ausschließlichkeit dieser Liebe. Du hast ihn zu deinem Lebensinhalt gemacht und jetzt, wo er nicht mehr da ist, bricht deine Welt in sich zusammen."

„Du ….. du sagst das, als wäre es völlig falsch, wie ich gehandelt habe." Vor Wut fehlten ihr fast die Worte. „Du hast keine Kinder, du kannst das überhaupt nicht nachvollziehen."

„Mag sein, dass ich mich irre." Matthias blieb ruhig. „Trotzdem sehe ich dasselbe, was auch Christian aufgefallen ist. Du bist nicht bereit, ohne ihn weiterzuleben."

„Ich kann es nicht. Das ist der Unterschied." Mit blitzenden Augen sah sie ihn an. „Warum könnt ihr mich nicht einfach meinen Weg gehen lassen! Es schadet niemandem!"

„Daniela." Er zwang sich, tief durchzuatmen. „Wir wollen lediglich, dass du versuchst, die Tragödie als das zu sehen, was sie ist: ein Schicksalsschlag, der dich völlig unvorbereitet traf. Es ist völlig normal, dass er dich aus der Bahn geworfen hat. Nur musst du es zulassen, das wir beide, Christian und ich, versuchen, dich für ein Leben ohne Felix zu stabilisieren."

Ihre einzige Reaktion war ein Achselzucken, stumm starrte sie auf ihre ineinander verkrampften Hände.

Matthias spürte, wie ihm der Schweiß ausbrach. Sie war keinem seiner Argumente zugänglich. „Es ist feige", wagte er es, sie zu provozieren.

„Na und?"

„Verdammt, Daniela, es ist albern und kindisch, wie du reagierst. Du bist nicht die einzige, der so etwas widerfahren ist." Er sprang auf und begann, im Wohnzimmer auf und ab zu gehen. „Es gibt Familien, die hat es noch viel schlimmer getroffen. In Afrika verhungern die Kinder und ihren Müttern bleibt nichts, als ihnen dabei zuzusehen, sie sterben an Krankheiten, die bei uns nicht einmal einen Krankenhausaufenthalt erforderlich machen würden – der Tod gehört dort wie selbstverständlich zum Leben."

„Danke." Daniela sprang ebenfalls auf. „Das reicht. Meinetwegen kannst du morgen schon abfahren. Ich brauche dich nicht. Ich komme auch allein zurecht." Mit schnellen Schritten lief sie zur Tür.

Mit einem Satz war er von der Couch und hinter ihr, doch sie war schneller als er. Bevor er sie packen konnte, hatte sie das Schlafzimmer erreicht und sich darin eingeschlossen. Mit der Faust hämmerte er gegen das Holz. „Mach auf! So können wir nicht auseinandergehen. Rede mit mir, verdammt!"

Tiefes Schweigen war alles, was er als Antwort bekam.

41

Nach einer Stunde sinnlosen Herumwälzens gab sie es auf, den Schlaf erzwingen zu wollen. Immer wieder hallten Matthias' Worte in ihrem Kopf nach, jedes Mal, wenn sie die Augen schloss, sah sie Christians vorwurfsvollen Blick auf sich gerichtet.

Ronja lag vor der geschlossenen Tür und jaulte leise. Sie hatte sich angewöhnt, direkt vor ihrem Bett zu schlafen, dass sie morgens aufpassen musste, nicht auf ihre Pfoten zu treten. Das arme Tier. Ohne Licht zu machen, schlüpfte Daniela aus dem Bett und tastete sich zur Tür. Bevor sie den Schlüssel herumdrehte, lauschte sie auf weitere Geräusche. Matthias' Stimme drang an ihr Ohr, er schien zu telefonieren.

Leise öffnete sie die Tür einen kleinen Spalt, damit Ronja hindurchschlüpfen konnte, und horchte Richtung Wohnzimmer. Sollte sie es wagen, schnell in die Küche zu huschen, um ihre Schlaftabletten zu holen?

Der auf und abschwellende Klang von Matthias' Stimme zeigte, dass er im Wohnzimmer hin und her lief. Das Risiko, dass er sie entdeckte, war zu groß. Und auf eine weitere Diskussion hatte sie heute Abend keine Lust mehr.

Einem Moment lehnte sie sich mit dem Rücken an die geschlossene Tür und starrte blicklos in die Dunkelheit. Warum nur hatte sie plötzlich Schuldgefühle? Matthias und Christian kamen sicherlich ohne sie zurecht. Ihr Bruder hatte Julia, die ihn trösten würde, ihr Freund konnte sich auf Ronja stützen, zudem würde er seinen Sohn, spätestens wenn dieser erwachsen war, wiedersehen können. Die kleine Lücke, die sie hinterließ, wäre schnell vergessen.

Langsam tastete sie sich zurück zu ihrem Bett und kroch hinein. Dankbar genoss sie die Wärme der Decke, während sie sich leise stöhnend ausstreckte. Ihr Körper fühlte sich wie zerschlagen, jeder einzelne Muskel tat weh. Sie vergrub ihren Kopf tief in dem weichen Kissen und schloss die Augen. Sie war so müde.

Doch der Schlaf wollte nicht kommen. Stattdessen begannen ihre Gedanken fast eigenständig, das Gespräch mit Matthias weiterzuführen. Immer neue Argumente brachte sie vor, wohl wissend, dass der realistisch denkende Teil ihres Gehirns jedes einzelne zerpflücken konnte. Einmal darauf gestoßen sah sie die Dinge nun mit anderen Augen. Alles, was sie bisher für richtig und konsequent gehalten hatte, erschien ihr jetzt fragwürdig. War es nicht tatsächlich der reine Egoismus, der sie am Leben zweifeln ließ? Brauchte man mehr Stärke, die Dinge zu ertragen, war es letztendlich eine Flucht, die sie anstrebte?

Unruhig warf sie sich von einer Seite auf die andere. Bisher hatte sie sich jede Nacht in den betäubenden Schlaf, den die Tablette brachte, gerettet. Tagsüber war so viel auf sie eingestürmt, dass es ihr leichtgefallen war, jeden anderen Gedanken auszuschließen. Ihr Entschluss hatte in dem Moment zu reifen begonnen, als sie ihr totes Kind in den Armen hielt. Ein Leben ohne Felix war ihr unmöglich erschienen.

Daran hatte sich eigentlich bis heute nichts geändert. In der festen Überzeugung ihr Lebenswille sei erloschen, hatte sie sich mühsam aufrecht gehalten, um Christian zu helfen, bemüht, ihre wahren Gefühle zu verbergen. Nie war ihr der Verdacht gekommen, dass die beiden, Matthias und der Freund, sie durchschaut hatten.

Für ihren Bruder war sie immer die Starke gewesen, die alles bewältigen konnte. Sie erinnerte sich noch genau an seine Worte, nachdem sie ihm damals von der ungewollten Schwangerschaft erzählt hatte. Im ersten Schock war die Abtreibung der einzig gangbare Ausweg für sie gewesen. Mehrere Tage später allerdings hatte sie angefangen zu überlegen, wie sie die Situation mit einem Baby würde meistern können. Zwei Wochen danach hatte sie ihren Bruder vor die vollendete Tatsache gestellt, dass sie ein Kind erwarte und es austragen wolle.

Seine Skepsis, seine Mahnung, alles zunächst einmal gründlich zu überdenken, hatte sie lachend in den Wind geschlagen, vollkommen überzeugt, die richtige Entscheidung getroffen zu haben. „Es gibt jede Menge alleinerziehende Frauen", hatte sie geantwortet. „Das schaffe ich genauso gut."

Nichts hatte sie auf die Wirklichkeit vorbereitet. Ein Baby zu haben, bedeutete vierundzwanzigstündige Präsenz, kaum Schlaf und jede Menge Stress. In den ersten Wochen hatte Felix heftig unter Dreimonatskoliken gelitten, ein Begriff, mit dem sie vor der Geburt nichts hatte anfangen können, der aber schnell ihr Leben bestimmen sollte. Sie war ständig müde, sehnte sich nach Schlaf und konnte sich in den ruhigen Minuten, die ihr blieben, doch nicht entspannen. Allein die bedingungslose Liebe zu diesem kleinen Geschöpf, die sie, kaum dass der Arzt es ihr zum ersten Mal auf den Bauch gelegt hatte, ergriff, half ihr durchzuhalten.

Das Baby wuchs und gedieh, die Koliken verschwanden allmählich und sie gewöhnte sich an das neue Leben. Ab und zu sprang ihre Freundin Sigrid ein, den Kleinen zu hüten, sodass sie wenigstens dringende Besorgungen ohne ihn erledigen konnte. Trotzdem erkannte sie erst in dieser Zeit richtig, was alleinerziehend bedeutete. Sie selbst, ihre Bedürfnisse kamen ständig zu kurz, mussten zurückstehen hinter denen ihres Sohnes. Sieben Tage in der Woche war sie ohne Pause ganz allein für ihn und sein Wohlergehen verantwortlich, ihre Freizeit beschränkte sich darauf, einmal in Ruhe ein paar Seiten lesen zu können, wenn er gerade schlief.

„Ich glaube, ich könnte das nicht", hatte Matthias bei einem seiner seltenen Besuche neidlos anerkannt. „Du hast kaum Zeit für dich, überall musst du den Kleinen mitschleppen."

„Du übersiehst das Wichtigste", hatte sie lachend erwidert. „Er ist all die Mühe wert."

Und obwohl es ziemlich anstrengend war, Haushalt, Kind und Ausbildung unter einen Hut zu bringen, hatte sie dieses Leben genossen. Mit den Jahren waren sie beide ein fest eingespieltes Team geworden, nach und nach hatte Daniela wieder mehr freie Zeit für sich, die sie mit ihren lange vernachlässigten Hobbys füllen konnte. Die Arbeit war zwar nicht das, was sie sich früher einmal von ihrem Beruf erträumt hatte, aber sie kam gut mit den Kollegen zurecht und baute zu einigen ein recht freundschaftliches Verhältnis auf.

In den letzten Monaten hatte Christian zunehmend die Rolle eines Vaters übernommen, überdies waren sie mehrmals zu gemeinsamen Unternehmungen aufgebrochen. Eine richtige Beziehung hatten sie beide nicht gewollt, zumindest war sie bisher immer davon ausgegangen. Gleich zu Anfang hatte sie ihm zu verstehen gegeben, dass sie von Männern im Moment nichts wissen wollte und Christian schien eher erleichtert als betrübt. Daher hatte sie die Freundschaft mit ihm richtig genossen, genauso wie Felix, der zuletzt fast täglich wenigstens für einen kurzen Augenblick die Treppe hinuntergeeilt war. Auch sie hatte sich dabei ertappt, dass sie Christian immer öfter um Rat fragte und seine Meinung ihr wichtig geworden war.

Unwillig drehte sie sich auf die andere Seite. Alles hatte sie ihm anvertraut, ihm irgendwann sogar von dem Ärger in ihrer letzten Beziehung erzählt, dem Grund, warum sie auf Männer im Allgemeinen zurzeit so schlecht zu sprechen war. Er hatte sie eines Besseren belehrt. Immer war er für sie und ihre Probleme da gewesen, zum ersten Mal hatte sie das Gefühl gehabt, ohne Vorbehalte angenommen zu werden.

Dumm, wie sie war, hatte sie gedacht, er sähe in dieser Freundschaft dasselbe wie sie. Stattdessen hatte er sie belogen und ihr den wichtigsten Teil seines Lebens verschwiegen. Wütend schlug sie mit der Faust auf das Kopfkissen. Und dennoch war sie drauf und dran gewesen, ihm diesen Verrat zu verzeihen – bis dieser Brief ihr die Augen geöffnet hatte. Was war sie doch für eine dumme Kuh!

Wieder kamen ihr die Tränen und sie weinte, bis sie völlig am Ende ihrer Kraft war.

Eine nasse Zunge fuhr über ihr Gesicht und sie öffnete blinzelnd die Augen. Direkt über ihr stand Ronja und hechelte sie an.

„Iiih, runter!" Sie drückte den Hund zur Seite und setzte sich auf. Helle Sonnenstrahlen streiften ihre Augen und sie hob aufstöhnend die Hand. Ihr Kopf pochte und hämmerte, ihr war übel, gleichzeitig hatte sie schrecklichen Durst. Ein vorsichtiger Blick auf den Wecker ließ sie aufstöhnen. Neun Uhr! Sie hatte verschlafen, kein Wunder, dass Ronja langsam unruhig wurde.

Aus der Küche drang frischer Kaffeeduft verführerisch in ihre Nase. Ohne ihrem Spiegelbild auch nur einen Blick zu gönnen - sie konnte sich vorstellen, wie sie aussah - spritzte sie sich kaltes Wasser in das verquollene Gesicht und fuhr einmal kurz mit der Zahnbürste über die Zähne, die Dusche musste auf später verschoben werden.

Der Frühstückstisch war für eine Person gedeckt, der Kaffee schien gerade erst durchgelaufen zu sein, gleichwohl war Matthias nirgends zu sehen. Als sie das Brötchen hochhob, das aufgeschnitten auf ihrem Teller lag, sah sie den Zettel. *Murnau hat angerufen, drück mir die Daumen!*

Sie schüttelte verwirrt den Kopf. Murnau war der Chefredakteur der größten Zeitung der Stadt. Hatte sich Matthias dort beworben? Warum wusste sie nichts davon?

Erst jetzt wurde ihr bewusst, dass er ihr in den letzten Tagen fast nichts ihn Betreffendes mehr erzählt hatte. War sie denn so sehr in ihrer eigenen Welt eingebunden gewesen, dass sie das Interesse an allem anderen verloren hatte?

Nachdenklich starrte sie vor sich hin, während sie mechanisch von ihrem Brötchen abbiss, kaute und schluckte. Ein einziges Mal hatte er durchblicken lassen, dass er eventuell seine bisherige Stellung aufgeben wolle, um auf Dauer hier in Deutschland bleiben zu können. Sie war zwar überrascht gewesen, hatte aber nicht weiter nachgefragt, allein die täglichen Anforderungen, die jeder neue Tag mit sich brachte, waren schon fast zu viel gewesen.

Beschämt schlug sie die Augen nieder. Matthias war die ganze Zeit für sie da, hatte ohne zu murren sämtliche Aufgaben erledigt, die sie auf ihn abwälzte, versuchte mit all seiner Kraft, ihr zu helfen – und zum Dank dafür schrie sie ihn an und spielte die Superzicke.

Das Telefon begann zu klingeln. Nach dem zweiten Läuten sprang der Anrufbeantworter an, das hieß, es war mindestens ein weiterer Anruf eingegangen. Schuldbewusst lauschte sie der leisen Stimme, die sich nach ihrem Ergehen erkundigte. Frau Zimmert rief bereits das vierte Mal an. Die alte Dame war eine ehemalige Nachbarin, noch aus der Zeit, da Felix ein Baby gewesen war. Zwischen ihnen hatte sich im Laufe der Zeit ein freundschaftliches Verhältnis entwickelt, das auch nach ihrem Umzug weiterbestehen blieb. Sie wusste, dass die Frau in ihrem langen Leben selbst einige Verluste hatte hinnehmen müssen und mittlerweile völlig allein auf der Welt stand. Durch ihr starkes Rheuma kaum mehr in der Lage sich außerhalb der Wohnung zu bewegen, war sie trotzdem einer der fröhlichsten und zufriedensten Menschen, die Daniela je kennengelernt hatte.

„Was hilft es mir zu stöhnen", hatte sie bei einem ihrer letzten Besuche, als die Schmerzen sie besonders heftig plagten, erklärt. „Es ist, wie es ist. Ich kann nur versuchen, das Beste daraus zu machen."

Spontan sprang Daniela auf und nahm den Hörer hoch. Für ein kurzes Telefonat mit Frau Zimmert musste die Zeit reichen.

42

Yasemin fühlte sich nach dem Gespräch mit Frau Ziegler wie aufgedreht vor Erleichterung. Wenn sie Glück hatte, blieb ihr Geheimnis gewahrt. Felix' Mutter war genauso nett, wie sie sie in Erinnerung gehabt hatte. Die restliche Zeit der Pause reichte gerade, Christin und Melisa alles zu erzählen und nebenbei das riesige Putenbaguette zu verspeisen, das ihre Freundinnen ihr gekauft hatten. „Danke", sagte sie und leckte sich die Remoulade von den Fingerspitzen, „das war genau das richtige. Ich ..." Ihre weiteren Worte gingen im lauten Klingeln unter. „Bis nachher, wartet auf mich", Christin, die nach der Mittagspause zum Englischkurs für besonders begabte Schüler im hinteren Pavillon musste, setzte sich in Bewegung.

Schweigend legten Melisa und Yasemin den Weg zu ihrem Klassenraum zurück. „Ich habe das Richtige getan", hatte sie sagen wollen, als die Schulglocke sie unterbrach. Doch eigentlich brauchte sie sich weder zu rechtfertigen noch die Bestätigung ihrer Freundinnen, dafür kannten sie sich untereinander viel zu gut.

„Sie wirkt ziemlich traurig", sagte sie, während die drei sich nach der Schule gemeinsam auf den Weg zum Bus machten. „Ich kann mich von früher an sie erinnern, da war sie völlig anders."

„Wie würdest du dich denn fühlen, wenn deine Mutter oder dein Vater auf einmal stirbt." Christin machte eine verächtliche Bewegung. „Ich fände es eher seltsam, wenn es nicht so wäre."

„Du verstehst nicht, ich weiß nicht, wie ich es besser ausdrücken soll", nachdenklich knabberte Yasemin an ihrer Unterlippe. „Einerseits war sie ziemlich nett und hat nicht mit mir geschimpft, andererseits war sie irgendwie gar nicht richtig da."

„Hat sie sich nicht über die Informationen gefreut?"

„Doch, schon." Vor Konzentration biss sie sich zu fest auf die Lippe und musste einen Aufschrei unterdrücken. „Ach ich weiß nicht, ich kann es euch nicht erklären. Ich glaube, dass ihr das, was ich ihr erzählt habe, wichtig war, obwohl ich nicht ganz begreifen kann, warum. Aber sie war auch total daneben, so, als lebe sie selbst gar nicht mehr richtig, als ob sie mit Felix' Tod auf bloßes Existieren beschränkt sei. Ach es ist total doof, was ich sage." Yasemin blieb stehen und stampfte voller Wut mit dem Fuß auf den Boden auf.

„Nein." Spontan legte Christin ihr den Arm um die Schultern und drückte sie fest. „Wir verstehen beide, was du meinst, besser hätten wir es bestimmt nicht ausdrücken können."

„Ich hätte ihr gern viel mehr geholfen", mittlerweile war sie den Tränen nahe. „Sie tut mir furchtbar leid."

Den ganzen Nachmittag und Abend grübelte Yasemin darüber nach. Es musste doch irgendetwas geben, das sie tun konnte, irgendetwas, das Frau Ziegler helfen würde, wieder ein bisschen fröhlicher zu sein.

Erst am nächsten Morgen beim Zähneputzen kam ihr die Idee. Bevor sie sich für die Schule fertigmachte, schrieb sie eine kurze Nachricht an Christin und Melisa. Beide antworteten fast umgehend und Yasemin konnte befriedigt aufatmen.

„Heute gehe ich nach dem Unterricht mit Christin und Melisa ins Kino und anschließend ein Eis essen", teilte sie ihrer Mutter mit, nachdem sie ihr einen flüchtigen Abschiedskuss gegeben hatte.

Diese hielt sie, bevor sie entwischen konnte, blitzschnell am Ärmel fest. „Du weißt, dass Baba es nicht liebt, wenn du dich derart kurzfristig verabredest. Er hat selbst Pläne für heute Abend. Wer soll dich abholen?"

Sanft machte Yasemin sich los. Früher hatte sie sich immer aufgeregt, wenn ihre Mutter solch ein Theater veranstaltete. Es war ja nicht so, dass sie bis spät abends wegbleiben wollte. Sie würde wie üblich um acht Uhr spätestens zu Hause sein. Da benötigte sie jetzt im Sommer wirklich keinen männlichen Schutz. Aber seit sie gestern Frau Ziegler gesehen hatte, begriff sie etwas besser, dass es Sorge um sie war, die ihre Eltern trieb. „Melisas Vater holt uns mit dem Auto ab und bringt mich bis direkt vor die Tür."

Die Mutter blickte erfreut. Lächelnd gab sie ihrer Tochter einen kleinen Schubs. „Dann ist alles in Ordnung. Lauf zu, sonst verpasst du deinen Bus!"

Christin war es, die ihre Erregung und Vorfreude gleich wieder dämpfte. „Und wenn Frau Ziegler heute gar keine Zeit hat?"

Den ganzen Vormittag war Yasemin nicht in der Lage, sich auf den Unterricht zu konzentrieren. Sie war dermaßen geistesabwesend und zappelig, dass sie von mehreren Lehrern ermahnt wurde. Selbst Christin, die sie immer wieder mit dem Ellenbogen traktierte, wenn ihre Gedanken abwanderten, konnte an diesem Morgen nichts ausrichten. Und ausgerechnet heute fiel die Vormittagspause wegen einer dringend angesetzten Klassenversammlung aus.

Endlich erklang die Schulglocke. Sie sprang hoch und stürmte nach draußen. Bevor Christin und Melisa heran waren, hatte sie schon das geborgte Handy hervorgekramt, gewählt und lauschte atemlos dem Freizeichen. Eine männliche Stimme meldete sich und brachte sie völlig aus dem Konzept. Fast hätte sie aufgelegt. Stotternd brachte sie ihre Bitte vor, mit Frau Ziegler sprechen zu dürfen und wartete mit Herzklopfen auf die Antwort.

Felix' Mutter war tatsächlich zu Hause. Yasemin hingegen fiel jetzt ihre sorgfältig geplante Ansprache, an der sie in den letzten Stunden gefeilt hatte, nicht mehr ein. Vor lauter Aufregung geriet sie ins Stottern. Frau Ziegler verstand sie trotzdem und sagte sogar zu. Befriedigt klappte Yasemin das Handy zu und wandte sich strahlend an ihre Freundinnen. „Sie kommt."

„Ich weiß wirklich nicht, was du dir davon versprichst", kopfschüttelnd sah Christin sie an. „Was soll sie davon haben, dass sie die Namen der beiden Jungen kennt?"

„Ich glaube, es ist ihr wichtig", gab Yasemin trotzig zurück. Dauernd hatte die Freundin Einwände, versuchte, alles zu analysieren und mit Intelligenz zu lösen. Dass es auch so etwas wie Intuition gab, wies diese weit von sich. „Du musst ja nicht mitkommen."

„Selbstverständlich will ich dabei sein", Christin warf ihr einen bösen Blick zu. „Meinst du, ich will ihr nicht helfen?"

Yasemin schluckte ihre Antwort lieber hinunter, andernfalls wäre der Streit noch weiter ausgeartet. Christin war ihr eine gute Freundin, doch manchmal trieb sie ihre Art zur Weißglut.

„Wir sollten sehen, dass wir uns in der Mensa anstellen, sonst bekommen wir heute gar nichts mehr zu essen", mischte sich Melisa ein. „Der Film fängt um halb fünf an. Wir werden rennen müssen, um pünktlich am Kino zu sein."

43

Nach dem gestrigen Unwetter waren die Straßen und Wiesen nass und matschig. Obwohl die Sonne von einem fast wolkenlosen Himmel schien, hatte ihre Kraft nicht ausgereicht, den Boden zu trocknen. Daher war Ronja nach ihrem fast zweistündigen Ausflug bis zum Bauch mit Schmutz bedeckt und Daniela gönnte dem Hund und anschließend sich selbst eine ausgiebige Dusche.

Danach, Matthias war immer noch nicht da, hörte sie den Anrufbeantworter ab und rief alle, die in den letzten Tagen eine Nachricht hinterlassen hatten, zurück. Die Welle der Hilfsbereitschaft und die Worte des Trostes, die sowohl Arbeitskollegen als auch Freunde fanden, weckten ein geradezu warmes Gefühl in ihr. Das Leben konnte tatsächlich weitergehen - wenn sie es zuließ.

Zaudernd stand sie anschließend vor Christians Brief, den sie auf dem Tisch im Wohnzimmer liegengelassen hatte, ihre Hand, die schon nach den Blättern griff, zuckte zurück. Nein, es war zu früh, vielleicht heute Abend oder morgen.

Während sie die Nudeln abschüttete, hörte sie, wie sich die Wohnungstür öffnete. „Du kannst gleich zum Essen kommen!", rief Daniela.

Im selben Moment klingelte das Telefon. Mit dem Hörer in der Hand erschien ihr Bruder in der Tür. „Für dich." Er bedeckte die Sprechmuschel mit der Hand. „Es ist Yasemin."

Daniela spürte, wie ihr Herz zu klopfen begann. „Ja, hallo?", meldete sie sich.

„Guten Tag, Frau Ziegler." Yasemins Stimme klang aufgeregt. „Ich habe mir überlegt, da sie ja gern wissen wollten, wer die Jungen sind - also vielleicht kann ich Ihnen da doch weiterhelfen."

„Ja?", fragte Daniela, als das Mädchen schwieg.

„Mir ist eingefallen, dass die beiden in der Grundschule eine Klasse unter uns gewesen sind. Und Felix kannte sie vom Kindergarten her. Er mochte sie, glaube ich, nicht besonders. Wir sind ihnen meist aus dem Weg gegangen. Jedenfalls dachte ich mir, dass sie doch bestimmt irgendwelche Fotos aus der damaligen Zeit haben. Ich könnte mir die mal anschauen, ob ich einen von denen wiedererkenne."

„Das ist eine Superidee, nur weiß ich nicht …", Daniela brach ab. Eigentlich hatte sie sich herausreden wollen. Bilder von ihrem lebenden, lachenden Sohn ansehen zu müssen, wäre eine schreckliche Tortur. Andererseits wollte sie alles tun, um Christian zu helfen. Es musste sein, Yasemins Vorschlag war eine gute Möglichkeit, die Jungen zu identifizieren, vielleicht sogar die einzige, die ihr blieb. „Wann und wo können wir uns treffen?", wandelte sie deshalb den Satz ab.

„Ich gehe heute nach der Schule mit meinen Freundinnen in die Stadt. Wir wollen ins Kino und anschließend ein Eis essen. Könnten Sie uns da irgendwo treffen?"

„Im Eiscafé", entfuhr es Daniela. „Das würde gut passen."

Nachdem sie eine Uhrzeit ausgemacht hatten, legte sie den Hörer zurück in die Station. Das hieße, sie müsste sich gleich nach dem Essen das entsprechende Fotoalbum vornehmen und die infrage kommenden Bilder heraussuchen. Ihr Herz klopfte bereits, wenn sie daran dachte.

„Schlechte Nachrichten?", fragte Matthias, der ihr Mienenspiel beobachtet hatte.

„Nein, Yasemin möchte Fotos aus dem Kindergarten sehen. Sie meint, einer der Jungen wäre vielleicht darauf. Anscheinend sind die beiden in dieselbe Einrichtung gegangen wie Felix."

„Traust du dir das zu?"

„Ich werde es tun, weil es wichtig für Christian ist", umging sie eine direkte Antwort. Bevor er etwas erwidern konnte, drehte sie sich um und ging zurück in die Küche. „Das Essen ist fertig!", rief sie über ihre Schulter. „Kommst du, bitte?"

Während sie die Mahlzeit einnahmen, berichtete Matthias ihr von seinem Vorstellungsgespräch. „Murnau ist sehr interessiert daran, mich ins Boot zu holen. Ich habe wohl große Chancen, den Job zu bekommen", schloss er zufrieden grinsend.

Daniela, die die ganze Zeit in ihrem Essen herumgestochert hatte, schob den Teller zur Seite. „Willst du es denn?"

„Ja", er nickte nachdrücklich. „Glaube mir, es ist keine Augenblicksentscheidung, ich habe mir diese Sache reiflich überlegt."

„Ich dachte immer, das Leben, das du führst, wäre das Richtige für dich."

„War es ja auch lange Zeit." Matthias lehnte sich zurück und griff nach seinen Zigaretten. „Aber irgendwann merkte ich, dass es für mich immer anstrengender wurde, ständig unterwegs zu sein. Dazu bleibe ich nirgendwo lange genug, um heimisch zu werden. Zuhause fühle ich mich ebenso fremd, meine Freundschaften leiden unter der langen Abwesenheit, mein Liebesleben", er stockte, darüber hatte er mit ihr nun bestimmt nicht reden wollen, „leidet ebenfalls", schloss er schnell.

„Und was ist mit deiner Wohnung in München? Warst du nicht der Meinung, allein dort spielt sich das wahre Leben ab?" Daniela musterte ihn skeptisch. „Du hast dich doch hoffentlich nicht wegen mir hier vor Ort beworben?"

„Nun ja, da gibt es eine weitere Person, die mich hier hält."

„Julia? Ist es ernst mit euch beiden?"

„Von mir aus schon, nur sie ist noch nicht ganz so weit", gab er zu.

Daniela, die begonnen hatte, das Geschirr abzuräumen, setzte sich wieder an den Tisch. „Erzähl!", verlangte sie.

Matthias begann, unbehaglich auf seinem Stuhl hin und her zu rutschen.

„Es gibt nichts zu erzählen, bisher zumindest. Aber ich hoffe, das wird sich bald ändern."

„Ich fasse es nicht", murmelte Daniela. „Mein großer Bruder wird erwachsen."

Sie erwartete lautstarken Protest, stattdessen griff er über den Tisch nach ihren Händen. „Ich wollte nicht mit dir streiten, gestern, ich hoffe das weißt du. Trotzdem nehme ich nicht ein Wort von dem, was ich gesagt habe, zurück. Du musst loslassen!"

Abrupt zog sie ihre Hände zurück und sprang auf. Mit hektischen Bewegungen ließ sie das Geschirr ins Spülwasser rutschen. Statt zu antworten, widmete sie sich vehement den schmutzigen Töpfen.

„Daniela!"

Ohne sich umzudrehen, hob sie die Schultern und ließ sie wieder fallen. An den zuckenden Bewegungen ihres Rückens erkannte er, dass sie weinte. Schon wollte er hingehen, um sie zu trösten, im letzten Moment überlegte er es sich anders. Er konnte ihr nicht helfen, es war alles gesagt. Der nächste Schritt musste von ihr selbst kommen.

44

Der neue Disney war zwar nicht ganz nach Yasemins Geschmack, aber sie hatte sich dem Diktat der Freundinnen freiwillig gebeugt, froh darüber, dass diese bereit waren, ihr so kurzfristig zur Seite zu springen. Die Aufregung über das bevorstehende Gespräch tat ein Übriges, sie konnte sich einfach nicht auf das Geschehen auf der Leinwand konzentrieren. Immer wieder blickte sie auf die Leuchtzeiger ihrer Armbanduhr, die einfach nicht weiter vorrücken wollten.

Obwohl es sich um den größten der drei Säle handelte, war das Kino fast bis auf den letzten Platz besetzt. Neben ihr saßen zwei Jungen, die flüsternd jede Szene kommentierten, bis Christins wütend gezischter Protest sie verstummen ließ. Yasemin drückte sich tiefer in ihren Sessel und versuchte erneut, der Handlung zu folgen. Doch entweder lag es daran, dass sie schon zu viel Wichtiges verpasst hatte oder daran, dass sie in Gedanken schon bei dem kommenden Gespräch war, sie konnte dem Film nichts abgewinnen.

Im Schutz der Dunkelheit lehnte sie ihren Kopf an das Polster und schloss die Augen. Es gelang ihr, den lauten Geräuschpegel auszuschalten und sich in ihren Erinnerungen zu verlieren. Seit dem Gespräch mit Frau Ziegler war ihr Felix wieder viel präsenter, andauernd musste sie an ihn denken.

Zum ersten Mal war er ihr aufgefallen, nachdem sie ungefähr sechs Wochen zusammen in der ersten Klasse verbracht hatten. Bis dahin war er ein gesichtsloser Junge unter vielen anderen gewesen, von denen sie sich besonders auf dem Schulhof geflissentlich fernhielt. Jungen waren laut, prügelten sich ständig oder waren darauf aus, die Mädchen zu ärgern, vor allem die stillen, unauffälligen, zu denen auch sie gehörte. Mehrmals hatte sie in diesen Wochen bereits unter ihnen zu leiden gehabt.

An diesem speziellen Tag war ihre Freundin Katharina krank gewesen, daher musste sie auf dem Nachhauseweg allein zur Bushaltestelle gehen. Sie hatte sich extra beeilt, damit sie eine der ersten war, die den Klassenraum verließ und dennoch hatten sie sie auf dem einsamen Wegstück an den Schrebergärten vorbei eingeholt. Mit gesenktem Blick war sie weitergelaufen und hatte so getan, als würde sie die anderen nicht wahrnehmen, die sie Schimpfwörter schreiend umkreisten. Dann hatten sie sie umstellt und ließen sie nicht weitergehen.

„Los, lass uns mal in deinen Tornister sehen", hatte Dennis, der Anführer, gesagt und fordernd die Hand ausgestreckt.

Obwohl sie wusste, dass sie gegen die fünf Jungen keine Chance hatte, wollte sie nicht kampflos aufgegeben. Doch schließlich saß sie geschlagen am Boden, während die Übeltäter den Inhalt ihres Tornisters lachend über die große Hecke in die dahinterliegenden Kleingärten warfen.

„Dennis, Robin, sofort hört ihr auf!"

Das war Herr Möller! Erstaunt hatte sie den Kopf gehoben und tatsächlich war der Klassenlehrer mit schnellem Schritt auf sie zugestürmt. Hinter ihm, in einiger Entfernung, schaute Felix herüber. Typisch, hatte sie gedacht. Der ist zu feige, mir zu helfen. Erst später sollte sie erfahren, dass er es gewesen war, der die Hilfe herbeigeholt hatte.

Laute Musik und ein Rippenstoß von Christin ließen sie aufschrecken. In der Annahme der Film sei vorbei, wollte sie sich erheben. Im letzten Moment erkannte sie, dass lediglich eine besonders spannende Szene auf der Leinwand abgespielt wurde. Wieder versuchte sie den Bildern zu folgen, doch wieder vergebens. Mittlerweile war sie nicht mehr in der Lage, irgendwelche Zusammenhänge zu erkennen.

Sie schloss erneut die Augen und dachte an ihre zweite bewusste Begegnung zurück. Es war nur ein paar Tage später gewesen. Die ganze Nacht hatte es geregnet, daher stand der Pausenhof voller Wasser. Um den Pfützenspringern zu entgehen, hatten Katharina und sie sich unter das Dach der Turnhalle geflüchtet. Argwöhnisch hatte sie zu Dennis hinübergeschielt, der sich zusammen mit Robin auf der Suche nach neuen Opfern in der Nähe aufhielt.

Seit dem Zusammenstoß mit Herrn Möller, der ihn und seine Freunde gezwungen hatte, sämtliche ihrer Utensilien wieder einzusammeln, fühlte sie sich ständig von seinem hasserfüllten Blick verfolgt. Er gab natürlich ihr die Schuld, dass der Rektor und die Eltern informiert worden waren. Dabei lag es ausschließlich daran, dass die Lehrer ihn und seine Eskapaden satthatten. Zu oft war es in der kurzen Zeit seines Schulbesuchs zu Beschwerden gekommen.

Jetzt sah sie, wie er gebannt in Richtung Spielplatz blickte, seinen Freund anstieß und ihm etwas zuflüsterte. Während die beiden sich in Bewegung setzten, ahnte sie längst, dass sie etwas Neues im Schilde führten.

Zum Glück brauchte Katharina nicht lange überredet zu werden. Sie war ein großes, stämmiges Mädchen, das über ein enormes Selbstbewusstsein verfügte. Der freche Dennis war ihr seit dem Tag der Einschulung ein

Dorn im Auge, nachdem sie gesehen hatte, wie er ein vor ihm gehendes Kind so fest geschubst hatte, dass es fast die Treppe hinuntergefallen war. Außerdem hatte sie gemerkt, dass er sich nur an Kleinere und Schwächere herantraute, ihr ging er geflissentlich aus dem Weg. Und seitdem sie gehört hatte, was Yasemin passiert war, brannte sie darauf, es ihm heimzuzahlen.

In einigem Abstand folgten sie den beiden Jungen, die einen großen Bogen um die Rutsche und das Klettergestell schlugen und sich hinterrücks einer kleinen, oben auf dem Felsbrocken sitzenden Gestalt näherten. Dann bückten sie sich und begannen irgendetwas vom Boden aufzuheben.

„Die machen Matschbälle", stieß Katharina hervor und rannte los. Bevor sie den etwas weiter hinten stehenden Robin erreicht hatte, war der Junge auf dem Stein schon von den ersten Wurfgeschossen getroffen worden. Während sie und Katharina sich in eine wilde Balgerei mit den Angreifern stürzten, sah sie aus den Augenwinkeln, dass der Junge wegrannte. Dieser Feigling dachte sie noch zornig, musste sich dann aber darauf konzentrieren, den wütenden Dennis abzuwehren, bis ihr Katharina, zu Hilfe kommen konnte.

Wieder war es Herr Möller, der eingriff. Und wieder entdeckte Yasemin in einiger Entfernung die Gestalt von Felix.

Nach den Weihnachtsferien kam Dennis nicht mehr in die Klasse zurück, Herr Möller teilte ihnen mit, dass er die Schule gewechselt hatte. Allgemeines Aufatmen durchdrang den Raum. Yasemin, die zufällig in Felix Richtung geschaut hatte, sah, dass dieser zufrieden grinste.

„Du hast wohl am allerwenigstens dazu beigetragen, dass dieser Rabauke nicht mehr bei uns ist", konnte sie sich deshalb nicht verkneifen zu sagen, als sie auf dem Weg in die Pause hinter ihm die Treppe hinabging.

Er drehte sich halb herum und bedachte sie mit einem rätselhaften Lächeln. „Es ist nicht immer so, wie es sich darstellt", erklärte er ruhig und ließ sie einfach stehen.

Danach hatte sie ihn eigentlich komplett abgeschrieben, beachtete ihn überhaupt nicht mehr und versuchte, ihm aus dem Weg zu gehen. Wenn sie nicht diese Schwierigkeiten im Rechnen gehabt hätte und wenn nicht Herr Möller gewesen wäre, der darauf bestanden hatte, sie neben Felix zu setzen, wäre es wahrscheinlich nie zu einer Freundschaft zwischen ihnen gekommen.

Und auch diese entstand erst, nachdem sie ihn bei den vom Lehrer angesetzten Nachhilfestunden besser kennengelernt hatte. Und viel später erst erzählte er ihr, dass er es gewesen war, der die meisten Mitschüler überredet hatte, sich Herrn Möller anzuvertrauen. „Typen wie Dennis kannst du allein nicht besiegen", hatte er gesagt.

Mittlerweile waren sie schon gut befreundet, sodass sie es wagte, ihn auszulachen. „Du hast bloß Angst vor Prügel gehabt."

„Nein", seine Augen waren voller Ernst gewesen. „Darum geht es gar nicht. Es hätte in diesem speziellen Fall absolut nichts gebracht, sich zu wehren, damit hättest du eher das Gegenteil erreicht. Der war …", er runzelte die Stirn, angestrengt nach einem passenden Ausdruck Dennis' Verhalten zu beschreiben suchend, „… nicht normal", schloss er schließlich achselzuckend. „Besser kann ich es leider nicht ausdrücken."

„Ich weiß, was du meinst", hatte sie geantwortet und war, obwohl sie ihn doch nun wirklich mittlerweile gut kannte, überrascht, dass er das ebenfalls so sah. Dabei hätte sie eigentlich nichts mehr überraschen dürfen. Felix war nicht wie die anderen Jungen. Mit ihm konnte man sich über alles Mögliche unterhalten, er war klug, viel klüger als sie und trotzdem nicht eingebildet, sondern gab viel auf ihre Meinung und Ansichten. Mit Katharina verstand er sich ebenfalls bestens. Oft trafen sie sich jetzt nachmittags zu dritt auf dem Schulhof zum Spielen und ab und zu am Wochenende bei einem der drei zu Hause.

Anfangs hatten Yasemins Eltern nichts gegen die Freundschaft gehabt, im Gegenteil, sie waren froh gewesen, dass Felix ihr mit der Schule half. Ihre Einstellung hatte sich abrupt geändert, nachdem bei ihrer Tochter die ersten Anzeichen der Pubertät erschienen waren. Auf einmal hatten sie ständig Einwände vorgebracht, wenn die beiden sich allein treffen wollten. Nur - Christin und Melisa verstanden sich nicht gerade gut mit ihm und er mochte sie ebenfalls nicht sonderlich. Und ihr gefielen diese Verabredungen zu dritt ebenso wenig. Wenn sie sich sahen, sprachen sie über völlig andere Dinge, als bei ihren Unternehmungen mit den beiden Mädchen. Seitdem Katharina damals nach der dritten Klasse in eine andere Stadt gezogen war, hatten sie beide sich enger aneinander geschlossen und waren ein gut eingespieltes Team geworden. Sie hatten sich wirklich in fast allem ergänzt, Felix war der intellektuelle ruhige Typ gewesen, mit ihrem überschäumenden Temperament hatte sie ihn oft mitgerissen, er sie genauso oft auf ein vernünftiges Maß heruntergebremst.

Sie schnaubte empört. Ihre Eltern und ihre blöden Ansichten. Der ein Jahr jüngere Felix war für sie der kleine Bruder gewesen, den sie sich immer gewünscht hatte. Ohnehin hatte sie in dem Sinne, den ihre Familie meinte, bis jetzt gar kein Interesse an dem anderen Geschlecht. Und selbst wenn, wäre sie niemals auf die Idee gekommen, etwas mit Felix anzufangen. Das wäre wie …

Ein heftiger Stoß ließ sie hochschrecken. „Es ist fast zu Ende, die paar Minuten wirst du wohl noch durchhalten können", zischte Christin.

„Hä?" Was hatte sie ihr bloß getan, dass sie so böse klang?

„Musst du dein Missfallen unbedingt in dieser Lautstärke zeigen", flüsterte nun auch Melisa von der anderen Seite.

Zerknirscht sank Yasemin tiefer in ihren Sitz. Ihr Schnauben war wohl etwas zu laut ausgefallen. Aber sie hütete sich davor, sich verteidigen zu wollen. Wenn die Freundinnen erfahren würden, dass sie von dem gesamten Film gar nichts mitbekommen und stattdessen die ganze Zeit ihren eigenen Gedanken nachgegangen hatte, wären sie bestimmt noch saurer. Deshalb ließ sie ihre Augen auf die Leinwand geheftet und verfolgte schweigend die letzten fünf Minuten des Geschehens.

Als es hell wurde und die Besucher sich aus ihren Sesseln erhoben, war sie eine der ersten, die zum Ausgang strebten.

45

„Verdammt, verdammt, verdammt!" Wütend hieb Matthias mit der Faust gegen die Wand.

Daniela, die in der Küche das Mittagessen vorbereitete, trat in die Diele. Durch seinen Ausbruch wusste sie die Antwort bereits, bevor er den Mund aufmachte. „Sie lassen uns nicht mit ihnen sprechen", stellte sie ruhig fest.

„Der eine ist angeblich zu krank, um mit uns zu reden und die Eltern von diesem Philipp lehnen ein Treffen kategorisch ab. Sein Sohn habe eine Aussage bei der Polizei gemacht, teilte mir der Vater, übrigens ebenfalls ein Rechtsanwalt, mit. Wenn wir Einzelheiten wissen wollten, sollten wir uns an Kommissar Bremer wenden."

„Zumindest steht jetzt zweifelsfrei fest, dass es die beiden waren."

„Das war uns doch klar, nachdem Yasemin sie auf deinen Fotos erkannt hatte."

„Trotzdem dachte ich, dass sie es rundweg abstreiten würden."

„Dazu habe ich ihnen keine Gelegenheit gegeben." Matthias holte tief Luft, um sich zu beruhigen. „Ich habe es als feststehende Tatsache hingestellt, so, als wenn ich hundertprozentig wüsste, dass es die zwei Jungen waren, die den Mann gesehen haben."

„Damit sind wir immerhin etwas weitergekommen. Wir haben die Sicherheit, dass sich Yasemin nicht geirrt hat." Von den Dampfschwaden auf dem Herd abgelenkt, wandte sich Daniela wieder dem Essen zu.

„Und was hilft uns das?", rief Matthias hinter ihr her.

Bevor sie antworten konnte, klingelte es an der Tür. Julia, die für diesen Freitagnachmittag zum Essen eingeladen war, erschien auf die Minute pünktlich. Daniela nahm das Fleisch aus dem Ofen, füllte die Kartoffeln in eine Schüssel und gab die Soße in eine kleine Kanne. „Ihr könnt gleich in die Küche kommen", rief sie.

Julia hatte eine große Packung Eiscreme mitgebracht. „Für den Nachtisch", erklärte sie, während sie gefolgt von Matthias eintrat.

„Setzt euch", ungeduldig wedelte Daniela mit der Hand. „Oh, Matthias' Lieblingseis", stellte sie dann mit einem anzüglichen Lächeln fest und verstaute die Schachtel im Gefrierschrank. „Salat nehmt ihr euch bitte selbst, ja?"

Das Essen war ihr vorzüglich gelungen, der Schweinebraten fiel fast auseinander, so zart war er, die Soße, die sie großzügig mit Rotwein abgeschmeckt hatte, war ein Gedicht, wie Julia bewundernd feststellte. Sie und Matthias langten mehrmals zu und waren anschließend viel zu satt, um eine Nachspeise zu nehmen.

„Lieber einen Kaffee", erklärte Julia und lehnte sich aufseufzend zurück. „Ich habe das Gefühl, ich platze gleich."

„Da werden wir wohl Daniela auf ihrem Hundespaziergang begleiten", neckte Matthias sie. „Besonders, da Ronni dich dermaßen ins Herz geschlossen hat."

Lachend sah Julia auf den Hundekopf in ihrem Schoß. „Ich glaube, das liegt eher an meiner Inkonsequenz, Liebe geht bei ihr durch den Magen."

„Eigentlich soll sie nicht bei Tisch gefüttert werden." Daniela kratzte die Reste von den Tellern und mischte sie mit dem Trockenfutter im Hundenapf. Sofort war Ronja erwartungsvoll an ihrer Seite und jaulte leise, bis sie ihr das Fressen hinstellte. „Außerdem ist sie schon dick genug."

„Nun hab dich nicht so", Matthias knuffte sie leicht in die Seite. „Christian wird dir nicht gleich die Hölle heißmachen."

„Apropos Christian", sagte Julia, dankbar für die Überleitung. „Seid ihr weitergekommen?" Bisher hatten die Geschwister das Thema beharrlich vermieden, doch sie hatte schon beim Eintreten bemerkt, dass eine gewisse Spannung in der Luft lag.

Daniela zuckte mit den Schultern. „Erzähl du!", forderte sie ihren Bruder auf.

„Ich habe gerade, kurz bevor du gekommen bist, die Eltern der Jungen angerufen", begann dieser, wurde aber gleich von Julia wieder unterbrochen. „Halt, halt, wie seid ihr denn an die gekommen?"

„Ach ja, gestern, als wir uns trafen", sie grinsten sich verständnisinnig an, „wusste ich noch nichts davon."

„Ich habe Felix Freund angerufen", erklärte Daniela. „Den Michael Mülpert. An die Vornamen der zwei konnte ich mich anhand der Fotos erinnern. Und dann ist mir eingefallen, dass Felix mal erwähnt hatte, dass einige seiner ehemaligen Kindergartenfreunde auf dasselbe Gymnasium gehen wie er. Es war also einen Versuch wert. Ich brauchte Michael lediglich zu fragen, ob er einen Henning und einen Philipp kennt, die in der Fünften sind. Ich musste sie nicht einmal beschreiben, er wusste auf Anhieb, wen ich meinte. Besonders dieser Philipp scheint an der Schule allseits bekannt zu sein."

„Positiv oder negativ?"

„Das habe ich nicht mehr zu fragen gewagt. Ich wollte schließlich nicht, dass es zu auffällig wird."

205

„Hat er sich nicht trotzdem gewundert? Ich meine, da rufst du aus heiterem Himmel an und erkundigst dich nach zwei Jungen, die er kennt. Wollte er nicht wissen, warum?"

Daniela bekam einen roten Kopf. „Ich habe behauptet, ich wäre gerade dabei, Felix' Spielzeug zu sortieren und hätte einige Dinge gefunden, die er sich wohl geliehen hätte, eine DVD, auf der nur der Name Philipp stehe, und ein Nintendo-Spiel mit dem Aufkleber Henning Deuter. Ich würde vermuten, dass es sich um Kinder aus seiner Schule handeln könnte, er hätte ein- oder zweimal von den Jungen gesprochen."

„Klasse Idee!"

„Na ja", Daniela zögerte. „Ich wollte ihm nicht unbedingt den wahren Grund meines Interesses nennen."

„Bei dieser Yasemin warst du wesentlich offener", warf Matthias ein.

„Sie ist ein ganz anderer Typ. Und außerdem habe ich bei ihr das Gefühl, dass sie uns wirklich helfen will. Michael dagegen … ich glaube, ihm war es richtig peinlich, dass ich mit ihm sprechen wollte. Als er dann hörte, worum es ging, hat er merklich aufgeatmet. Ich konnte direkt spüren, wie erleichtert er war."

„Was auch wieder verständlich ist." Julia blickte auf ihre gefalteten Hände. „Er weiß nicht, wie er mit dir umgehen soll."

„Ich mache ihm keinen Vorwurf, eher bin ich froh, dass das Telefonat dadurch relativ einfach für mich war. Bei diesem Philipp sagte er mir nicht nur den Nachnamen, sondern gleich zusätzlich die Straße, in der er wohnt. Einen Henning Deuter kannte er natürlich nicht, wusste aber, dass Philipps bester Freund Henning Wiegand heißt und dass der Vater Zahnarzt ist. Danach war es für mich ein Leichtes, die Telefonnummern zu finden."

Daniela, die sich nach dem Abräumen des Tisches nicht wieder gesetzt hatte, lehnte sich gegen die Spüle und atmete tief durch. „Allerdings sieht es jetzt so aus, als kämen wir nicht weiter. Die Eltern blocken und wollen uns nicht mit ihren Kindern sprechen lassen. Im Grunde meines Herzens kann ich sie sogar verstehen, die beiden sollen nicht mehr daran erinnert werden."

„Ich finde, sie übertreiben." Matthias runzelte unwillkürlich wieder die Stirn, während er an sein Gespräch mit Herrn Krossmann dachte. „Vor allem der Rechtsanwalt. Angeblich haben die Jungen von dem Geschehen selbst gar nichts mitbekommen. Was bitte schön wird da in ihnen aufgewühlt, wenn sie mit uns sprechen?"

„Sieh es einmal anders herum“, Julia beugte sich vor. „Was sollte es euch in ihren Augen bringen? Ich kann verstehen, dass sie sich auf kein Gespräch einlassen wollen.“

„Vielleicht ist es besser so“, Matthias grinste die überrascht aufblickende Daniela an. „Wahrscheinlich werde ich mehr aus Philipp herausbekommen, wenn sein Vater nicht dabei ist.“

„Du willst doch nicht …?“ Absichtlich brachte sie den Satz nicht zu Ende.

„Siehst du eine andere Möglichkeit? Ich werde gleich Montag versuchen, ihn entweder in der Pause oder auf dem Nachhauseweg allein zu erwischen.“

„Matthias, nein, das kannst du nicht machen. Wenn er das zu Hause erzählt und das wird er, handelst du dir unter Umständen gewaltigen Ärger ein.“

„Ich glaube eher, er wird gar nicht die Gelegenheit bekommen, ihn allein zu sprechen“, sagte Julia begütigend. „Wenn es um mein Kind ginge, würde ich nach diesem Telefonat Vorsichtsmaßnahmen ergreifen.“

„Das werde ich sehen, versuchen will ich es auf jeden Fall, eine andere Option habe ich schließlich nicht“, wiederholte Matthias.

„Ich kann mir nicht vorstellen, dass du Erfolg hast“, nachdrücklich schüttelte Julia den Kopf. „Es gibt bestimmt eine andere, bessere Möglichkeit.“

„Du sprichst mir aus der Seele. Ich denke, ich werde morgen Frau Wittig anrufen und sie um ein weiteres Gespräch bitten“, Daniela begann, das Geschirr in die Spüle zu räumen und ließ heißes Wasser in das Becken laufen. „Und dieses Mal werde ich ihr alle Fakten mitteilen, ihr alles erzählen, was wir herausgefunden haben. Wenn uns jemand helfen kann, dann sie.“

Julia sprang auf und suchte nach einem Trockentuch, aber Daniela scheuchte sie und Matthias mit einer Handbewegung aus der Küche. „Lasst mich lieber allein arbeiten, da kann ich besser nachdenken.“

„Aber sag uns Bescheid, wenn du mit Ronni gehst. Wir kommen auf jeden Fall mit. - Und was machen wir jetzt?“, fragte Julia, während sie sich aufmerksam in Felix' ehemaligem Zimmer umblickte.

Matthias, der sich auf dem Bett ausgestreckt hatte, grinste sie anzüglich an und klopfte auf den freien Platz neben sich. „Ich hätte da schon die eine oder andere Idee, wie wir uns die Zeit bis dahin vertreiben können.“

Julia verzog das Gesicht. „Wenn du nur diese dummen Sprüche lassen könntest. Komm, ich sehe der Computer ist an, zeig mir lieber mal ein paar deiner Artikel. Ich möchte sehen, was du zustande gebracht hast."

46

Bei ihrem ersten Treffen war sie viel zu sehr damit beschäftigt gewesen, sich auf das vor ihr liegende Gespräch vorzubereiten. Heute war sie fünf Minuten zu früh. Sie blieb im Auto sitzen und betrachtete das Haus auf der anderen Straßenseite.

Es war ein Reiheneckhaus, sehr gepflegt, mit braunen Fensterläden, die sich gut von dem ockergelben Anstrich abhoben. Lediglich die Eingangstür fiel aus dem Rahmen, sie erinnerte an ein bizarres, dennoch geschmackvolles Graffitibild, das sich auf dem Garagentor fortsetzte und so dieses Haus augenfällig von den anderen in der Straße abhob.

In jedem Fenster hingen selbst gebastelte Bilder. Die in der unteren Etage, aufwendige Collagen aus Glas, zeigten die Hand einer geschickten Künstlerin. Die im oberen Bereich prangenden Tiere verrieten gleichzeitig, dass es sich um die Kinderzimmer handelte. Links, in dem großen Eckzimmer schienen die Zwillinge zu wohnen, die Frösche, die in unterschiedlicher Haltung über die Scheiben sprangen, sahen aus, als wären sie von ungelenken Kinderhänden gefertigt. Die Wale und Delphine auf dem rechten Fenster dagegen zeugten von einem gewissen Talent. Dort musste eines der älteren Kinder wohnen. Das andere hatte sein Zimmer wahrscheinlich zum Garten hin, genau wie sich dort bestimmt das Elternschlafzimmer befand. Da sich die große Wohnküche fast über die gesamte linke Seite des Hauses hinzog, konnte sich unten nur noch das Wohnzimmer befinden.

Es wurde Zeit auszusteigen. Während sie auf den kleinen Plattenweg einbog, der zur Haustür führte, betrachtete sie neugierig die seltsamen Skulpturen, die rechts und links auf dem kleinen Rasenstück des Vorgartens standen. Anscheinend handelte es sich um irgendwelche exotischen Vögel, die aus verschiedenen Metallen zusammengebastelt worden waren. Allerdings hatte der Künstler die Proportionen nicht besonders gut hinbekommen, die Tiere wirkten seltsam unvollendet, als hätte ihr Erschaffer mittendrin die Lust verloren.

„Ich sehe, Sie sind hingerissen." Eine amüsierte Stimme riss Daniela aus ihrer Versunkenheit. Ohne, dass sie es gemerkt hatte, war sie vor den Kunstwerken stehen geblieben, um diese genauer zu begutachten.

Im Aufblicken entdeckte sie Frau Wittig, die hinter dem kleinen Gartentörchen stand, das sich an die Garage anschloss und ihr winkte, näherzukommen. „Sie brauchen sich nicht zu äußern", meinte diese lachend, während sie Danielas verlegenes Gesicht betrachtete. „Im Gegensatz zu unserer Tochter ist unser Sohn nicht gerade mit künstlerischem Talent gesegnet."

Sie öffnete die Tür und hieß Daniela einzutreten. „Kommen Sie bitte hier durch. Ich dachte, wir könnten uns bei dem schönen Wetter auf die Terrasse setzen, um den herrlichen Sonnenschein zu genießen."

Der Garten war eindeutig für die Kinder hergerichtet worden. Ringsherum von dichten Büschen umgeben befand sich in der Mitte eine große Wiese, auf der in buntem Durcheinander Bälle, Federballschläger und Wasserpistolen neben einem Trampolin lagen. In der rechten Ecke stand ein großes Klettergerüst mit Rutsche, über deren Rand ein Planschbecken zum Trocknen hing. Die einzigen Blumen befanden sich in zwei Steinkübeln, die links und rechts der Sitzgarnitur die Terrasse flankierten. Fröhlich bunt wuchsen Geranien, Fuchsien und Tagetes wild durcheinander und vereinten sich zu einem harmonischen Ganzen.

„Das ist das Werk meiner Tochter", erklärte Frau Wittig, die ihrem Blick gefolgt war. „Für so etwas habe ich leider kein Händchen. Aber nehmen Sie doch bitte Platz." Sie wies auf die Korbstühle, die vor einem langen Holztisch standen. „Ich habe heute frischen Streuselkuchen gebacken", sie zwinkerte Daniela zu. „Ich hoffe, sie leisten mir ein weiteres Mal Gesellschaft."

Der Duft der frischen Hefe ließ Danielas Magen verlangend knurren. Mit einem Lächeln gab sie ihr Einverständnis, als ihr die Gastgeberin ein großes Stück auf den Teller legte. Statt Kaffee gab es heute Eistee, der in einem dickbauchigen Krug bereitstand.

„Die Zwillinge sind bei Freunden", erklärte Frau Wittig und biss herzhaft in ihren Kuchen. „Hm, lecker wie immer. Und mein Sohn ist beim Fußballtraining. Mein Mann muss länger arbeiten und unsere Tochter gibt gerade Nachhilfeunterricht. Damit haben wir zwei ungestörte Stunden, um uns zu unterhalten."

Das war eine geschickte Überleitung, trotzdem konnte Daniela nicht umhin zu fragen: „Diese Glascollagen in Ihren Fenstern, haben Sie die gemacht?"

„Ich?", Frau Wittig lachte amüsiert. „Nein. Ich kann Fensterbilder nach Anleitung basteln, kindgerechten Weihnachtsschmuck herstellen und mit Window-Color-Farben arbeiten. Wie ich schon sagte, die Künstlerin in unserer Familie ist unsere Tochter. Sie hat auch die Eingangstür und das Garagentor gestaltet. Sie ist gut, nicht wahr?"

„Genial wäre eher der richtige Ausdruck. Wie alt ist sie?"

„Sechzehn und sie ist sich schon seit Längerem sicher, dass sie dieses Talent nicht zu ihrem Beruf machen will. Sie möchte statt Kunst lieber Psychologie studieren", Frau Wittig seufzte. „Dabei finden ihre Bilder bei unseren Bekannten jetzt schon reißenden Absatz. Sie dagegen sieht es nur als Möglichkeit, damit ihr Taschengeld aufzubessern, und sich später vielleicht so ihr Studium mitzufinanzieren."

„Nun, wenn sie Nachhilfe gibt, scheint sie ja schulisch ebenfalls sehr gut zu sein", meinte Daniela tröstend. „Vielleicht schafft sie es, beide Studiengänge zu kombinieren, das wäre eventuell eine Alternative."

„Das ist ein guter Vorschlag." Frau Wittig lachte verblüfft auf. „Warum sind wir nicht selbst darauf gekommen?"

„Weil man oft vor lauter Bäumen den Wald nicht mehr sieht", gab Daniela zurück. „Deshalb benötige ich ja auch Ihre Hilfe."

In der nächsten halben Stunde berichtete sie in allen Einzelheiten von ihrer Spurensuche, beginnend mit dem ersten Gespräch mit Yasemin, von dem sie ihr schon in groben Zügen telefonisch erzählt hatte, über die Identifizierung der Jungen durch das Mädchen, bis zu Matthias' Bemühungen, wenigstens einen der beiden persönlich zu sprechen. Es war genau das passiert, was Julia vermutet hatte. Matthias war es nicht gelungen, in die Nähe dieses Jungen zu gelangen. Morgens war er von seinem Vater zur Schule gebracht worden und mittags hatte ihn die Haushälterin mit einem Taxi abgeholt. In den beiden Pausen waren auffällig viele Lehrer in seiner Nähe gewesen, die jeden Fremden mit Argusaugen beobachtet hatten. Die Krossmanns waren bestrebt, ihren Sohn zu schützen. Kurz bevor sie das Haus verlassen hatte, war Matthias zurückgekommen, frustriert, aber dennoch willens, in den letzten ihm verbleibenden Tagen die Überwachung des Jungen fortzusetzen. Nur, sie konnte den Sinn hinter diesen Bemühungen nicht nachvollziehen. Selbst wenn es ihm gelang, Philipp allein zu stellen, was erwartete er eigentlich? Glaubte er wirklich, der Junge würde ihm sofort die Wahrheit gestehen? Es musste doch einen bestimmten Grund geben, dass er log.

„Für mich steht hundertprozentig fest, dass Christian nicht der Täter ist", schloss sie. „Daher müssen die beiden Jungen lügen. Ob sie unter Druck gesetzt wurden oder es aus reiner Boshaftigkeit tun, weiß ich nicht. Mein Bruder und ich hatten eine kleine Auseinandersetzung. Er will unbedingt einen der Jungen selbst stellen und dazu bringen, die Wahrheit zu sagen. Christians Anwalt dagegen rät davon ab und bittet uns, stattdessen Material über diesen Philipp zu sammeln, das ihn in ein schlechtes Licht rückt. Er meint, wenn dieser zu einer derartigen Lüge fähig ist, wird er schon öfter negativ aufgefallen sein."

„Aber die Polizei muss doch wohl einen begründeten Verdacht gegen Ihren Nachbarn haben", wandte Frau Wittig ein.

„Nein, er ist einzig und allein durch die Aussage der Jungen in das Visier der Ermittler geraten. Andere Beweise gegen ihn gibt es nicht. Das hat mir sein Anwalt in einem Telefonat gestern Abend erneut bestätigt."

„Nun, das ist wirklich seltsam." Frau Wittig dachte nach und runzelte unwillkürlich die Stirn. „Nur - warum haben sie ihn dann so detailliert beschreiben können?"

„Ich vermute, sie haben Felix mehrfach in Christians Begleitung gesehen. Sie sind oft in der Nähe des Schulhofs mit dem Hund spazieren gegangen."

„Und wenn Ihr Nachbar ein Alibi gehabt hätte?"

Daniela grinste müde. „Darüber haben mein Bruder und ich auch eine ganze Weile gerätselt. Wir vermuten, sie hätten sich auf einen Irrtum herausgeredet und behauptet, der Mann, den sie gesehen hätten, sähe ihm eben unheimlich ähnlich. Auch die Beschreibung der Kleidung war eher oberflächlich gehalten: eine Jeans, ein rotes T-Shirt und darüber eine dunkelblaue Windjacke. Das tragen viele Männer."

Frau Wittig schüttelte immer noch ungläubig den Kopf. „Es tut mir leid, ich tue mich einfach schwer mit dem Gedanken, dass diese zwei bewusst lügen. So jung sind sie nicht, dass sie nicht wissen müssten, was sie mit dieser Falschaussage anrichten."

„Es kann nicht anders sein", beharrte Daniela.

„Und ich soll Ihnen helfen, eine Lösung zu finden, wie Sie vorgehen sollen?"

Danielas Röte vertiefte sich. „Ich weiß, wir kennen uns kaum. Trotzdem finde ich, dass Sie die kompetenteste Ansprechpartnerin für mein Problem sind. Sie arbeiten mit vielen Kindern und Jugendlichen und haben aufgrund dieser Arbeit zu mindestens genauso vielen Erwachsenen Kontakt. Und was ebenfalls wichtig ist, Sie besitzen einen gesunden Menschenverstand. Ich wüsste keinen Besseren, den ich darum bitten könnte."

„Nun gut, es mag zwar unbescheiden klingen, aber Ihre Argumente stimmen." Barbara Wittig lehnte sich zurück und legte nachdenklich die Fingerspitzen an die Nase.

Daniela, die während des Erzählens ganz ihren Hunger vergessen hatte, nahm sich ihr angebissenes Stück Kuchen und begann zu essen.

Erst nachdem sie auch noch ein zweites regelrecht verschlungen hatte, regte sich ihr Gegenüber. „Diese Jungen, Philipp und Henning. Gehen sie auf dieselbe Schule wie Ihr Sohn?" Auf Danielas Nicken fuhr sie fort: „Dann werde ich meine Tochter auf die beiden ansetzen. Sie kann am ehesten etwas erreichen."

„Ich dachte, Ihre Tochter wäre auf der Gesamtschule."

„Nein, da geht bisher nur unser Sohn hin. Im Sommer stoßen die Zwillinge dazu."

Daniela wusste nicht, welche Information sie zuerst verarbeiten sollte. Sie holte tief Luft. „Sie meinen also, Sie könnten Ihre Tochter für unsere Zwecke einspannen?"

„Ich werde nachher mit ihr sprechen", nickte Barbara Wittig. „Wenn mich nicht alles täuscht, hat eine ihrer Freundinnen schon schlechte Erfahrungen mit diesem Philipp gemacht."

„Das ist ja …" Daniela sprang vor Begeisterung auf und reckte die Hände in die Luft.

„Es wird trotzdem schwer werden, echte Beweise gegen ihn zu sammeln", dämpfte Frau Wittig ihren Enthusiasmus. „Erwarten Sie bitte nicht zu schnell Resultate."

„Ich bin nur so froh … endlich ein Lichtblick …", stammelte Daniela errötend.

Ihr Gegenüber schürzte die Lippen. „Trotzdem kann ich immer noch kaum glauben, dass diese Jungen derart ausgefuchst sein sollen, selbst die Polizei zu belügen."

„Vielleicht sind sie dazu genötigt worden", widersprach Daniela. „Vielleicht hat ihnen doch jemand gedroht, wir wissen einfach viel zu wenig. Und solange wir es nicht schaffen, ihre Aussage infrage zu stellen, werden wir es nicht erfahren." Sie trank den letzten Rest Eistee aus ihrem Glas. „Ich möchte Sie jetzt nicht länger aufhalten. Sie haben bestimmt genug anderes zu tun."

Frau Wittig warf einen wehmütigen Blick auf die Fenster des Wintergartens, deren dreckverschmierte Scheiben gnadenlos von der Sonne enthüllt wurden. „Dann muss ich mir wohl oder übel die Fenster vornehmen. Ich drücke mich schon länger davor, wie man sieht."

Sie saß schon im Auto und wollte gerade losfahren, als sie einem Impuls folgend noch einmal zu dem Haus hinüber blickte. Im selben Moment ging die Tür auf und Yasemin trat heraus.

47

Zum Glück hatten die Eltern Besuch, deshalb fiel es Yasemin nicht schwer, sich schnell in ihr Zimmer zurückzuziehen. Kaum hatte sie die Tür hinter sich geschlossen, zückte sie ihr Handy. „Hi, ich bin's, hast du schon mit deiner Mutter gesprochen?"

„Woher weißt du denn das schon wieder?", fragte Pia Wittig verwundert.

Yasemin lachte. „Ich habe Frau Ziegler direkt vor eurem Haus getroffen, sie war so lieb mich nach Hause zu fahren. Dabei hat sie mir erzählt, dass du für sie alles über Philipp herausfinden sollst, der ja jetzt auf deine Schule geht. Kennst du ihn?"

Pia schwieg ziemlich lange, Yasemin dachte schon, die Verbindung wäre unterbrochen. „Ich kenne ihn", sagte sie schließlich. „Und er ist nicht nur mir schon lange ein Dorn im Auge."

„Super, ruf doch gleich Frau Ziegler an und erzähle ihr das", bat Yasemin eifrig.

„So einfach ist es nicht", wehrte Pia ab. „Was wir vorbringen, muss hieb- und stichfest sein. Wir können ausschließlich Dinge verwenden, die sich beweisen lassen."

„Aber du weißt etwas", sagte Yasemin hartnäckig. „Nicht wahr?"

„In diese Geschichte sind einige andere verwickelt gewesen, ich muss erst mit ihnen sprechen, bevor ich Frau Ziegler anrufe."

Das Ganze wurde immer verzwickter. Warum wollte ihr Pia nichts erzählen? Yasemin kannte sie jetzt über ein Jahr, seit Frau Wittig ihr die Extranachhilfe vermittelt hatte. Sie war mit dem Mädchen immer super klargekommen, Pia behandelte sie wie eine Gleichberechtigte, nicht so von oben herab, wie es andere Mädchen in ihrem Alter taten. Was sollte diese Geheimnistuerei?

„Kannst du dir denn vorstellen, dass dieser Philipp gelogen hat?", fragte sie.

„Dem traue ich alles zu", kam die prompte Antwort.

Yasemin seufzte, Pia kam ihr nicht ein bisschen entgegen. Vielleicht sollte sie ihr berichten, was Frau Ziegler ihr anvertraut hatte, damit diese sah, dass sie Bescheid wusste. Zwar hatte Felix' Mutter sie gebeten, das für sich zu behalten, andererseits musste diese ja Frau Wittig zumindest so viel erzählt haben, dass die sich angeboten hatte, ihre Tochter mit dieser Aufgabe zu betrauen.

Es wurde ein langes Telefonat. Nachdem Yasemin ihr alles Wissenswerte erzählt hatte, nicht ohne noch extra zu betonen, dass Felix ihr bester Freund gewesen sei, rückte Pia endlich mit der Sprache heraus. Demnach kannte sie Philipp gut, sehr gut sogar. Yasemin lief es eiskalt den Rücken hinunter, während das Mädchen ihr erzählte, wie extrem er den Bruder von Pias Freundin gemobbt hatte. Mehr denn je war sie nun davon überzeugt, dass er in Bezug auf den Mann, den er angeblich gesehen hatte, log. Anscheinend war er wirklich der Typ, der andere gern in die Bredouille brachte, und dann grinsend danebenstand, wenn die sich abstrampelten, da wieder herauszukommen. Es würde bestimmt ein Leichtes sein, genug Material gegen ihn zu sammeln, damit die Polizei seine Aussage infrage stellte.

Allerdings schien Pia anderer Meinung zu sein. „Damals haben wir auch nichts gegen ihn ausrichten können", erklärte sie. „Du kannst dir nicht vorstellen, wie dieses kleine Arschloch sich verstellt. Beim Großteil der Lehrer ist er richtig beliebt, weil er in ihrem Beisein immer so tut, als könne er kein Wässerchen trüben. Und die meisten in seiner Klasse beten ihn an. Er ist der unumstrittene Anführer. Deshalb blieb Armin ja keine andere Wahl, er musste unbedingt da raus. Keiner der Lehrer wollte ihm helfen, keiner hat ihm geglaubt."

„Wie hat er es geschafft, dass Philipp ihn nicht trotzdem weiter geärgert hat?"

Wieder blieb es lange still in der Leitung.

„Wir haben ihn uns vorgenommen", sagte Pia leise, „Armins Schwester, ich und ein paar andere. Aber das bleibt unter uns, hörst du. Das darfst du keinem weitererzählen, nicht einmal deinen besten Freundinnen."

„Und was habt ihr mit ihm gemacht?", fragte Yasemin neugierig.

„Das willst du nicht wirklich wissen", Pias Stimme klang endgültig. „Pass auf, ich muss Schluss machen. Ich melde mich bei dir, wenn ich etwas Neues herausgefunden habe oder ich definitive Beweise sammeln konnte, die Philipps Untaten beweisen. Nur stelle es dir nicht zu einfach vor."

Obwohl Yasemin eine Menge erfahren hatte, fühlte sie sich seltsam unbefriedigt. So einfach, wie sie es sich vorgestellt hatte, waren diese beiden Jungen anscheinend nicht zu packen. Halt! Über den zweiten hatten sie gar nicht gesprochen. Wusste Pia überhaupt über ihn Bescheid? Sie griff zu ihrem Handy, überlegte es sich im letzten Moment jedoch anders. Sie würde warten, bis Pia sich wieder bei ihr meldete, das konnte schließlich nicht lange dauern.

Drei Tage verstrichen und Pia ließ nichts von sich hören. Mittlerweile zog Yasemin in jeder Fünfminutenpause ihr Handy aus der Tasche und prüfte, ob sie einen Anruf verpasst oder eventuell eine Kurzmitteilung von ihr bekommen hatte - bisher vergebens, Pia blieb stumm.

Am nächsten Tag entschloss Yasemin sich, bei Frau Ziegler anzurufen. Mit einer vagen Ausrede lieh sie sich Christins Handy und wählte die Nummer. Sie erreichte lediglich den Anrufbeantworter. Eine Nachricht zu hinterlassen, traute sie sich nicht, daher beschloss sie, es nach der Schule erneut zu versuchen.

Wieder war niemand zu Hause. Yasemin platzte fast vor Neugier und Wut. Heute war Freitag. Morgen und übermorgen hatte sie keine Gelegenheit, mit Felix' Mutter zu sprechen. Dabei würde die ihr bestimmt alle Neuigkeiten erzählen.

Zu Hause angekommen wählte sie dann doch die Nummer von Pia. Da ihr Handy kaum noch Strom hatte, nahm sie notgedrungen den Festnetzanschluss. Ihrer Mutter erklärte sie, sie müsse Pia wegen eines dringenden, mathematischen Problems anrufen und blieb ostentativ im Wohnzimmer, bis Frau Wittig sich gemeldet hatte. Erst während diese nach Pia rief, zog sie sich in ihr Zimmer zurück.

„Was gibt es Neues?", fragte sie, kaum dass das Mädchen in der Leitung war.

„Ich dachte, du hättest Schwierigkeiten in der Schule", kam es irritiert zurück.

„Nein, das habe ich nur gesagt, weil meine Mutter in der Nähe war", bekannte Yasemin. „Ich dachte, du hättest mich vergessen. Du wolltest mir Bescheid geben, wenn du etwas herausgefunden hast."

Ein langer Seufzer kam durch den Hörer. „Es ist schwieriger als erwartet. Bisher haben wir nichts vorzuweisen."

„Was ist mit deiner Freundin und deren Bruder?"

„Da stände Aussage gegen Aussage", wehrte Pia ab. „Ich habe dir schon erzählt, dass selbst die Lehrer Armin damals nicht geglaubt haben."

„Es muss andere geben, denen er ebenfalls böse mitgespielt hat", blieb sie hartnäckig.

„Wir versuchen unser Bestes", gab Pia unwirsch zurück. „Du kannst mir glauben, dass ich ihn genauso gerne wie du festgenagelt sehen würde."

„Kann ich euch denn nicht irgendwie helfen?", bat Yasemin mit flehender Stimme.

„Ich wüsste nicht wie."

„Was ist mit dem zweiten Jungen, diesem Henning? Kann ich nicht versuchen, über ihn etwas zu erfahren?"

„Das ist nicht nötig, daran haben wir ebenfalls schon gedacht", wehrte Pia ab. „Aber er ist immer noch krank. Bei dem kommen wir nicht weiter."

„Wollt ihr aufgeben?", fragte Yasemin erschreckt.

„Natürlich nicht, wir treffen uns morgen und beratschlagen, was wir sonst tun können. Im schlimmsten Fall müssen wir ihn uns halt noch einmal vornehmen."

„Darf ich auch kommen?" Bevor die Frage ganz heraus war, wusste sie schon die Antwort.

„Nein!" Der Aufschrei war so heftig, dass es in Yasemins Ohr zu klingeln begann. „Die anderen wissen nicht einmal, dass ich mit dir darüber rede. Du hast hoffentlich deinen Freundinnen gegenüber dichtgehalten, oder?"

Yasemin beeilte sich zu versichern, dass sie niemandem etwas erzählt hatte. Kaum hatte sie ausgesprochen, brach Pia das Gespräch mit dem Versprechen ab, sie, sobald es etwas Neues gebe, zu informieren.

Völlig perplex stand Yasemin mit dem toten Hörer in der Hand da. „Das war wohl die eleganteste Abfuhr, die ich je erhalten habe", murmelte sie.

48

Was für eine Woche! Zum ersten Mal seit Langem atmete Andrea Wiegand regelrecht auf, als sie Bernds Schlüssel klimpern hörte. In den letzten Tagen hatte sie das Haus kaum verlassen können, war immer in der Sorge gewesen, Henning würde diese Gelegenheit nutzen und sich mit Philipp in Verbindung setzen. Äußerlich gab er sich kooperativ, aber sie war sich sicher, dass er es kaum abwarten konnte, mit seinem Freund zu sprechen.

Deshalb hatte Bernd sämtliche Telefone und den Internetzugang mit einer zusätzlichen Sperre belegt, sodass sein Sohn den Computer nicht mehr ohne Aufsicht benutzen konnte und jedes Mal fragen musste, wenn er telefonieren wollte.

Nach einer Unterredung mit Doktor Beyer direkt am Abend des nächsten Tages, der vorher ein längeres, intensives Gespräch mit Henning geführt hatte, waren sie gemeinsam auf diese Maßnahmen als erste Krisenbewältigung verfallen. „Ich bin zwar kein Psychologe", hatte der Arzt gesagt, nachdem er aus dem Sprechzimmer in den kleinen Raum gekommen war, in dem sie warteten, „doch ich sehe deutlich, dass Henning in einem Ausnahmezustand ist, mit einer gleichzeitig sehr bedenklichen Abhängigkeit zu seinem Freund."

Er hatte ihnen dringend empfohlen, ihren Sohn in eine kinderpsychiatrische Einrichtung zu geben. Sie hatte nicht einmal einen Blick mit Bernd tauschen müssen, beide waren gleichermaßen vehement gegen dieses Ansinnen vorgegangen. Schließlich hatten sie sich mit Doktor Beyer darauf geeinigt, es zunächst mit einer ambulanten Therapie zu versuchen. Dem Arzt war es gelungen, einen Termin in der nächsten Woche für sie zu bekommen, was, wie er betonte, außergewöhnlich entgegenkommend sei.

„Bis dahin schreibe ich Henning krank", hatte er gesagt und sie ernst angeblickt. „Und ich rate Ihnen dringend, jeglichen Kontakt zu diesem Freund zu unterbinden, bis Sie mit dem Psychologen gesprochen haben. Rechnen Sie mit heftiger Gegenwehr Ihres Sohnes. Für ihn ist dieser Philipp die wichtigste Person in seinem Leben, wichtiger sogar, als Sie beide."

„Und das haben Sie im Verlauf dieses einen Gesprächs festgestellt?" Andreas Stimme war schrill geworden. „Sind Sie sicher, dass sie seine Worte nicht falsch interpretieren?"

„Völlig sicher", Doktor Beyer hatte sich nicht aus der Ruhe bringen lassen. „Henning quillt geradezu über vor Empörung darüber, dass Sie beide ihn gezwungen haben, auf jeden Kontakt mit seinem Freund zu verzichten, seitdem er krank zu Hause liegt. Er war richtig froh, sich sein Leid von der Seele reden zu können."

„Und wie gehen wir am Besten vor?", hatte Bernd völlig verunsichert gefragt. „Wie sollen wir ihm erklären, dass er weder von Philipp besucht werden, noch telefonisch mit ihm sprechen darf?"

„Ich habe ihm gesagt, dass seine Magenprobleme, die er ja angeblich hat, Zeichen einer nervösen Störung sind und ohne Behandlung durch einen erfahrenen Kinderpsychologen immer schlimmer würden. Das wäre eine ernste Angelegenheit, weil sich daraus ein ganz extremes Krankheitsbild entwickeln könnte, das dann einen längeren Krankenhausaufenthalt nach sich zöge", er hatte Bernd einen Blick zugeworfen. „Genauso, wie wir es im Vorfeld vereinbart hatten, wenn sich Ihre Ansicht bestätigen würde. Deshalb müsste ich mit Ihnen beiden sprechen, wie wir vorgehen. Ich denke, ich sage ihm, dass der Kinderpsychologe die endgültige Entscheidung treffen soll, er aber bis dahin völlig abgeschottet zu Hause bleiben muss."

Die Angst vor einem stationären Aufenthalt hatte Henning bewogen, sich in den nächsten Tagen mustergültig zu verhalten. Ohne zu brummen, hatte er die Isolation ertragen. Ab Dienstag war er zunehmend quengeliger und fordernder geworden. Nichts mehr hatte ihn interessieren können, überdies war es so weit gekommen, dass selbst sie fast vollständig den Zugang zu ihm verlor. Der Termin gestern bei Herrn Baumann hatte sie ebenfalls nicht weitergebracht. Nachdem er sich fast eine Stunde lang allein mit Henning unterhalten hatte, war er ganz kurz mit diesem im Schlepptau zu ihnen gekommen und hatte gesagt, er müsse erst weitere Tests machen, um völlig sicherzugehen. Immerhin hatten sie drei neue Termine für die nächste Woche bekommen. Andrea wusste nur nicht, ob das jetzt ein gutes oder ein schlechtes Zeichen war.

„Und hast du ihn erreicht?", empfing sie ihren Mann gleich an der Tür. Nachdem der Psychologe ihnen beiläufig eine Karte mit seiner Telefonnummer gegeben, dabei jedoch beide Eltern nacheinander mit Nachdruck angesehen hatte, waren sie zu dem Schluss gekommen, dass sie ihn ruhig anrufen konnten. Bernd hatte sich angeboten, das Telefonat von der Praxis aus zu führen, damit Henning und natürlich die neugierige Frau Hartwich nichts davon mitbekamen.

Bevor Bernd antwortete, führte er sie in die Küche und schloss die Tür hinter ihnen. „Ist Henning in seinem Zimmer?", vergewisserte er sich.

„Ja, er schaut fern, bei geschlossener Tür." Sie konnte fühlen, wie sich ihr Magen schmerzhaft zusammenzog. Es musste wirklich schlimm sein, wenn Bernd sich derart aufführte.

„Er meint, dass unser Sohn eine ausgeprägte Persönlichkeitsstörung hat."

Sie konnte fühlen, dass das nicht alles war. „Und?"

„Er hat gesagt, er müsse zuerst diese verschiedenen Tests durchführen, um seine Diagnose zu sichern. Trotzdem hat er mir bereits heute empfohlen, dass wir, um Henning zu helfen, ihn für mindestens ein Jahr in ein Internat stecken sollen, das auf Fälle wie ihn spezialisiert ist. Er wird dir gleich Montag entsprechendes Informationsmaterial mitgeben."

Andrea sank auf einen der Küchenstühle, ihre Hand tastete automatisch nach der Schachtel mit den Zigaretten.

Bernd betrachtete mit einem Anflug von Mitleid ihre zitternden Finger, die es kaum schafften, das Ende zu entzünden. „Ich denke, wenn er nicht überzeugt wäre, dass er richtig liegt, hätte er mir das nicht angeboten."

In Andrea begann sich, Widerstand zu regen. „Er hat bis jetzt ein Gespräch mit ihm geführt. Meinst du nicht, dass es da für eine echte Diagnose viel zu früh ist?"

Bernd zuckte mit den Schultern. „Er ist der Spezialist."

„Und spricht dir mit seinen Worten aus der Seele!", fuhr sie ihn an.

„Andrea, bitte, nicht wieder dieses Theater." Er bemühte sich, ruhig zu bleiben. „Du weißt, ich hatte lediglich einen Anfangsverdacht. Du warst zuletzt ebenfalls davon überzeugt, dass mit Henning etwas nicht stimmt."

„Ja, aber ich kann einfach nicht glauben, dass es so schlimm sein soll. Das hätten wir merken müssen. Es kann einfach nicht sein. Bestimmt irrt er sich."

„Glaube mir, ich bin wie du völlig geschockt gewesen. Daher habe ich nach diesem Telefonat sofort Doktor Beyer angerufen. Er sagt, Herr Baumann ist eine Kapazität auf dem Gebiet der Kinderpsychologie, er genießt einen ausgezeichneten Ruf. Wir sollten darauf vertrauen, dass er die richtige Entscheidung trifft. Henning ist jung, seine Probleme sind lösbar. Ist das nicht das Wichtigste?"

Andrea erhob sich so abrupt, dass der Küchenstuhl krachend zu Boden fiel. Ohne darauf zu achten, drückte sie ihre Zigarette im Aschenbecher aus und presste die Hände auf die Augen. „Es ist alles zu viel. Henning, der ständig nörgelt und mich anschreit, Frau Hartwichs neugierige Fragen, Rabeas dauernde Abwesenheit, sie war diese Woche kaum zu Hause, und jetzt auch noch das."

Jetzt erst fiel Bernd ihr derangiertes Äußeres auf. Seine Frau, die selbst im Haus immer Wert auf ein gepflegtes Erscheinungsbild legte, die nie ungeschminkt das Schlafzimmer verließ und fast jede Woche beim besten Frisör der Stadt ihre Haare stylen ließ, wirkte, als sei sie gerade eben aus dem Bett gestiegen. Shorts und Bluse, beides Designerstücke, waren völlig zerknittert und unter den Achseln zeichneten sich tiefe Schweißränder ab. Ihre goldblonden, halblangen Haare, die sonst immer das herzförmige Gesicht auf betont elegante Weise umschmeichelten, waren verstrubbelt und glanzlos. Und sie hatte auf jegliches Make-up verzichtet. Es musste ihr schon sehr schlecht gehen, wenn sie sich dermaßen gehen ließ.

Er trat zu ihr und nahm sie schweigend in die Arme. War es nur das aufwallende Mitleid, das ihn so reagieren ließ? Er wusste es selbst nicht. In den letzten Wochen hatte er sich nach und nach immer mehr von Andrea distanziert, die Basis, die sie für ihr tägliches Miteinander gefunden zu haben glaubten, war bröckeliger gewesen, als er gedacht hatte. Mehrmals war in seinem Kopf bereits der Gedanke an eine Scheidung aufgetaucht, bisher hatte ihn allein sein Verantwortungsgefühl den Kindern gegenüber von einem endgültigen Schlussstrich zurückgehalten.

Wenn Henning nun tatsächlich ein längerer Aufenthalt in einer Jugendeinrichtung bevorstand, mussten sie alles tun, ihre Beziehung wieder zu stabilisieren. Er würde auf sie angewiesen sein, auf sie beide.

Andrea regte sich und er zog seine Arme zurück. Mit einem verlegenen Lächeln sah sie ihn an. „Hättest du etwas dagegen, wenn ich für ein, zwei Stunden in die Stadt fahre? Ich brauche dringend Ablenkung. Im Moment will und kann ich nicht über das, was eventuell auf uns zukommt, nachdenken."

Überrascht sah er sie an. Das waren völlig neue Züge an ihr, dass sie ihn um sein Einverständnis bat und zusätzlich ihre Beweggründe erklärte. Auch sie schien das Bedürfnis zu haben, wieder enger mit ihm zusammenzurücken. „Geh ruhig", sagte er, obwohl er ihren Drang nach einer derartigen Zerstreuung nicht nachvollziehen konnte. „Ich kümmere mich um Henning."

Aus dem Küchenfenster sah er zu, wie sie den Wagen rückwärts aus der Einfahrt setzte. Sein Essen, das nach wie vor im Ofen warmgehalten wurde, würdigte er keines Blickes. Ihm war weder nach einer Mahlzeit noch nach irgendeiner Art von Ablenkung zumute. Seit er mit Herrn Baumann gesprochen hatte, kreisten seine Gedanken ununterbrochen um die Tatsache, dass sie beide erst viel zu spät auf Hennings seltsame Entwicklung aufmerksam geworden waren. Hätten sie, hätte er sich bloß mehr um ihn gekümmert! Was war passiert, dass sie sich alle derart auseinander gelebt hatten?

49

Andrea schlenderte ziellos durch die Geschäfte der Innenstadt. Nur flüchtig betrachtete sie die ausgestellten Kleidungsstücke. Sie war viel zu unkonzentriert, um echtes Interesse aufbringen zu können.

Schließlich verließ sie die belebte Einkaufsmeile und bog in eine der ruhigeren Nebenstraßen ein. Die Bewegung tat ihr gut. Ihre Muskeln begannen sich zu entspannen, die Kopfschmerzen, die sie schon seit dem Aufstehen gequält hatten, ließen nach.

Als ihre Füße in den hochhackigen Schuhen nahezu unerträglich schmerzten, machte sie sich auf den Rückweg. Ärger und Frustration waren wie durch ein Wunder verflogen, spontan entschloss sie sich, in die kleine Boutique hineinzuschauen, die letzte Woche diese außergewöhnlichen Blusen im Schaufenster gehabt hatte.

Zwei Stunden später verstaute sie ihre Einkäufe im Auto. In den neuen Sandalen war das Laufen eine Wohltat, wie auf Wolken hatten sie sie von Geschäft zu Geschäft getragen. Befriedigt legte sie die Tüten in den Kofferraum. Für Henning hatte sie zwei neue Computerspiele erstanden, die er sich schon länger wünschte, die Bernd allerdings bisher wegen der vielen brutalen Elemente, die darin enthalten waren, strikt verboten hatte.

Sie warf trotzig den Kopf in den Nacken. So war er beschäftigt und dachte nicht die gesamte Zeit an Philipp und was der wohl im Moment machte. Die letzten zwei Tage hatte er sie rasend gemacht. Ständig war er hinter ihr hergelaufen und hatte gebettelt, doch wenigstens mit einem seiner anderen Kameraden telefonieren zu dürfen. Alle Absprachen schien er vergessen zu haben und wenn sie diese erwähnte, wurde er wütend.

Bernd war den ganzen Tag aus dem Haus. Abends hatte sich Henning meist wieder beruhigt und war wesentlich umgänglicher. Gut, sie musste zugeben, dass ihr Mann sich viel mehr um seinen Sohn bemühte, seit sie bei Doktor Beyer gewesen waren. Jeden Abend forderte er ihn zu irgendwelchen Spielen an seiner Konsole heraus und setzte sich anschließend noch mit ihm zusammen vor den Fernseher. Oft entwickelte sich eine längere Diskussion aus dem Gesehenen, sodass sie fast immer diejenige war, die schließlich alle ins Bett treiben musste.

Aber natürlich war das auch eine völlig andere Situation, als wenn er das Kind von morgens bis abends am Hals gehabt hätte. Wahrscheinlich wäre er ebenso genervt wie sie, wenn er Hennings Quengelei von morgens bis abends ertragen müsste. Jetzt, am Wochenende, konnte er ruhig zeigen, wie ernst es ihm mit seinen Bemühungen war. Sie würde sich zwei erholsame Tage gönnen.

Sie lächelte vergnügt und betätigte den Blinker, um in ihre Einfahrt einzubiegen. Es war zum Abend empfindlich kühl geworden, deshalb hatte sie die Fenster geschlossen gehalten. Erst vor der Garage ließ sie das Seitenfenster herunter, um mit der Fernbedienung das Tor zu öffnen. Sofort übertönte das Geschrei aus dem Haus das Motorengeräusch. Es war Hennings Stimme, die sich schrill vor Wut überschlug.

Stirnrunzelnd öffnete sie die Wagentür, während das Tor langsam hochfuhr. Halt, nein. Sollte Bernd sich darum kümmern. Sie ließ den Wagen gemächlich in die Garage rollen und nahm sich viel Zeit, die einzelnen Tüten und Pakete aus dem Kofferraum zu nehmen. Sie lud die Einkäufe vor der Eingangstür ab und schloss dann das Garagentor.

Als sie sich umwandte, stand Bernd in der geöffneten Haustür, hochrot im Gesicht.

„Was war das denn gerade für ein Geschrei?", fragte sie und achtete darauf, möglichst viel Anteilnahme in ihre Stimme zu legen.

„Unser Sohn geruhte einen Anfall zu kriegen, weil seine Schwester sein Zimmer betreten hat", knurrte er.

„Ja, Henning ist im Moment etwas schwierig, das erlebe ich Tag für Tag", gab sie zur Antwort.

Sie bückte sich um die Päckchen einzusammeln, doch Bernd war schneller. Mit zitternden Händen belud er sich und schleppte ihre Einkäufe ins Wohnzimmer.

„Wenn es so ist, sollten wir ihn tatsächlich in dieses Internat stecken, und zwar möglichst auf der Stelle", sagte er mit belegter Stimme. „Er hat geschrien, bis ihm die Luft weggeblieben ist. Rabea war völlig fertig. Dabei wollte sie ihm nur Gesellschaft leisten."

„Wahrscheinlich hat sie ihn geärgert." Ihre Augen hatten sich zu schmalen Schlitzen zusammengezogen. Musste Bernd denn wirklich immer aus allem eine Tragödie machen. Henning hatte seine Schwester eben nicht sehen wollen. Na und?

„Er hat laut um Hilfe gerufen", erklang Rabeas Stimme von der Tür. „Als hätte er Angst, dass ich ihm etwas antun würde. „Erst nachdem Papa kam und er sich in Sicherheit wusste, hat er angefangen, mich zu beschimpfen. Ich glaube, der ist wirklich nicht mehr normal."

50

Pia wischte sich den Schweiß von der Stirn, bevor sie langsam zurück in ihr Zimmer trottete. Sie bereute bereits, das Mädchen eingeweiht zu haben. Hoffentlich gelang es ihr, die Kleine noch eine Weile aus allem herauszuhalten. Wenn die anderen erfuhren, dass sie Yasemin so viel erzählt hatte …

Es musste bei ihrem morgigen Treffen endlich etwas Sinnvolles herauskommen. Sie biss die Zähne zusammen. Wahrscheinlich blieb ihnen nichts anderes übrig, als das kleine Biest von neuem zu packen und ihm noch einmal die Hölle heißzumachen. Sie hasste derartige Gewalttaten!

Dass Corinna derart ausrasten würde, hatte sie vorher nicht gewusst und auch nie von ihr erwartet. Natürlich war es eine Riesensauerei, die Philipp sich mit Armin geleistet hatte. Und natürlich war es selbstverständlich für sie gewesen, genau wie für die anderen aus der Clique, ihr bei dem Versuch, das kleine Arschloch zu disziplinieren, zu helfen. Aber dass die Freundin wie ein Rachenegel über ihn kommen würde und ihn beinahe regelrecht verstümmelt hätte, hatte ihr schon damals Herzrasen verursacht.

Sie seufzte. Glücklicherweise war Philipp ein richtiges Weichei. Die Drohung, ihn zu verletzen, hatte ausgereicht, ihn zu stoppen. Sie konnte nur hoffen, dass es dieses Mal ähnlich ablaufen würde.

Na ja, vielleicht schaffte es Rabea, etwas bei ihrem Bruder zu erreichen. Für sie war die Situation noch blöder. Immerhin war Henning in diese Geschichte mit verwickelt. Sie hatte es ganz schön schwer genommen, als sie von Frau Zieglers Verdacht erfuhr. Anfangs war sie voller Abwehr gewesen und hatte jeden Verdacht, dass ihr Bruder gelogen haben könnte, weit von sich gewiesen. Dann hatte sie sich nach und nach der allgemeinen Meinung beugen müssen. Die Clique war sich einig: Die Aussage der beiden mutete sehr merkwürdig an, besonders wenn man bedachte, dass Felix' Mutter sich hundertprozentig sicher war, dass der Verhaftete nicht der Täter sein konnte. Natürlich gab es dafür keinen echten Beweis, aber sie glaubten ihr, sogar Rabea.

Zuerst hatte Pia ausführlich mit ihrer Mutter darüber gesprochen. „Sie behauptet, es gebe einen eindeutigen Beweis, dass dieser Nachbar unschuldig sei. Nur können sie diesen nicht beibringen, weil dadurch jemand anderes gefährdet wäre. Ehrlich gesagt weiß ich nicht, was ich davon halten soll. Einerseits klang sie sehr überzeugend, andererseits kann man eigentlich nie wissen, zu was ein Mensch fähig ist, wenn er an seine Grenzen stößt. Ich habe dem Ganzen zugestimmt, weil ich von dir weiß, dass dieser Philipp ein Unruhestifter ist. Also könnte es durchaus möglich sein, dass sie recht hat."

Ja, dem kleinen Arschloch traute sie alles zu. Und ihre Freundinnen ebenfalls. Nur wusste ihre Mutter natürlich nicht, was sie planten, um die Wahrheit ans Licht zu bringen. Auf legalem Weg kam man leider nicht an die Informationen, die sie benötigten, das hatten sie bei Armin zur Genüge feststellen können.

Zuerst einmal sollte sich jedoch Rabea ihren Bruder vornehmen und versuchen, ihn zu zwingen, ihr die Wahrheit zu sagen. Wobei für sie jetzt schon feststand, dass es Philipp gewesen sein musste, der die Idee zu der Denunzierung gehabt hatte. Henning war viel zu ängstlich, von sich aus würde er nie auf derartiges kommen. Und bei dem, was sie über Philipp wussten, konnten sich alle sehr gut vorstellen, dass er, um seine Rachegelüste zu befriedigen, auch vor einer Lüge nicht zurückschreckte.

Damals, kurz nachdem es immer schlimmer wurde, war sie zu ihren Eltern gegangen, überzeugt, dass diese ihr bei der Lösung von Armins Problem helfen konnten. Ohne Namen zu nennen, hatte sie seine Situation geschildert und gefragt, was sie tun solle.

„Gar nichts", hatten beide wie aus einem Mund gesagt.

„Die Situation ist viel zu komplex, als dass dein Eingreifen Erfolg haben würde", hatte die Mutter versucht zu erklären. „Wenn Mobbing erst einmal diese Ausmaße erreicht hat, geht es nicht mehr von einem einzigen Auslöser aus, sondern die Sache hat sich verselbstständigt. Hier müssen die Lehrer eingreifen."

„Die sehen das doch gar nicht", hatte sie gestöhnt, typisch Mama, da erklärte man lang und breit die Tatsachen und sie hörte nur mit einem Ohr zu.

„Ich habe dich sehr wohl verstanden." Sie schien genau zu wissen, was in Pias Kopf vorging. „Trotzdem kann das Mobbing allein von ihnen unterbunden werden. Die gesamte Klasse muss dabei mit einbezogen werden."

„Mama, die Eltern des Jungen sind schon beim Klassenlehrer gewesen. Der verharmlost das Problem."

„Dann müssen sie eben zum Rektor gehen und im schlimmsten Fall sogar das Kind von der Schule nehmen. Manchmal ist das der beste Weg."

„Meines Erachtens sind Mobber gestörte Persönlichkeiten, die selber Probleme haben, mit denen sie nicht fertig werden. Das Mobbing ist ihr Ventil, den eigenen Druck abzubauen", hatte der Vater hinzugefügt. „Im Prinzip müssten diese Personen therapiert werden."

„In unserem Fall ist der Täter eher das Gegenteil", hatte sie widersprochen. „Er ist der Sohn wohlhabender Eltern, allseits beliebt und der geborene Anführer."

„Wahrscheinlich hat er mehr Probleme, als du denkst." Der Vater war nicht von seiner Meinung abgewichen. „Gerade die Menschen, die sich nach außen laut und robust geben, sind innerlich oft sehr unsicher und verletzlich."

„Ich würde ihn am liebsten windelweich prügeln", hatte sie erklärt. Die Eltern waren in Lachen ausgebrochen. „Da bist du gerade die Richtige", hatte die Mutter gesagt. „Du kannst nicht einmal einer Fliege etwas zuleide tun."

„Wenn du es wirklich tätest, müsstest du dabei knallhart bleiben." Der Vater war ernst geworden. „Du kannst einen Mobber stoppen, aber nur mit gut begründeten Drohungen oder roher, körperlicher Gewalt."

„Harald, bitte", Mama wäre beinahe ausgeflippt. Pia, die Szene vor Augen, konnte ein Grinsen nicht unterdrücken. Damit hatte sich das Gespräch natürlich erledigt, die beiden waren in eine hitzige Diskussion abgeglitten, wann und wieviel Gewalt eingesetzt werden dürfe, um gegen solche Übeltäter vorzugehen.

Papas Ratschlag war ihr im Gedächtnis geblieben und blöderweise hatte sie ihn ausgeplappert, während sie kurz darauf in der Clique herumrätselten, wie sie Armin helfen könnten, nachdem selbst der Klassenwechsel keine große Verbesserung gebracht hatte. Corinna, in der sich mittlerweile jede Menge Hass auf Philipp angestaut hatte, war dieser Idee sehr zugetan gewesen. Sie konnte sich jetzt noch an das triumphierende Glitzern in ihren Augen erinnern.

„Also werden wir es auf diese Weise versuchen", hatte sie gesagt und ihren Freundinnen nacheinander fest in die Augen geblickt. „Ihr seid doch dabei?"

Alle hatten genickt, auch Pia. Dass sich Corinna allerdings einer derart extremen Vorgehensweise bedienen wollte, war wohl keinem von ihnen klar gewesen. Und sie hätte diese Drohung wahr gemacht, wenn sich Philipp nicht geschlagen gegeben hätte, davon war nicht nur Pia fest überzeugt.

Oh Gott, hoffentlich schaffte es Rabea, ihren Bruder zu bewegen, die Wahrheit zu sagen, damit ihnen allen eine weitere Konfrontation mit dem kleinen Arschloch erspart blieb!

Sie hatte den Gedanken gerade zu Ende gebracht, da klingelte ihr Handy.

„Hi, hier ist Rabea. Ich wollte dir lieber gleich Bescheid sagen. Henning hat sich mit Händen und Füßen gegen ein Gespräch mit mir gewehrt. Ich habe nichts aus ihm herausbekommen."

Ernüchtert sank Pia auf ihr Bett. Jetzt blieb ihnen tatsächlich kein anderer Weg offen.

51

„Beeil dich, das Essen ist gleich fertig", rief Julia die Treppe hinauf. Ohne eine Antwort abzuwarten, verschwand sie wieder hinter der Küchentheke und begann, Teller und Besteck hervorzukramen. Anschließend holte sie zufrieden summend eine Flasche Weißwein aus dem Kühlschrank und brachte diese zusammen mit den passenden Gläsern hinüber zum Esstisch. Matthias würde bestimmt nicht mehr nach Hause fahren.

Sie grinste selbstgefällig, während sie am liebsten in lauten Jubel ausgebrochen wäre. Es hatte sich alles wie selbstverständlich ergeben. Sie verstand sich jetzt im Nachhinein selbst nicht mehr. Warum war sie all die Jahre dermaßen davor zurückgeschreckt, sich zu öffnen, hatte lieber die Einsamkeit ertragen, statt sich auf eine neue Beziehung einzulassen?

Seit Henrys Tod hatte sie das Alleinsein vorgezogen, hatte sich mit dem neuen Leben arrangiert, wollte eigentlich keine echte Partnerschaft mehr. Sie war auch allein glücklich, hatte sie sich eingeredet, sie liebte ihren Beruf und hatte genug Hobbys, um ihre Freizeit sinnvoll zu gestalten. Dabei war es viel eher die Angst vor einer neuen Beziehung gewesen, Angst, dass sie ähnlich enden könnte wie die mit Henry, Angst, ein weiteres Mal diese Trauer bewältigen zu müssen.

Natürlich hatte es in der Zwischenzeit ein, zwei kleinere Geschichten gegeben, aber sie hatten nichts zu bedeuten. Bei Matthias dagegen hatte sie von Anfang an gesehen, dass es etwas anderes, tieferes war, das sie verband - und ihre Unsicherheit hatte sie immer wieder zurückweichen lassen. Die ganze Woche über hatte sie Verpflichtungen vorgeschoben, um ihn nicht sehen zu müssen, ihn auf Distanz gehalten, damit sie nicht doch noch schwach wurde. Nur noch ein paar Tage und er musste zurück nach München. Dass er spätestens in drei Monaten für immer zurückkehren würde, hatte sie erst einmal weit von sich geschoben.

Zum Glück hatte Matthias nicht aufgegeben. Er war einfach bei ihr aufgetaucht und hatte vorgeschlagen, für sie zu kochen. Ja, es war seiner Hartnäckigkeit zu verdanken, dass sie doch noch zueinandergefunden hatten.

Nachdem sie gemeinsam einkaufen gefahren waren, hatten sie sehr schnell zu einem ungezwungenen Umgang miteinander zurückgefunden. Während er versuchte, die seiner Meinung nach beste Lasagne der Welt zu kreieren, hatten sie herumgealbert und sich dabei köstlich amüsiert.

Und plötzlich war aus dem harmlosen Geplänkel Ernst geworden. Sie selbst hatte die Initiative ergriffen und die unsichtbare Grenze, die sie gezogen hatte, überschritten. Matthias war zurückgezuckt, als er ihre Hände spürte, die sich unter sein T-Shirt schoben. Fragend hatte er sie angeblickt und in ihren Augen die Antwort gelesen. Danach hatte es kein Halten mehr gegeben, weder von ihrer noch von seiner Seite. Sie hatten es nicht einmal mehr die Treppe hinauf geschafft.

Sehr viel später hatten sie gemeinsam einen zweiten Versuch unternommen, ein verspätetes Mittagessen fertigzustellen, obwohl Julia der Sinn nach ganz anderen Vergnügungen stand. Sie war über sich selbst verblüfft gewesen. Jetzt, da sie den entscheidenden Schritt gewagt hatte, konnte sie ihre Bedenken und Ängste nicht mehr nachvollziehen. Im Gegenteil, die langen Jahre der Enthaltsamkeit schienen einen Hunger nach Zärtlichkeiten ausgelöst zu haben, der nicht so schnell zu stillen war.

Nachdem sie die Auflaufform endlich dem Ofen übergeben und die Zeitschaltuhr programmiert hatten, war es wiederum sie gewesen, die ihn die Stufen hinaufgelotst hatte, vornehmlich um ihm die restlichen Räume zu zeigen, logischerweise waren sie über das Schlafzimmer nicht hinausgekommen.

Nun gut, sie musste zugeben, dass Matthias sich äußerst willfährig gezeigt hatte. Und wenn sie nicht von dem hohlen Gefühl in ihrem Magen aus dem Bett getrieben worden wäre, hätte die erste gemeinsame Mahlzeit wahrscheinlich aus einem ausgiebigen Sonntagmorgenfrühstück bestanden.

Ein vergnügtes Pfeifen ertönte und sie hörte, wie er leichten Schrittes die Treppe hinunterlief.

Matthias betrachtete sie mit einem liebevollen Lächeln, setzte sich aber folgsam auf den Stuhl, den sie ihm zuwies. „Alles in Ordnung?", fragte er, da sie ihn nur stumm ansah.

„Ich überlege gerade, wie ich es all die Jahre ohne dich ausgehalten habe", erwiderte sie.

„Ja, es gibt einiges nachzuholen", bestätigte er grinsend.

„Hier", sie drückte ihm die Weinflasche in die Hand. „Die kannst du schon einmal aufmachen, während ich das Essen aus dem Ofen hole."

„Ich sollte nicht trinken, wenn ich fahren muss." Seine Hand schwebte über dem leeren Glas.

„Ich dachte, du bleibst heute Nacht hier." Sie hatte sich gebückt und hob die Auflaufform vom Blech, daher konnte sie seinen Gesichtsausdruck nicht sehen, hörte jedoch, wie er scharf die Luft einsog.

Mit drei großen Schritten war er bei ihr und umarmte sie so heftig, dass sie die Form beinahe fallengelassen hätte. Mit zitternden Händen stellte sie sie zurück auf das Blech und richtete sich auf. Er hatte sich bereits von ihrem Hals bis an ihren Mundwinkel herangeküsst, drehte sie nun herum und senkte seinen Mund auf den ihren. Wieder schien die Zeit stehenzubleiben.

Irgendwann löste sie sich aus seiner Umarmung und trat Luft schnappend zurück. „Wenn wir jetzt nicht essen, war deine Mühe umsonst."

„Welche?", konnte er sich nicht verkneifen zu fragen und hob eine Augenbraue hoch.

Lachend schlug sie mit dem Topflappen nach ihm. „Matthias Ziegler, ich habe Hunger. Und wenn der nicht gestillt wird, bin ich unausstehlich."

„Eher unwiderstehlich", witzelte er, nahm die Auflaufform aus dem Ofen und brachte sie hinüber zum Tisch.

„Du wirst dir die Finger verbrennen", warnte sie.

„Nein, das Essen ist nur noch lauwarm", erklärte er vergnügt.

Beide langten mit großem Appetit zu. Neidlos musste Julia ihm zugestehen, dass diese Lasagne die beste war, die sie je gegessen hatte. „Ich selbst bin keine gute Köchin", warnte sie. „Du musst dich mit den einfachen Gerichten bescheiden, die mir gelingen oder das Kochen selbst übernehmen, wenn du zurückkommst."

Vor Erstaunen fiel ihm die Gabel aus der Hand. „Was willst du damit sagen?"

„Na ja", sie blickte verlegen auf ihren Teller. „Ich habe das große Haus ganz für mich allein. Es wäre Unsinn, wenn du dir erst eine eigene Wohnung suchst. Der Keller ist trocken und leer. Wir könnten deine Möbel dort einlagern."

Wieder war er so schnell an ihrer Seite, dass sie kaum das Besteck zur Seite legen konnte. „Julia, ist das dein Ernst?"

Sie lehnte den Kopf an seine Brust. „Wir haben schon viel zu viel Zeit vertrödelt."

Auf seinen Armen trug er sie hinüber zur Couch. „Dem kann abgeholfen werden."

52

Verschlafen öffnete Pia die Augen. Das laute Summen eines Insekts war bis in die Tiefen ihres Schlafs vorgedrungen und hatte sie ihn Alarmbereitschaft versetzt. Sie hasste Mücken ebenso sehr wie Bienen und Wespen. Seitdem sie vor zwei Jahren einmal von einer Hornisse gestochen worden war, sogar noch viel mehr. Es hatte verdammt wehgetan. Ihr Unterarm war mindestens auf den doppelten Umfang angeschwollen und richtig dick entzündet gewesen.

Seit diesem Erlebnis hatte sich ihre Angst in reine Panik verwandelt. Deshalb schoss sie wie ein Blitz hoch, als das Summen wieder ertönte. Das Sonnenlicht, das durch die nicht gänzlich geschlossenen Vorhänge hereindrang, hüllte das Zimmer in ein fahles Licht, ausreichend genug, die Umrisse der Möbel zu erkennen, aber nicht annähernd genug ein umherschwirrendes Insekt zu erkennen.

Das Geräusch schien vom Fenster zu kommen, vorsichtig tastete sich Pia dorthin, den Schuh, den sie vor dem Bett gefunden hatte, in der drohend erhobenen Rechten. Mit einem Ruck riss sie den Vorhang zur Seite und blickte auf ihr Handy, das sich brummend hin und her drehte. „Dieser verflixte Jonas", zischte sie. Ihr Bruder musste sich heimlich ihres Mobiltelefons bemächtigt und ihren Klingelton durch dieses Brummen ersetzt haben. Sie konnte dem unbekannten Anrufer im Prinzip dankbar dafür sein, dass er sie so früh geweckt hatte. Normalerweise bekam sie um diese Zeit keine Anrufe. Das Handy wäre in ihrer Hosentasche losgegangen und sie hätte einen Schreikrampf bekommen.

Natürlich war das Klingeln in der Zwischenzeit verstummt. Zornig sah sie nach, wer der Anrufer gewesen war. Wenn dieses Mistvieh es gewagt hatte, sie um diese Zeit aus dem Bett zu schmeißen, würde sie sich gnadenlos rächen.

Doch es war Corinnas Nummer, die auf dem Display auftauchte. Was konnte die denn an einem Sonntagmorgen um neun Uhr von ihr wollen? Vor allem, nachdem sie gestern stundenlang zusammengesessen und diskutiert hatten, bis sie sich endlich auf eine befriedigende Lösung einigen konnten. Seufzend schielte sie auf das warme Bett, entschloss sich dann aber, lieber zurückzurufen. Kaum hatte sie diesen Entschluss gefasst, klingelte das Handy schon wieder.

„Endlich, du Langschläfer!", ertönte Corinnas Stimme. „Das dauert, bis man dich erreicht! Rabea hat mich gerade angerufen, unsere Aktion wird auf heute vorgezogen. Sie hat rausgekriegt, dass heute ein Fußballturnier in Gershaus ist. Und rate mal, wer daran teilnimmt."

„Sicher?", fragte Pia und spürte, wie ihr Herz bereits vor Aufregung zu klopfen begann.

„Hundertprozentig. Ihr kleiner Bruder hat die gesamte Zeit beim Frühstück gequengelt, weil er unbedingt dahin wollte und Papa bestimmt hat, dass er zu Hause bleiben muss."

„Ist das nicht der Fußballplatz, wo wir letztes Jahr unser Leichtathletikfest hatten?" Pias Gedächtnis kam nur langsam in Schwung.

„Genau der", bestätigte Corinna triumphierend. „Kannst du dich an die riesigen Wiesen an der S-Bahn-Haltestelle erinnern? Das wäre genau der richtige Ort, ihn zu befragen."

„Erst einmal müssen wir ihn dorthin bekommen", warf Pia ein.

„Deshalb rufe ich ja so früh an. Ich dachte, da hast du genug Zeit zum Überlegen. Wir wollen uns um zwölf Uhr auf dem Parkplatz treffen. Das Turnier beginnt um zehn und dauert bis zum Abend. Entweder müssen wir versuchen, ihn uns zwischendurch in einer Pause zu krallen, oder wir warten bis zum Spielende, falls er da nicht von seinem Vater abgeholt wird."

„Das sind ziemlich viele Wenns und Abers."

„Ach, du wirst das schon hinkriegen."

„Hm", brummte Pia, während es in ihrem Kopf schon fieberhaft arbeitete. Das Problem war, dass Philipp sofort Reißaus nehmen würde, wenn sie sich ihm näherten. Und sie mussten sehr, sehr vorsichtig sein, damit niemand sie dort sah. Das war eigentlich ein Ding der Unmöglichkeit. Alles in allem war Corinnas Plan viel zu riskant.

„Bis nachher." Ehe sie ihre Einwände vorbringen konnte, hatte die Freundin aufgelegt.

Grübelnd blieb Pia am Fenster stehen. Das Ganze gefiel ihr überhaupt nicht. Wie sollten sie den Jungen von dort weglocken? Selbst auf dem belebten Schulhof machte er einen großen Bogen um die Mädchenclique. Rabea war die Einzige, mit der er noch sprach, und das auch nur höchst ungern. Und jetzt, da Henning sozusagen in Klausur war, gab es diese Möglichkeit ebenfalls nicht mehr. Oder war das genau der richtige Ansatz? Sie konnte vorgeben, eine Nachricht von ihrem Bruder zu haben.

Während sie sich anzog, verwarf sie eine Idee nach der anderen. Corinna war wirklich witzig. Ließ sie mit der Planung einfach sitzen, genau wie immer. Du machst das schon, war einer ihrer beliebtesten Sätze, wenn es Probleme gab.

Geistesabwesend löffelte sie ihre Cornflakes und registrierte nicht die erstaunten Blicke ihrer Eltern, die sie sonntags sonst nie um diese Zeit zu Gesicht bekamen und ebenso wenig die Hänseleien ihres Bruders, der, ein ausgesprochener Frühaufsteher, heute für seine Verhältnisse eher spät am Frühstückstisch saß.

„Ich treffe mich gleich mit den Mädchen", verkündete sie, bevor sie wieder nach oben ging. „Wir machen einen Ausflug. Corinna meinte, wir sollten das schöne Wetter genießen, ab morgen soll es wieder regnen."

„Tatsächlich", die Mutter schüttelte verblüfft den Kopf. „Ich dachte, es würde bis Mitte der Woche so bleiben."

„Vielleicht habe ich mich ja verhört", machte Pia eilig einen Rückzieher. Das fehlte noch, dass sie sich auf eine Diskussion mit ihren Eltern einlassen musste. „Ist auch egal, ich bin jedenfalls heute den kompletten Tag weg."

„Soll ich euch ein paar belegte Brötchen machen?", fragte die Mutter. „Dann müsst ihr nicht dieses teure Fastfood kaufen. Ach ja, etwas Kuchen könnt ihr ebenfalls haben."

„Dafür sorgt dieses Mal Corinna", schwindelte sie. „Es war schließlich ihre Idee."

Nach einem Blick auf die Uhr sprang sie in Windeseile die Treppe hinauf. Sie musste duschen und Haare waschen und Zähneputzen – und einen Plan hatte sie nach wie vor nicht.

Erst beim Anziehen kam ihr die entscheidende Idee. Das T-Shirt halb über dem Kopf tastete sie aufgeregt nach ihrem Handy. Die Kleine hatte doch am Freitag vom Festnetz bei ihr angerufen. Sie musste die Nummer im Speicher haben. Es war sicherlich besser, sie auf dem normalen Telefon anzurufen, das gab dem Ganzen einen seriöseren Anstrich.

Zum Glück war es Yasemin selbst, die den Hörer abnahm. „Hi", sagte Pia, „Ich wollte dich fragen, ob du Lust hast, mit mir und meinen Freundinnen zusammen einen kleinen Ausflug zu machen."

„Heute?", kam es erstaunt zurück.

„Ja, du wolltest gern mithelfen, erinnerst du dich?" Sie hoffte, dass diese Anspielung ausreichen würde, dem Mädchen die Situation begreiflich zu machen.

Yasemin war nicht auf den Kopf gefallen. „Ich liebe spontane Ideen", erwiderte sie schnell. Pias Anruf konnte nur eines bedeuten, die Mädchen hatten einen Plan und wollten heute zuschlagen. Und sie durfte ihnen dabei helfen! „Was wollt ihr denn machen?", fragte sie aufgeregt. „Wir veranstalten ein Picknick, wo, erfährst du später", war die kryptische Antwort. „Kannst du mich um halb zwölf am Bahnhof treffen? Wir fahren zusammen zum Treffpunkt."

„Moment", Yasemin wandte sich an ihre Mutter, die mit der Bügelwäsche beschäftigt, knapp einen Meter hinter ihr stand, und sich, wie sie genau wusste, bemühte, soviel wie möglich von dem Gespräch mitzubekommen. „Anne, darf ich mit Pia und ihren Freundinnen einen Ausflug machen? Sie haben mich zu einem Picknick eingeladen."

„Was sollst du denn dabei?", fragte diese stirnrunzelnd.

„Zwei von ihnen bringen ihre jüngeren Schwestern mit, die sind in meinem Alter. Oh bitte, es wird bestimmt lustig."

„Aber um neunzehn Uhr bist du spätestens wieder zu Hause", die Mutter nickte gnädig. „Und lass dein Handy an, damit wir dich erreichen können."

„Danke, super. He, Pia, ich komme pünktlich."

Yasemin musste an sich halten, um ihre Aufregung nicht zu deutlich zu zeigen. Betont langsam packte sie ihren kleinen Rucksack und ließ sich sogar von der Mutter Trinkpäckchen für alle aufdrängen. Zuletzt musste sie sich beeilen, damit sie pünktlich am vereinbarten Treffpunkt war. Atemlos rannte sie die Treppe zum Eingang hinauf. Pia saß auf der obersten Stufe und blickte ihr lächelnd entgegen. „Los, wir müssen sofort weiter", sagte sie statt einer Begrüßung, sprang auf und griff hinter sich. Ihr Rucksack war wesentlich größer, als der von Yasemin. „Meine Mutter hat mir jede Menge Verpflegung aufs Auge gedrückt", erklärte sie schulterzuckend. „Ist vielleicht auch gut so, wer weiß, wie lange unser Ausflug dauern wird."

Yasemin hätte gern weiter gefragt, doch im Gedränge des Bahnhofs kamen sie nur dadurch zügig voran, dass sie sich hintereinander durch die Menschenmassen schlängelten. Das gute Wetter schien sämtliche Einwohner bewogen zu haben, ins Grüne zu fahren.

Die S-Bahn war gerammelt voll. Mit Müh und Not ergatterten die Mädchen zwei Sitzplätze weit auseinander. Immer noch wusste Yasemin nicht, wohin die Fahrt gehen würde. Aufgeregt versuchte sie, Pia nicht aus den Augen zu lassen, damit sie nicht die richtige Haltestelle verpasste.

Ihre Sorge war unbegründet. Das Mädchen verließ früh genug seinen Sitz und kam extra zu ihr, damit sie durch dieselbe Tür aussteigen konnten. Einige wenige weitere Fahrgäste drängten hinter ihnen hinaus. Pia zog Yasemin zu einer Bank, die verlassen in der Sonne lag. „Wir müssen hier auf die anderen warten. Ich hoffe, sie sind pünktlich."

„Dann hast du Zeit mich aufzuklären. Wollt ihr euch heute Philipp greifen?"

„Wenn alles klappt, ja." Pia verzog das Gesicht. „Richtig glücklich bin ich mit diesem abrupten Angriff nicht. Ich hatte gar keine Zeit, alles durchzuplanen. Wir werden uns einiges kurzfristig überlegen müssen, wenn wir Erfolg haben wollen."

„Wo ist er eigentlich?"

„Zehn Minuten von hier ist ein Fußballplatz. Da findet heute ein Turnier statt. Angeblich soll Philipp mitspielen."

„Ihr wisst nicht einmal, ob er wirklich hier ist?", Yasemin konnte ihre Enttäuschung nicht verhehlen.

„Das ist das Erste, was du herausfinden musst. Keiner von uns kann sich dort sehen lassen. Ich will nämlich nicht, dass Philipp auch nur ahnt, dass wir in der Nähe sind. Und außerdem darf es keine Zeugen geben, die seine Aussage hinterher bestätigen könnten."

„Was?" Yasemin blickte nicht mehr durch.

„Es könnte sein, dass wir das Arschloch etwas härter anpacken müssen", erklärte Pia nach einigem Zögern. „Deshalb ist es besser, wenn er später mit seiner Aussage, wir wären hier gewesen, allein dasteht. Immerhin ist sein Vater Rechtsanwalt, da wollen wir nichts riskieren." Sie sah das Erschrecken in Yasemins Gesicht. „Keine Angst, bei seiner Befragung wirst du nicht anwesend sein. Er wird dich gar nicht mit uns in Verbindung bringen, dafür sorge ich."

Sie verstummte, denn der nächste Zug wurde in der Ferne sichtbar. Quietschend fuhr er in die Haltestelle ein. Dieses Mal verließen vier Fahrgäste die Abteile, zwei Männer und eine Frau mit einem kleinen Kind an der Hand. Unruhig sah Pia den Bahnsteig hinauf und hinab. Die Bahnhofsuhr zeigte bereits fünf Minuten nach zwölf.

„Wo bleiben die denn?" Sie hatte den Satz kaum zu Ende gebracht, als ihr Handy klingelte.

Yasemin konnte anhand der Antworten erkennen, dass Pia anscheinend mit Corinna sprach und sie und die anderen aufgehalten worden waren.

„Kirsten kommt nicht", erklärte Pia, nachdem sie ihr Handy zugeklappt hatte. „Sie hat Stress mit ihrem Freund. Jennifer, Rabea und Corinna haben die letzte Bahn verpasst. Sie müssen jetzt eine halbe Stunde auf die nächste warten."

„Und was machen wir solange?"

Pia musterte sie prüfend. „Eigentlich könntest du in der Zwischenzeit schon die Vorarbeit erledigen. Ich begleite dich ein kleines Stück und zeige dir, wo es ist."

Sie verließen den Bahnsteig und schlenderten über den schmalen Weg zwischen den Wiesen hindurch Richtung Fußballstadion, wie es auf dem Hinweisschild großspurig hieß. Prüfend ließ das ältere Mädchen seine Blicke kreisen. „Mist!", sagte sie inbrünstig. „Hier können wir uns nirgendwo verbergen."

Yasemin kicherte. „Legt ihr euch eben ins Gras und spielt Sonnenanbeter. Das ist doch ziemlich unauffällig."

„Und wie sollen wir ihn uns dann packen und befragen?", fauchte Pia, entschuldigte sich aber sofort. „Ich bin ziemlich nervös. Es steht für uns alle eine Menge auf dem Spiel."

So richtig konnte Yasemin ihre Aufregung nicht nachvollziehen. Wenn es heute nicht klappte, warteten sie eben auf die nächste Gelegenheit. Oder auf die übernächste. Es waren noch drei Wochen bis zu den Sommerferien, bis dahin würde sich bestimmt eine Möglichkeit bieten, ihn zu schnappen.

„Ich habe meiner Mutter versprochen, bis spätestens morgen Ergebnisse vorzulegen", unterbrach Pia ihre Gedanken. „Dabei denken sie und Frau Ziegler, dass wir ausschließlich Material gegen Philipp sammeln, das der Anwalt benutzen kann, um Zweifel an der Aussage der beiden Jungen aufkommen zu lassen. Wenn das heute schiefgeht, was soll ich ihr denn dann erzählen?" Sie verhielt plötzlich ihren Schritt und stutzte. „He, das ist super. Die haben rund um den Sportplatz Büsche gepflanzt. Das ist ideal für unsere Zwecke."

Sie waren die gesamte Zeit bergauf gelaufen. Nun hatten sie den höchsten Punkt erreicht, an dem der Weg sich wieder ins Tal schlängelte. Direkt in der Senke lag das kleine Stadion, daneben befand sich ein großer Parkplatz, dahinter erstreckte sich das Dorf Gershaus, das eigentlich nur aus einer kleinen Ansammlung von Häusern bestand. Wieso es einen derart gut ausgebauten Fußballplatz mit einer Flutlichtanlage und hölzernen Sitztribünen hatte, war Yasemin ein Rätsel.

„Hier finden auch Kreisligaspiele statt", wusste Pia zu berichten. „He! Sieh mal da vorn, den einzeln stehenden Baum inmitten der Buschgruppe! Das wäre der ideale Hinterhalt."

237

Ihr ausgestreckter Finger wies auf eine üppige Weide, die sich etwa zweihundert Meter links vom Parkplatz befand. Mehrere große, dicht belaubte Büsche waren fast den gesamten Abhang hinauf in kleinen Gruppen dahinter gepflanzt.

Schon fühlte sich Yasemin vom Weg ins dichte Gras gezogen. Aufgeregt und mit wesentlich besserer Laune als zuvor führte Pia sie quer über den Hang. Befriedigt blieb sie schließlich hinter den fast mannshohen Forsythien stehen. „Hier kann uns niemand sehen, weder vom Weg noch vom Stadion aus", erklärte sie mit fester Stimme und ihre Augen blitzten triumphierend. „Also du gehst hinunter und versuchst soviel wie möglich in Erfahrung zu bringen. Zuerst natürlich, ob Philipp überhaupt da ist. Wenn ja, erkundige dich, ob es zwischen den Spielen Pausen gibt und wie lange die ungefähr dauern. Und es wäre schön, wenn wir wüssten, ob seine Eltern ihn begleiten."

Yasemin nickte stumm, vor Aufregung war ihr Hals wie zugeschnürt. Jetzt, da es endlich losging, begann ihr Herz wie rasend zu klopfen.

53

Um zehn Uhr war Daniela zu einem langen Spaziergang mit Ronja aufgebrochen. Was als unliebsamer Zwang begonnen hatte, war mittlerweile liebgewordene Routine, sie genoss die körperliche Anstrengung und die Bewegung an der frischen Luft gleichermaßen. Auch mit dem Hund kam sie immer besser zurecht, das hatte ihr gestern sogar der Trainer bestätigt.

Überraschend hatte sich Andreas Krass am Freitagabend gemeldet und sie eingeladen, gemeinsam mit ihm und seiner Frau am samstäglichen Hundetreffen teilzunehmen. Eigentlich hatte sie ablehnen wollen, ihr war bloß so schnell keine passende Ausrede eingefallen. Bevor sie sich versah, hatte er mit der Bemerkung, er würde sie gegen sechzehn Uhr abholen, aufgelegt.

Matthias hatte ihr zugeredet, die Verabredung einzuhalten. „Dann kannst du gleich nachfragen, wie die Dinge im Moment stehen", war sein Argument gewesen. „Wer weiß, wann er sich sonst wieder meldet."

Genau das war es, was bei Daniela den Ausschlag gab. Seit ihrem letzten Telefonat am Montagabend nach ihrem Besuch bei Frau Wittig hatte sie nichts mehr von Andreas Krass gehört, obwohl er versprochen hatte, sie regelmäßig anzurufen. Sie wusste, dass es wahrscheinlich nichts Neues zu berichten gab, trotzdem wollte sie es gern aus seinem Mund hören. Und wissen, wie es Christian ging. Sie nahm doch wohl zu Recht an, dass er mit seinem Freund regelmäßig in Verbindung blieb.

Wie sie es gestern gelernt hatte, ließ sie Ronja am Bordstein anhalten, bevor sie mit ihr die Straße überquerte. Der Kurs war nicht nur überraschend interessant, sondern zusätzlich äußerst lohnend für sie gewesen. Der Trainer hatte bei den Übungen ein spezielles Augenmerk auf sie gehabt, sie war sich vorgekommen wie auf einem Prüfstand. Viel auszusetzen gab es aber anscheinend nicht. Er hatte sie sogar gelobt, dass sie mit Ronja zu einer festen Einheit zusammengewachsen war.

Das Einzige, was er zu bemängeln hatte, war ihre innere Einstellung. „Du bist viel zu unsicher", auf dem Platz duzten sich alle, was ein besonderes Zusammengehörigkeitsgefühl aufkommen ließ „Und das merkt der Hund sofort", hatte Arno gesagt. „Du bist der Rudelführer, das Tier muss sich an dir orientieren können."

Danach war es hauptsächlich ihre Aufgabe gewesen, zu üben, die Führung zu übernehmen und zu behalten. Zu ihrem Erstaunen hatte Ronja darauf reagiert und alle Befehle willig ausgeführt. Dem Hund schien das Training zu gefallen, was wahrscheinlich in erster Linie an den Leckerchen lag, die es für jede bewältigte Aufgabe gab.

Trotzdem war es ein gewaltiger Unterschied, ob man unter den Augen des Trainers auf einem abgeschlossenen Gelände trainierte oder allein auf weiter Flur unterwegs war. Sie traute sich auch heute nicht, Ronja von der Leine zu lassen. Und den Maulkorb hatte sie ihr ebenfalls wieder umgelegt.

Ein kühler Wind strich über ihre nackten Beine und sie fröstelte. Unwillkürlich beschleunigte sie ihre Schritte und fiel in einen langsamen Lauftrott. Das Wetter der letzten Tage hatte sie verwöhnt, es war schon fast zu heiß gewesen. Nur morgens war es noch etwas frisch, heute allerdings ganz besonders. Die Sonne, die ihre wärmenden Strahlen durch das Fenster schickte, hatte sie dazu verführt, in T-Shirt, Rock und Sandalen hinauszugehen. Sie musste sehen, dass sie aus dem Schatten der Bäume herauskam.

Ronja lief begeistert hechelnd neben ihr her. Obwohl sie gestern lange mit dem Schäferhund der Krass' gespielt hatte, war sie erpicht darauf, sich auszutoben. Spontan beschloss Daniela, ihren Plan, in den kleinen Park in der Nähe zu gehen, aufzugeben und stattdessen lieber die Hundewiese aufzusuchen. Vielleicht hatte sie Glück und es waren keine anderen Hunde da.

Bis sie den Platz erreichte, war ihr warm geworden, sie hatten kaum Pausen gemacht, sondern waren in gleichmäßigem Tempo weiter gejoggt. Umso enttäuschter war sie, als sie entdeckte, dass sich eine große Hundemeute auf der Wiese tummelte. Ronja spitzte die Ohren und drängte zum Zaun, doch sie traute sich nicht hinein. Man wusste nie, wie die anderen auf den Neuankömmling reagieren würden und es war nun mal nicht ihr Hund. Sie konnte sich lebhaft vorstellen, wie Christian reagierte, wenn dem Tier etwas passierte.

Nein, es war ihre eigene Angst, die sie davon abhielt hineinzugehen, machte sie sich energisch klar und zog den Hund weiter. Weder traute sie Ronja noch den Spielgefährten noch deren Besitzern und sie konnte dieses Gefühl nicht überwinden. Gestern unter Aufsicht des Trainers war das kein Thema für sie gewesen. Wie die meisten war sie nach der Stunde geblieben und hatte Ronja mit den Artgenossen zusammen toben lassen. Das war aber auch eine völlig andere Situation. Die Hunde kannten sich untereinander und wenn einer von ihnen zu aufdringlich wurde, war Arno sofort zur Stelle und griff ein.

Sie seufzte leise und zerrte die unwillige Ronja weiter. Vielleicht war es wirklich eine gute Idee von Andreas, dass er ihr angeboten hatte, sie am nächsten Samstag wieder mitzunehmen. Dann konnte sie mit dem Trainer über ihre Ängste sprechen. Irgendwie musste sie lernen, diese zu überwinden.

Leider war die Schulung gestern das einzig Lohnende gewesen, Andreas Krass hatte nichts Neues über Christian oder etwaige weiterführende Erkenntnisse der Polizei zu berichten gehabt. Nun ruhten all ihre Hoffnungen auf Pia. Hoffentlich gelang es dem Mädchen und seinen Freundinnen, bedeutungsvolle Beweise gegen Philipp zu sammeln.

Nach einer großen Runde um die Hundewiese nahm sie wiederum den Weg, der zum Tor führte. Dieses Mal hatte sie Glück, der eingezäunte Platz lag verlassen da. Ronja schnüffelte schon am Tor aufgeregt und war, kaum von der Leine gelassen, einer Spur folgend verschwunden. Da das gesamte Terrain eingezäunt war, machte sie sich nicht die Mühe, hinterherzurennen, sondern blieb am Eingang stehen und hing weiter ihren Gedanken nach.

Wie hatte es ihr vor ihrem ersten Arbeitstag gegraut – obwohl sie schließlich selbst darauf bestanden hatte, nicht länger krankgeschrieben zu werden. Doktor Eslin war eher skeptisch gewesen. Er hatte gemeint, sie wäre längst nicht stabil genug. Matthias dagegen schien erfreut, dass sie sich endlich zutraute, wieder unter Menschen zu gehen und hatte sie zu dieser Entscheidung beglückwünscht. Auch ihre Chefin war sichtlich erleichtert gewesen, nun wieder auf sie zählen zu können.

Natürlich hatte sie trotzdem in der Nacht auf Donnerstag kaum geschlafen und war ziemlich nervös, als sie sich um acht Uhr im Büro einfand. Claudia, die Kollegin, mit der sie sich das Zimmer teilte, hatte sie fest in die Arme genommen und gesagt: „Ich habe ständig an dich denken müssen, doch mich nicht getraut, bei dir anzurufen."

Stattdessen hatte sie ihr einen langen Brief geschrieben, den Daniela entgegen der übrigen Beileidskarten, die sie in den Keller verbannt hatte, nachdem die Danksagungen geschrieben waren, zusammen mit Christians Brief in der Nachtischschublade ihres Schlafzimmers aufbewahrte. Es waren schlichte Worte, die ihr trotzdem viel mehr gebracht hatten, als die der anderen. Claudia hatte versucht, sich in sie hineinzuversetzen, hatte ihre Wut und ihre Ohnmacht nachvollzogen, genauso wie das Hinabstürzen in eine allumfassende Finsternis. Zuletzt hatte sie vorsichtig der Hoffnung Ausdruck gegeben, dass es Daniela gelingen würde, darüber hinwegzukommen und ihr Leben noch einmal von vorn aufzubauen. Ich weiß, dass dies das Allerschwierigste ist, das je von dir verlangt wurde, hatte sie geschrieben, aber ich weiß auch, dass es sinnvoll ist und dass du mit Sicherheit dazu fähig bist.

„Ich will versuchen, deinem Ratschlag zu folgen", hatte sie in Erinnerung an diese Zeilen leise erwidert. „Ich hoffe, dass ich die Kraft dazu aufbringe."

„Du bist die tatkräftigste Frau, die ich kenne. " In ihren Augen hatte sie erkannt, dass es wirklich ihre feste Überzeugung war.

Dann kamen die anderen Kolleginnen, um sie zu begrüßen. Danach hatten sie sich in ihre Arbeit vertieft. Auch in der Mittagspause hatte Claudia sie nicht mehr auf das Thema angesprochen, in ihren Augen war anscheinend alles gesagt worden.

Alles in allem war der erste Arbeitstag besser gelaufen, als sie erwartet hatte. Am zweiten hatte die Routine sie bereits wieder fest im Griff und sie war abends durch die Belastung mit dem Hund so müde, dass sie völlig geschafft ins Bett sank. Donnerstag und Freitag war Matthias morgens mit Ronja gelaufen, sodass für Daniela die Nachmittagsrunde und der kurze, letzte Gang vor dem Schlafengehen blieben. Nächste Woche, wenn der Bruder wieder nach Hause zurückgekehrt war, würde es ganz schön stressig werden.

Sie bückte sich und nahm der Hündin, die zu ihr zurückgekehrt war, den Maulkorb ab, zog ihren Gummiball aus der Tasche und warf ihn mit vollem Schwung. Begeistert rannte Ronja hinterher und brachte ihn zurück. Fast eine Viertelstunde spielten sie zusammen, bis Daniela bemerkte, dass sich drei Spaziergänger dem Zaun genähert hatten und ihnen zusahen.

„Das also ist Ronni", sagte Barbara Wittig.

Der Hund, der seinen Namen gehört hatte, kam zum Zaun gesprungen und schnüffelte durch den Maschendraht an den kleinen Händen, die sich dagegen pressten.

„Sie ist total süß", sagte das eine kleine Mädchen, das links neben der Mutter stand.

„Ein richtiger Wuschel", bestätigte das andere und sah Daniela aus großen, blauen Augen bittend an. „Dürfen wir auch einmal mit ihr spielen?"

„Jetzt leider nicht mehr", erwiderte Daniela bedauernd, die aus den Augenwinkeln zwei Hundehalter mit ihren Tieren näherkommen sah. „Ronni hat genug getobt, sie ist erschöpft. Und außerdem wollen die anderen Hunde jetzt bestimmt hier herein."

242

„Oh, schade", beide Mädchen gaben dieses Urteil einstimmig ab und drängelten gemeinsam ans Tor, um Daniela und den Hund in Empfang zu nehmen.

Ronja schnüffelte erneut ausgiebig an den kleinen Händen und ließ sich danach bereitwillig streicheln. Nur als die fremden Artgenossen näher kamen, versteifte sie sich und knurrte leise.

„Sie tut nichts", versicherte Daniela den Mädchen, die erschreckt zurückfuhren, und zog den Hund zur Seite. „Sie meint, sie müsste euch beschützen."

„Gut zu wissen", bestätigte Barbara Wittig, hielt aber weiter respektvoll Abstand.

„Sie versteht sich wirklich ausnehmend gut mit Kindern", versicherte ihr Daniela erneut, um dann neugierig zu fragen: „Sind das die Zwillinge?"

Die beiden Mädchen kicherten und Frau Wittig lachte ebenfalls. „Das fragt jeder", sagte sie immer noch lachend. „Sie sind zweieiige Zwillinge, deshalb sehen sie sich nicht ähnlich."

Unterschiedlicher hätten sie wirklich nicht sein können, fand Daniela. Die eine war eine kleinere Ausgabe ihrer Mutter, leicht dicklich, mit den gleichen widerspenstigen, braunen Haaren, die sich nur schlecht zu einer Frisur bändigen ließen und großen, braunen Kulleraugen. Die andere, etwas größere, war wesentlich schlanker, hatte blaue Augen und trug die dunkelblonden Haare zu einem Pferdeschwanz gebunden. Beiden zugleich war allerhöchstens ihr furchtloses Auftreten dem Hund gegenüber.

„Ich bin Nina", sagte die Dunkelhaarige und deutete auf ihre Schwester: „Und sie heißt Lea."

„Mein Name ist Daniela Ziegler." Sie nahm die Leine in die andere Hand und schüttelte nacheinander die dargebotenen Hände. „Macht ihr auch einen Ausflug bei dem schönen Wetter?"

„Nein, wir sind schwimmen gewesen", antwortete Lea. „Blöderweise hat das Bad heute schon um zwölf Uhr zugemacht, deshalb gehen wir jetzt nach Hause."

„Dafür backen wir gleich gemeinsam Waffeln", tröstete Barbara Wittig sie. „Und für heute Nachmittag wird uns bestimmt etwas Anderes, Interessantes einfallen, was wir machen können."

„Ich muss langsam ebenfalls nach Hause", sagte Daniela. „Nett euch kennengelernt zu haben." Sie konnte sich jedoch eine letzte Frage nicht verkneifen. „Gibt es irgendwelche Neuigkeiten?"

243

„Nein, andernfalls hätte ich mich umgehend bei Ihnen gemeldet." Prüfend blickte Frau Wittig von den beiden Mädchen, die sich nicht von dem Hund losreißen konnten auf ihr Gegenüber. „Wie wäre es, wenn Sie gegen halb vier bei uns vorbeikämen? Die Zwillinge könnten mit Ronni spielen und wir uns in Ruhe ein wenig unterhalten. Bis dahin sind wir mit dem Backen fertig und Sie können gleich das Resultat probieren."

„Ich weiß nicht, ich möchte Sie nicht an einem Sonntag stören", erwiderte Daniela mit gemischten Gefühlen. Einerseits war ihr die Frau in der kurzen Zeit richtig sympathisch geworden und sie war gern mit ihr zusammen, andererseits hatte diese eine Familie, um die sie sich kümmern musste, da würde sie sich sprichwörtlich fühlen wie das fünfte Rad am Wagen.

„Nein, sie täten mir damit einen Gefallen, sonst wäre ich diejenige, die die beiden den restlichen Nachmittag bespielen müsste. Mein Mann ist bei seiner Mutter und kommt bestimmt nicht vor dem Abend zurück und Pia und Jonas sind mit ihren Freunden unterwegs. Wenn also Ronni meinen Part übernehmen würde, wäre ich eher dankbar."

„Au, ja!", riefen Lea und Nina wie aus einem Mund. „Bitte kommen Sie", fügte die Kleinere mit einem beschwörenden Augenaufschlag hinzu.

Lächelnd gab Daniela ihre Einwilligung. Und tatsächlich freute sie sich jetzt schon auf den Nachmittag.

54

Als sie das Fußballfeld erreichte, lief gerade ein Spiel. Das Turnier war gut besucht, fast alle Sitzbänke waren belegt, Eltern und Geschwister der Spieler verfolgten aufgeregt das Geschehen. Das Ganze erinnerte sie irgendwie an das letzte Volksfest, das sie zusammen mit Christin und Melisa besucht hatte. Überall sprangen kleine Kinder herum, während die Eltern in Gruppen zusammensaßen und bei kühlen Getränken die Fußballer anfeuerten. Die Stimmung war ausgelassen, es wurde gescherzt und gelacht, keiner schien das Spiel derartig verbissen zu sehen, wie sie es aus dem Fernsehen kannte.

Yasemin zwängte sich durch die oberen Reihen, bis sie endlich einen freien Platz gefunden hatte. Aufatmend ließ sie sich auf die harte Bank fallen. Es war ihr vorgekommen wie ein Spießrutenlauf, sie konnte direkt fühlen, wie sich Hunderte von Augenpaaren auf sie richteten. Natürlich war das nicht so, das wusste sie auch. Trotzdem fühlte sie sich wesentlich wohler, in der Menge untergetaucht zu sein.

Von ihrem Platz aus hatte sie eine gute Übersicht über das gesamte Fußballfeld. Die gerade spielenden Mannschaften konnte sie bei ihrer Suche außer Acht lassen, sie hatte gleich erkannt, dass es sich um etwas jüngere Kinder handelte. Vielleicht befand Philipp sich ja mitten in dem Knäuel von Spielern, die außen an der rechten Seite auf ihren Einsatz warteten. Jetzt hätte sie ein Fernglas gut gebrauchen können.

Yasemin seufzte leicht. Die Aufgabe, die Pia ihr gestellt hatte, war nicht einfach zu lösen. Sie hatte keine Ahnung, wie sie an die benötigten Informationen kommen sollte. Wieder konzentrierte sie sich auf die zusammengewürfelte Spielerschar am Ende des Feldes und beschloss, erst einmal sitzenzubleiben und abzuwarten.

Ihre Entscheidung erwies sich als richtig. Kaum zehn Minuten später wurde das laufende Spiel abgepfiffen und die wartenden Jugendlichen stürmten auf den Platz. Yasemin beugte sich interessiert vor. Tatsächlich, der Junge mit der Armbinde war eindeutig der Gesuchte. Gerade unterhielt er sich mit zwei seiner Teamkollegen, einer der beiden knuffte ihn spielerisch in die Seite und wandte sich dann ab. Gespannt folgten ihm ihre Blicke, während er zum Tor hinüberlief und sich zwischen die Pfosten stellte. Konnte es wirklich sein, dass sie so ein Glück hatte?

Die Sonne blendete sie, dass sie nur seine Umrisse erkennen konnte. Aufgeregt erhob sie sich von ihrem Platz und lief am Seitenrand entlang

Richtung Tor. Tatsächlich, es war eindeutig Tobias Schmale, ihr Klassenkamerad, der dort stand. Sollte sie es wagen, ihn anzusprechen?

Die Entscheidung wurde ihr durch einen gellenden Pfiff abgenommen, das Spiel hatte begonnen.

Unschlüssig blieb sie hinter der Torlinie stehen. Sollte sie bis zur Halbzeit warten und versuchen, mehr herauszubekommen oder gleich zu Pia zurücklaufen?

Sie löste das Dilemma, indem sie sich bis weit hinter die Tribünen zurückzog und zu ihrem Handy griff. „Er ist da", berichtete sie atemlos vor Aufregung.

„Und was macht er gerade?", erklang Pias Stimme über das Stimmengewirr im Hintergrund.

„Er hat vor fünf Minuten mit einem Spiel angefangen", erklärte Yasemin leise und sah sich noch einmal um, ob wirklich niemand ihr Gespräch belauschen konnte.

„Hast du sonst was rausgefunden?"

„Nein, ich weiß nicht, wie ich merken soll, ob seine Eltern mitgekommen sind. Hier sind ganz viele Erwachsene."

„Na, du wartest einfach ab, mit wem er in den Pausen zusammen ist", kam Pias prompte Antwort.

„Also soll ich hierbleiben?"

„Ja, natürlich. Das ist das Wichtigste, was wir wissen müssen."

„Und was macht ihr in der Zwischenzeit?"

„Wir beraten, wie wir ihn am besten in unsere Nähe locken können", erklärte Pia. „Bisher ist uns allerdings nichts eingefallen."

„Ihr wartet hinter den Büschen auf mich?", vergewisserte sich Yasemin.

„Wir rühren uns nicht von der Stelle. Denk dran, es hängt alles von deinen Informationen ab, ob wir ihn uns greifen können. Aber geh auf keinen Fall ein Risiko ein. Wenn es nicht klappt, versuchen wir es eben ein anderes Mal."

„Ja, ja, bis später." Es war ihr genau wie Pia klar, dass sie diese Chance nutzen mussten. Wer wusste schon, wann sich eine derart gute Möglichkeit wieder bieten würde. Schließlich wurde Philipp weiterhin zur Schule gebracht und wieder abgeholt und das gleiche Prozedere wiederholte sich bei seinen nachmittäglichen Terminen, wie Pias Mutter von Frau Ziegler erfahren hatte.

Wieder seufzte sie. Das deutete leider daraufhin, dass seine Eltern heute ebenfalls da waren. Ob er sich die ganze Zeit in ihrer Nähe aufhielt, war das Nächste, was sie herausfinden musste.

Sie lief zum Fußballplatz zurück und blieb unten am Spielfeld stehen. Als der Halbzeitpfiff ertönte, achtete sie genau darauf, was er tat. Sie sah, dass er einmal kurz in Richtung Tribüne winkte und sich dann mit seinen Mannschaftskameraden an den Rand setzte. Unentschlossen blickte sie zu den Jungen hinüber. Sie wäre gern zu ihnen hingegangen und hätte sich mit Tobias, ihrem Klassenkameraden, unterhalten. Von ihm konnte sie bestimmt erfahren, wie der weitere Ablauf des Tages war. Aber die Spieler blieben für sich, da würde sie auffallen wie eine bunte Kuh.

Schließlich setzte sie sich wieder auf die Tribüne. Kurz darauf liefen die Mannschaften auf das Spielfeld und die zweite Halbzeit begann. Yasemin verstand nicht viel von Fußball, statt dem Spiel zu folgen, beobachtete sie Philipp. Der sah seine Hauptaufgabe anscheinend darin, seine Kameraden mit großen Gesten und wütendem Gebrüll hin und her zu scheuchen. Darin war er wirklich großartig. Ballkontakt hatte er kaum und wenn, verlor er die meisten Zweikämpfe. Andererseits schien er wirklich den Überblick zu haben, zumindest hatten die Spielzüge, die er mithilfe der anderen durchführte, ein paar Mal Erfolg, sodass seine Mannschaft das Spiel mit zwei Toren Vorsprung gewann.

Die Spieler waren gerade auf dem Weg vom Platz, da war Yasemin schon aufgesprungen und lief die Holztreppen der Tribüne hinunter. Sie hatte sich dieses Mal extra auf die andere Seite gesetzt, um Tobias abfangen zu können, wenn er das Feld verließ. Sie setzte zu einem Spurt über die Seitenlinie an und schaffte es tatsächlich, ihn dabei wie zufällig anzurempeln.

„Tschuldigung!", rief sie über die Schulter, stoppte und gab ihrem Gesicht einen überraschten Ausdruck. „Tobi, du spielst auch hier?"

„Hi, Yasemin", er wischte sich hastig über die schweißglänzende Stirn und sein von der Anstrengung rotes Gesicht wurde noch dunkler. „Ich wusste gar nicht, dass du dich für Fußball interessierst."

„Ich bin mit einer Freundin hier, deren Bruder ebenfalls an dem Turnier teilnimmt", erklärte sie und lächelte ihn strahlend an. „Ich wollte mir gerade eine Erfrischung holen. Nach dem spannenden Spiel bin ich wie ausgedörrt."

„Ja, wir waren gut", er lächelte geschmeichelt. „Komm, du gehst in die falsche Richtung, das Getränkezelt ist da drüben."

Er nahm ihren Arm und zog sie zurück in die Richtung, aus der sie gekommen war. Sie biss sich auf die Unterlippe, um ein Lachen zu unterdrücken. Meine Güte war sie blöd. Ein anderer als er hätte die Ausrede spätestens jetzt durchschaut. Tobi dagegen nicht, der war viel zu harmlos.

„Was möchtest du trinken?" Er holte zwei völlig zerknitterte Papierfetzen aus seiner Hosentasche. „Ich habe zwei Freimarken, ich lade dich ein."

„Äh danke", sie wäre sich richtig gemein vorgekommen, ihn so auszunehmen. „Ich hole mir was von meinem Taschengeld, du brauchst sie bestimmt später selbst, oder seid ihr für heute schon fertig?"

„Quatsch, der Trainer gibt mir weitere, wenn ich ihn frage. Und nein, natürlich ist das Turnier noch nicht zu Ende. Das war gerade mal die erste Runde. Nach einer kleinen Pause geht es weiter. Jetzt sag mir schon, was du haben möchtest, ich bin am Verdursten."

„Eine Cola, bitte."

Während sich Tobias durch die Menschenmassen schob, die rund um das Zelt standen, sah sie sich unauffällig nach allen Seiten um, konnte jedoch Philipp nirgendwo entdecken. Egal, darum würde sie sich später kümmern.

Nach erstaunlich kurzer Zeit war er zurück, eine eiskalte Flasche Cola in jeder Hand. „Wir Spieler müssen uns nicht anstellen", erklärte er, ihren fragenden Blick richtig deutend. „Hinter dem Stand gibt es eine Getränkeausgabe für uns allein."

„Na, dann danke schön." In durstigen Zügen trank sie die halbe Flasche leer. „Sag mal", versuchte sie, so beiläufig wie möglich zu fragen. „Wie geht denn das hier weiter?"

„Gleich werden die Spiele für das Viertelfinale ausgelost", Tobias nahm sie an der Hand und zog sie aus dem Menschengewühl hinter sich her, bis sie am Rande des Parkplatzes angekommen waren. „Lass uns einen Moment setzen."

„Und danach?"

„Kommen die entscheidenden Spiele bis zum Finale, wenn wir denn überhaupt die nächste Hürde schaffen."

„Moment, Moment", Yasemin musste erst die Information verarbeiten. „Das heißt, ihr spielt noch mehrere Spiele?"

„Ich glaube, von Turnieren hast du keine Ahnung", stellte Tobias grinsend fest.

„Nee, eigentlich von Fußball insgesamt", verbesserte sie lachend.

„Also, wir spielen nach dem K.O.-System, wer gewinnt, kommt weiter, ganz einfach. Gelingt uns gegen die nächste Mannschaft der Sieg, sind wir im Halbfinale. Und das wäre für unseren Haufen schon ein gewaltiger Erfolg."

„Gegen wen müsst ihr denn antreten?"

„Das wird gleich in einer Auslosung ermittelt."

„Aha", ihre Gedanken rasten, „Da habt ihr ziemlich viel freie Zeit zwischendurch."

„Wir können uns gern in den Pausen treffen", Tobias Augen strahlten hoffnungsvoll.

„Nein, ich bleibe nicht mehr lange", wiegelte Yasemin schnell ab. Mist, stand der etwa auf sie? Das war ihr bisher gar nicht aufgefallen. „Meine Freundin hat ihrem Bruder nur sein Handy gebracht, das er zu Hause vergessen hat. Sodass er nachher anrufen kann, um sich abholen zu lassen", fügte sie, damit es mehr Sinn ergab, hinzu.

„Ihr wollt wirklich nicht bleiben?"

„Wir sind mit anderen verabredet", fabulierte sie und fügte aus lauter Mitleid mit ihm hinzu: „Das wird ein richtig lustiger Weibersonntag."

„Schade, da kann man nichts machen", seufzte Tobias. Er war sichtlich erleichtert, dass sie sich anscheinend lediglich mit Mädchen traf.

„Ich glaube, ich sollte mal los, meine Freundin suchen", sie sprang von dem großen Stein herunter, der die Parkplatzumrandung bildete. Das fehlte ihr wirklich, ein dreizehnjähriger Verehrer! Bisher hatte sie immer gedacht, Jungen in dem Alter wären überhaupt nicht an Mädchen interessiert.

„Ja, ich muss auch zu den anderen zurück." Er rutschte ebenfalls von seinem Sitzplatz herunter. „Komm, gib mir deine leere Flasche, ich bringe sie eben weg."

Sie zwang sich zu einem Lächeln. „Danke, für das Trinken und die nette Unterhaltung. Bis morgen in der Schule."

Bevor er etwas erwidern konnte, wandte sie sich um und lief schnellen Schrittes davon. Puh, das war gerade noch einmal gut gegangen. Einen Moment hatte er tatsächlich so ausgesehen, als wolle er sie erneut unterhaken. Oder vielleicht hatte er sogar mehr im Sinn gehabt?

Sei nicht albern, schalt sie sich. Wahrscheinlich interpretierst du viel zu viel in sein Verhalten hinein. Vielleicht war er einfach froh, eine Bekannte getroffen zu haben. Augenscheinlich hatte er sonst niemanden hier, mit dem er sich unterhalten konnte.

Ich werde in den nächsten drei Schulwochen darauf achten, ihm aus dem Weg zu gehen, beschloss sie und, wenn es sich nicht vermeiden lässt, mit ihm zu sprechen, sehr zurückhaltend sein. Zum Glück standen ja die Schulferien vor der Tür.

Sie beschloss, der Menschenmenge zu folgen, die sich jetzt langsam in Bewegung gesetzt hatte und auf einen bestimmten Punkt zuströmte. Bestimmt würde dort die Auslosung stattfinden.

Sie hatte sich nicht getäuscht. Auf einem erhöhten Podest stand ein Mann vor einem Tisch und zog gerade kleine Papierstreifen aus einer beweglichen Trommel. Was er von den Zetteln ablas, konnte sie zwar nicht verstehen, aber er reichte sie an einen anderen Mann weiter, der in großen Blockbuchstaben die neu ausgelosten Gruppierungen an eine hinter ihm stehende Tafel schrieb.

Wenn sie wenigstens gewusst hätte, zu welchem Verein Philipp und Tobias gehörten. Sie verfluchte sich im Stillen, nicht gefragt zu haben. Halt, das musste Rabea wissen. Ihr Bruder spielte normalerweise ja auch mit.

Konzentriert prägte sie sich die acht Namen ein. Während sie sich durch die Menge zurückschlängelte, wiederholte sie halblaut einen nach dem anderen. Im letzten Moment wich sie einem Mann aus, der sie beinahe mit seinem Ellenbogen gerammt hätte, als er sich schwungvoll umdrehte. Trottel, dachte sie und drängte weiter zur Seite, da er sich, ohne auf sie zu achten, energisch seinen Weg durch die Menschenansammlung bahnte. Dabei hätte sie beinahe die Frau und den Jungen übersehen, die ihm folgten.

Erst nachdem sich die Menge hinter den Dreien wieder geschlossen hatte, erwachte sie aus ihrer Trance. Hastig folgte sie ihnen, um aus der Nähe einen Blick auf das Gesicht des Jugendlichen werfen zu können. Denn, wenn sie nicht alles täuschte, war es Philipp gewesen, der sich zusammen mit seinen Eltern Richtung Getränkezelt aufgemacht hatte.

„He, du bist ja immer noch da!“ Sie war genau Tobias in die Arme gelaufen. „Hast du gesehen, wir spielen als Drittes. Bleibst du doch länger?“

„Nein, wir wollten gerade gehen, meine Freundin und ich. Sie war direkt vor mir. Jetzt muss ich sie suchen“, fauchte Yasemin, sodass Tobias zurückwich.

„Entschuldige, das konnte ich nicht wissen.“

„Ist schon gut, muss ich mich halt beeilen.“ Sie drehte sich auf dem Absatz um und hastete weiter. Immerhin hatte er ihr unabsichtlich aus der Bredouille geholfen, durch ihre Konzentration auf Philipp waren ihr die Hälfte der Vereinsnamen schon wieder entfallen, ganz zu schweigen davon, wer gegen wen antreten musste.

Erneut schlug sie den Weg zum Getränkestand ein, der durch die stattgefundene Auslosung nun nur schwach besucht war. Fünf Bier trinkende Männer standen neben dem Tresen, zwei kichernde Teenager gaben ihre leeren Flaschen zurück, zwei weitere Mädchen bezahlten für ihre Cola. Von Philipps Familie war weit und breit nichts zu sehen.

„Mist", murmelte Yasemin leise und trat mit der Fußspitze in den staubigen Boden. „Verdammter Mist."

„He! Pass auf!" Eine Frau war genau in den von ihr hervorgerufenen Staubwirbel getreten.

„Tschuldigung", Yasemin lächelte ihr freundlichstes Lächeln.

„Das ist hier kein Kinderspielplatz." Mit einem verächtlichen Achselzucken wandte diese sich ab.

Sinnend starrte Yasemin hinter ihr her. Wo war sie so plötzlich hergekommen? Einer Eingebung folgend umrundete sie das Zelt. In einigem Abstand dahinter befanden sich die Umkleidekabinen – und die Toilettenanlagen, wie ihr die langen Schlangen davor bestätigten. Und da standen auch der Mann und der Junge, es war tatsächlich Philipp. Der Mann neben ihm war eindeutig sein Vater, die gleiche stämmige Gestalt, das gleiche runde Gesicht, die gleichen dünnen Haare, die sich bei diesem bereits zu einer Halbglatze gelichtet hatten. Die Mutter war nirgends zu sehen. Wahrscheinlich wartete sie vor der Damen-Toilette.

Bevor die beiden auf sie aufmerksam werden konnten, zog Yasemin sich zurück. Ihre Mission war erfüllt. Sie hatte alle ihr gestellten Aufgaben erledigt.

55

Sie waren erst spät aufgestanden, sehr spät sogar. Deshalb waren sie übereingekommen, eine Art Brunch zu sich zu nehmen, mit den Resten der Lasagne vom Vortag, Aufbackbrötchen und dem Kuchen, der gestern als Nachtisch gedacht gewesen war.

Anschließend lehnte sich Julia stöhnend auf der Couch zurück. „Ich habe viel zu viel gegessen."

„Du warst eben ausgehungert", grinste Matthias und blickte sehr zufrieden drein, als sie sich an ihn kuschelte.

Eine Weile träumten sie vor sich hin, dann fragte Julia: „Was meinst du, ist Daniela endlich über den Berg?"

„Ich denke schon. Zumindest ist es ein gutes Zeichen, dass sie von sich aus wieder arbeiten wollte."

„Und? Wie hat es geklappt?"

„Wohl besser, als sie erwartet hat. Auf jeden Fall wirkt sie seitdem abends viel ruhiger und gelöster auf mich."

„Hängt das nicht eher damit zusammen, dass sie ihr Vorhaben aufgegeben hat und nun wirklich versucht, mit sich und ihrem Schicksal klarzukommen?"

„Doch, ich denke auch, dass sie sich endgültig von ihrer fixen Idee mit dem Selbstmord gelöst hat und bereit ist, dem Leben die Stirn zu bieten." Matthias drückte sie fester an sich. „Du kannst dir gar nicht vorstellen, was ich mir für Sorgen gemacht habe."

„Immerhin ist es dir gelungen, sie davon abzubringen."

„Das war nicht ich, das war Christian. Er hat ihr einen Brief aus dem Gefängnis geschrieben, der war einsame Spitze."

Julia sah hoch. „Das hast du mir gar nicht erzählt."

„Durfte ich nicht, strenges Verbot von Daniela", er lächelte sie zärtlich an. „Zweifellos wird sie verstehen, dass ich vor meiner Lebensgefährtin und zukünftigen Frau keine Geheimnisse habe."

„Sachte, sachte, lass uns Schritt für Schritt vorwärtsgehen." Trotz dieser Worte lehnte sie sich wieder an ihn. „Was hat er denn geschrieben?"

„Das musst du selbst lesen, ich kann es nicht gut wiedergeben. Sein Brief klingt zwar etwas wirr, nichtsdestotrotz sind seine Argumente aufrüttelnd und anklagend zugleich. Das hat sie wirklich zum Nachdenken gebracht. Daraufhin fasste ich endlich den Mut, ihr ebenfalls zu sagen, was ich von ihrem Vorhaben hielt. Anfangs wies sie unsere Ansicht weit von sich, die Veränderung setzte nach und nach ein, bis sie wohl selbst ihren Gedankengang als unsinnig abtat. Jedenfalls ist es nicht mein Verdienst, obwohl ich darüber mindestens genauso glücklich bin wie er."

„Liebt er sie?"

„Schwer zu sagen. Dafür kenne ich ihn nicht gut genug. Du darfst nicht vergessen, ich habe nur zweimal kurz mit ihm gesprochen. Daniela behauptet, sie seien bloß gute Nachbarn."

„Und was ist dein Eindruck?"

„Ich bin mir nicht sicher, ich kann mir schon vorstellen, dass es da mehr Gefühle von beiden Seiten gibt. Na ja, wir werden es früh genug erfahren."

„Männer!"

„Neugier, dein Name ist Weib", gab er ungerührt zurück und küsste sie auf den Haaransatz.

„Was ist er denn für ein Typ?"

„Du kannst einfach nicht lockerlassen. Gut, gut, ich gebe auf!", rief er schnell, als sie Anstalten machte, sich aus seinen Armen zu winden. „Er ist groß und breitschultrig, mit richtigen Muskeln an den wichtigsten Stellen und trotzdem schlank, er hat schwarzes Haar und braune Augen und sieht wahrscheinlich mit Frauenaugen betrachtet gut aus."

„Aber?" Julia betrachtet ihn amüsiert. „Irgendetwas stört dich doch an ihm."

„Nun", Matthias kratzte sich verlegen am Hinterkopf. „Er ist eher einfach gestrickt."

„Und das stört dich?"

„Anfangs schon", gab er ehrlich zu. „Allerdings muss ich gestehen, dass ich, seit ich weiß, was ihm passiert ist, anders darüber denke. Wenn du ihn näher kennenlernst, merkst du, dass er sowohl feinfühlig als auch gradlinig ist, mit vernünftigen Ansichten und ohne Angst, diese zu vertreten."

„Du singst ja ein richtiges Loblied. Also magst du ihn?"

„Jein", sagte Matthias gedehnt. „Du weißt, wie das ist, für meine Schwester will ich nur das Beste."

„Meinst du nicht, das sollte sie allein entscheiden?"

Er seufzte. „Das wird sie ohnehin tun. Sie hat sich bisher nie von mir in ihre Beziehungen reinreden lassen."

„Genau wie du", konterte sie.

Er zog sie noch enger an sich, sodass sie fast auf seinem Schoß saß. „Ist dein Wissensdurst gestillt? Können wir uns einem anderen Thema zuwenden."

„Nein", sie grinste ihm frech ins Gesicht. „Das hättest du wohl gerne. Die Belohnung gibt es erst, nachdem du sämtliche Fragen beantwortet hast."

„Dann frag!"

„Erzählst du mir seine Lebensgeschichte?"

„Nein, das kann ich nicht tun. Ich habe Herrn Krass, seinem Anwalt, fest versprochen, mit niemandem darüber zu sprechen. Sieh mich nicht so an, es geht wirklich nicht."

„Ist es schlimm?"

„Schlimmer als das", gab er ernst zurück.

Julia nickte. In einen Gewissenskonflikt wollte sie ihn nicht stürzen. „Was ist er eigentlich von Beruf?", lenkte sie deshalb ein.

Matthias verzog das Gesicht. „Anfangs war er Berufssoldat bei der Bundeswehr, anschließend hat er eine Zeit lang auf einem Schlachthof gearbeitet, bis dieser Herr Krass ihm einen Job am Flughafen besorgt hat, genauer gesagt bei der Luftfracht, er arbeitet nur nachts."

„Aha." Julia musste sich ein Grinsen verkneifen. „In meinen Augen ist es nicht wichtig, was man macht, sondern wer man ist", sagte sie behutsam.

„Das sehe ich genauso."

„Nur nicht bei deiner Schwester", konnte sie sich nicht verkneifen zu antworten.

Er war nicht beleidigt. „Diskussion überflüssig. Du hast ja recht." Energisch zog er sie an sich. „Außerdem macht Daniela sowieso, was sie will. Und ich weiß, dass sie es wesentlich schlechter hätte treffen können."

„Na bitte", murmelte sie, „das ist doch schon mal was." Der Rest ging in seinen Küssen unter. Julia spürte, wie die Leidenschaft erneut in ihr aufstieg. Dieser Sonntag, der letzte in den nächsten drei Monaten, würde ganz ihnen gehören, schwor sie sich.

56

Yasemin war den Hügel hinaufgerannt und hatte sich dann quer über die Wiese laufend den Büschen genähert. Stille umgab sie, ganz vereinzelt drang der Lärm vom Fußballplatz zu ihr hoch. Fast hatte sie schon Angst, dass die Mädchen sich ohne sie auf den Heimweg gemacht hatten.

Aber da lagen sie einträchtig nebeneinander, die Gesichter mit den geschlossenen Augen der Sonne zugewandt.

„Ha!", mit einem Plumps ließ Yasemin sich neben sie fallen, sodass sie erschreckt hochfuhren. „Ich dachte, ihr sucht angestrengt nach einem Weg, wie ihr Philipp abfangen könnt."

„Haben wir längst gefunden", antwortete Rabea und gähnte. „Gut, dass du gekommen bist. Ich wäre beinahe eingeschlafen."

„Und, alles erledigt?", Pia setzte sich auf und rieb sich die Augen. „Meine Güte ist das warm in der Sonne! Man könnte fast meinen, wir hätten Hochsommer. Willst du was trinken, Yasemin?"

„Nein, ein Klassenkamerad hat mir eine Cola ausgegeben. Nur Hunger, den hätte ich schon", sie schielte begehrlich auf die prallgefüllten Rucksäcke.

„Es ist ja auch schon Mittagszeit", ließ sich Corinna vernehmen. „Gut, lasst uns ein Picknick machen, dabei kann die Kleine uns erzählen, was sie herausgefunden hat."

Yasemin unterdrückte mit Mühe eine unfreundliche Bemerkung. Kleine! Immerhin war sie es, die für die anderen die Detektivarbeit erledigte. Aber nachdem Corinna die ausgepackten Köstlichkeiten - alle Mädchen hatten ähnlich wie sie ebenfalls Proviant eingepackt - direkt vor sie hinstellte und sie ausdrücklich aufforderte, als Erste zuzugreifen, war sie besänftigt. Sie ließ sich nicht zweimal bitten, langte dankbar nach einem Käsesandwich und griff sich zusätzlich drei von den kleinen Tomaten, die Jennifer ihr hinhielt.

Erst nachdem sie ein zweites Brot und ein Stück Streuselkuchen verputzt hatte, begann sie zu berichten.

„Scheiße", fluchte Rabea.

„Wenn Philipps Mannschaft das Spiel verliert, sind sie raus", erklärte Pia, bevor Yasemin fragen konnte, was sie damit meinte. „Seine Eltern werden bestimmt nicht länger hierbleiben wollen. Also müssen wir wissen, ob sie gewinnen."

„Mist, Mist, Mist!", schimpfte Jennifer. „Wir sind so kurz davor, ihn zu packen. Wenn das jetzt heute alles umsonst gewesen ist. Wären wir doch bloß eher gekommen."

„Das lässt sich nicht mehr ändern." Corinna war die einzige, die ruhig blieb. „Wir können nicht mehr tun, als abwarten. Pass auf, Yasemin. Du rufst uns sofort, wenn das Spiel vorbei ist, an und teilst uns das Ergebnis mit. Sollten sie gewonnen haben, folgst du Philipp und versuchst herauszufinden, ob er sein Handy einsteckt. Darauf basiert unser Plan. Wir wollen nämlich mit ihm telefonieren und ihn unter einem Vorwand zu uns locken. Melde dich also bei uns, wenn du dir sicher bist, dass er es dabei hat."

„Wenn wir nichts von dir hören, versuchen wir es halt alle fünf Minuten", fiel Pia ihr ins Wort. „Du gehst bitte kein Risiko ein, hörst du. Er soll dich gar nicht sehen."

„Anschließend, das heißt, sobald du siehst, dass er den Weg zu uns hinaufnimmt, hängst du dich an diesen Klassenkameraden", befahl Corinna. „Wie hieß er noch?"

„Tobias", erwiderte Yasemin irritiert.

„Genau, sieh zu, dass du die ganze Zeit, bis wir dich wieder anrufen, bei ihm bleibst." Pia blickte sie geradezu flehend an. „Du sollst unter keinen Umständen mit unserer Aktion in Verbindung gebracht werden können."

„Aber ich will dabei sein", protestierte Yasemin.

„Nein, glaub mir, es ist besser für dich, wenn du dich da raushältst", sagte nun auch Corinna und Jennifer und Rabea nickten zustimmend.

„Aber …"

„Bitte, Yasemin", Pia stand auf und kniete vor ihr nieder. „Es ist nur zu deinem Besten. Und jetzt lauf zu, es wird höchste Zeit, dass du nachschaust, wie das Spiel steht. Ich wette, sie sind bald dran." Sie umarmte das Mädchen und zog sie dabei gleichzeitig hoch. „Bitte!", flüsterte sie leise, als sie merkte, dass Yasemin sich weiterhin sträubte.

Benommen nickte diese. Ohne ein weiteres Wort machte sie sich erneut auf den Weg. Sie hasste es, abgeschoben zu werden. Für Laufdienste war sie gut genug, von allem anderen wurde sie ausgeschlossen!

Die Wut gab ihr Auftrieb, sodass sie wenige Minuten später den Parkplatz erreichte. Erst in diesem Moment wurde ihr bewusst, dass sie gar nicht darüber gesprochen hatten, wann und wo sie sich wieder treffen wollten. Und sie hatte natürlich ihren Rucksack bei den Mädchen liegen lassen. Aufgeregt tastete sie nach ihrem Handy, das sich glücklicherweise in ihrer Hosentasche befand. Würde sie eben bei ihrem Anruf danach fragen. Wenn es denn überhaupt dazu kam.

Gerade liefen die Spieler auf den Platz. Yasemin schob sich schnell auf den ersten freien Platz, den sie erblickte.

Nie hatte sie ein Fußballspiel mit mehr Interesse verfolgt. Jedes Mal, wenn der Ball Richtung gegnerisches Tor rollte, sprang sie auf und trieb die Mannschaft mit anfeuernden Rufen an. Kam es zu einem Angriff der anderen und dazu kam es leider viel zu oft, stockte ihr vor Aufregung der Atem und sie presste die Hände fest gegeneinander, damit sie nicht aufschrie.

Dann waren nur noch wenige Minuten in der zweiten Halbzeit zu spielen und es stand nach wie vor null zu null. Wenn ein Tor fiele, wäre es mit Sicherheit das entscheidende.

Aber Tobias war wirklich gut. Er schien genau zu wissen, wo er hinspringen musste, um den Ball zu fangen. Bisher hatte es ausnahmslos an ihm gelegen, dass seine Mannschaft nicht in Rückstand lag, wie ihr der Banknachbar zur Linken erklärte.

Wenn sie bloß ebenso gute Stürmer gehabt hätten! Selbst Yasemin, die von Fußball rein gar nichts verstand, murrte enttäuscht, nachdem sich der Spieler mit der Nummer acht zum dritten Mal hintereinander den Ball hatte abnehmen lassen. Verdammt, die vergeigten das Spiel, die anderen waren eindeutig besser!

Sie blickte kurz zu Tobias, der konzentriert das Spiel seiner Kameraden verfolgte. Er gab eine eindrucksvollere Figur ab, als sie erwartet hatte. In dem rotblauen Torwartdress wirkte er viel erwachsener und seine eigentlich schmächtige Figur erschien wesentlich breiter.

Ein lauter Aufschrei ertönte. Im selben Moment sprang auch Tobias in die Höhe und reckte beide Fäuste in die Luft. Schnell wandte sie den Kopf wieder zum Spielgeschehen. Irgendetwas musste passiert sein.

Einer der Fußballer lag am Boden, zwei weitere knieten neben ihm. Fragend wandte sie sich an ihren Nachbarn, der ihr mit einem süffisanten Zwinkern erklärte. „Foul im Strafraum, das wird wohl einen Elfmeter geben. Deshalb freut sich dein Freund so."

Er ist nicht mein Freund, wollte Yasemin antworten, enthielt sich aber lieber jeglichen Kommentars. Sollte der Mann doch denken, was er wollte. Außerdem war er wirklich nett und hatte ihr bei ihrem Eintreffen geholfen, das Spiel zu verstehen. Jetzt erklärte er ihr, was da drüben passierte. Einer der Jungen aus Philipps Mannschaft legte gerade den Ball auf einen aufgemalten Punkt. Von da aus waren es genau elf Meter bis zum Tor, sagte ihr Nachbar. Er nahm Anlauf, schoss und – „Tor!“, brüllte die ganze Bankreihe und schrie ebenfalls Yasemin, die vor Freude wie wild auf und ab hüpfte.

Die Mannschaften stellten sich erneut auf und der Schiedsrichter pfiff das Spiel wieder an. Die gegnerischen Spieler stürmten auf das Tor zu, Tobias warf sich dazwischen, aber verfehlte. Ausgerechnet Philipp klärte buchstäblich in der letzten Sekunde, bevor der Ball die Torlinie überschritt.

Direkt danach war das Spiel zu Ende. Die Jungen sprangen außer sich vor Freude herum und wälzten sich ineinander verschlungen auf dem Spielfeld. Es dauerte fast fünf Minuten, bis der Platz geräumt war und die nächsten Mannschaften antreten konnte. Yasemin hatte sich in der Zwischenzeit von ihrem Platz erhoben und war an der Seitenlinie näher an die Trainerbank herangerückt. Sie kam gerade rechtzeitig, um zu hören, wie der Mann seine Spieler aufforderte, sich etwas auszuruhen, damit sie für das entscheidende Halbfinale fit seien.

Erfreut nahm sie zur Kenntnis, dass sich die Jungen nach und nach zerstreuten. Es fiel ihr nicht schwer, Philipp im Auge zu behalten. Laut diskutierend schlenderte er mit zwei anderen aus seiner Mannschaft an den Rand des Spielfeldes und nahm eine Trinkflasche aus seiner Sporttasche. Nachdem er ausgiebig getrunken hatte, schleuderte er sie mit einer großen Geste zurück in das Chaos aus Kleidungstücken, Getränkedosen und weiterem Krimskrams und nahm sie auf. Bestimmt hatte er sein Handy ebenfalls darin vergraben.

Darauf achtend genug Abstand zu halten, folgte Yasemin den dreien, die sich Richtung Parkplatz in Bewegung gesetzt hatten. Noch machten sie keinerlei Anstalten, sich zu trennen. Sie hoffte inständig, dass nicht gleich die Eltern ebenfalls dazustoßen würden.

Vorsichtshalber holte sie ihr Mobiltelefon aus der Tasche und gab Pias Nummer ein. „Sie haben gewonnen“, flüsterte sie leise und drehte sich dabei schnell zur Seite, da ausgerechnet in diesem Moment die drei Jungen stehengeblieben waren und zu einem erneuten großen Palaver ansetzten. „Ich bin direkt hinter ihm, er ist mit zwei seiner Mannschaftskameraden auf dem Weg zum Parkplatz. Nein, halt! Warte!“

Aus den Augenwinkeln hatte sie gesehen, dass einer der beiden sich in Bewegung setzte, auf den Getränkestand zu. Der andere rief etwas hinter ihm her, und nachdem dieser nicht reagierte, klatschte er gegen Philipps Rechte und rannte ihm nach.

„Er ist allein, schnell, ruf ihn an!" Alles, was sie eigentlich hatte sagen und fragen wollen, war in diesem Moment vergessen. Sie bückte sich und nestelte an ihrem Schuh herum, ihre Augen gebannt auf den Jungen gerichtet. Der blickte den Kameraden unschlüssig hinterher, zuckte mit den Schultern und ging weiter, allerdings jetzt in die entgegengesetzte Richtung, anscheinend wollte er zu den Zuschauertribünen.

‚Klingel, klingel endlich!', flehte sie stumm und richtete sich aus ihrer knienden Haltung wieder auf. Philipp schlenkerte die Sporttasche wild hin und her. Er hatte die hölzernen Sitzbänke fast erreicht. Yasemin starrte mit wild klopfendem Herzen auf seinen Rücken.

Da! Er hielt plötzlich inne, stellte die Tasche ab, begann darin zu kramen und holte sein Handy heraus. Sie stand zu ungünstig, um sein Gesicht sehen zu können, doch es war ihr nicht entgangen, dass er sich merklich versteifte, während ihm langsam dämmerte, wer am anderen Ende der Leitung war. Es sah aus, als würde er das Gespräch sofort beenden. Sie stieß die angehaltene Luft langsam aus, als er nun zu reden begann, zuhörte und antwortete. Schließlich nickte er. Dann warf er das Handy zurück in die Tasche und wandte sich erneut um.

Philipp kam direkt auf sie zu, sie konnte nicht mehr ausweichen, das wäre zu auffällig gewesen. Schnell zog sie ihr Mobiltelefon aus der Gesäßtasche und gab vor, eine Kurznachricht zu schreiben, dabei musste sie an sich halten, ihn nicht anzustarren. Endlich war er vorbei und sie riskierte es, hinter ihm herzuschauen. Jetzt, da er den Parkplatz erreicht hatte, wurde er schneller. Es gelang ihr, ihn im Auge zu behalten, bis er den Weg, der den Hügel hochführte, erreicht hatte. Sie sah, wie er stehenblieb und sich nach links drehte, als hätte jemand ihn angesprochen, aber sie konnte niemanden erblicken.

Er kratzte sich am Kopf und schien seltsam unschlüssig. Plötzlich fuhr er herum und sah zum Fußballplatz zurück. Sie wandte sich schnell um und machte einige zögernde Schritte Richtung Getränkestand. Fast meinte sie, seinen Blick in ihrem Rücken zu spüren. Hoffentlich hatte er nicht gemerkt, dass sie die gesamte Zeit hinter ihm her gestarrt hatte.

Yasemin blieb stehen und klappte ihr Handy auf, um einen imaginären Anruf entgegenzunehmen. Völlig vertieft in das Gespräch blickte sie auf den Boden vor sich, nickte zwischendurch und gestikulierte sogar mit den Händen. Dabei drehte sie sich langsam um und ließ ihre Augen über das Gelände hinter dem Parkplatz schweifen. Philipp war wie vom Erdboden verschluckt.

Sie spürte, wie ihre Kehle sich zuschnürte. Jetzt hing alles von den Mädchen ab. Am liebsten wäre sie ebenfalls den Hügel hinaufgelaufen, hielt sich aber an das vorgegebene Konzept. Die ganze Sache sollte schließlich nicht an ihr scheitern.

Langsam trottete sie zum Fußballplatz zurück. Wenn sie nur wüsste, was die vier mit ihm vorhatten. Warum hatte sie nicht gefragt?

Direkt vor sich, ungefähr fünf Meter entfernt, entdeckte sie Tobias. Er saß allein auf der untersten Tribünenbank und starrte auf das Spielfeld vor sich. „Hi, schön, dass ich dich gefunden habe", mit einem Lächeln setzte sie sich neben ihn. „Wir bleiben ein Weilchen länger, da wollte ich dir wenigstens zu deiner tollen Leistung gratulieren."

57

Sie hatte den Wagen auf halber Strecke stehen lassen, damit Ronja vorher etwas schnüffeln konnte. Außerdem würde sie dann nicht ihr Geschäft in Frau Wittigs Garten erledigen, so hoffte sie wenigstens. Vorsichtshalber hatte sie allerdings zu der kleinen Schaufel, die sie auf jeden Hundespaziergang mitnahm, eine Plastiktüte eingesteckt.

Pünktlich auf die Minute steuerte sie auf die Eingangstür zu. Die Mädchen standen am Gartentor und begrüßten sie mit lautem Jubel. Wieder wurde sie durch das Törchen eingelassen und lief, Ronja neben sich, am Haus vorbei in den Garten. Barbara Wittig war gerade dabei, den Tisch zu decken. Sie begrüßte sie mit einem Lächeln. „Setzen Sie sich Frau Ziegler. Lea, kannst du bitte die Waffeln holen? Nina, du bringst bitte die Schüssel aus dem Schuppen und füllst sie mit Wasser. Der Hund braucht bestimmt etwas zu trinken."

Sofort schossen die Mädchen davon. Daniela blickte ihnen staunend nach. „Ohne Genörgel geht das bei Ihnen?"

Frau Wittig grinste amüsiert. „Das ist der Vorführeffekt. Hätten Sie lieber Eistee oder Kaffee?"

„Etwas Kaltes wäre mir bei dem Wetter schon recht", erwiderte Daniela und griff dankbar nach einem der gefüllten Gläser.

„Nein, im Ernst, ich habe sie von klein auf dazu erzogen, ihren Teil zur Hausarbeit beizutragen. Sie kennen es nicht anders", fuhr Frau Wittig fort, während sie sich ebenfalls setzte und Kaffee in eine der Tassen füllte.

„Ist das bei Ihrem Sohn genauso?"

Ihr Gegenüber lachte laut heraus. „Natürlich, denken Sie etwa, ich bin nicht für die Emanzipation der Frau? Jonas erledigt seinen Teil überdies williger als Pia, meine Große. Die muss ich eher zwingen, mir zu helfen, und dabei fällt meist schon das eine oder andere böse Wort."

Bevor Daniela antworten konnte, waren die Zwillinge zurück. Lea stellte eine große Platte, randvoll gefüllt mit Waffeln auf den Tisch, Nina schleppte eine Schüssel Wasser heran, die sie direkt vor Ronja stellte. Doch der Hund ignorierte ihre Gabe vollkommen, seine Augen waren auf den Tisch gerichtet, die Nase aufgeregt schnüffelnd in die Luft gereckt.

„Im Moment ist sie mehr an unserem Essen interessiert", erklärte Daniela dem enttäuschten Mädchen. „Sie wird sich schon bedienen, wenn sie durstig ist."

Die Unterhaltung wurde hauptsächlich von den Zwillingen bestritten. Beide wollten möglichst alles über Ronja wissen, wie sie zu Christian gekommen war, was sie vorher erlebt hatte, ihre Vorlieben und Lieblingsspiele. Dabei ließen sie den Hund keine Minute aus den Augen. Immer wieder ließen sie aus ‚Versehen' kleine Krümel auf den Boden fallen und freuten sich jedes Mal diebisch, wenn Ronja, die Daniela mittlerweile von der Leine gelassen hatte, zu ihnen kam und genüsslich schmatzend die Reste vertilgte.

„Jetzt ist es genug", sagte Barbara Wittig schließlich. „Dass ihr nur weiter esst, um den Hund zu füttern, muss nicht sein. Der Rest der Familie würde sich freuen, heute Abend ebenfalls von unserer Backwut profitieren zu können. Ihr dürft aufstehen und ein bisschen mit Ronni spielen. Frau Ziegler zeigt euch bestimmt, wie man das macht."

Daniela zog den mitgebrachten Ball aus der Tasche und drückte ihn Lea in die Hand. „Du wirfst ihn und wartest, bis sie ihn dir wiederbringt. Dann gibst du ihr den Befehl ‚aus', damit sie ihn vor deine Füße legt. Aber zunächst würde ich an eurer Stelle mit ihr durch den Garten gehen, damit sie ein bisschen herumschnüffeln kann. Das liebt sie nämlich genauso sehr."

Die Mädchen sprangen auf und knieten sich vor den Hund, der sich neben Danielas Stuhl abgelegt hatte. Zuerst einmal begnügten sie sich damit, das Tier ausgiebig zu streicheln und kicherten, wenn Ronja ihnen über die Hände leckte.

Frau Wittig sah Daniela mit hochgezogenen Augenbrauen an und zuckte mit den Schultern. „Später", formten ihre Lippen und Daniela nickte. Als hätte sie es nicht anders vorgehabt, begann sie von ihrer Arbeit zu erzählen. Bald wurde es den beiden Mädchen zu langweilig und sie lockten Ronja hinter sich her auf die Wiese.

„Sie wissen natürlich über Sie Bescheid", sagte Frau Wittig leise. „Ich habe sie allerdings vergattert, nicht von diesem Thema anzufangen. Nur sind sie halt neugierig und wollen soviel wie möglich mitbekommen. Besonders, nachdem ihnen durch einige unvorsichtige Bemerkungen meinerseits aufgefallen ist, dass Pia, mein Mann und ich Geheimnisse vor ihnen haben, die Sie betreffen. Ihm habe ich alles erzählt, das stört Sie hoffentlich nicht?"

„Nein, nein", beeilte sich Daniela zu versichern, obwohl es ihr nicht ganz recht war. Männer taten sich schwer, an den Instinkt der Frauen zu glauben, das hatte sie anfangs an Matthias gesehen. Und warum sollte ein wildfremder Mann, der nicht einmal alle Einzelheiten von Christians Schicksal kannte, ihrer Versicherung, er sei nicht der Täter, Glauben schenken und sie bei ihren Bemühungen unterstützen, beziehungsweise seiner Frau und seiner Tochter erlauben, ihr zu helfen?

„Er vertraut meinem Urteil", Frau Wittig schien ihre Gedanken erraten zu haben. „Er ist übrigens ebenfalls der Meinung, dass es am Sinnvollsten ist, den Kommissar, der den Fall bearbeitet, um Beistand zu bitten. Sie sollten so schnell wie möglich zu ihm hingehen und ihm all das erzählen, was Pia bis dahin in Erfahrung gebracht hat."

„Bisher haben wir noch nichts", wehrte Daniela ab.

„Ich bin mir sicher, dass meine Tochter erfolgreich ist. Moment", Barbara Wittig bückte sich und warf den Ball, der ihr direkt vor die Füße gesprungen war, zurück auf die Wiese. „Geht ein bisschen weiter nach hinten, sonst landet er beim nächsten Mal garantiert auf dem Tisch!", rief sie den Zwillingen zu, die ausgelassen mit Ronja herumtobten. „Warten wir bis morgen. Pia hat es bestimmt geschafft, weitere Vorfälle, an denen Philipp beteiligt war, auszugraben."

„Hat sie schon etwas angedeutet?"

„Nein, sie weiß, dass wir uns morgen miteinander in Verbindung setzen wollten und ..." Lautes Gebrüll von der Wiese unterbrach sie. Lea lag auf dem Bauch im Gras und schrie wie am Spieß. Daniela und Frau Wittig sprangen gleichzeitig auf und liefen zu ihr hin. Während die Mutter die Kleine in ihre Arme zog, wandte sich Daniela an Nina. „Was ist passiert?"

„Wir haben mit Ronni Fangen gespielt, dabei hat sie Lea angesprungen und die ist umgefallen."

„Auuh", heulte diese und drückte ihren Kopf fest an die Brust der Mutter.

„Wo tut es denn weh?", erkundigte sich Daniela.

„Es ist wohl nur der Schreck", meinte Frau Wittig erleichtert, schickte aber einen undefinierbaren Blick in Richtung des Hundes.

„Ronni ist ein bisschen wild, deshalb solltet ihr ja mit dem Ball spielen und nicht mit ihr zusammen rennen", Daniela hatte sehr wohl verstanden, was dieser Blick bedeutete. Wie konnte ich dieses Untier mit meinen Kindern allein lassen? Hörte man nicht immer wieder, dass Hunde völlig unmotiviert zubissen?

263

„Dieser Wuschel hier ist herzensgut", sagte sie, sowohl an die Kinder als auch an Frau Wittig gewandt. „Felix hat fast jeden Tag mit ihr gespielt und wenn ich abends einmal weg musste, hat sie auf ihn aufgepasst. Sie würde nie einem von euch etwas antun."

„Hat sie auch nicht", Lea lächelte bereits wieder unter Tränen. „Ich bin selbst schuld gewesen, weil ich so wild gespielt habe."

„An ihr ist wirklich ein Junge verloren gegangen", bestätigte Barbara Wittig seufzend. „Ständig kommt sie mit verdreckten und oft zusätzlich zerrissenen Sachen nach Hause, weil sie unbedingt überall herumklettern muss."

„Am Besten gönnen wir Ronni und euch eine kleine Pause", sagte Daniela. „Nachher könnt ihr noch einmal mit ihr Ballspielen."

Frau Wittig warf ihr einen dankbaren Blick zu, die Mädchen dagegen protestierten lautstark, bis ihre Mutter ihnen den Vorschlag machte, dass sie sich in das kleine Planschbecken, das an der Schaukel zum Trocknen hing, Wasser einfüllen durften.

Eine halbe Stunde später planschten die zwei vergnügt in dem lauwarmen Wasser, das Daniela gemeinsam mit Frau Wittig eimerweise aus der Küche geschleppt hatte.

„Also hat Pia bisher nichts verlauten lassen?", vergewisserte sich Daniela.

„Nein, sie verweist mich jedes Mal auf morgen, wenn ich sie frage", erwiderte Barbara Wittig und warf einen Blick auf Ronja, die brav neben Danielas Stuhl lag.

„Der Hund ist wirklich lieb", fühlte diese sich bemüßigt zu sagen. „Es stimmt, dass sie einige Macken hatte, bevor mein Nachbar sich ihrer annahm. Aber sie ist nie Menschen gegenüber aggressiv geworden, selbst damals nicht, als Felix' Schulkameraden sie geärgert haben. Sie können sich wirklich darauf verlassen, dass sie nichts tut."

„Ja gut", Frau Wittigs Blick blieb skeptisch. „Sie müssen mir zugutehalten, dass ich mit Tieren keinerlei Erfahrung habe. Und nachdem Lea derart losschrie, habe ich natürlich gleich das Schlimmste vermutet."

„Ich werde sie bei mir behalten", versprach Daniela.

Eine kleine Gesprächspause entstand, in der beide nach einem unverfänglichen Thema suchten.

„Mama, Frau Ziegler, schaut mal!", rief da Nina.

Beide wandten sich erleichtert über die Unterbrechung den Mädchen zu und bewunderten pflichtschuldig die lustigen Sprünge ins Bassin, die diese ihnen vorführten. Bald war mehr Wasser auf dem Rasen, als im Planschbecken.

„Schluss jetzt!", sagte Barbara Wittig energisch, nachdem Lea zum dritten Mal hintereinander auf dem nassen Rasen ausgerutscht war. „Sonst verletzt du dich heute wirklich noch ernsthaft."

Maulend glitten die beiden zurück ins Wasser, doch ihre schlechte Laune hielt nicht lange an. Schon nach kurzer Zeit waren sie in ein neues Spiel vertieft.

Mit einem leisen Stich im Herzen wandte sich Daniela ab. Wie lange würde es wohl dauern, bis sie den Anblick spielender Kinder ertragen konnte, ohne dabei ständig Felix vor sich zu sehen?

58

Yasemin musste sich anstrengen, nicht alle Augenblicke auf die Uhr zu sehen. Sie versuchte, ein interessiertes Gesicht zu machen, während Tobias lustige Geschichten aus dem Fußballverein zum Besten gab. Dabei konnte er wirklich gut erzählen, unter normalen Umständen wäre sie aus dem Lachen nicht mehr herausgekommen.

„Langweile ich dich?", fragte er.

„Nein, überhaupt nicht", beeilte sie sich zu versichern. „Es ist nur ...", ihre Gedanken rasten. Was sollte sie ihm bloß sagen? „Wir haben uns gestritten, meine Freundin und ich", brachte sie nach kurzem Zögern heraus. „Nur deshalb bin ich noch hier."

„Oh." Sie konnte ihm ansehen, wie enttäuscht er war. Hatte er sich etwa Hoffnungen gemacht, dass sie seinetwegen länger geblieben war?

„Was hast du nun vor?"

„Ich weiß nicht." Fast hätte sie angefangen zu grinsen, so gut gelang es ihr, die Unentschlossene zu spielen. „Eigentlich vertraue ich darauf, dass sie sich wieder beruhigt und mich anruft, damit ich das Treffen mit den anderen nicht platzen lassen muss. Es sind nämlich in erster Linie ihre Freundinnen, mit denen wir verabredet sind", fügte sie hinzu.

„Schade, ich dachte, du hättest vielleicht Lust mir beim nächsten Spiel zuzusehen. Es ist eh unser Letztes, weiter werden wir nicht kommen." Er sah sie mit neu erwachter Zuversicht an.

Beinahe wäre sie damit herausgeplatzt, dass sie zu diesem Zeitpunkt ohnehin längst weg wäre. Sie rettete sich kurzerhand in einen Hustenfall.

„Kann ich dir echt nicht versprechen", erklärte sie nach Luft ringend. „Wie gesagt, ich hoffe, dass sich meine Freundin bald meldet."

Tobias senkte den Blick. „Na ja, dann werde ich mal langsam zu meinen Kumpels gehen", murmelte er leise.

„Ich wünsche dir viel Glück." Impulsiv sprang sie ebenfalls auf, als er sich erhob, und umarmte ihn.

Völlig verblüfft blieb er stocksteif stehen und eine verräterische Röte begann, sich in seinem Gesicht auszubreiten. Yasemin, selbst entsetzt über ihre Reaktion, trat schnell einen Schritt zurück. „Äh, toi, toi, toi und so", stotterte sie. Bevor er antworten konnte, drehte sie sich auf dem Absatz um und rannte los, dass ihre langen Haare wie eine Fahne hinter ihr her wehten.

‚Du dumme Kuh', schimpfte sie sich selbst in Gedanken, ‚da brauchst du dich nicht zu wundern, wenn er sich Hoffnung macht.'

Sie lief, bis sie das Ende der Tribünen erreicht hatte. Im Schatten der Aufbauten hielt sie atemlos inne. Falsch, völlig falsch, sie sollte doch in der Nähe möglicher Zeugen bleiben.

Also setzte sie sich erneut in Bewegung, dieses Mal allerdings mit gemäßigten Schritten.

Das Beste wäre, wenn sie sich in der Nähe des Getränkezeltes aufhielte, dort waren die meisten Menschen. Und denen würde sie zur nächsten Auslosung folgen, das letzte Spiel der Runde musste fast beendet sein. Ungeduldig sah sie auf ihre Armbanduhr. Mittlerweile waren gut zwanzig Minuten vergangen, was dauerte das nur so lange!

Nervös zog sie ihr Handy aus der Tasche und überprüfte es, obwohl sie genau wusste, dass sie es weder auf ‚stumm' noch auf ‚aus' geschaltet hatte. Und der Ladebalken zeigte an, dass es über genügend Strom verfügte.

Unfähig stillzustehen, schlenderte sie hinüber zum Parkplatz und blickte auf den Weg, der den Hügel hinaufführte. Von Philipp war nichts zu sehen.

Ihre Aufregung wuchs von Minute zu Minute. Bestimmt war alles schiefgelaufen. Wahrscheinlich war es dem Jungen gelungen zu entkommen und die Mädchen hatten fliehen müssen und sie über die Aufregung total vergessen. Oder sie schafften es einfach nicht, die Wahrheit aus ihm herauszubringen. Oder - noch schlimmer – sie waren von zufällig vorbeikommenden Spaziergängern entdeckt worden, wie sie Philipp drangsalierten, und die hatten die Polizei gerufen.

Yasemin schluckte und riss sich gewaltsam von ihren Phantasien los. Es brachte nichts, sich verrückt zu machen.

Männer, Frauen und Kinder begannen herbeizuströmen und versammelten sich zur nächsten Auslosung. Dieses Mal ging es wesentlich schneller, es waren ja nur noch zwei Paarungen zu ziehen. Und die Mannschaft von Philipp sollte beginnen!

Yasemins Aufregung verwandelte sich in Panik, als die Jungen begannen, sich am Spielfeldrand zu versammeln. Nur Philipp fehlte. Sie sah, wie der Trainer von einem zum anderen ging und sie anscheinend nach seinem Verbleib befragte, denn sie schüttelten den Kopf oder zuckten die Achseln. Jetzt trat der Mann, den sie für Philipps Vater hielt, auf den Trainer zu und ein heftiger Wortwechsel folgte.

267

Yasemins Herz begann, wie rasend zu schlagen, als sie die Fußballer näherriefen und auf sie einzureden begannen. Sicher wurden diese auf die Suche nach dem verschollenen Mitstreiter geschickt.

Sie hatte den Gedanken kaum zu Ende gedacht, da schwärmten die Jungen schon aus. Mit zitternden Händen zog Yasemin ihr Handy aus der Hosentasche. Sie konnte nicht länger warten, Pia musste von der neuen Entwicklung informiert werden. In dem Moment begann es zu klingeln.

Bevor sie etwas sagen konnte, drang Pias keuchende Stimme durch den Hörer. „Wir müssen sofort weg. Ich kann nicht mehr auf dich warten. Bleib du da, bis ich wieder anrufe."

„Ich …"

„Tu, was ich dir sage, ich kann jetzt nicht weiterreden."

Völlig perplex, mit immer noch wild klopfendem Herzen starrte Yasemin auf das nun stumme Telefon. Na toll, sie wusste nicht mehr als vorher.

Obwohl sie am liebsten hinter den Mädchen hergejagt wäre, schlenderte sie betont beiläufig hinüber zum Getränkezelt. Sie wusste ja nicht einmal, wohin diese gelaufen waren. Und vielleicht hatte Pias Befehl eine tiefergehende Bedeutung, vielleicht war es für sie wichtig zu wissen, was sich zwischen Philipp und seinem Vater abspielen würde.

Mit trockenem Mund bestellte sie eine Cola und bezahlte. Während sie auf ihre Limo wartete, drehte sie sich herum, lehnte sich mit dem Rücken an den Tresen und ließ unauffällig ihre Blicke schweifen. Ein Ruck ging durch ihren Körper, als sie das Gedränge auf dem Parkplatz entdeckte. Anscheinend hatten die Jungen den Gesuchten gefunden.

„Trinkst du die Flasche gleich hier?", fragte eine Stimme in ihrem Rücken. „Sonst muss ich dir einen Euro Pfand abnehmen."

„Nein, nein, ich gehe nicht weg", versicherte sie, ohne sich umzudrehen. Verflixt, das Knäuel der Umstehenden war zu groß, sie konnte nichts erkennen.

„Was ist denn da los?" Jetzt hatte der Mann vom Ausschank das Gewühl auf dem Parkplatz ebenfalls entdeckt.

„Keine Ahnung." Die Worte wären ihr fast im Hals steckengeblieben, denn genau in dem Moment lichtete sich die Menge und Philipp wurde sichtbar. An seinen Vater gelehnt schien er sich nur mühsam auf den Beinen halten zu können. Langsam setzten die beiden sich in Bewegung und hielten auf einen dunklen Mercedes zu, der in der Nähe geparkt war. Einer seiner Teamkameraden öffnete die hintere Tür und Philipp ließ sich der Länge nach hineinfallen.

„Ach, da ist wieder einer umgekippt", die Bedienung wandte sich gelangweilt ab. „Das ist schon der dritte heute. Die Spieler müssten bei der Hitze viel mehr trinken, dann würde das nicht passieren."

Seine Worte erinnerten Yasemin an ihre Cola. An dem Getränk nippend verfolgte sie, wie die Menge sich zerstreute und die Spieler vom Trainer zurück zum Fußballplatz getrieben wurden. Philipps Vater blieb vor dem Auto stehen, seine Finger trommelten ungeduldig auf das Dach. Keine Minute später eilte eine Frau auf ihn zu und zwängte sich nach einem hastigen Wortwechsel durch die hintere Tür ins Innere des Fahrzeugs. Yasemin konnte nicht erkennen, was sie tat, aber es dauerte nicht lange, da tauchte sie wieder auf, ging um das Auto herum und setzte sich auf den Beifahrersitz. Auch Philipps Vater stieg ein, der Motor brummte auf und er rangierte das Fahrzeug aus der Parklücke.

Hm, beide Eltern hatten zwar anfangs beunruhigt gewirkt, waren nun jedoch weder zornig noch aufs Äußerste entrüstet, was Yasemin eigentlich nach dem, was vorgefallen sein musste, erwartet hätte. Sollte Philipp ihnen gar nicht die Wahrheit erzählt haben?

Egal. Entschlossen nahm sie einen letzten Schluck, stellte die leere Flasche zurück und ging zum Parkplatz hinüber, der nun verlassen da lag. Sich auf einen der großen Steine setzend, die als Begrenzung dienten, zückte sie ihr Handy und gab Pias Nummer ein. „Sie sind gerade abgefahren", sagte sie, kaum dass das Mädchen sich gemeldet hatte.

„Und?"

„Es war alles ziemlich seltsam", begann Yasemin und berichtete, was sie gesehen hatte.

„Also spielt Philipp erst einmal den Kranken", meinte Pia erleichtert. Ihre Stimme wurde leiser, anscheinend galten die nächsten Worte ihren Freundinnen: „Sie sind weg, ohne die Polizei zu holen. Trotzdem", sagte sie lauter, sich wieder an Yasemin wendend, „müssen wir die Sache unbedingt heute zu Ende bringen. Wer weiß, was er sich sonst noch alles einfallen lässt."

„Wie, ich dachte …"

„Es ist längst nicht vorbei. Komm zum Hauptbahnhof, wir treffen dich dort", unterbrach Pia sie. „Bis gleich."

59

Pia stand auf dem Bahnsteig, als die S-Bahn einfuhr, die anderen waren nirgendwo zu sehen.

„Sie sind da vorn bei McDonald's und warten auf uns", erklärte das Mädchen, bevor Yasemin fragen konnte. „Nachdem wir Philipp laufengelassen hatten, mussten wir auf der Stelle weg, es war echt zu risikoreich, dort auf dich zu warten. Und wir dachten, hier können wir in Ruhe reden."

Sie saßen dicht nebeneinander in einer ruhigen Nische ganz hinten im Raum, auf dem Tisch standen nur einige Becher Cola.

„Der ist für dich", Corinna schob ihr einen der Pappbecher zu. „Falls du etwas essen willst, hole ich dir gern einen Burger. Uns anderen ist im Moment nicht danach."

„Mir auch nicht", erwiderte Yasemin. Und das stimmte sogar. Die bleichen, verschreckten Gesichter der anderen hatten ihr jeden Appetit genommen. Selbst auf die Cola konnte sie gut und gerne verzichten, sie hatte heute schon mehr als genug von dem süßen, klebrigen Zeug in sich hineingeschüttet, das kaum in der Lage war, ihren Durst zu löschen. Viel lieber hätte sie ein Glas Wasser getrunken, aber noch viel wichtiger war es, endlich zu erfahren, was sich hinter den Büschen abgespielt hatte. Auffordernd sah sie Pia an.

„Er hat gesagt, er hätte Felix da liegen sehen und wäre weggelaufen", das Mädchen schluckte hart. „Weil er zu feige war, ihm zu Hilfe zu kommen, musste der Junge sterben."

„Was …? Wie …?" Gleichermaßen ungläubig und entsetzt schaute sie von einer zur anderen. Jennifer und Corinna nickten bestätigend, Rabea hielt den Kopf gesenkt und malte scheinbar völlig unbeteiligt nasse Kreise mit dem Kondenswasser ihrer Cola auf den Tisch.

„Ich hätte ihn am liebsten an den Haaren hinter mir her gezerrt, damit er sein Geständnis gleich an Ort und Stelle vor seinen Eltern wiederholt", sagte Corinna geradezu hasserfüllt. „Hättet ihr mich mal machen lassen."

„Du weißt genau, dass das nicht ging!", fauchte Rabea. Ihr Gesicht war grau und die Augen rot und geschwollen, als hätte sie heftig geweint.

„Oh doch", Corinnas Augen verengten sich zu Schlitzen. „Er hätte genau das gemacht, was wir ihm sagten."

„Und?", brauste Rabea auf. „Was hätte uns das gebracht?"

„Könntet ihr mir vielleicht alles von Anfang an erzählen", bat Yasemin, eingeschüchtert durch die unterschwellige Feindseligkeit in ihrer Stimme. „Ich verstehe gar nichts mehr."

„Das wäre wohl das Beste", nickte Pia. „Dann kannst du nämlich auch deine Meinung dazu sagen. Wir sind im Moment an einem toten Punkt angekommen."

„Weil ihr die falschen Schlüsse zieht!" Rabea lehnte sich mit verschränkten Armen zurück. „Nur zu, ich bin gespannt, was die Kleine sagen wird."

„Also", ohne die Freundin weiter zu beachten, beugte sich Corinna über den Tisch. „Es hat ziemlich lange gedauert, bis wir das kleine Arschloch soweit hatten", begann sie mit leiser Stimme zu berichten. „Aber nachdem er endlich begonnen hatte auszupacken, konnte er gar nicht mehr aufhören. Demnach haben Henning und er Felix gesehen, während er aus den Büschen herauskroch. Und weil sie dich, Yasemin, beobachtet hatten, wie du kurz zuvor ebenfalls von dort gekommen warst, wurde Philipp neugierig und wollte von Felix erfahren, was es damit auf sich hatte. Henning war dagegen, mit ihm zu sprechen, weder wollte er gemeinsam mit Philipp zu ihm gehen noch ihn allein zu diesem lassen. Er rastete wohl ziemlich aus", sie hielt inne und warf Rabea einen kurzen Blick zu.

„Erzähl weiter", befahl diese. „Du kennst meine Meinung. Wir haben erst seine Version gehört, mein Bruder kann sich nicht wehren."

Yasemin rutschte unruhig auf ihrem Sitz hin und her. Was hatte die Mädchen derart auseinandergebracht?

„Auf jeden Fall ist Philipp schließlich allein zu Felix gegangen und hat versucht herauszubekommen, ob ihr beide was miteinander habt", fuhr Corinna fort. „Dein Freund hat ihn wohl abblitzen lassen, zumindest hat er nichts Wichtiges in Erfahrung bringen können. Daher war Philipp reichlich sauer, als er zu Henning, der auf ihn gewartet hatte, zurückkehrte. Und als der ihm eine richtige Szene hinlegte, ist er selbst ausgerastet und hat den Freund heftig beschimpft, bis der weinend weggelaufen ist. Nach einiger Zeit tat ihm das Ganze wohl leid und er begann, Henning zu suchen."

„Du musst wissen, normalerweise gingen die beiden an diesem Tag immer zu Philipp nach Hause und verbrachten den Nachmittag zusammen", ergänzte Pia.

„Er kam an der Turnhalle vorbei und meinte, ein Geräusch von der Treppe zu hören. Er sagte uns, er hätte gedacht, dass Henning da unten

271

hocken und heulen würde, du kannst dir also vorstellen, was es für ein Schock für ihn war, Felix dort liegen zu sehen."

„Und dann ist er einfach weggelaufen? Ohne zu schauen, ob er ihm helfen konnte?", fragte Yasemin fassungslos.

„Angeblich ist ihm furchtbar schlecht geworden, sodass er sich nicht die Treppe hinuntergetraut hat", antwortete Corinna verächtlich.

„Warum hat er nicht wenigstens einen Krankenwagen gerufen?"

„Weil er Angst hatte, dass man ihn zwingen würde, zurückzugehen und Erste Hilfe zu leisten."

„Dieser erbärmliche …", Yasemin holte tief Luft. Feigling war das Wort, das sie eigentlich hatte sagen wollen, aber es erschien ihr als viel zu gering, um das auszudrücken, was sie wirklich empfand.

„Er hat Rotz und Wasser geheult und immer wieder beteuert, dass er wirklich nicht gedacht hätte, dass Felix noch am Leben sei bei dem vielen Blut und der seltsam verkrümmten Haltung, in der er da unten gelegen hätte", Corinna verzog voller Abscheu das Gesicht. „Und ihm sei von dem Anblick fürchterlich schlecht geworden und er wäre, ohne sich ein weiteres Mal umzudrehen, nach Hause gerannt."

„Wo er sich nichts anmerken ließ und einfach zur Tagesordnung überging", ergänzte Pia leise.

Jetzt brauchte Yasemin doch einen Schluck Cola, um das saure Aufbegehren ihres Magens zu besänftigen. „Ihr glaubt ihm?", vergewisserte sie sich.

„Leider ja, der war viel zu fertig, als dass er uns anlügen konnte." Jennifer, die bisher geschwiegen hatte, zog eine Grimasse. „Das Blöde ist nur, dass wir damit immer noch nicht die komplette Wahrheit wissen."

„Meiner Meinung nach schon", Pia holte tief Luft. „Denn das ist nicht alles, was er uns erzählt hat. Genau wie uns ist dir bestimmt aufgefallen, dass er kein Wort über diesen Nachbarn verlor, den er und Henning angeblich gesehen haben, stimmt's?"

Yasemin nickte stumm.

„Gut", Pia war mit ihrer Reaktion zufrieden. „Das war das Nächste, was er uns erklären musste. Angeblich wusste er nichts von dem Mann, bis Henning sich zwei Tage später bei ihm meldete und ihn offen beschuldigte, Schuld an Felix' Tod zu sein."

„Ja, Rabeas Bruder sagte ihm, er hätte im Gebüsch versteckt die Tat beobachtet", übernahm Corinna. „Direkt, nachdem der Mann verschwunden sei, wäre Philipp aufgetaucht. Und da der ihm nicht zu Hilfe eilte, habe Henning geglaubt, dass Felix tot sei und sein Freund die Polizei holen würde. Erst aus den Abendnachrichten habe er erfahren, dass das Opfer Stunden später schwer verletzt gefunden wurde."

„Halt, halt" Verwirrt blickte Yasemin von einem zum anderen. „So ganz verstehe ich Philipps neue Aussage nicht. Das hieße dann ja, dass Henning gesehen hat, was passiert ist?"

„Behauptet Philipp", presste Rabea zwischen zusammengebissenen Zähnen hervor.

Wieder spürte Yasemin ihre unterdrückte Feindseligkeit.

„Zumindest hat Henning ihm diese Geschichte aufgetischt." Pia funkelte ihre Freundin an. „Ich glaube ihm, der hat nicht gelogen."

„Tatsache ist", mischte sich Jennifer begütigend ein, „dass Philipp sagt, Rabeas Bruder habe ihm erzählt, dass er durch den Streit völlig fertig gewesen sei und eigentlich direkt nach Hause laufen wollte. Aber an der Treppe der Turnhalle, wo er vorbei musste, hätte Felix zusammen mit einem fremden Mann gestanden und sich mit diesem unterhalten. Da er, Henning, völlig verheult gewesen sei, habe er sich deshalb schnell in einem Gebüsch verkrochen, um von den beiden nicht gesehen zu werden. Kurz darauf wäre der Mann plötzlich wütend geworden und hätte den Jungen heftig geschubst. Er, Henning, habe sich instinktiv ganz klein gemacht, um nicht entdeckt zu werden. Und als er sich traute wieder hinzugucken, sei Philipp erschienen."

„Das heißt also, dass Henning gar nicht nachgeschaut hat, was wirklich passiert ist?", fragte Yasemin verblüfft.

„Äußerst seltsam, wirklich", nickte Pia grimmig. „Denn den Mann beschreiben konnte er trotzdem ziemlich genau."

„Ihr kennt ihn nicht so gut wie ich", fuhr Rabea sie an. „Er ist viel zu ängstlich. Außerdem hat er bestimmt gedacht, dass Philipp sich um alles kümmern würde."

„Warum hat er dann zu Hause nichts davon erzählt?", rutschte es Yasemin heraus.

„Weil er viel zu aufgewühlt war, um darüber reden zu können." Ihr gegenüber blieb Rabea bemüht ruhig. „In der Nacht hatte er schlimme Albträume und am nächsten Morgen war er zu krank, um in die Schule zu gehen. Er ist ein richtiges Seelchen."

„So, wie ich deinen Bruder kennengelernt habe, ist er ein absolutes Mamakind", Corinna schüttelte bedächtig den Kopf. „Würde diese Geschichte stimmen, wäre er gleich zu deiner Mutter gelaufen und hätte sich bei ihr ausgeheult."

„Ja, ich denke, Pia hat recht", sagte nun auch Jennifer. „Selbst wenn dieser Zeuge nicht wäre - so kann es einfach nicht gewesen sein."

„Zeuge?" Wieder hatte Yasemin das Gefühl, nur Teilstückchen hingeworfen zu bekommen.

„Es ist jemand aufgetaucht, der den Nachbarn zur fraglichen Zeit an einem völlig anderen Ort gesehen hat, er ist definitiv nicht der Täter." Pia sah Yasemin geradezu beschwörend an. „Die SMS von Frau Ziegler, kurz bevor du hinunter zum Stadion gelaufen bist, erinnerst du dich? Ich hatte in der Aufregung danach vergessen, dir zu erzählen, dass ich sie doch gelesen habe."

„Und uns ebenfalls", Rabea war immer noch wütend. „Erst seitdem du denkst, Henning hätte etwas mit Felix' Tod zu tun, sprichst du davon."

„Aber es stimmt", warf Yasemin ein und machte ein möglichst gelassenes Gesicht. „Pia sagte zu mir, sie vermute, dass Frau Ziegler wissen wolle, ob ihr schon etwas in Erfahrung gebracht hättet. Und dass sie am liebsten die Nachricht bis morgen ignorieren würde."

„Mal davon ab", Corinna sah in die Runde, dann fixierte sie Rabea. „Henning schweigt zwei Tage lang. Anschließend offenbart er sich nicht etwa deinen Eltern, nein, er wendet sich an Philipp. Und die beiden kommen überein, dieses Schauermärchen zu erfinden, dass sie gemeinsam den Täter gesehen haben. Das stinkt wirklich zum Himmel."

„Ja, warum sollte Henning sich auf diese Lügen einlassen?", fiel Pia ein. „Er selbst hatte schließlich nichts zu befürchten."

„Ihr versteht das nicht. Der ist völlig auf seinen Freund fixiert, er ist ihm geradezu hörig. Er würde alles tun, um ihn zu schützen." Trotz ihrer Worte begann die Abwehr des Mädchens zu bröckeln. Yasemin merkte, dass ihr wütendes Aufbegehren nachgelassen hatte.

„Rabea", das war wieder Pia. „Denk doch mal nach. Angeblich hat Henning das Verbrechen mitangesehen. Er rennt nach Hause, vertraut sich aber weder deiner Mutter noch deinem Vater an. Dabei musste er zu diesem Zeitpunkt davon ausgehen, dass Philipp da die Tat längst gemeldet hatte. Das stimmt hinten und vorne nicht."

„Pia hat recht", sagte Yasemin langsam.

Rabea wandte den Kopf und funkelte sie böse an, dennoch ließ sie sich nicht beirren und fuhr fort: „Das Ganze hört sich für mich immer seltsamer an. Selbst wenn Henning anfangs wirklich total verwirrt gewesen ist und nicht darüber reden konnte, warum haben die beiden später diese Geschichte konstruiert, dass sie gemeinsam den Täter gesehen haben? Wozu? Schließlich hätte Henning mit dem, was er gesehen hatte, auch im

Nachhinein herausrücken können, ohne dass er Philipp hätte mit hinein-
ziehen müssen."

„Genau", Corinna nickte bekräftigend. „Dass Philipp auf diese Schwach-
sinnsidee hereingefallen ist, kann ich mittlerweile verstehen. Der hatte
viel zu viel Angst, dass sein Versagen herauskommen würde. Nur, was
hat dein Bruder damit bezweckt?"

„Ich dürfte es euch eigentlich nicht sagen." Rabea verstummte und biss
sich auf die Lippe. „Nun, es ist so. Henning ist in psychiatrischer Behandlung, weil er ein sehr, sehr ungesundes Verhältnis zu diesem Arschloch entwickelt hat. All sein Denken und Handeln dreht sich in erster
Linie um ihn. Ich kann mir vorstellen, dass Philipps Fehler für ihn wichtiger war als alles andere. Er ist sein Held, den es zu schützen gilt." Sie
schwieg einen Moment. „Ich denke, das Einbeziehen von Philipp in
diese Geschichte sollte die beiden noch enger zusammenschweißen",
sagte sie dann leise.

Pia schüttelte ungläubig den Kopf, die anderen erstarrten geradezu. Keiner wusste darauf etwas zu erwidern.

„Aber wenn der Nachbar nun ein Alibi hat, lügt entweder Philipp oder
Henning", flüsterte Yasemin leise.

„Genau. Das ist der springende Punkt. Wen soll diese abstruse Story
wirklich schützen?" Corinna warf ihrer Freundin einen mitleidigen Blick
zu. „Und dass Philipp die Unwahrheit sagt, glaube ich nicht. Nicht nachdem, was wir …"

„Es ist gut", fiel Pia ihr ins Wort. Mit einem bittenden Augenaufschlag
legte sie Rabea die Hand auf den Arm. „He, wir kauen immer wieder die
gleichen Fakten durch und es ändert sich nichts. Irgendetwas an dieser
Geschichte ist oberfaul. Du musst mit Henning sprechen, ihn dieses Mal
in die Enge treiben, bis er keinen anderen Ausweg sieht, als zu sagen,
was in Wahrheit geschehen ist."

Yasemin konnte sehen, wie die Hände des Mädchens sich verkrampften.
Mit Müh und Not unterdrückte sie einen tiefen Seufzer. Sie konnte sie
verstehen. Was die anderen da verlangten, war – grausam. Sie sollte sich
gegen ihren eigenen Bruder stellen. Wie würde sie selbst reagieren, wenn
sie in dieser Situation wäre?

Da sah sie Felix' Bild plötzlich vor sich. ,Nie wieder', erinnerte sie sich
an die Worte seines Onkels und Tränen traten in ihre Augen. „Mein
Freund ist tot", sagte sie mit fester Stimme an Rabea gewandt. „Auch er
hatte eine Familie und andere, die ihn liebten. Wir sind es ihm schuldig."

„Bitte Rabea", sagte Jennifer. „Versuche es wenigstens."

Pia blieb stumm, doch ihre Augen waren fest auf das Mädchen gerichtet. Corinna nickte nachdrücklich. „Wir können Felix' Tod nicht ungeschehen machen, aber genauso wenig seinen Mörder davonkommen lassen."

„Ihr seid verrückt, wenn ihr glaubt, Henning hätte es getan!" Rabea sprang auf.

„Wirst du mit ihm sprechen?" Pia erhob sich ebenfalls und stellte sich ihr herausfordernd gegenüber. „Oder sollen wir es tun?"

„Nein!" Das Mädchen schloss für einen kurzen Moment die Augen. „Ich rede mit ihm." Abrupt drehte sie sich herum und ging zur Tür.

Schweigend starrten die anderen ihr nach. Yasemin spürte, wie sie zu zittern begann. All das war weit schrecklicher, als sie es sich vorgestellt hatte.

60

Andrea fuhr den Wagen in die Einfahrt und betätigte die Fernbedienung, die das Garagentor öffnete. Sie spürte bereits jetzt, wie ihre Entspannung wich und dem wohlbekannten Gefühl der Anspannung Platz machte, das in den letzten Tagen zu ihrem ständigen Begleiter geworden war. Dabei hatte sie die Stunden auf dem Tennisplatz in vollen Zügen genossen. An Spielpartnern hatte es ihr nie gemangelt, so auch heute nicht. Beim kleinen Imbiss in der Mittagszeit waren sie zu acht gewesen, zwei Paare und der Rest Junggesellen. Danach hatte sie ein weiteres Doppel gespielt und sich dann schweren Herzens von den anderen getrennt. Dass sie Joachims Einladung zu einer neuen Runde ausschlagen musste, ärgerte sie immer noch. Aber sie hatte Bernd versprochen, spätestens um fünf wieder zu Hause zu sein.

Sie platzierte ihr Auto dicht neben seinem. Warum nur musste er andauernd die Ersatzteile für seine Oldtimer in der gemeinsamen Garage lagern! Es war viel zu wenig Platz darin, seit er den Kindern erlaubt hatte, ihre Fahrräder ebenfalls dort unterzustellen. Und sie war nun mal keine besonders begabte Fahrerin, die auf kleinstem Raum manövrieren konnte. Die leise Stimme in ihrem Hinterkopf, die ihr mitteilte, dass Bernd eigentlich an diesem Wochenende mit einem seiner Freunde zum gemeinsamen Basteln verabredet gewesen war, überhörte sie geflissentlich.

In dem Moment, als sie die Tür hinter sich schloss, schlug die Standuhr im Wohnzimmer die volle Stunde. Perfektes Timing, sie war pünktlich auf die Minute zurück. Bernd schien sie schon erwartet zu haben, mit düsterer Miene erschien er in der Diele. Was war nun schon wieder passiert?

„Ist was mit Henning?", fragte sie und ihr Herz krampfte sich zusammen. Nach dem Theater, was er am Morgen abgezogen hatte, befürchtete sie das Schlimmste. Fast eine Stunde hatte er geschrien und getobt, war völlig außer Rand und Band gewesen, weder für Argumente noch für Schmeicheleien zugänglich.

„Nein, der sitzt beleidigt in seinem Zimmer. Den habe ich den ganzen Tag nicht zu Gesicht bekommen. Dein Vater hat gerade angerufen. Deine Eltern wollen uns für nächste Woche Samstag zum Kaffee einladen. Ich habe versucht, ihm zu erklären, dass es Henning nicht gut geht und wir deshalb nicht kommen können. Er hat mich kaum ausreden lassen und verlangte nach dir. Ich sagte ihm, dass du Tennis spielen bist, da wurde er gleich sarkastisch und meinte, so schlecht könne es Henning wohl nicht gehen, wenn du nicht zu Hause seiest. Du kennst ihn ja."

Andrea spürte, wie sich ihr Magen schmerzhaft zusammenzog. Bisher hatte sie es vermieden, ihre Eltern über den Zustand ihres Enkels zu informieren, insgeheim hoffend, dass es sich doch nicht als derart schlimm herausstellen würde, wie befürchtet. Bei ihren Telefongesprächen war sie bemüht gewesen, den Eindruck zu vermitteln, mit ihr und der Familie stehe alles bestens. Warum nur musste ihr Vater ausgerechnet dann anrufen, wenn sie einmal nicht da war!

„Ich habe ihm gesagt, du würdest dich bei ihm melden, wenn du zurück seist", fügte er hinzu.

„Hm", sie zog nachdenklich die Oberlippe zwischen die Zähne. „Ich glaube, ich verschiebe das Gespräch lieber auf später. Wir müssen uns einen guten Grund einfallen lassen, sonst steht er spätestens morgen vor unserer Tür."

„Du hast bis acht Uhr Zeit." Ein Lächeln huschte über Bernds Gesicht. „Ich habe gesagt, dass du vermutlich nicht vor dem Abendessen zurück bist."

„Danke", sagte sie knapp und drängte sich an ihm vorbei. Typisch, es blieb wieder an ihr hängen, sich zu überlegen, wie sie vorgehen sollten. Dabei lag ihm mindestens genauso viel daran, ihre Eltern im Unklaren zu lassen, wie ihr.

„Ich gehe unter die Dusche." Trotzdem blieb sie einen Moment stehen und lauschte Richtung Kinderzimmer. Nicht ein Ton war zu hören. „Bist du sicher, dass Henning nicht durchs Fenster geflüchtet ist?" Unentschlossen machte sie einen Schritt auf seine Tür zu.

„Genau das hat er versucht, kurz nachdem du weg warst", Bernds Antwort ließ sie innehalten.

„Und?" Sie wusste, dass keine Gefahr bestand, andernfalls wäre er nicht die Ruhe selbst gewesen.

„Ich lag schon auf der Lauer, als er das Fenster öffnete, und habe ihn abgefangen. Anschließend versperrte ich die Flügel und schloss die Tür ab. Er muss sich melden, wenn er etwas haben will."

„Bernd, das geht doch nicht!"

„Was hätte ich sonst tun sollen?" Zum ersten Mal ließ er sie seine Verzweiflung sehen. „Ich erkenne ihn nicht mehr wieder. Es wird immer schlimmer mit ihm."

Jetzt weißt du wenigstens, wie ich mich die gesamte Woche über gefühlt habe, wollte sie sagen, schluckte aber im letzten Moment die Worte hinunter. Das wäre unfair gewesen. So schwer hatte sie es in den letzten Tagen mit ihm nicht gehabt. „Ich habe Angst", flüsterte sie stattdessen. „Ich weiß nicht, wie ich mit ihm fertig werden soll, wenn er sich bis morgen nicht beruhigt hat."

Statt sie in den Arm zu nehmen, lehnte Bernd sich gegen die Wand und verschränkte die Arme vor der Brust. „Im schlechtesten Fall werden wir Herrn Baumann bitten, ihn einzuweisen. Wir können uns nicht länger vormachen, dass dies keine für uns akzeptable Lösung ist."

Nun ließ sie ihn endgültig stehen, hastete die Treppe hinauf nach oben und schloss die Schlafzimmertür hinter sich. Statt sich direkt ins Badezimmer zu begeben, sank sie auf das ungemachte Bett. Dass er wirklich bereit war, diese Möglichkeit ins Auge zu fassen! War ihm denn nicht bewusst, wie dann die Leute über sie herziehen würden?

Gut, sie hatte ebenfalls mit dieser Lösung geliebäugelt, dabei war ihr jedoch immer bewusst gewesen, dass es sich um einen Wunschtraum handelte, handeln musste. Er dagegen schien durchaus dazu bereit, hatte Henning in seinem Innersten schon aufgegeben.

Verdammt! Ihr Sohn befand sich in einer leichten Krise. Er würde schon wieder daraus herausfinden. Allerdings konnte sie es sich nach diesen anstrengenden, letzten Tagen durchaus vorstellen, ihn für längere Zeit in ein Internat zu geben. Das verstand jeder hier, sogar ihr Vater, vor allem, wenn sie durchblicken ließ, dass diese Schule etwas ganz Besonderes sei.

Sie seufzte schwer. Leider lagen davor noch neun lange Wochen, die sie überstehen mussten. Frühestens nach den Schulferien stand der Wechsel überhaupt zur Debatte. Zudem benötigten sie dafür die Untersuchungsergebnisse von Herrn Baumann. Sie konnte nur hoffen, dass die Tests, die er in der nächsten Woche vornehmen wollte, ein eindeutiges Ergebnis brachten.

Sie legte sich quer über das Bett und langte nach dem Telefon auf ihrem Nachtisch, überlegte es sich aber im letzten Moment anders. Nein, sie würde zuerst duschen und erst danach ihre Eltern anrufen. So hatte sie genug Zeit, sich eine vernünftige Erklärung auszudenken, warum sie am nächsten Wochenende nicht zu Besuch kommen konnten.

Während sie sich erhob und hinüber in das anschließende Bad ging, fühlte sie erneut Ärger auf Bernd in sich hochsteigen. Er wusste genau, wie empfindlich ihr Vater war. Jegliche Art von Zurückweisung ließ ihn überreagieren. Bestimmt dachte er, die Familie habe lediglich keine Lust, ihn zu sehen. Und sie würde es bei ihrem Telefonat ausbaden müssen.

Sie zog die durchgeschwitzte Tenniskleidung aus und warf sie in den Wäschekorb, der schon wieder überquoll. Da konnte Frau Hartwich gleich morgen früh die Maschine füllen. Und anschließend …

Ihre Gedanken verloren sich unter dem heißen Strahl, der sie gleichermaßen entspannte und neu belebte. Mit geschlossenen Augen tastete sie nach dem Duschgel und begann, sich von oben bis unten einzuseifen. Danach blieb sie nahezu unbeweglich stehen und genoss das Perlen des Wassers, bis die gesamte Duschkabine voller Dampf war.

Nur widerwillig schloss sie die Wasserhähne und kletterte hinaus auf die Badematte. Statt sich gleich abzufrottieren, griff sie nach dem Bademantel, schlüpfte hinein und setzte sich auf den Badewannenrand. Missmutig sah sie hinunter auf ihre nackten Zehen. Das Wochenende war fast vorbei. Drei weitere, ihr endlos erscheinende Wochen lagen vor ihr, eingesperrt in diesem Haus. Da Bernd direkt zu Beginn der großen Ferien seine Praxis schloss, würde er, wie die Erfahrung der letzten Jahre gezeigt hatte, bis spätabends zu tun haben. Das hieße, dass er, wenn er endlich nach Hause kam, viel zu müde war, um sich anschließend um Henning zu kümmern. Sie würde die Party bei den Petersens und den vierzigsten Geburtstag von Christina absagen müssen.

Andererseits hätte sie mit Freuden darauf verzichtet, wenn sie dafür den Ärger mit Henning hätte ungeschehen machen können. Sie wusste wirklich nicht, was sie den ganzen Tag lang mit ihm anfangen sollte. Meist saß er ohnehin Stunden vor dem Fernseher und ließ sich berieseln. Sie glaubte nicht, dass er wirklich zusah. Den Rest der Zeit lag er tatenlos auf dem Bett, konnte sich weder aufraffen zu lesen, noch irgendwelche Spiele mit ihr zu spielen. Es schien fast, als wolle er nicht nur Bernd und sie, sondern auch sich selbst für das, was mit ihm passierte, bestrafen.

Frau Hartwich hatte ebenfalls schon bemerkt, dass er nicht richtig krank war. Andauernd suchte sie nach Vorwänden, sein Zimmer zu betreten, in der Hoffnung, dass Henning vielleicht mit ihr sprechen würde. Bisher war es Andrea gelungen, sie durch diverse Einkäufe auf Trab zu halten. Aber natürlich war der Hilfe aufgefallen, dass sie nicht wie sonst, wenn er krank war, zwischendurch das Haus verließ, um ein bisschen freie Zeit für sich allein zu genießen. Und langsam musste das Zimmer wieder einmal gründlich geputzt werden. Ihr graute vor der nächsten Woche.

Sie erhob sich und schälte sich aus dem nassen Bademantel. Nackt lief sie zurück ins Schlafzimmer und schlüpfte in eine bequeme Hose und einen kurzärmeligen Pullover. Was sollte sie nur den Eltern sagen? Die Wahrheit auf keinen Fall. Dann wäre Henning für ihren Vater erledigt.

Sie hörte schon seine Stimme: „Ein Kind in diesem Alter hat keine nervlichen Probleme. Es muss an eurer Erziehung liegen, wahrscheinlich ist Bernd viel zu weich und nachgiebig. Ich habe dir damals gleich gesagt, dass du mit ihm nicht glücklich wirst." Die Mutter würde zu dieser Aussage nur nicken, sie hatte in den langen Jahren ihrer Ehe gelernt, dass die Meinung ihres Mannes die einzig gültige war.

Wie kam sie auf einmal zu diesen aufrührerischen Gedanken? Andrea schüttelte über sich selbst den Kopf. Hatte sie nicht immer versucht, ihren Eltern nachzueifern, dieselbe Art von Beziehung zu führen und ihre Kinder in genau der Art und Weise zu erziehen, wie sie selbst erzogen worden war? Hatte sie nicht bisher Vater und Mutter wie das leuchtende Beispiel für eine glückliche, erfolgreiche Ehe gesehen, die, geachtet von ihren Mitmenschen, eine bedeutende Rolle in der hiesigen Gesellschaft spielten?

Energisch verdrängte sie jeden weiteren ketzerischen Gedanken, öffnete die Tür und stieg die Treppe hinab. Es würde ihr nichts anderes übrig bleiben als zu improvisieren und Hennings Krankheit in eine nicht enden wollende Migräneattacke zu verwandeln. Dann konnte sie wahrheitsgemäß berichten, dass der Hausarzt sie unter anderem zu einem Psychologen geschickt hatte. Da ihr Sohn sehr litt, wollten seine Eltern natürlich alles tun, um ihm zu helfen.

Sie griff nach dem Telefon in der Diele und betrat die Küche. Aus Hennings Zimmer drang leises Gemurmel. Anscheinend hatte er sich wieder beruhigt und sprach gerade mit Bernd. Das würde ihr Zeit geben, das Telefongespräch in Ruhe zu führen.

Bevor sie die Nummer ihrer Eltern eingab, griff sie nach der auf dem Tisch liegenden Schachtel Zigaretten. Ein erster langer Zug, ein zweiter, jetzt war sie bereit. Sie lehnte sich an die Spüle und rief das Telefonbuch auf.

„Mama?" Plötzlich stand Rabea in der Tür. Eine blasse, völlig verzweifelt wirkende Rabea, der die Tränen in den Augen standen.

Andrea fiel das Telefon aus der kraftlos gewordenen Hand. Etwas Schlimmes war passiert, das spürte sie sofort.

61

„Sie waren alleinerziehend?", nahm Frau Wittig das Gespräch wieder auf. „Ja, sein Vater hat sich mit Bekanntwerden der Schwangerschaft aus dem Staub gemacht und in all den Jahren nie den Kontakt zu seinem Sohn gesucht."

„Es gehören immer zwei dazu, ein Kind zu zeugen."

„Wem sagen Sie das." Daniela lachte bitter. „Nur waren wir beide im Studium, als es passierte. Er wollte, dass ich abtreibe, ich konnte mich aber nicht dazu durchringen."

„Das kann ich verstehen." Die braunen Augen musterten sie mitleidig. „Und da mussten sie alles Weitere allein durchstehen?"

„Zum Glück hatte ich meinen Bruder, der mich zumindest die ganze Zeit moralisch unterstützte."

„Und Ihr Studium?"

„Habe ich abgebrochen, ich war erst im zweiten Semester. Die Zeit nach der Geburt war so stressig, ich habe rein gar nichts mehr geschafft. Später, mit knapp drei, bekam Felix einen Platz in einem Kindergarten mit über-Mittag-Betreuung. Doch da wollte ich das Studium nicht wieder aufnehmen. Stattdessen habe ich eine Ausbildung bei der Stadt gemacht. Ich konnte direkt nach der Prüfung in Teilzeit gehen, das kam mir sehr gelegen."

„Eine vernünftige Lösung, die mir leider verwehrt blieb", sagte Barbara Wittig in ihr Schweigen hinein. „Meine alleinstehende Schwiegermutter wurde schwerkrank, als ich im Erziehungsjahr war. Wir mussten sie zu uns nehmen und ich habe sie bis zu ihrem Tod gepflegt. Tja, da hatten wir bereits zwei Kinder und die Zwillinge waren unterwegs. Glücklicherweise verdient mein Mann genug Geld, um unsere Großfamilie zu ernähren, deshalb konnte ich mir etwas suchen, das mir Spaß macht. Denn mal ehrlich", sie beugte sich vor. „Den ganzen Tag zu Hause sitzen, wollte ich nicht."

„Vier Kinder, ist das nicht Arbeit genug?"

„Ich habe klein angefangen, indem ich in unserer Gemeinde eine Spielgruppe für zwei Vormittage die Woche gegründet habe. Ich konnte mich nämlich gut daran erinnern, was das für ein Gefühl war, mit dem ersten Baby zu Hause zu sitzen und kaum gleichgesinnte Bekannte zu haben, mit denen man sich austauschen konnte."

„Ich weiß", Daniela nickte. „Man kommt sich total abgeschnitten vor.

„Und meine beiden Großen waren vormittags im Kindergarten, beziehungsweise in der Schule. Ob ich mich mit den Zwillingen hier zu Hause oder dort in der Spielgruppe beschäftigte, war egal. Außerdem hatte das den Vorteil, dass ich daheimbleiben konnte, wenn eines der Kinder krank war, da sprang eben meine Vertreterin ein." Frau Wittig seufzte. „So hat es angefangen. Drei Jahre später, als die beiden Mädchen in den Kindergarten kamen, hatten wir schon zusätzlich zwei Nachmittagsgruppen gebildet, dienstags musikalische Früherziehung und donnerstags Kinderturnen. Die Kurse waren bald derart überlaufen, dass wir auf zwei weitere Tage ausweichen mussten."

„Haben Sie die alle selbst geleitet?"

„Oh Gott nein", Frau Wittig lachte. „Lediglich mitgegründet und zum Laufen gebracht. Sehen Sie, ich habe damals überlegt, was ich gern mit meinen Kindern machen würde und dann herumgefragt, ob es nicht ähnlich Interessierte gibt. Es war im Prinzip ganz einfach."

Sie stutzte: „Da fällt mir gerade auf, eigentlich müssten Sie die Eltern doch kennen, wenn Felix zusammen mit ihren Söhnen im Kindergarten war."

Daniela schnitt eine Grimasse. „Ich konnte mich mit Müh und Not an die Vornamen der Jungen erinnern. Sie waren in seiner Gruppe, das stimmt. Eine Weile haben sie wohl auch viel zusammen gespielt. Aber diese Freundschaft blieb auf die Stunden dort beschränkt."

„Und die Eltern?"

„Wenn ich mich recht entsinne, ist Philipp von seiner Kinderfrau abgeholt worden. Henning blieb nur bis zwölf. Bei den Gruppenabenden bin ich nie gewesen, ich hatte ja niemanden, der in dieser Zeit auf Felix aufpasste. Vielleicht habe ich sie ein- oder zweimal auf einem der jährlich stattfinden Feste gesehen, ihre Gesichter sind mir allerdings nicht im Gedächtnis geblieben."

„Waren sie in der Grundschule denn nicht in einer Klasse?"

„Felix war eine Jahrgangsstufe über ihnen. Soweit ich weiß, hatten sie kaum noch Kontakt."

„Also waren die beiden jünger als ihr Sohn?"

Daniela runzelte die Stirn und versuchte, sich zu erinnern. „Ich glaube Philipp ist ungefähr genauso alt wie Felix, das heißt, er wird im Herbst zwölf. Seine Eltern haben ihn damals zurückstellen lassen, während mein Sohn mit fünf eingeschult wurde. Henning muss jünger sein, ja, er hat im Mai seinen elften Geburtstag gefeiert."

„Hallo, du!" Lea tauchte neben ihnen auf. „Spielen wir jetzt wieder mit Ronni?"

Mit einem Lächeln gab Daniela sich geschlagen. Sie spielten, bis sowohl Kinder als auch Hund völlig erschöpft waren. Trotzdem wollten die Mädchen sie nur widerwillig gehen lassen und brachen in ein lautes Protestgeheul aus, als sie ihre Absicht kundtat.

Frau Wittig dagegen stimmte ihr zu, den Tag für heute zu beenden. „Gleich kommt Papa nach Hause. Ihr wolltet ihm heute vor dem Schlafengehen eure Geschichten vorlesen. Und davor geht es ab unter die Dusche."

„Wir waren im Schwimmbad und im Planschbecken", weinte Lena. „Ich will nicht baden!"

„Oh, ich glaube, das wird trotzdem nötig sein", Daniela lächelte auf die Kleine herab. „Schau dir mal deine Beine an."

Jede freie Stelle am Körper der Mädchen war mit nassen, grünlichen Flecken verschmiert. Genau wie Ronja waren sie quer durch das Schwimmbecken gesprungen und hinter dem Ball hergejagt, den Daniela geworfen hatte. Zuletzt waren sie immer wieder im nassen Gras ausgerutscht und hatten sich lachend mit dem Hund auf der Wiese gewälzt.

„Ronni kommt ebenfalls in die Badewanne, sobald wir zu Hause sind", fügte sie hinzu, als sie sah, dass bei Lea die Tränen immer noch liefen.

„Ist das wahr?", vor Erstaunen hörte diese auf zu weinen.

„Ihr Fell sieht genauso aus, wie eure Haut", bestätigte Barbara Wittig. „Frau Ziegler möchte anscheinend auch lieber einen sauberen Hund in der Wohnung haben."

„Und du badest sie jetzt sofort?", fragte Nina, die sich schon in ihr Schicksal ergeben hatte.

„Wisst ihr was?" Daniela beugte sich zu den beiden hinunter. „Wir probieren aus, wer schneller ist. Der, der zuerst fertig ist, ruft bei dem anderen an. Mal sehen, wer gewinnt."

„Au ja", Lea hatte ihren Kummer vergessen. „Auf die Plätze, fertig los!" Wie ein Wirbelwind lief sie gefolgt von ihrer Schwester ins Haus.

„Da haben Sie sich was eingebrockt", Frau Wittig begleitete Daniela zum Gartentor.

„Halten Sie die beiden bitte eine kleine Weile hin", bat diese mit verschmitztem Lächeln. „Damit ich wenigstens zu Hause bin, wenn das Telefon klingelt."

Während sie die Wohnungstür aufschloss, hörte sie schon das schrille Läuten. In ihrer Hast ließ sie den Schlüssel fallen, und bis sie endlich die

Diele betreten hatte, blinkte nur noch der Anrufbeantworter. „Daran bist du schuld", tadelte sie den Hund mit sanfter Stimme, während sie den Knopf zum Abhören der Nachricht drückte. „Warum musstest du auf dem Rückweg unbedingt so ausgiebig schnüffeln. Dafür wirst du ..."

Doch es war nicht die helle Stimme von Lea, die erklang. Eine ziemlich angespannte Barbara Wittig teilte ihr mit gepresster Stimme mit, dass Pia gerade völlig aufgelöst nach Hause gekommen sei und sie dringend sprechen wolle.

Aufgeregt griff Daniela nach der Leine. „Das ist der Durchbruch, ich spüre es."

62

Yasemin hatte es kaum für möglich gehalten, doch es war ihr gelungen, den Eltern den Eindruck eines fröhlich und entspannt verbrachten Sonntages vorzuspielen. Wie erwartet hatte Anne alles ganz genau wissen wollen: Wer alles zu der Verabredung gekommen war, was sie unternommen hatten und wie es für die Tochter gewesen sei. Dass Jennifer sie extra bis direkt vor die Tür gebracht hatte, war für die Eltern ein besonderer Pluspunkt gewesen und sie hatten sie gleich nach ihrem Hereinkommen wohlwollend über das nette Mädchen ausgefragt. Es dauerte fast eine halbe Stunde, bis es Yasemin gelang, sich endlich in ihr Zimmer zurückzuziehen.

Kaum hatte sie es betreten, fiel die fröhliche Maske von ihr ab. Sie warf sich auf das Bett und vergrub den Kopf in ihrem Kissen. Im Gegensatz zu ihrer Mutter hatte sie sich nie großartig für Krimis interessiert, aber durch deren Vorliebe dafür mehr als genug gesehen. Trotzdem - so etwas hautnah mitzuerleben war etwas komplett anderes, vor allem, wenn man die Personen näher kannte.

Felix' Tod war schon schlimm genug gewesen, Yasemin kamen prompt die Tränen, wie immer, wenn sie an ihn dachte. Nur – sie fühlte in gleicher Weise mit Rabea, konnte deren Abwehr und unterdrückte Wut voll verstehen. Henning war ihr Bruder und das Mädchen liebte ihn anscheinend sehr.

Suchend tastete ihre Hand zur oberen linken Ecke des Bettes, wo Anne den Freund ihrer Kindertage trotz ihrer Proteste beharrlich hinsetzte, und zog den alten, abgenutzten Teddy in ihre Arme. Er war der Einzige, der ihr Trost spenden konnte, weder mit Anne noch mit Baba durfte sie über diese unselige Geschichte sprechen.

Den ganzen Heimweg lang hatten Jennifer und sie darüber geredet. Beide waren gleichzeitig enttäuscht und erleichtert, dass sie das Ende, die Aufklärung also, wie sie alle vermuteten, nicht direkt miterlebten. Genauso wie keiner von beiden gern in Rabeas Haut gesteckt hätte. Denn auch wenn Yasemin als einzige wusste, dass ihr Verdacht allein durch Pias Lüge erhärtet wurde, waren sie sich ziemlich sicher, dass Henning zumindest ziemlich tief in der Sache mit drinsteckte, wie Corinna es nach Rabeas Weggang ausgedrückt hatte.

Wenn Philipp die Wahrheit gesagt hatte - und davon waren die Mädchen überzeugt - musste Henning derjenige sein, der genau wusste, was zu

Felix' Tod geführt hatte. Hieß das nun gleichzeitig, dass er der Schuldige war?

Yasemin konnte es sich beim besten Willen nicht vorstellen. Für sie war der Junge immer bloß der Schatten des anderen gewesen, ein unscheinbarer, blasser Charakter ohne Ausstrahlung, sodass man seiner kaum gewahr wurde.

Doch eigentlich gab es keine andere Erklärung. Denn wenn Henning diesen Nachbarn wirklich bei der Tat beobachtet hätte und es so abgelaufen wäre, wie er es Philipp gegenüber geschildert hatte, wäre er bestimmt zu Hause gleich zusammengebrochen und hätte mit seiner Mutter darüber gesprochen. Er log. Aber war es, weil er Felix selbst die Treppe hinuntergeschubst und anschließend einfach liegengelassen hatte?

Yasemin seufzte schwer. Das ganze Herumrätseln hatte keinen Sinn. Sie musste warten, bis Pia sich wie versprochen bei ihr meldete. Sie hatte gesagt, sie würde anrufen, sobald sie Zeit dafür fand. Nur – wann würde das sein?

Die Minuten verrannen. Yasemin lag auf dem Bett, den Teddy im Arm und grübelte weiter bis Anne zum Essen rief. Danach bestand diese darauf, dass die Tochter unter die Dusche ging. Mittlerweile war es neun Uhr!

„Ich bin fürchterlich müde", erklärte sie ihren Eltern, „und gehe gleich ins Bett." Ostentativ gähnend drehte sie sich um und trottete zurück in ihr Zimmer. Ein Blick auf das Display verriet ihr, dass Pia sich immer noch nicht gemeldet hatte. Was eigentlich auch klar war, sie hatte schließlich das Handy sogar mit ins Badezimmer genommen und den Ton auf höchste Lautstärke gestellt, damit sie sein Klingeln ja nicht überhören konnte.

Durch die lange Warterei war von ihren gemischten Gefühlen nur die Aufregung geblieben. Wer hatte Felix das angetan? Das war die einzige Frage, die sie im Moment interessierte.

Unkonzentriert packte sie ihren Tornister für den nächsten Tag, musste zweimal Bücher austauschen und hätte dann beinahe das Etui vergessen. Unschlüssig blieb sie mitten im Zimmer stehen, was sollte sie jetzt tun? Sie beschloss das Licht zu löschen und sich ins Bett zu legen, das Handy, nunmehr auf Vibrationsalarm gestellt in der Hand. So lag sie wartend in der Dunkelheit, viel zu nervös, um sich wie sonst immer mit Musik aus ihrem MP3-Player die Zeit zu vertreiben.

63

„Er hat gestanden", beendete Daniela ihre Zusammenfassung. Gleich nach ihrem Gespräch mit Rabea war sie zu Julia und Matthias geeilt und hatte von dort aus den Rechtsanwalt über die neue Entwicklung informiert. Er war sofort bereit gewesen zu kommen, um die Einzelheiten zu erfahren.

„Ich werde morgen früh Christians Freilassung beantragen", Andreas Krass erhob sich. „Danke, dass Sie mir Bescheid gegeben haben."

„Ich bringe Sie zur Tür", Julia, die neben Matthias auf der Couch gesessen hatte, erhob sich. Sie gab die üblichen Abschiedsfloskeln von sich und kam dann im Laufschritt wieder zurück. „So viel zur Kurzversion, jetzt erzähl uns alles", verlangte sie.

Daniela, Ronja dicht neben sich, lächelte. „Ich weiß gar nicht, wo ich anfangen soll."

„Na, am Anfang", neckte Matthias sie.

„Wie haben die Mädchen ihn zu sich gelockt?", fragte Julia.

„Rabea hat behauptet, sie hätte einen Brief von Henning an ihn. Ihr Bruder habe sie inständig gebeten, ihn ihm zu geben."

„Und darauf ist er hereingefallen?"

„Sie hat es wohl ziemlich überzeugend vorgebracht, dass weder seine noch ihre Eltern etwas davon erfahren dürften und dass sie sich deshalb auch nicht direkt auf dem Gelände treffen könnten. Henning hätte darauf bestanden, dass es ein Geheimnis bleiben müsse."

„Doch wie haben sie ihn dazu gebracht, die ganze Wahrheit zu gestehen?"

„Das, was ich euch nun erzähle, bleibt bitte unter uns", Daniela sah ernst von einem zum anderen. Da beide nickten, fuhr sie fort: „Ich muss etwas weiter ausholen, um euch die Zusammenhänge zu erklären. Begonnen hat alles viel früher. Wie ich gerade in Herrn Krass' Beisein schon erzählte, war dieser Philipp den Mädchen nur zu bekannt. Sie hatten ihn sich vor einiger Zeit vorgenommen, weil er den Bruder von Corinna aufs Schlimmste mobbte."

„Und es ist ihnen damals gelungen, seine Aktivitäten vollständig zu unterbinden", ergänzte Julia. „Das wissen wir bereits. Aber wie haben sie es angestellt? Ich meine, womit drohten sie Philipp, damit er sein Opfer wirklich in Ruhe ließ? Ich kann mir nicht vorstellen, dass es einfach war, ihn einzuschüchtern."

„Genau darauf wollte ich hinaus. Bei diesem ersten Mal drohte Corinna damit, sie würde ihm das Wort Arschloch auf die Brust tätowieren, wenn er ihren Bruder nicht in Ruhe ließe."

„Nein!" Ungläubig lachte Matthias auf. „Sag, dass das nicht dein Ernst ist."

„Der Junge hat wohl ähnlich reagiert, wie du, daher fühlte Corinna sich bemüßigt, ihm eine kleine Kostprobe zu geben." Daniela grinste über das ganze Gesicht. „Sieh mich nicht so an. Er hatte es verdient."

„Moment." Julia, die sich wieder neben Matthias gesetzt hatte, wand sich aus seinem Arm und beugte sich vor. „Das will ich genauer wissen."

„Die Mädchen hatten Philipp schon mehrere Male verwarnt, ohne dass ihre Drohung Wirkung zeigte. Also musste Corinna etwas unternehmen, das ihm zeigte, dass sie es ernst meinten. Da ist sie auf die Idee mit der Tätowierung gekommen. Pia hatte während der letzten Beratung der Clique gesagt, dass sie vom Gefühl her Philipp für einen Feigling hielte. Deshalb ging Corinna davon aus, dass es reichen würde, ihm zu drohen, wenn sie das Ganze vernünftig in Szene setzten."

„So einfach war es dann wohl doch nicht", ließ Matthias sich vernehmen.

„Nein, obwohl sie es wirklich gut organisiert hatten", musste Daniela ihm Recht geben. „Sie lauerten ihm an einem dunklen Abend auf dem Nachhauseweg vom Sport auf. Die Mädchen packten ihn und warfen ihn in die Büsche. Als er schreien wollte, hielt eine ihm den Mund zu, die anderen beiden drückten seine Arme und Beine zu Boden. Corinna stand über ihm und leuchtete ihm mit einer Taschenlampe ins Gesicht."

„Ziemlich leichtsinnig", tadelte Julia. „Es hätte jemand vorbeikommen und Hilfe holen können."

„Nein, sie hatten sich extra eine einsame Stelle ausgesucht. Es gibt da einen Weg, der für etwa zweihundert Meter an einem Feld vorbeiführt. Da geht normalerweise abends niemand mehr her." Daniela kicherte. „Ich habe mir sagen lassen, dass Philipp seit dem Überfall diese Strecke ebenfalls meidet und lieber einen Umweg in Kauf nimmt." Sie wurde wieder ernst. „Zuerst hat er ihnen ins Gesicht gelacht und ihnen gedroht, er würde seinem Vater alles erzählen. Der wäre schließlich Rechtsanwalt. Daraufhin musste Corinna leider etwas gewalttätiger werden, das sind übrigens ihre eigenen Worte. Sie war, während mir Pia alles erzählte, dabei."

„Komm, ein bisschen genauer", Julia rutschte bis an die Kante vor. „Ich will wissen, was sie gemacht haben."

„Nun gut. Corinna hat den anderen befohlen, ihm die Jacke aufzuma-
chen und den Pullover hochzuschieben. Anschließend hat sie ein Messer
gezückt und gesagt, er würde wohl eine kleine Kostprobe brauchen, um
sie Ernst zu nehmen. Und außerdem könne er es ruhig seinem Vater
erzählen. Der wäre nämlich sowieso nicht in der Lage, etwas gegen sie zu
unternehmen, da sich nichts, was Philipp vorbringe, beweisen ließe. Käme es zu einer Anzeige, würden sie behaupten, sie wären alle zusammen
bei einer Freundin gewesen. Diese sei eingeweiht und wäre bereit, ihnen
ein Alibi zu geben."
„Wie fies."
„Und ist er darauf hereingefallen?"
„Nein, Corinna musste ihm tatsächlich einen kleinen Ritzer in die Brust
verpassen, bis er sich ergab. Dann hat er allerdings angefangen, zu
schreien wie am Spieß und hat ihnen alles versprochen, was sie hören
wollten."
„Ich verstehe nicht, wieso er trotzdem kam, als Rabea ihn anrief."
Matthias schüttelte den Kopf. „Man sollte doch meinen, dass er nach
diesem Erlebnis einen großen Bogen um die Mädchen geschlagen hätte."
„Oh, ich vergaß zu erwähnen, dass Hennings Schwester an jenem Abend
bloß Schmiere stand. Er hat sie gar nicht zu Gesicht bekommen."
„Aber er wusste, dass sie mit den anderen befreundet ist", beharrte
Matthias. „Ich an seiner Stelle hätte ihr nicht über den Weg getraut."
„Sie ist ganz schön clever. Sie erzählte ihm, dass sie mit ihrer Cousine
und deren Freund zu dem Turnier gekommen sei. Henning hätte mitbekommen, wie sie sich mit den beiden verabredete und ihr den Brief geradezu aufgedrängt. Philipp wisse ja, dass Henning weder mit ihm telefonieren dürfe, noch freien Zugriff auf seinen Computer habe. Es gebe da
etwas, dass er unbedingt erfahren müsse, solle sie ihm sagen."
„Gut, er kam und die Mädchen haben sich wahrscheinlich in alt bewähr-
ter Manier auf ihn gestürzt und ihn zu Boden gerungen", folgerte Julia.
„Und weiter?"
„Er sei sofort leichenblass geworden, sagte Pia, und habe angefangen zu
stottern, dass er Corinnas Bruder nie wieder etwas getan hätte. Daraufhin ist Rabea zum Angriff übergegangen. Dieses Mal würde es sich um
ihren Bruder handeln. Sie wisse genau, dass diese Geschichte, die sie bei
der Polizei erzählt hätten, nicht stimme. Henning würde nur lügen, weil
Philipp ihn dazu angestiftet habe."
Daniela machte eine kleine Kunstpause und trank einen Schluck Wasser.
„Da wurde das kleine Arschloch, wie sie ihn betiteln, ziemlich nervös,

wies aber ihre Anschuldigungen weit von sich. Abwechselnd haben Corinna, Rabea, Pia und Jennifer auf ihn eingeredet, die Wahrheit zu gestehen, doch je mehr sie sagten, desto aufsässiger wurde er. Schließlich hatten sie die Nase voll, außerdem lief ihnen die Zeit davon. Der Ort war nicht sonderlich abgelegen, sie mussten damit rechnen, dass irgendwer ihre Stimmen hört und nachschauen kommt, vielleicht sogar Philipps Eltern auf der Suche nach ihm." Wieder hielt Daniela inne, um einen Schluck zu trinken.

„Komm schon", stöhnte Julia. „Mach es nicht so spannend!"

„Danach sind die Mädchen relativ brutal zur Sache gegangen. Eigentlich dürfte ich euch das gar nicht erzählen, ich habe geschworen, es nicht weiterzugeben. Selbst Pias Mutter weiß nichts davon."

„Von uns wird niemand etwas erfahren, ich schwöre!", rief Julia ungeduldig. Auch Matthias nickte.

„Also gut. Corinna hatte sich in der Zwischenzeit tatsächlich eine Tätowiernadel besorgt, wahrscheinlich dachte sie sich schon, dass sie sich Philipp irgendwann noch einmal vornehmen müsse. Die packte sie aus, inklusive einem kleinen Fläschchen mit schwarzer Tinte. Das alles hielt sie ihm vor die Nase und verkündete, sie würde jetzt Ernst machen."

„Echt abgefahren!" Julia kicherte vergnügt.

„Zunächst schien er ihr nicht zu glauben", fuhr Daniela fort. „Erst als die Mädchen ihm das Trikot hochzogen und Corinna damit begann, ihm die einzelnen Buchstaben mit einem Fineliner auf die Haut zu malen, brach er zusammen." Daniela schluckte trocken. „Den Rest kennt ihr. Um sein Versagen zu verbergen, stimmte er Hennings Lügengeschichte zu. Er hat wirklich bis zuletzt geglaubt, dass der ihm die Wahrheit über das, was passiert ist, gesagt hat und ihn mit ihrer gemeinsamen Aussage nur schützen wollte."

„So ein Arschloch!" Julia konnte nicht an sich halten. „Wenn Philipp den Mumm gehabt hätte, wenigstens Hilfe herbeizuholen … Er hätte schließlich anonym anrufen können."

„Und passieren wird ihm außer einer richterlichen Ermahnung nichts", brummte Matthias wütend. „Er ist knapp zwölf Jahre alt und damit nicht strafmündig. Der kriegt nicht einmal ein Verfahren wegen unterlassener Hilfeleistung an den Hals."

„Und was geschieht mit Henning?", fragte Daniela alarmiert.

„Da fragst du am Besten bei Andreas Krass nach. Wahrscheinlich wird er für einige Zeit in die Kinderpsychiatrie kommen, denn einen gewaltigen Knacks muss er haben, wenn man die Tat und all die Lügen, die er sich ausgedacht hat, bedenkt. Meinen die Ärzte, dass er geheilt ist, wird er wieder entlassen und kann sein Leben weiterführen."

„Und das ist alles?", fragte Julia ungläubig.

Daniela war leichenblass geworden. „Ich kann das nicht glauben", flüsterte sie. „Das kann einfach nicht sein!"

64

Sie wusste nicht, wie viel Zeit vergangen war, als das Telefon sich endlich meldete.

„Entschuldige, dass es dermaßen spät geworden ist", Pia klang völlig erschöpft. „Wir mussten ziemlich lange warten, bis Rabea anrief. In der Zwischenzeit hatte ich schon Frau Ziegler und meine Mutter über das informiert, was wir erfahren hatten. Direkt anschließend rief Jennifer an und danach habe ich die ganze Geschichte erst noch meinem Vater erzählen müssen. Nun, zuallererst das Wichtigste. Es ist tatsächlich Henning gewesen. Er hat Felix die Treppe hinuntergeschubst."

„Arme Rabea!" Seltsam, Yasemin spürte keine Genugtuung, dafür plötzlich dieselbe Erschöpfung, die anscheinend auch Pia ergriffen hatte.

„Das kannst du laut sagen. Sie ist völlig fertig."

„Weißt du, wie sie es angestellt hat, die Wahrheit aus ihm herauszubringen?"

„Ja, Rabea ist mit ihrer Mutter und ihrem Vater in Hennings Zimmer gegangen und hat ihm auf den Kopf zugesagt, dass sie wisse, dass die Geschichte, die er und Philipp erzählt hätten, eine Lüge sei und dass sie vermute, dass er an Felix' Tod in irgendeiner Form beteiligt gewesen wäre."

„Ich dachte, sie sei keineswegs von unserem Verdacht überzeugt gewesen", sagte Yasemin überrascht.

„Sie ist nicht doof. Und sie hatte auf dem Nachhauseweg genug Zeit zu überlegen." Pia schwieg einen Moment. „Na ja, ich denke, sie wollte ihn mit diesen Worten aus der Reserve locken. Damit er endlich erzählt, was wirklich geschehen ist. Dass er der Schuldige ist, hat sie bestimmt trotzdem nicht erwartet."

„Hat er gleich gestanden?"

„Nein, es muss ein Riesentheater gewesen sein. Henning hat angefangen zu kreischen und die Mutter ist wütend auf Rabea losgegangen. Der Vater war der einzige, der sofort wissen wollte, wie sie zu diesem Verdacht gekommen ist. Und nachdem sie ihm von Philipps Aussage und davon, dass ein Zeuge den Nachbarn hundertprozentig entlastet, erzählt hatte, ist er ziemlich barsch mit Henning umgesprungen. Der hat weiter versucht, sich rauszureden, sich dabei jedoch mehr und mehr in Widersprüche verwickelt. Der Vater hat nicht lockergelassen und ihn weiter unter Druck gesetzt, bis Henning schließlich heulend zusammengebrochen ist und die Wahrheit gestanden hat."

„Und warum … ich meine, wieso hat er es getan?"

„Tja", sagte Pia gedehnt. „Dazu äußert er sich bisher nicht. So, wie ich Rabea verstanden habe, ist er nicht fähig gewesen, mehr zu sagen. Er hat einen Weinkrampf bekommen und sie mussten sogar einen Arzt holen, der ihm eine Beruhigungsspritze verpasste. Der Mutter geht es wohl auch sehr schlecht, der Doktor hat sie gleich ins Bett gesteckt, vielleicht muss sie sogar ins Krankenhaus, wenn es nicht besser mit ihr wird."

„Aber er ist es definitiv gewesen", stellte Yasemin ohne echte Befriedigung fest.

„Ja, das steht fest." Pia schwieg einen Moment. „Ich komme mir irgendwie schuldig vor", bekannte sie dann. „Obwohl ich mich natürlich für Frau Ziegler freue, dass zumindest für sie das Schlimmste vorbei ist."

„Und der Nachbar von dem Verdacht reingewaschen wurde", erinnerte Yasemin sie.

„Ja, schon, nur …", das Mädchen brach ab, ohne den Satz zu beenden.

„… dass es halt wirklich Henning war, macht dich fertig, und dass du diejenige warst, die den Stein ins Rollen brachte", beendete Yasemin ihren Satz. Sie konnte sich vorstellen, was in dem Mädchen vorging. Sie hatte den Bruder ihrer Freundin überführt und damit Leid und Elend über diese und ihre Eltern gebracht.

„Es schien mir auf einmal glasklar zu sein", Pia seufzte. „Dass Philipp stumm geblieben ist, konnte ich ja verstehen. Aber dass Henning, der angeblich einen Mord beobachtet hatte, diesen nicht meldete oder zumindest seinen Eltern davon erzählte, war absolut unglaubwürdig."

„Und deshalb hast du zu der Lüge mit dem Zeugen gegriffen", ergänzte Yasemin.

„Wenn die anderen doch zu blöd waren, die einzig mögliche Wahrheit zu sehen! Danke übrigens, dass du mich nicht verraten hast."

„Du schienst dir so sicher."

„In dem Moment war ich es auch. Erst hinterher, während ich versucht habe, Frau Ziegler meine Gedankengänge zu erklären, wurde ich unsicher." Yasemin konnte fast spüren, dass Pia kläglich grinste. „Besonders nachdem diese mir erklärte, dass es solch extreme Abhängigkeit gibt, dass es wirklich möglich sei, dass Henning, um Philipp zu schützen, sich diese abstruse Geschichte ausgedacht hatte. Ich kann dir sagen, ich habe mir schon die größten Vorwürfe gemacht, als sie und ich dann da saßen und auf Rabeas Anruf warteten."

„Aber du hast recht behalten."

„Ja, nur dass ich das jetzt im Endeffekt genauso beschissen finde."

„Ich meine, es ist besser, dass er nicht davongekommen ist", sagte Yasemin und legte so viel Festigkeit, wie sie aufzubringen vermochte, in ihre Stimme. „Was er getan hat, lässt sich nicht entschuldigen."

„Ich weiß", Pia schluckte. „Mir tut nur Rabea leid."

„Es sind immer die, die am wenigstens dafür können, die leiden müssen", zitierte Yasemin aus dem Buch, das Christin ihr zum Lesen gegeben hatte. Etwas Besseres fiel ihr leider nicht ein. „Ihr dürft sie nicht im Stich lassen und müsst ihr noch bessere Freundinnen sein", fügte sie leise hinzu.

„Ja, das ist alles, was wir tun können." Pia schien nicht sonderlich getröstet.

Doch was hätte sie, ein dreizehnjähriges Mädchen, das selbst zwischen Genugtuung und Mitleid schwankte, der Älteren an echtem Trost schon anbieten können? Sie hatte sich für diesen Weg entschieden und es war der richtige gewesen. Dass trotz allem kein Triumph aufkam, damit musste sie leben.

Aber dass wurde ihr selbst erst nach einem langen Gespräch mit Frau Ziegler klar, die am nächsten Tag in der großen Pause auftauchte, um sie ganz fest zu drücken.

65

Drei Wochen später, sie waren gerade von einem langen Spaziergang zurück, Christian, Ronja und sie, rief Pia an.

„Ich wollte, dass Sie erfahren, was genau passiert ist", sagte sie mit gepresster Stimme. „Rabea war gerade bei mir, Henning hat endlich geredet."

Daniela blieb mit dem Hörer in der Hand in der Diele stehen, unfähig, einen weiteren Schritt zu machen. Ungläubig lauschte sie den Worten des Mädchens.

„Das war Pia. Henning hat endlich alles gestanden", sagte sie mit verstörter Stimme, als sie ins Wohnzimmer kam und sich Christian gegenübersetzte. „Nachdem Philipp von seinem Gespräch mit Felix zurückgekommen ist, hatte er einen heftigen Streit mit Henning, der ihm eine richtige Szene hinlegte. Philipp passte es anscheinend schon länger nicht mehr, dass Henning ständig eifersüchtig auf seine anderen Kontakte reagierte, ihm platzte der Kragen und er sagte ihm einige unschöne Dinge, bevor er sich umdrehte und ihn einfach stehen ließ. Henning, war völlig fertig über die Reaktion seines Freundes und beschloss, ebenfalls nach Hause zu gehen, brach jedoch derart in Tränen aus, dass er nicht weiterlaufen konnte und sich auf die Treppe an der Turnhalle setzte. Felix muss noch einmal umgekehrt sein – warum werden wir wohl nie erfahren - und wurde auf ihn aufmerksam. Er versuchte, ihn zu trösten. Angeblich soll er dabei gesagt haben, dass Philipp es nicht wert wäre, dass sein Freund dermaßen traurig ist. Da ist Henning, der ohnehin Felix die ganze Schuld an dem Streit gab, ausgerastet. Er hat seinen Tornister genommen, den Felix neben sich abgestellt hatte und ihn die Treppe hinuntergeworfen. Der wäre trotzdem nicht aus der Ruhe zu bringen gewesen und hätte sich, ohne ein Wort zu sagen, abgewandt, um ihn heraufzuholen."

Sie schluckte, ihr Gesicht, das schon nach dem Telefonat sehr blass gewesen war, hatte mittlerweile eine leicht gräuliche Farbe angenommen. Christian sprang auf und setzte sich neben sie. Sanft zog er sie in seine Arme. „Lass gut sein. Du kannst es mir ein anderes Mal erzählen."

„Nein", den Kopf an seine Brust gepresst, atmete sie tief ein und aus. „Er hat ihn einfach die Treppe hinuntergeschubst, hat all seine Wut in diesen Stoß gelegt", brach es aus ihr heraus. „Einfach nur aus Frust."

Er spürte, dass sie begonnen hatte, am ganzen Körper zu zittern. „Er behauptet, direkt danach habe er ein Geräusch gehört und sich, entsetzt über seine Tat, in den Büschen versteckt. Als er dann Philipp habe kommen sehen und der einfach weggelaufen sei, ohne irgendwelche Anstalten zu machen, zu helfen, habe er angenommen, dass Felix tot ist."

„Und warum haben sie mich ins Spiel gebracht?"

„Henning konnte dem Druck seiner Mutter nicht mehr standhalten. Ständig bedrängte sie ihn, ihr zu erzählen, was vorgefallen wäre. Sie wollte sich mit den paar Brocken, die er ihr hingeworfen hatte, nicht abfinden. Wobei es wohl leider so ist, dass der Junge viel mehr unter dem Streit mit Philipp litt und dass dieser Felix einfach hatte sterben lassen. Für ihn war seine Welt komplett zusammengebrochen. Zuerst die bösen Worte seines Freundes, der ihn als Versager und noch Schlimmeres beschimpfte, und dann noch die Tatsache, dass dieser sich kurz drauf selbst als erbärmlicher Feigling entpuppte. Das war es, was ihn krank machte. Als seine Mutter dann auch noch die Krossmanns einschaltete, sah Henning seine Chance gekommen, Philipps Freundschaft nicht nur zurückzugewinnen, sondern diese sogar neu zu definieren. Zum einen …"

„Moment. Hat Philipp denn zuerst mit Henning gesprochen?"

„Nein", Daniela seufzte schwer. „Frau Wiegand rief bei den Krossmanns an und sprach mit dem Vater. Der nahm sich seinen Sohn vor, worauf Philipp zusammenbrach und sein Versagen gestand."

„Und der Alte hatte natürlich nichts anderes im Sinn, als diese Schmach zu vertuschen", empörte sich Christian.

„Er wollte ihn schützen", nickte Daniela. „Felix war tot. Was hätte es gebracht, seinen Sohn im Nachhinein anzuprangern?"

„Wusste Herr Krossmann, dass die Aussage der beiden, sie hätten mich gesehen, eine Lüge war?"

„Nein, Philipp hat bei seinem Geständnis Rotz und Wasser geheult, sodass sie das Gespräch abbrachen. Er rief Henning an, wohl um seinen Frust an ihm auszulassen. Doch dieser beschuldigte ihn sofort der unterlassenen Hilfeleistung. Als er anschließend seine Lüge nachschob, er habe dich gesehen, wie du mit Felix gestritten hättest und ihm anbot, daraus eine gemeinsame Aussage zu machen, griff Philipp zu. Schließlich hatte sich sein Vater ziemlich aufgeregt, dass jemand sie mit dem späteren Opfer zusammen gesehen und diese Beobachtung der Polizei mitgeteilt haben könnte."

„Und Henning war dadurch ebenfalls aus dem Schneider", vermutete Christian.

„Ja, sie bestätigten damit, vor Ort gewesen zu sein, gaben aber an, zwar diesen Mann mit Felix wahrgenommen zu haben, aber dann durch einen eigenen Streit abgelenkt worden zu sein, sodass sie nicht mehr auf die beiden achteten."

„Aber warum ich?"

„Er hatte dich oft zusammen mit Felix gesehen. Es war das erste, was ihm einfiel."

„Was für ein Arschloch!"

„Das ist noch viel zu harmlos ausgedrückt. Um seine Mutter von weiteren Nachfragen abzuhalten, gab Henning ihr gegenüber Philipps Verschulden als sein eigenes aus, in der Gewissheit, dass sie ihn decken würde." Daniela schluckte mühsam. „Klar, dass sowohl die Krossmanns als auch die Wiegands das Versagen ihrer Kinder für sich behielten."

„So viele Lügen."

„Das mit Felix täte ihm leid, sagt er, er hätte nie gewollt, dass er stirbt." Endlich begann sie zu weinen. Christian hielt sie an seine Brust gedrückt und wiegte sie leicht hin und her, bis ihre Tränen versiegten. „Er … Henning … ist in einer … Kinderpsychiatrie … untergebracht", brachte sie stockend hervor, immer wieder unterbrochen von weiteren Schluchzern. „Die … Ärzte … sagen, er sei … massiv gestört und müsse wohl für … lange Zeit therapiert … werden."

„Ich weiß, es ist dir kein Trost, aber er scheint richtig krank zu sein", murmelte Christian in ihr Haar.

Sie schmiegte sich noch enger an ihn. Lange Zeit saßen sie so. Daniela presste den Kopf an seine Brust, während er die Arme fest um sie geschlossen hielt.

„Das macht das Ganze nicht besser", nahm sie schließlich das Gespräch wieder auf. „Warum haben seine Mutter und sein Vater denn nicht schon eher etwas von seiner Störung bemerkt?"

„Das kann ich dir leider auch nicht sagen. Wahrscheinlich ist es bei ihnen wie bei vielen Eltern: Die Fehler, die die eigenen Kinder haben, werden bagatellisiert, das, was nicht sein darf, beschönigt oder lieber übersehen, damit man sich nicht eingestehen muss, dass etwas nicht stimmt oder dass man vielleicht versagt hat in der Erziehung." Er seufzte schwer. „Oft geht es gut, die Kinder fangen sich irgendwann durch innere oder äußere Umstände wieder. Und die wenigen, die ausrasten – ein kurzer

Aufschrei, der durch die Öffentlichkeit geht und das war's. Ändern wird sich dennoch nichts."

„Doch - wenn es mehr Menschen, wie dich gibt, die handeln, statt abzuwarten", sie sah zu ihm auf und durch die Tränen hindurch schimmerte ein leichtes Lächeln in ihren Augenwinkeln.